Hendrik Falkenberg
Die Macht der Verzweiflung

EDITION M

Das Buch

Mitte Juni präsentiert sich Schweden friedlich und voller Licht. Für den Sportpolizisten Hannes Niehaus und seine Freundin Anna endet die Mittsommerfeier jedoch abrupt mit einem Anruf aus Deutschland. Überstürzt treten sie die Heimreise an. Auf ihre Wohnung wurde ein Brandanschlag verübt, und Hannes überlegt fieberhaft, welche Feinde er sich während der vergangenen Mordermittlungen gemacht hat, die nicht hinter Gittern sitzen.

Der Brand stellt sich als vergleichsweise harmloser Auftakt heraus. Immer schneller dreht sich die Spirale aus Bedrohung und Gewalt. Der Täter hat dabei nicht nur Hannes und Anna, sondern auch weitere Menschen im Fadenkreuz. Erstmals muss der Mordermittler um sein eigenes Leben fürchten und wird vom Jäger zum Gejagten.

Der Autor

Hendrik Falkenberg wurde 1978 geboren und hat Sportmanagement studiert, um sein Hobby zum Beruf zu machen. Dies ist ihm einige Jahre später auch als Schriftsteller gelungen. Schon sein Debütroman »Die Zeit heilt keine Wunden« schaffte es auf Anhieb in die Top 10 der Kindle-Bestsellerliste. Seitdem begeistert der Sportpolizist Hannes Niehaus so viele Leser, dass er – statt sich in Ruhe auf die kommenden Olympischen Spiele vorzubereiten – von einer Ermittlung in die nächste getrieben wird.

Hendrik Falkenberg

DIE MACHT DER VERZWEIFLUNG

9. Fall für Hannes Niehaus

KRIMI

EDITION M

Deutsche Erstveröffentlichung bei
Edition M, Amazon Media EU S.à r.l.
38, avenue John F. Kennedy, L-1855 Luxembourg
August 2019

Umschlaggestaltung: bürosüd° München, www.buerosued.de
Umschlagmotiv: © Mino Surkala / Shutterstock; © buffaloboy2513 / Shutterstock; © SashaV / Shutterstock; © Berke / Shutterstock; © alan payne / Shutterstock; © Walter Bilotta / Shutterstock; © UlianaG / Shutterstock
1. Lektorat: Joern Rauser
2. Lektorat: Diana Schaumlöffel
Korrektorat: Angelika Wiedmaier/DRSVS
Gedruckt durch:
Amazon Distribution GmbH, Amazonstraße 1, 04347 Leipzig /
Canon Deutschland Business Services GmbH, Ferdinand-Jühlke-Str. 7, 99095 Erfurt /
CPI books GmbH, Birkstraße 10, 25917 Leck

ISBN: 978-2-91980-612-6

www.edition-m-verlag.de

Kapitel 1

Es war eine sternenklare Nacht, der Wind wehte aus südwestlicher Richtung und trug den Duft des Sommers bis in die Stadt. Süß und verlockend, so wie sich für Markus Waldner, der beschwingt über den Bürgersteig ging, auch die zurückliegenden Stunden präsentiert hatten. Der zwanzigminütige Spaziergang hatte den Nebel aus seinem Kopf so weit vertrieben, dass er die Umgebung wieder schärfer wahrnahm. Auf unnötige Umwege hatte er angesichts seines Zustandes verzichtet und war stattdessen durch einen menschenleeren Park gewankt, dessen Pfad in einem ebenfalls ausgestorben wirkenden Wohngebiet endete. Nun, da er in die stärker befahrene Hauptstraße einbog, war er froh, wieder zu einem geraden Gang fähig zu sein. Es war zwar Freitagnacht, dennoch sollten ihn die Nachbarn nicht für betrunken halten – sofern überhaupt noch jemand wach war.

Er unterdrückte ein Lachen. Was würden sie erst denken, wenn sie wüssten, dass neben dem Alkohol weitere Substanzen für seine gehobene Stimmung verantwortlich waren? Dass er sich der Wirkung dieser Substanzen obendrein in den Armen einer der unglaublichsten Frauen hingegeben hatte, die diese Stadt je hervorgebracht haben dürfte? Selbst der Sportpolizist mit den zweifarbigen Augen, der mit seiner Freundin vor einem halben Jahr in die Wohnung über ihm gezogen war, hatte sicher keine so weitreichende Fantasie. Vermutlich sah er in ihm nur das, was jeder – auch Markus' Frau Ingrid – in dem großen Altbau dachte: In der ersten Etage wohnte ein langweiliger, kinderloser Endvierziger, der in einer Filiale der Sparkasse hinterm Schalter stand und vermutlich am liebsten eine Modelleisenbahn im Keller gehabt hätte, wo er sich in seine Kindheit flüchten konnte, sobald seine Frau mal wieder geschäftlich in irgendeiner ihrer zahlreichen Vorstandsangelegenheiten unterwegs war.

Der Witz an der Sache war, dass im Grunde jede dieser Einschätzungen zutraf. Da Markus aber keine Modelleisenbahn besaß und darüber hinaus eine andere, längst verschollen geglaubte Seite an sich wiederentdeckt hatte, gab es seit zwei Jahren ein Alternativprogramm, um sich für wenige Stunden eine Auszeit von der streberhaften Fassade zu gönnen. Wahrscheinlich war es gar nicht schlecht, dass seine Freundin am nächsten Tag wegen einer Familienfeier früh rausmusste und das Zusammensein damit nicht erst am Frühstückstisch endete. Wurde er etwa alt? Auf jeden Fall wuchs seine Sorge, mit der acht Jahre jüngeren Wirtschaftsreferentin nicht mehr lange mithalten zu können. Ihre Energie war grenzenlos, genauso wie ihr Vorrat an Aufputschmitteln und …

Seine Gedanken gerieten ins Stocken, dann auch seine Schritte. Ein Adrenalinstoß raste durch seinen Körper. Er befand sich etwa fünfzig Meter von seiner Wohnung entfernt und hatte einen freien Blick auf das Schlafzimmerfenster. Dahinter brannte das gedämpfte Licht einer Stehlampe, und Markus erkannte einen menschlichen Umriss am Fenster. Hastig machte er ein paar Schritte zur Seite und trat hinter einen Baum. Stöhnend ließ er seine Stirn gegen den Stamm sinken. Eigentlich hätte seine Frau erst am nächsten Abend zurückkommen sollen, was zur Hölle …

Ihm fiel ein, dass vor Stunden sein Handy gebrummt hatte. Er hatte es ignoriert, beziehungsweise wäre er gar nicht in der

Lage gewesen, sich die Nachricht sofort durchzulesen. Jetzt zog er das Telefon aus der Hosentasche: *Hab mir einen Virus eingefangen, bin schon auf dem Heimweg. Brauchst nicht aufzubleiben, ich will nur noch ins Bett.*

Dass Ingrid entgegen ihrer Ankündigung nicht sofort ins Bett gefallen war, dürften ihre zweite und die wortgleiche dritte Nachricht erklären: *Wo bist du?* Erst vor einer Viertelstunde hatte sie nachgelegt: *Ist was passiert? Melde dich, sonst rufe ich die Polizei an.*

Unfähig, sich von dem Baum zu lösen, begann Markus, mögliche Erklärungen für seine Abwesenheit und Nichterreichbarkeit zu entwerfen. Ingrid wusste, dass freitagsabends seine Lieblingsserie im Fernsehen lief, er das Handy immer in Reichweite hatte, sich so gut wie nie mit jemandem traf und erst recht nicht allein loszog. Dummerweise hatten sie erst am Nachmittag miteinander telefoniert, und er hatte sich zu der Aussage hinreißen lassen, wie gern er den Abend gemeinsam mit ihr auf dem Sofa verbracht hätte.

Wieder blickte er zu dem Fenster und sah gerade noch ihre Silhouette verschwinden. Viel Zeit sollte er der Suche nach einer plausiblen Ausrede nicht mehr gönnen, sonst rief sie tatsächlich die Polizei! Als ein Motorrad mit röhrendem Motor an ihm vorbeibrauste, drehte er den Kopf zur Seite. Dabei fiel ihm auf der anderen Straßenseite eine Bewegung auf: Eine dürre Gestalt in dunkler Kleidung und mit einem Rucksack auf dem Rücken trabte an den parkenden Fahrzeugen vorbei. Irritiert registrierte Markus die dunkle Mütze, denn es waren fast zwanzig Grad. Andererseits stellte so eine Kopfbedeckung in manchen Kreisen ein modisches Accessoire dar, das man selbst unter der afrikanischen Sonne nicht ablegen würde.

Während sein Blick weiter dem nächtlichen Passanten folgte, kehrten die Gedanken wieder zu der dringlichsten Aufgabe zurück – bevor sie erneut abgelenkt wurden. Die schwarz gekleidete Person verlangsamte das Tempo und stoppte vor dem Altbau, in dem noch immer ein Zimmer erleuchtet war. Dann sah sie sich um und – Markus' Puls beschleunigte sich – zog sich die Mütze mit einem Ruck über das Gesicht. Dann verschwand sie hinter dem Türchen in dem schmalen Vorgarten.

Nachdem er mehrere prüfende Blicke zu seinem Schlafzimmerfenster geworfen hatte, kam nun doch Bewegung in Markus. Sollte er Zeuge eines Einbruchversuchs werden? Erst ging er langsam, dann beschleunigte er seine Schritte, bis er in einen Laufschritt verfiel. Die letzten Reste des Rauschs verschwanden. Stattdessen empfand er eine Mischung aus Überraschung und Neugierde, dann aber – als er vor dem Haus angekommen war – wurde er zornig. Von dem mutmaßlichen Einbrecher war nichts mehr zu sehen, dafür hatte er Spuren hinterlassen.

Markus war noch nie ein Freund von Graffiti gewesen, hatte sich aber mittlerweile an diese aus seiner Sicht vollkommen sinnlosen Schmierereien in Unterführungen oder an Bahnwaggons gewöhnt. Dass jemand die Dreistigkeit besaß, die Fassade dieses schmucken Gebäudes knallrot zu besprühen, überschritt jedoch seine Toleranzgrenze. Die nächste Straßenlaterne stand ein Stück entfernt, sodass er die Schrift nicht entziffern konnte. Er wartete, bis ein Taxi an ihm vorbeigefahren war, und überquerte dann die Straße. Da der Maskierte nicht mehr zu sehen war, musste er durch den Torbogen den Innenhof betreten haben. Vermutlich wollte er mit seinen Schweinereien in dem von der Straße abgeschirmten Bereich weitermachen.

Markus' Wut verdrängte die Sorge vor dem Aufeinandertreffen mit Ingrid. Der Kerl hatte schmächtig ausgesehen, vielleicht war es sogar eine Frau? Nun, da er dichter am Haus stand, konnte er auch den Text lesen. Für ein Graffito handelte es sich um erstaunlich viele Buchstaben, und es war zu erkennen, dass sie hastig aufgesprüht worden waren. Markus sammelte gerade all seinen Mut, um in den Innenhof zu laufen, als von dort ein Klirren erklang. Schlug dieser Asoziale jetzt auch noch Fensterscheiben ein?

Seine Finger umklammerten das Handy, um notfalls die Polizei verständigen zu können. Dann stürmte er los. Wieder hörte er das Zerbersten von Glas und meinte, einen schrillen Schrei zu hören. Ingrid? Verdammt, er liebte seine Frau zwar nicht mehr, aber wenn … Keuchend blieb er stehen. Wie in Trance sah er, dass die – in dem dunklen Hinterhof kaum zu erkennende – Person erneut zum Wurf ausholte. Ganz dunkel war es allerdings nicht, denn in der Hand befand sich kein Stein, sondern eine Flasche, aus der ein brennender Fetzen hing. Der Wurf war schlecht gezielt, die Flasche zersprang an der Hauswand. Mindestens einer der vorherigen Versuche musste hingegen geglückt sein, denn hinter einem Fenster erkannte Markus das Flackern von Feuer. Nur kurz verspürte er Erleichterung, dass es nicht seine Wohnung war, in der es brannte, sondern das Apartment über ihm. Da lebte der Polizist. Damit bekam auch der Text des Graffitos mit einem Mal eine neue, verstörende Bedeutung.

»Was soll das? Hör sofort auf damit!« Markus war kaum bewusst, dass er diese Worte herausschrie.

Noch immer stand er wie erstarrt auf der Stelle – anders als der Brandstifter, der zusammenzuckte und ihm sofort entgegengerannt kam. Alles ging schnell, viel zu schnell für Markus. Obwohl es ihm wie in Zeitlupe vorkam, als sich die Faust seinem Gesicht näherte. Der Schmerz explodierte zwischen seinen Augen, dann wurde alles schwarz. So schwarz wie die Wollmütze, aus der ihm zwei dunkle Augen entgegengesehen hatten.

Kapitel 2

Als Anna und Hannes noch in derselben Nacht von dem Brandanschlag auf ihre Wohnung erfahren hatten, wären sie am liebsten sofort nach Deutschland zurückgereist. Nicht nur die rigide Null-Promille-Grenze des schwedischen Verkehrsrechts hatte sie davon abgehalten, sie hatten selbst eingesehen, dass sie alles andere als fahrtüchtig gewesen waren. Die Mittsommerfeier im Garten von Hannes' Kollegen Nils Söderberg war zwar kein Massenbesäufnis gewesen, hatte aber dennoch ihre Spuren hinterlassen. So hatten sie die kürzeste Nacht des Jahres noch in dem Anwesen zwischen Ystad und Trelleborg verbracht und erst am Samstagmorgen nach dem Frühstück den Koffer ins Auto geladen.

Nils hatte sofort Verständnis dafür gezeigt, dass seine Gäste den Schaden schnellstmöglich selbst in Augenschein nehmen wollten, obwohl sie ursprünglich geplant hatten, noch bis zum Sonntag zu bleiben. Der Kollege hatte ihnen die nähere Umgebung zeigen wollen, die Hannes aufgrund einer zurückliegenden grenzüberschreitenden Ermittlung allerdings gar nicht so unbekannt war. Erst vor wenigen Wochen hatte er mehrere Nächte unter dem Dach des schwedischen Ermittlers verbracht und sich darauf gefreut, ihn gemeinsam mit Anna noch einmal privat aufzusuchen. Nun war das Vergnügen jedoch nur von kurzer Dauer gewesen.

Anna und Hannes hatten sich gegen die Fähre und für den Landweg entschieden, sodass ihnen viele Stunden Zeit blieben, um Mutmaßungen über den Hintergrund des Brandanschlags auszutauschen. Für das Panorama entlang der Reichsstraße 9, die bis Trelleborg der Küstenlinie folgte und weite Aussichten auf die lang gezogenen Sandstrände und die tiefblaue Ostsee bot, hatten sie kaum einen Blick übrig. Der erste Schock hatte sich zwar gelegt, aber dass die Molotow-Cocktails nicht zufällig in ihrem Wohnzimmer aufgeschlagen waren, stand außer Frage. Hannes hatte sich von seiner Kollegin Isabell den Wortlaut des Graffitos vorlesen lassen, konnte ihn sich aber noch immer nicht erklären.

»*Stirb langsam Bullenschwein, Fortsetzung folgt!*«

»Ich bin der einzige Polizist im Haus. Wer kann es bloß auf mich abgesehen haben?«

Die Frage war eher rhetorischer Natur, denn in den zurückliegenden Mordermittlungen hatte er sich naturgemäß nicht nur Freunde gemacht. Die Täter saßen zwar alle in Haft, sannen teilweise aber sicher auf Rache und hatten ihre Möglichkeiten, andere für diesen Zweck einzuspannen. Nachvollziehen konnte Hannes es trotzdem nicht.

»Wieso ausgerechnet ich? Bin mit meiner Olympiavorbereitung nur 'ne Teilzeitkraft. Warum hat es nicht zum Beispiel Federsen getroffen?«

»Weil dem Täter klar ist, dass Federsen zwar dein Chef ist, aber eigentlich du die Arbeit machst? Davon abgesehen kommen die anderen vielleicht erst noch dran.« Anna beschäftigte etwas ganz anderes. »Wenn Isabell nicht übertrieben hat, werden wir kaum was retten können. Eine Hausratversicherung haben wir auch nicht. Was für ein Albtraum!«

»Doch, ich habe eine Versicherung, und außerdem ist fast nur das Wohnzimmer betroffen«, wandte Hannes halbherzig ein. »Zum Glück war noch jemand wach, so wurde die Feuerwehr schnell informiert.«

»Aber meine alten Fotos im Wohnzimmerschrank. Das …« Anna schluckte, ihre grünen Augen schimmerten feucht. »Die Fotos von meiner Mutter … das ist alles, was ich noch von ihr habe.«

»Ich weiß.« Hannes löste die Finger von der Gangschaltung und griff nach ihrer Hand. »Ich verstehe, dass du daran gehangen hast. Aber dein Bruder und dein Vater haben sicher Bilder, die sie dir nachmachen lassen können. Und der ganze Rest ist sowieso ersetzbar. Mir macht vor allem der Spruch an der Hauswand Sorgen. Was, wenn das wirklich erst der Anfang war? Der Anfang von was?«

Anna schwieg, und Hannes ließ diesen Gedanken weiter in sich arbeiten, während sie Schweden über die Öresundbrücke in Richtung Kopenhagen verließen. Er konnte nachvollziehen, dass Anna stärker als er selbst um die persönlichen Gegenstände trauerte, schließlich gab es davon in der gemeinsamen Wohnung erheblich mehr als von ihm. Seit Jahren besaß er neben ein paar Möbeln nur so viel, wie in den Kofferraum eines Autos passte. Das Wichtigste war ihm ohnehin sein schwarzes Kanu, aber das lag im Olympiastützpunkt und befand sich also in Sicherheit. So war das eben als Leistungssportler, man hatte seine eigenen Prioritäten – und die behielt Hannes angesichts Annas Kummer lieber für sich.

Er nutzte das Schweigen seiner Freundin, um die letzten Monate im Geist durchzugehen. Irgendwo in all diesen menschlichen Abgründen musste die Erklärung dafür verborgen sein, dass er auf einmal selbst ins Visier geraten war. Oder war dies nur eine naheliegende Mutmaßung, und der Brand hatte gar nichts mit den Mordermittlungen zu tun?

Ansonsten fiel Hannes aber niemand ein, der sich zu einem solchen Anschlag bemüßigt gefühlt haben könnte. Mit seinem sportlichen Dauerkontrahenten Ralf kam ihm zwar durchaus ein Intimfeind in den Sinn, aber so weit würde wohl selbst der nicht gehen. Blieb eine dritte Möglichkeit: Irgendjemand hatte herausgefunden, dass in der zweiten Etage ein Polizist wohnte und hatte für seinen allgemeinen Hass auf die Polizei ein Ziel gefunden. Besonders wahrscheinlich kam ihm dies allerdings nicht vor.

Letztlich war es genauso unrealistisch wie seine Hoffnung, in den wenigen verbleibenden Wochen bis zum Beginn der Olympischen Spiele seine ganze Energie in den Abschluss seiner Sportlerkarriere stecken zu können. Neben der Suche nach dem Täter und dem Motiv würden Neuanschaffungen getätigt, Versicherungskram erledigt und Handwerker engagiert werden müssen. Dazu kamen sein Berufsalltag, Annas Jobsuche, die Hochzeitsvorbereitungen und die Sorge um seinen früheren Chef und Freund Fritz, der jeden Tag seinem Krebsleiden erliegen konnte. Und bei diesem Berg an Aufgaben sollte ein einigermaßen normales Training möglich sein? Hannes fühlte sich schon jetzt völlig entkräftet. Nein, es lief gerade alles andere als optimal. Dazu kam …

»Wo werden wir jetzt überhaupt wohnen?«, sprach Anna aus, was ihm auch soeben eingefallen war.

Hannes widerstand der Versuchung, die Augen zu schließen, und stierte auf das Straßenschild, das ihn in Dänemark willkommen hieß. »Lass uns erst mal den Schaden ansehen. Vielleicht können wir sogar wohnen bleiben, wenn nur das Wohnzimmer …«

Er brach ab, denn Isabells Schilderung war eindeutig gewesen. Sie würden erst einmal einen Unterschlupf benötigen, wo auch immer. Vermutlich würde irgendeine Versicherung ein Hotelzimmer übernehmen, aber in Vorleistung müssten Anna und er gehen. Wenn er an den Kontostand dachte, war dies keine entspannende Vorstellung. Hätten sie besser den Passat nicht gekauft, der fast alle Ersparnisse verschlungen hatte! Kurz entschlossen aktivierte er die Freisprecheinrichtung und wählte Bens Nummer.

Anna erwachte aus ihrem versunkenen Zustand. »Soll Ben alles aufräumen und neu streichen, bis wir zurück sind? Dann muss er sich beeilen.«

»Nein, er soll sein Wohnzimmer freiräumen und uns darin schlafen lassen.«

»Hältst du das wirklich für eine gute …«

»Ein Anruf von der Schnapsleiche!«, unterbrach Bens Stimme ihre Vorbehalte. »Seid ihr schon wieder nüchtern, oder sind schwedische Mittsommerfeiern harmloser als ihr Ruf?«

»Wir sind stocknüchtern und fahren gerade an Kopenhagen vorbei.« Hannes schilderte seinem besten Freund die Hintergründe.

»Natürlich könnt ihr bei mir einziehen«, redete Ben erwartungsgemäß nicht lange herum, nachdem er die Nachricht verdaut hatte. »Passt mir sogar ganz gut. Wollte euch eh fragen, ob ihr ein paar Tage auf *Socke* aufpassen könnt.«

»Schon wieder? Wo willst du hin?« Erleichtert sah Hannes seine Freundin an und streckte den Daumen nach oben. Das drängendste Problem war damit schon mal kostenneutral gelöst.

»Meine Mutter besuchen.«

»Oh … das ist … überraschend.«

Einen Moment herrschte Stille, dann klang Ben amüsiert. »Wenn du jetzt noch ihren Tonfall nachgemacht hättest, wäre das exakt ihre Reaktion gewesen, als ich mich angekündigt habe.«

»Kein Wunder. Der einzige Sohn meldet sich nach Monaten wieder und …«

»Genauer gesagt nach zwanzig Monaten. Wofür es Gründe gibt.«

»Die du mir nie erzählt hast.«

»Und jetzt hast du andere Sorgen, würde ich sagen. Auf jeden Fall kann ich *Socke* nicht mitnehmen, weil meine Mutter allergisch auf Hundehaare reagiert. Wenn ihr ihn nicht verhungern lasst, erzähle ich euch hinterher vielleicht von meinen Problemen mit ihr. Und wenn ihr keine Spuren im Bett hinterlasst.«

Anna verdrehte die Augen, Hannes musste grinsen. Bens Stimme und seine Flapsigkeit taten ihm gerade gut. Allerdings dauerte es nicht lange, bis sich auch Ben zu Spekulationen verstieg, wer es auf Hannes abgesehen haben könnte. Besonders besorgt schien er jedoch nicht zu sein, da er entweder hanebüchene oder alberne Erklärungen vorbrachte.

»Die wahrscheinlichste Option liegt ja auf der Hand«, verkündete er. »Sollte sich jemand an dir rächen wollen, fällt mir als Erstes dein Chef ein.«

»Federsen?«

»Du hast ihn gekränkt. Hintergangen. Angelogen. Dich sogar für einen neuen Boss entschieden. Und ihn mehrmals wie einen Anfänger dastehen lassen.«

»Du übertreibst. Hast du noch mehr Ideen?«

»Klar: Federsen ist nicht der Brandstifter, sondern als Nächstes dran. Bei ihm macht der Täter dann aber keine halben Sachen, sondern grillt ihn richtig. Gefällt dir die Vorstellung?«

»Über so was macht man keine Witze.« Das meinte Hannes durchaus ernst. Die Brandleiche bei seinem letzten Fall war ihm noch in böser Erinnerung, sodass er solch makabre Frotzeleien nicht amüsant finden konnte. Anna sah das offenbar ähnlich, wie ihre gerunzelte Stirn verriet.

»Wann fährst du zu deiner Mutter?«, fragte sie Ben.

»Morgen. Ihr habt mich also nur eine Nacht an der Backe. Haltet ihr das so lange aus?«

»Mit Mühe. Und wie lange bleibst du?«, wollte Hannes wissen.

Jetzt klang Ben nicht mehr ganz so fröhlich. »Nur vier Tage. Übernächste Woche steht eine Klausur an, für die ich noch einiges zu tun habe. Ich muss unbedingt bestehen, ist mein dritter Versuch.«

Dass Ben noch die Universität besuchte, lag nicht daran, dass er viele Jahre jünger als Hannes gewesen wäre, sondern dass er lange den nötigen Eifer hatte vermissen lassen. Erst in den letzten Monaten war bei dem Einunddreißigjährigen eine gesteigerte Motivation erkennbar gewesen, nicht erst als Opa den Hörsaal zu verlassen.

Anna gelang es noch, sich aufrichtig für das angebotene Ausweichquartier zu bedanken, dann beendete Hannes das Telefonat. »Auf Ben ist einfach Verlass«, meinte er. »Um *Socke* müsstest du dich tagsüber kümmern, ist das okay?«

Anna nickte. Nachdem sie ihren bisherigen Job durch die Insolvenz des Arbeitgebers verloren hatte, war sie vorübergehend zur Krankheitsvertretung als Assistentin in einer Anwaltskanzlei tätig gewesen. Aufgrund der überraschend schnellen Genesung der Kollegin war diese Zwischenlösung aber auch schon wieder beendet, sodass sie sich – neben den Bewerbungen – vor allem mit Hochzeitsvorbereitungen beschäftigte. Der unkomplizierte Border Collie würde sie vielleicht auf andere Gedanken bringen, zumindest hoffte Hannes das.

Ihm konnte nicht entgehen, dass sich Anna eher halbherzig um eine neue Anstellung bemühte. Seit sie bei einer ungeplanten Schwangerschaft vor wenigen Wochen das Kind verloren hatte, war ihr Wunsch nach einer räumlichen und inhaltlichen Veränderung Dauerthema. Hannes waren derartige Überlegungen zwar nicht fremd, aber eher als theoretische

Spielerei. Es war auch nicht abzustreiten, dass mit dem bevorstehenden Ende seiner Sportlerlaufbahn ein geeigneter Zeitpunkt für einen Neuanfang vor der Tür stand. Nur nahmen die Diskussionen für seinen Geschmack einen zu schnellen Verlauf hin zu konkreter Planung. Er begründete seine Zurückhaltung vor allem damit, zunächst die anstehende Zusammenarbeit mit seinem neuen Vorgesetzten Marcel abwarten zu wollen. Dass er überdies immensen Respekt vor einem radikalen Neustart hatte und sich außerdem immer mehr mit seinem Job als Mordermittler angefreundet hatte, behielt er hingegen für sich.

Immerhin hatte er einen Kompromiss herausschlagen können, zu dem ihm auch die geplante Hochzeit verholfen hatte. Anna hatte eingewilligt, zunächst zu prüfen, ob es in der näheren Umgebung ein Stellenangebot gab, das sie interessierte. Allerdings nur so lange, bis sich Hannes ein Urteil über den Polizeidienst in Vollzeit und unter neuer Führung gemacht hatte. Da diese Neuerungen erst nach den Olympischen Spielen eintreten würden und Hannes sich alles vier Wochen lang ansehen wollte, hatte er sich eine Galgenfrist von fast drei Monaten herausgehandelt. Dass er damit Anna an seine eigene Entscheidung band, ohne dass sie Einflussmöglichkeiten besaß, löste regelmäßig ein schlechtes Gewissen bei ihm aus. Manchmal kam er sich wie ein Chauvinist vor. So hoffte er, dass Anna entweder auf einen Job stieß, der sämtliche Auswanderungspläne zerschmetterte, oder dass sie ihm einen Vorschlag präsentierte, der sich nicht so verwegen anhörte wie ihre bisherigen. Bisher war keine dieser Varianten eingetreten.

Jetzt gab es aber drängendere Themen, denen sie sich widmen mussten. Irritiert bemerkte er, dass der Wagen leicht zur Seite zog. Sie hatten den Passat zwar gebraucht gekauft, er hatte aber erst wenige Kilometer auf dem Tacho. Trotzdem war er schon einige Male in der Werkstatt gewesen – kündigte sich gerade der nächste Schaden an? Auch die Lenkung fühlte sich merkwürdig an, und es rüttelte leicht. Hannes wollte gerade das Tempo reduzieren und eine entsprechende Bemerkung machen, als ein Knall ertönte. Anna schrie auf, Hannes zuckte zusammen. Krampfhaft umklammerten seine Finger das Lenkrad, instinktiv trat er heftig auf die Bremse.

Dass dies keine gute Idee gewesen war, bewies das Ausbrechen des Fahrzeugs, doch es war zu spät, um das Schleudern noch zu verhindern. Hannes hörte Gummi quietschen, konnte das Geschehen aber nur wie versteinert verfolgen. Erst als die Fahrbahn wieder in Sicht kam, löste er den Fuß von der Bremse und lenkte den Wagen in Richtung Standspur. Er bemerkte, dass Anna den Warnblinker aktivierte, und bremste sanft ab. Als der Passat schließlich zum Stehen kam, war Hannes blass, seine Finger klebten am Leder des Lenkrads.

»Alles in Ordnung?« Endlich war er in der Lage, zur Seite zu blicken.

Auch auf Annas Stirn stand Schweiß, ihre Augen waren weit aufgerissen. »Ja, aber … was war das?«

»Ein geplatzter Reifen?«

Seine Hände zitterten, als Hannes den Sicherheitsgurt löste. Er wollte schon die Tür öffnen, als ein Lastwagen an ihm vorbeirauschte. Wieder zuckte er zusammen und überprüfte dann genauer, ob er den Wagen gefahrlos verlassen konnte. Schon beim Aussteigen erkannte er, dass seine Vermutung zutraf. Vom linken Hinterreifen hingen nur noch Fetzen an der Felge, es roch verschmort. Jetzt war er für das Tempolimit in Dänemark dankbar, denn bei einer höheren Geschwindigkeit wären sie vielleicht nicht mit dem Schrecken davongekommen. Für einen Moment war er unfähig, sich zu bewegen. Seine Knie fühlten sich weich und kraftlos an, trotz der Sommersonne fröstelte er.

Mehrere Motorradfahrer näherten sich und reduzierten das Tempo. Der Aufmachung nach handelte es sich um eine Rockergruppe. Hannes war nicht wohl dabei, als sie auf die

Standspur wechselten und langsam ausrollten. Einerseits war er für Hilfe dankbar, und es war heller Tag, andererseits machte die Gruppe keinen vertrauenerweckenden Eindruck. Vor allem aber setzte sich ein Gedanke in seinem Kopf fest: War der geplatzte Reifen Zufall, oder hing er mit dem Brandanschlag zusammen? Wie in Endlosschleife rotierte diese Frage in ihm, während er bewegungsunfähig zusah, wie eine kräftige Person in Ledermontur von dem vorderen Motorrad abstieg und dann auf ihn zukam.

Isabell und ihr Vorgesetzter Henning Federsen vertraten unterschiedliche Auffassungen, ob der Wochenendeinsatz berechtigt war oder nicht. Der Kriminalhauptkommissar pochte auf klar geregelte Zuständigkeiten, und dass sein Untergebener Johannes Niehaus keine Blessuren davongetragen hatte, sei ein unwiderlegbarer Fakt. Entsprechend missmutig hatte er die Befragungen in dem Altbau hinter sich gebracht, während Isabell mehr Eifer an den Tag gelegt und so meist die alleinige Gesprächsführung innegehabt hatte. Kopfschüttelnd sah sie nun ihren Chef an, als dieser den Hauseingang verließ und stehen blieb, um nach seiner Sonnenbrille zu kramen.

»Ich hoffe, Sie zeigen mehr Anteilnahme, sollte mir mal was zustoßen.«

»Mit fehlender oder vorhandener Anteilnahme hat das nix zu tun.« Anstatt der Sonnenbrille zog er eine Zigarettenpackung aus der ausgebeulten Hemdtasche und entzündete ein Feuerzeug. »Hier ist kein Mord passiert. Punkt. Aus. Ende.«

Sie deutete auf das Graffito. »Eine Morddrohung ist das aber mindestens. Wenn nicht sogar ein Mordversuch. War ja reiner Zufall, dass Hannes und Anna gerade in Schweden waren.«

»Auf dieses Geschmiere gebe ich gar nichts. Drohen ist leicht, aber umsetzen … Vielleicht ist es sogar absichtlich ausgerechnet in der letzten Nacht passiert. Der Brandstifter kann auf den Moment gewartet haben, in dem die Wohnung verwaist war.« Immer noch auf der Suche nach seiner Sonnenbrille wühlte Federsen erneut in seiner Hemdtasche.

»Aus welchem Grund? Wer sollte Hannes einschüchtern wollen? Wir arbeiten gerade an keinem akuten ...«

»Meine Güte!« Er gönnte ihr nur einen kurzen Blick, bevor die hervorstehenden Augäpfel hinter dunklen Brillengläsern verschwanden. »Wir alle machen uns Feinde, jeden Tag. Gehört zum Job. Außerdem ist gar nicht gesagt, dass das hier«, er deutete zum zweiten Stock hinauf, »mit Herrn Niehaus' Beruf in Verbindung steht. Wer weiß, wem er sonst noch auf die Füße getreten ist.«

»Das ist total weit hergeholt!« Normalerweise neigte Isabell nicht dazu, sich auf ein Wortgefecht mit Federsen einzulassen. Sie mochte ihn zwar genauso wenig wie die meisten ihrer Kollegen, akzeptierte aber, dass er der Chef war. Sie wusste auch, dass es insbesondere zwischen Hannes und ihm ein nicht zu kittendes Zerwürfnis gab, aber seine zur Schau getragene Ungerührtheit stieß sie ab. Wenigstens in einem solchen Moment konnte man doch mal persönliche Animositäten beiseiteschieben und sich kollegial zeigen!

»Weit hergeholt oder nicht, möglich ist es.« Federsen gab sich weiter renitent. »Verstehe nicht, weshalb man uns hat antanzen lassen.«

»Weil wir seine Kollegen sind?«

»Ein Grund mehr, weshalb wir hier nichts zu suchen haben. Persönliche Befangenheit.«

Isabell schnaubte. »Und wenn es doch etwas mit den letzten Ermittlungen zu tun hat? Dann sind wir am besten geeignet, den Täter zu finden.«

»Wenn es mit einem unserer Fälle zusammenhängt, warum hat es dann nur ihn getroffen?«

Herausfordernd sah sie ihn an, am liebsten hätte sie ihm die Brille aus dem fleischigen Gesicht geschlagen. »Vielleicht kommt das ja noch? Hannes war nur der Erste, wer weiß, wer der Nächste sein wird.«

Er öffnete den Mund, blieb aber stumm. Nur das Pochen einer Ader an der Schläfe verriet, dass Isabell einen Treffer gelandet hatte. »Schönen Samstag noch«, sagte sie und wandte sich ab, um zu den Kollegen der Spurensicherung zu gehen. Sie räumten gerade ihre Koffer in einen Transporter, hatten aber wenig Erhellendes beizutragen.

»Der Brand wurde mit Benzin gelegt«, erklärte einer der Männer und streifte sich einen weißen Anzug ab. »Simpel und effektiv. War in Wasserflaschen abgefüllt, Fingerabdrücke sind nicht erkennbar. Von einem Stofffetzen haben wir noch den Rest gefunden. Dürfte von einem schwarzen TShirt stammen.«

»Wurden irgendwelche Gegenstände entdeckt?«, hakte Isabell nach. »Etwas, das der Brandstifter verloren haben könnte?«

»Hier lag einiges rum«, antwortete eine Frau. »Papierschnipsel, Teddybär, Feuerzeug, Kippen und ähnliches Zeug. Der Teddybär wird dem Täter schon mal nicht gehört haben. Und der Rest?« Sie zuckte mit den Schultern.

»Was ist mit der Farbe an der Hauswand?«

»Stammt aus einer Spraydose, die wir aber nicht gefunden haben. Ohne Zeugen wirst du keine Chance haben, diesen Brandanschlag aufzuklären.« Sie wandte sich ab, um auf den Fahrersitz zu steigen.

Düster sah Isabell zu, wie ihr drei Männer ins Wageninnere folgten. Die Zeugen waren genau das Problem. Die Molotow-Cocktails waren um ein Uhr nachts geworfen worden, zu dieser Uhrzeit war nur eine Bewohnerin wach gewesen. Ingrid Waldner hatte aber bloß das Zerbersten der Scheiben gehört und den Brandgeruch bemerkt. Ihr Mann dürfte handfestere Hinweise liefern können, schließlich lag die Vermutung nahe, dass er dem Täter persönlich begegnet war. Dummerweise befand er sich mit zertrümmertem Nasenbein und Rippenprellungen im Krankenhaus. Dass er sogar auf der Intensivstation behandelt werden musste, lag an den inneren Kopfverletzungen, die mit großer Wahrscheinlichkeit von Fußtritten herrührten. Er musste also etwas gesehen haben, was er nicht weitererzählen sollte. Bislang war der Versuch, ihn zum Schweigen zu bringen, erfolgreich gewesen, denn Markus Waldner war nicht vernehmungsfähig.

Warum er um diese Uhrzeit in dem Innenhof gewesen war, hatte auch seine Frau nicht erklären können. Sie habe schon die Polizei informieren wollen, da er den ganzen Abend über verschwunden und nicht erreichbar gewesen sei. Gefunden hatten ihn dann die Feuerwehrleute, die wiederum von seiner Frau alarmiert worden waren. Vermutlich hatte sie damit nicht nur das Leben der anderen Bewohner, sondern vor allem das ihres Mannes gerettet. Vorerst zumindest.

Gedanklich ging Isabell die zurückliegenden Fälle durch. Nicht bei allen Ermittlungen war sie an Hannes' Seite gewesen, die Zusammensetzung der Teams wechselte je nach Bedarf und Verfügbarkeit. Ihr selbst fielen zwar einige Kandidaten ein, die zu einer solchen Vergeltungstat imstande wären, aber sie wollte auch Clarissa und Per fragen, wer ihnen aus den anderen Fällen in Erinnerung geblieben war. Oder hatte Federsen am Ende doch recht, und es waren die Auswüchse einer Privatfehde?

Ihr fiel auf, dass sie eigentlich recht wenig über Hannes' Privatleben wusste. Dass er Deutschland als Kanut bei den Olympischen Spielen vertreten würde und als Sportpolizist jeden Vormittag für sein Training nutzen durfte, war wahrscheinlich sogar dem Putzteam im Präsidium bekannt. Viel mehr, als dass Anna seine Freundin war, er von seinem früheren Chef Fritz einen umgebauten Krabbenkutter geschenkt bekommen hatte, es eine Schwester gab, beide Eltern noch lebten und er ursprünglich aus der Nähe von Hannover stammte, wusste sie jedoch nicht. Ach ja, über einen sportlichen Konkurrenten lästerte er manchmal, aber Isabell konnte sich nicht mal an dessen Namen erinnern. Meist gab sich Hannes zugeknöpft, sobald es persönlich wurde. Sie selbst hatte diesbezüglich weniger Scheu und ihm schon das ein oder andere Mal etwas aus ihrem Privatleben erzählt.

Nachdenklich ging sie in die Hocke und musterte einen Fußabdruck in dem Blumenbeet. Die Spurensicherung hatte ihn natürlich aufgenommen, aber Isabell bezweifelte, dass er vom Täter stammte. Eindeutig war dies der Abdruck eines Stöckelschuhs, wie auch immer er dorthin geraten sein mochte. Er sah zwar frisch aus, aber dass jemand in Stöckelschuhen einen Molotow-Cocktail warf, konnte sie sich beim besten Willen nicht vorstellen.

Sie lenkte den Blick in Richtung Straße und seufzte. Nicht nur tagsüber herrschte hier reger Verkehr, auch nachts dürften immer wieder Fahrzeuge oder sogar Fußgänger entlangkommen. Ob sich irgendjemand an eine Person erinnern konnte, die als Täter infrage kam? Vermutlich nicht, denn der Innenhof war von der Straße aus nicht einsehbar. Immerhin konnte man den Zeitpunkt klar eingrenzen, was weiterhalf. Das bedeutete allerdings eine öffentliche Fahndung, mit der automatisch eine Vielzahl von Hinweisen eingehen würde, die teils erfunden, teils übertrieben und nur mit großem Glück zielführend sein würden. Zumindest in Bezug auf diese Aufgabe schloss sich Isabell der Meinung Federsens an, dass dies nicht in den Zuständigkeitsbereich der Mordkommission fiel. Besser fühlte sie sich dadurch aber nicht.

Der Geruch stach genauso in der Nase wie der Anblick in den Augen. Anna liefen Tränen herunter, als sie den verkohlten

Überrest eines Fotoalbums begutachtete. Auch Hannes hatte um Haltung ringen müssen, als er die Wohnung betreten hatte. Erst vor einem halben Jahr hatten sie das Apartment bezogen und Stück für Stück nach ihren Vorstellungen eingerichtet. Es war nur ein schwacher Trost, dass sich die Schäden größtenteils auf das Wohnzimmer beschränkten, denn dort hatte das Feuer nichts unversehrt gelassen. Durch das Schlafzimmerfenster war ebenfalls ein Brandsatz geworfen worden, hatte aber nur Teile der Wand und die Seite eines Schrankes angesengt. Hannes erinnerte sich, dass er den Gestank, der nach einem erloschenen Feuer herrschte, in den letzten Monaten schon mehrfach gerochen hatte. Niemals hätte er damit gerechnet, dies einmal in seinem eigenen Zuhause erleben zu müssen.

Sie waren erst vor einer halben Stunde und damit später als geplant eingetroffen. Die vermeintliche Rockergang auf der dänischen Autobahn hatte sich als eine Gruppe älterer Motorradliebhaber entpuppt, die nicht nur äußerst freundlich, sondern zugleich technisch versiert gewesen waren. Den Wechsel des geplatzten Reifens hatten sie im Alleingang vorgenommen, während sich Anna und Hannes auf der Leitplanke sitzend wieder hatten sammeln können. Die Bemerkung eines der Männer, dass ein scharfer Gegenstand den Reifen beschädigt und später zum Platzen gebracht haben dürfte, hatte ihnen zu denken gegeben. Natürlich konnte ein Bordstein oder etwas Ähnliches den Schaden hervorgerufen haben, genauso gut konnte es aber auch – als tickende Zeitbombe – das Werk einer Person sein. Vielleicht waren sie sogar schon mit beschädigtem Reifen aus Deutschland abgefahren.

Gedankenverloren ließ Hannes den Blick durchs Zimmer schweifen. Isabell stand schweigend neben ihm, während sich Anna lautstark die Nase putzte. Dann gab er sich einen Ruck.

»Lass uns ein paar Klamotten zusammenpacken, danach fahren wir zu Ben«, sagte er zu seiner Freundin. Er hielt es für das Beste, sie so schnell wie möglich aus diesem Chaos wegzubringen.

»Soll ich euch fahren?«, fragte Isabell.

»Nein, das Reserverad hat uns bis hierher gebracht, dann schaffen wir die paar Meter auch noch. Am Montag besorge ich einen neuen Reifen, den kaputten hab ich vorhin der Spurensicherung mitgegeben.«

Nur mit Mühe konnte er Anna kurz darauf davon abhalten, neben Klamotten noch andere Habseligkeiten in den Koffer zu werfen. »Wir ziehen nicht um, sondern kriechen nur für ein paar Tage bei Ben unter. Wenn was fehlt, holen wir es einfach. Außerdem glaube ich nicht, dass hier noch mal Molotow-Cocktails durchs Fenster fliegen.«

Anna stopfte einen Aktenordner mit Bankdokumenten und anderen wichtigen Unterlagen in eine bereits übervolle Tasche. »Woher willst du das wissen? Denk an die Botschaft an der Hauswand!«

Damit wollte sich Hannes auf keinen Fall näher befassen. Er ertappte sich ohnehin schon dabei, sich ständig umzusehen. So auch, als er das Gebäude gemeinsam mit den beiden Frauen verließ. Von dem Graffito und den neugierigen Blicken der Nachbarn abgesehen, wirkte alles wie immer. Am frühen Abend strömte der Verkehr vorbei, es gab Spaziergänger, Jugendliche, die mit einer Dose kickten, und den Obdachlosen, der oft drüben auf der Bank neben einem Parkautomaten schlief. Er machte Isabell auf den Mann aufmerksam.

»Habt ihr den schon befragt? Er könnte was mitgekriegt haben, ist häufig hier.«

Sie nickte. »Letzte Nacht auch. Er wurde aber erst wach, als die Feuerwehr mit Blaulicht und Sirene vorfuhr. Es wird kein Weg daran vorbeiführen, die Öffentlichkeit um Hinweise zu bitten. Auch die Taxiunternehmen wurden schon informiert, es gibt bisher aber kein brauchbares Feedback.« Fürsorglich drückte sie erst Anna und dann Hannes an sich, bevor diese ins Auto stiegen. »Jetzt schnauft erst mal durch, und lasst das sacken. Wir kümmern uns um alles.«

Hannes nickte nur und startete den Motor. Er war außerstande, alles den Kollegen zu überlassen, sondern wollte so schnell wie möglich Struktur in seine wirbelnden Gedanken bringen. Noch am selben Abend würde er eine Liste mit den Personen anlegen, die ihm aus den zurückliegenden Ermittlungen in Erinnerung geblieben waren und über ein Motiv verfügen könnten. Immerhin ging es hier nicht nur um ihn selbst, was beunruhigend genug wäre. Sollte die Drohung ernst gemeint sein, waren weitere Vorfälle zu erwarten, die nicht nur ihn, sondern genauso Anna gefährdeten.

Verstohlen sah er zu ihr hinüber. Sie saß aufrecht auf dem Beifahrersitz und drehte zwischen den Fingern unablässig einen Anhänger, der ihrer Mutter gehört hatte. Nach dem Verlust der Fotos war dieser Schmuck das einzige verbliebene Erinnerungsstück. Innerlich verfluchte Hannes das Schicksal. Anna hatte endlich angefangen, die mentale Krise, die der Verlust des Babys und des Arbeitsplatzes ausgelöst hatte, hinter sich zu lassen. Beide hatten sich auf die Hochzeit gefreut und es genossen, dass zwischen ihnen wieder eine Vertrautheit eingekehrt war, die zwischenzeitlich verloren gegangen war. Sie hatten sich sogar dafür entschieden, es noch mal mit einer Schwangerschaft zu versuchen – sobald die Frauenärztin grünes Licht gab. Jetzt aber war die Leichtigkeit wie fortgeweht, genauso wie der Optimismus, dass alles gut werden würde.

Hinter dem Bäcker, bei dem sie üblicherweise sonntags Brötchen holten, bog Hannes in ein ruhiges Wohngebiet ab. Nach einem Blick in den Rückspiegel runzelte er die Stirn.

»Was ist los?«, fragte Anna. Offenbar war er nicht der Einzige, der den Gemütszustand des anderen zu ergründen versuchte.

»Weiter hinten … seit wir losgefahren sind, scheint uns ein Motorroller zu folgen.«

Hektisch drehte sie sich um und sah durch die Heckscheibe. »Der rote?«

»Genau.« Hannes fuhr langsamer und behielt den Spiegel im Blick.

»Jetzt biegt er ab.« Anna wandte sich wieder um, und seit vielen Stunden meinte er zum ersten Mal Lebensfreude an ihr zu bemerken. Sie steckte sich eine braune Haarsträhne hinter das Ohr und zeigte den Anflug eines Lächelns. »Leidet der Mordermittler jetzt an Verfolgungswahn? Wir sind erst seit drei Minuten unterwegs. Das ist wahrscheinlich nur ein Halbstarker auf dem Weg zu seiner Freundin.«

»Du hast recht.« Hannes setzte erneut den Blinker, um in Bens Straße einzubiegen. »Wir müssen aufpassen, dass wir nicht überall Gespenster sehen.«

»Ich seh aber schon eins.« Anna deute nach vorn.

In der Tat war der Vergleich naheliegend, denn Ben erwartete sie in abenteuerlicher Aufmachung. Er lief auf dem Bürgersteig hin und her und wedelte mit beiden Armen, als er sie bemerkte. Hannes hielt neben ihm an und stieg aus.

»Hast du dich in der Jahreszeit vertan? Karneval …«

»Freut mich auch, dich zu sehen.« Ben boxte ihm gegen die Brust und umarmte Anna.

»Ist das ein Nachthemd?«, fragte sie.

»Das hier?« Ben zupfte an dem weit geschnittenen weißen Stoff, der wie ein Sack um seinen schlaksigen Körper hing. »Nennt sich Thawb. Das ist arabisch und bedeutet Gewand.«

»Und wieso trägst du so was?« Hannes war zwar einiges von Ben gewohnt, zweifelte aber mal wieder an dem Verstand seines Freundes. »Bist du zum Islam konvertiert oder bloß bekifft?«

»Weder noch. War nur ein Test, wie ihr reagiert. Ich hab nämlich vor, meine Mutter damit zu überraschen.«

»Was soll das bringen?«

»Ach, das führt zu weit.« Ben winkte ab. »Es gibt einen plausiblen Grund, glaub mir. Jetzt haben wir aber Wichtigeres zu besprechen, kommt mit!«

Er half den beiden, das Gepäck auszuladen, und stieß die Gartentür auf. Als sie an der Villa der Eigentümer vorbei in den hinteren Gartenbereich gingen, gerieten Hannes' Schritte ins Stocken. Anna und Ben bemerkten es nicht, sondern überquerten den Rasen in Richtung des Gartenhauses, in dem Ben als Mieter wohnte. Auf der Veranda lag sein Hund *Socke*, der erst den Kopf hob und ihnen dann schwanzwedelnd entgegenstürmte. Hannes lauschte noch immer, das knatternde Geräusch wurde lauter. Er ließ beide Koffer fallen, drehte sich um und rannte zur Straße zurück. Durch die Hecken konnte er nur einen Schatten vorbeigleiten sehen, kurz darauf riss er das Gartentor auf. Das Geräusch entfernte sich, vom Verursacher war aber nichts mehr zu sehen. Es war ein Motorroller gewesen, da war sich Hannes sicher. Ob er eine rote Farbe gehabt hatte?

Langsam ging er in den Garten zurück. *Socke* begrüßte er eher beiläufig, obwohl zwischen ihm und dem Hund schon seit ihrer ersten Begegnung eine herzliche Zuneigung herrschte. Fragend sah Anna ihn an.

»Wo warst du?«

»Ach … hatte was im Auto vergessen.«

Hannes war bemüht, sich die Sorge nicht anmerken zu lassen. Anna sollte sich hier sicher fühlen, das war wichtig! Er selbst wollte allerdings Augen und Ohren offen halten. Kopfschüttelnd beobachtete er, wie Ben sich das Gewand über den Kopf zog. Darunter trug er lediglich eine Unterhose, immerhin. Er ließ sich auf einem Liegestuhl nieder und deutete einladend auf die Haustür.

»Breitet euch in Ruhe aus. Ab morgen könnt ihr euch im Schlafzimmer einrichten, heute Nacht gehört es aber noch mir.«

»Zu schade.« Hannes musterte den hageren Oberkörper. »Wo du dich gerade so aufreizend präsentierst.«

»Soll ich mir besser was anziehen? Nicht, dass eure Hormone durchdrehen.«

Anna setzte sich neben ihn. »Keine Sorge, unsere Hormone haben gerade andere Sorgen. Kann ich mir eins nehmen?« Sie deutete auf einen Sixpack Bier. »Auspacken können wir später.«

»Klar, ist eh besser, wenn wir gleich zur Sache kommen.«

»Ehrlich gesagt, wir wollen jetzt nicht weiter über den Anschlag auf unsere Wohnung reden.« Hannes setzte sich ebenfalls, nachdem er eine Hundebürste vom Klappstuhl auf den Tisch gelegt und einen Haufen Trockenfutter auf den Boden gefegt hatte. »Unsere Gedanken haben sich schon genug darum gedreht und brauchen eine Pause.«

»Ist aber wichtig. Wartet hier, ich muss euch was zeigen.« Ben stand schon wieder auf und verschwand im Haus.

Anna kraulte *Sockes* Kopf, der sich davon unbeeindruckt zeigte und sich über das Futter hermachte. »War eine gute Entscheidung, hierherzukommen.« Sie wies auf den Garten. »Es fühlt sich total unwirklich an, dass unsere eigene Bude abgebrannt ist. Hier wirkt alles wie immer, friedlich und … einfach schön.«

Hannes machte ein zustimmendes Geräusch. Wenn man bedachte, was für ein unkonventioneller Typ Ben war, dann war es sogar kitschig schön. Er hätte mit seinen Dreadlocks, dem Augenbrauenpiercing und dem oft von der Norm abweichenden Verhalten besser in eine WG in irgendeinem verlotterten Gebäude gepasst als in dieses Gärtnerhäuschen, das als Kulisse für einen Rosamunde-Pilcher-Film hätte herhalten können. Das Ärztepaar, dem das Grundstück gehörte und das mit den beiden Kindern in der Villa wohnte, hatte zwar den verwilderten Charme des Gartens nicht angetastet, aber mit kleinen Akzenten dafür gesorgt, dass er nicht ungepflegt wirkte. Um einen Apfelbaum herum wucherten Wildblumen, ein Rosentor fungierte als Eingang zu drei Gemüsebeeten, und quer über einen schmalen Wasserlauf war eine Hängematte gespannt worden. Hannes verlor sich in dem Zwitschern der Vögel und dem Rauschen der Blätter. Er schloss die Augen, spürte Sonnenstrahlen durch das Laub auf sein Gesicht fallen und griff nach Annas Hand.

»An so einen Wohnsitz könnte ich mich gewöhnen«, hörte er ihre Stimme. »Vielleicht sollten wir Ben zu einem Umzug ins Ausland überreden.«

»Vergesst es.« Ben war zurück. Angezogen und mit einem Laptop unter dem Arm.

Hannes öffnete die Augen. »Solltest du aber jemals …«

»… muss ich die Vermieter anbetteln, euch hier einziehen zu lassen. Ich weiß, hast du mir schon x-mal gesagt. Sei mal lieber froh, dass du mich hier in deiner Nähe hast. Denn wie schon vor einem Jahr«, er stellte den Laptop auf den Tisch und legte sein Smartphone daneben, »bin ich wieder mal ein wertvoller Tippgeber.«

»Wie meinst du das?«

Ben drückte den Startknopf und setzte sich. »Anders als du und deine Kollegen hab ich eine Vermutung, weshalb deine Bude angesteckt wurde.«

Damit hatte er nicht nur die volle Aufmerksamkeit seines Freundes, sondern auch die von Anna. Sie richtete sich auf und rückte mit dem Stuhl neben ihn. »Was für eine Vermutung und woher …?«

»Kam von einem Freund aus Hamburg. Ich hab ihm mal erzählt, dass ich mit einem Polizisten befreundet bin, was er ziemlich abwegig fand, weil … na ja. Wir sind in ähnlichen Kreisen unterwegs.«

Hannes zog die Augenbrauen nach oben. Ben engagierte sich seit Jahren im Kampf gegen alte und neue Nazis, wobei er es mit den Gesetzen nicht so genau nahm. Zuletzt war er ihm ruhiger vorgekommen, aber er wollte gar nicht so genau wissen, was sein Kumpel schon alles angestellt hatte – oder noch immer anstellte.

»Ich hab mal fallen lassen, dass du Leistungssportler bist und zweifarbige Augen hast«, fuhr Ben fort. »Vor allem Letzteres ist wohl bei ihm hängen geblieben, deshalb hat er sich sofort bei mir gemeldet.«

Hannes schüttelte den Kopf. »Kannst du mal aufhören, in Rätseln zu sprechen?«

»Ich war noch gar nicht fertig.« Ben nahm das Smartphone in die Hand und wischte darauf herum. »Er ist öfter in einem alternativen … na ja, genauer gesagt ist es ein Treffpunkt für Autonome … ich war allerdings noch nicht dort! Vom Steinewerfen hab ich nie was gehalten und …«

»Bleib jetzt mal bei der Sache.« Auch Anna war irritiert. »Um was geht es?«

»Darum, dass in diesem … Zentrum einige Flugblätter rumlagen. Und auf denen war das hier. Er hat mir ein Foto geschickt.«

Er drehte das Display zu Hannes, der sich daraufhin nach vorn beugte. Mit offenem Mund betrachtete er sein eigenes Gesicht. In Farbe und nur leicht unscharf. Er erinnerte sich daran, wie es entstanden war – bei einem der wenigen Interviews, die jemals mit ihm geführt worden waren. Das lag erst ein paar Monate zurück. Beim Weltcup in Duisburg hatte er mit persönlicher Bestzeit den dritten Platz belegt und war nach seiner Rückkehr von einer Lokalzeitung – genauer gesagt von einem lokalen kostenlosen Anzeigenblatt – kontaktiert worden. Auf deren Webseite war der Artikel ebenfalls veröffentlicht worden, samt Foto. Wie und vor allem warum es auf einem Flugblatt gelandet war, das von Autonomen herumgereicht wurde, konnte er sich allerdings nicht erklären. Genauso wenig warum über dem Bild in roten Lettern *Payback Time* stand. Ben erklärte es ihm.

»Auf dem Blatt wirst du beschuldigt, in gewalttätige Auseinandersetzungen mit Demonstranten verwickelt gewesen zu sein. Beim Wirtschaftsgipfel vor wenigen Wochen in Hamburg. Ist da was dran?«

»Spinnst du?« Hannes fand die Sprache wieder, auch wenn es mehr ein heiseres Krächzen war. »Ich bin Mordermittler, kein Bereitschaftspolizist oder so.«

»*Ich* hab das ja auch nicht behauptet, sondern der Verfasser dieses Flugblatts.« Ben reichte das Smartphone an Anna weiter, die schon ungeduldig an seinem Arm zog. »Bei den Straßenschlachten ging es heftig zur Sache, es gab viele Verletzte.«

»Vermutlich auf beiden Seiten.«

»Vier Demonstranten wurden sogar schwer verletzt, eine Siebzehnjährige verlor ein Auge. Zeugen behaupten, dass sie von Polizisten zusammengeschlagen und noch am Boden liegend verprügelt wurde. Beweise gibt es nicht. Auf dem Flugblatt wird aber behauptet, dass du einer dieser Polizisten gewesen bist.«

Fassungslos sank Hannes gegen die Rückenlehne. Es passte. Die Vorgehensweise beim Brandanschlag, die Wortwahl des Graffitos. Was jedoch überhaupt nicht passte, war er als Zielperson. Wie konnte es zu einem derart fatalen Missverständnis kommen? Auch Anna sah geschockt aus.

»Es muss einen Polizisten geben, der Hannes ähnlich sieht.«

»Einschließlich zweifarbiger Augen?« Ben nahm sein Telefon wieder an sich. »Das wäre schon ein extremer Zufall.«

Hannes räusperte sich. »Aber wieso sind die ausgerechnet auf mich gekommen?«

»Keine Ahnung. Ich weiß nicht mal, wer *die* überhaupt sind. Mein Kumpel hat sich in der Szene umgehört, keiner kann sagen, wer die Flugblätter ausgelegt hat. Auf einmal waren sie da. Mit deinem Namen … und deiner Adresse.«

Hannes stöhnte. »Das ist Wahnsinn! Obwohl ich völlig unschuldig bin, sinnt jetzt eine Horde Autonomer auf Rache?«

Ben nickte mit ernster Miene. »Und mit solchen Leuten sollte man sich nicht anlegen.«

»Ich hab mich doch gar nicht mit denen angelegt!«

»Dann hat jemand dafür gesorgt, dass es so aussieht. Absichtlich oder aus Versehen.«

An eine Verwechslung glaubte Hannes keine Sekunde. Trotzdem musste natürlich klargestellt werden, dass er zu Unrecht am Pranger stand. Nur wie? Eine Gegendarstellung wie bei fehlerhaften Pressemeldungen war hier schwer möglich. Wer wusste schon, in welchen Händen sich diese Flugblätter mittlerweile befanden – und wie viele davon gedruckt worden waren!

»Hat dein Freund eines der Flugblätter mitgenommen?«, fragte er.

»Hat er sogar schon in einen Briefumschlag gesteckt und an mich geschickt. Müsste am Montag ankommen. Es ist aber nicht unterschrieben, falls du auf einen Hinweis auf den Verfasser hoffst.«

»Das ist mir klar. Aber vielleicht gibt es irgendetwas, das einen Anhaltspunkt liefert … oder zumindest Kollegen, die sich mit so was auskennen. Die Sprache … der Stil oder …« Hilflos hob er die Hände.

»Vielversprechender ist eher das hier.« Ben schob den Laptop nach vorn, sodass Anna und Hannes den Bildschirm sehen konnten.

Hannes hörte, wie Anna nach Luft schnappte, und richtete nun auch seinen Blick auf den Bildschirm. Ben hatte eine Webseite geöffnet, auf der ebenfalls Hannes' Foto zu sehen war. Als Beitrag in einem Diskussionsforum der linken

Szene. Konkret ging es in dem Thread um Polizeigewalt beim Wirtschaftsgipfel. Hannes konnte schon beim Überfliegen des ersten Kommentars erkennen, dass man begeistert war, *endlich ein Bullenschwein aus der anonymen Masse* identifiziert zu haben. Und wie Ben mit einem Fingerzeig verdeutlichte, setzten sich derartige Kommentare über mehrere Seiten fort. Hannes brach der Schweiß aus, als er die Rachepläne so vieler Unbekannter durchlas, während Anna nur noch stumm und blass dasaß.

Kapitel 3

Wider Erwarten konnte Hannes am Sonntagmorgen auf eine ruhige Nacht zurückblicken. Als er sich um Mitternacht mit Anna auf das Klappsofa in Bens Wohnzimmer gelegt hatte, war er so erledigt gewesen, dass er innerhalb von wenigen Minuten eingeschlafen war. Ob dies auch für Anna galt, bezweifelte er. Seit die Spur in die autonome Szene aufgetaucht war, hatte sie kaum noch an etwas anderes denken können.

»Mein Bruder hat mich mal auf eine Demo mitgeschleppt, die total eskaliert ist«, hatte sie ihm gestern Abend noch vor dem Einschlafen erzählt. »So was hab ich vorher noch nie erlebt, es war wie im Bürgerkrieg. Zumindest stell ich mir das so vor. Die Leute waren völlig enthemmt. Wenn solche Kerle jetzt hinter uns her sind …«

»Sie sind hinter mir her, nicht hinter dir«, hatte Hannes sie zu beruhigen versucht.

»Das macht es doch nicht besser! Es ist ein Albtraum!«

Ob Anna auch im Moment von Albträumen geplagt wurde, konnte Hannes nicht beurteilen. Zumindest schlief sie und atmete ruhig. Vorsichtig, um das betagte Sofa nicht in Schwingung zu versetzen, drehte er sich zur Seite und griff nach seiner Armbanduhr. Es war sieben Uhr, und durch den Vorhangspalt konnte er erkennen, dass die Sonne schien. Leise stand er auf und schlich zu Bens Schlafzimmertür. Als er sie öffnete, erschien sofort *Sockes* Hundeschnauze im Türspalt. Begeistert, dass schon jemand wach geworden war, wedelte er mit dem Schwanz und versuchte, sich herauszuzwängen. Seine Krallen bearbeiteten das Holz, und Ben grummelte vor sich hin, dann zog er sich das Kissen über den Kopf. Bevor auch Anna von *Sockes* stürmischer Freude geweckt zu werden drohte, zog Hannes den Hund hinaus ins Freie.

Es war noch kühl, sodass er aus dem Schatten eines Baumes auf den Rasen in die Sonne trat. Aus dem Haupthaus hörte er Kinderlärm, deshalb sah er an sich herunter. Wer Ben als Untermieter akzeptierte, würde sich hoffentlich nicht daran stören, dass jemand nur mit Boxershorts im Garten herumlief. Nichtsdestotrotz suchte er den Schutz einer Hecke, nachdem er sich von der Terrasse einen Stuhl geholt hatte. *Socke* stromerte durch den Garten, und Hannes atmete tief ein und aus. Die Sonne wärmte seinen nackten Bauch, an den Zehen spürte er den Morgentau. Mit geschlossenen Augen drehte er sein Handy zwischen den Fingern, es widerstrebte ihm, sich erneut mit dem Flugblatt sowie den Foreneinträgen auseinanderzusetzen und damit die friedvolle Atmosphäre dieses Morgens zu vertreiben.

Schließlich tat er es doch. Noch immer kam es ihm unwirklich vor, sein Foto über den Drohungen und Anschuldigungen zu sehen. Wer konnte ein Interesse daran haben, ihn den Rachegelüsten eines autonomen Mobs auszusetzen? Vermutlich jemand, der andere für seinen eigenen Rachefeldzug einzusetzen gedachte. Es war eine perfide Strategie, die sogar Erfolg versprechend schien, das musste Hannes dem Unbekannten zugestehen. Zumal dieser nichts dem Zufall überlassen hatte. Zu konkret waren die Informationen, als dass man erst mühsam nach der Zielperson hätte suchen müssen. Nicht nur Hannes voller Name und seine Adresse waren veröffentlicht worden, genauso eine Beschreibung seines Autos samt Kennzeichen, und darüber hinaus war seine Dienstbehörde genannt worden. Auch die Information, dass er am Olympiastützpunkt als Kanut trainierte, blieb nicht unerwähnt, ebenso seine Herkunft aus einer Kleinstadt bei Hannover und der familiäre Hintergrund.

Ihm wurde übel. Dass sein privates Umfeld – wenn auch ohne Namensnennungen – hineingezogen wurde, löste ein beklemmendes Gefühl aus. Wahrscheinlich sollte genau das bezweckt werden. Musste er seine Eltern und Schwester warnen? Sie würden vor Angst außer sich sein! Verschweigen war aber auch keine gute Idee. Sollte ihnen etwas zustoßen, würde er sich ewig Vorwürfe machen. Hannes nagte an seiner Unterlippe. Es musste einen Weg geben, diesen Wahnsinn zu stoppen. Als Erstes wollte er die Kollegen über die neuen Hintergründe informieren, am Vorabend hatte er weder Isabell noch Federsen erreichen können. Als er sein Telefonbuch antippte, erhielt er eine SMS von einer unbekannten Nummer – die ihn völlig überrumpelte.

Hallo Hannes! Lange nichts mehr von dir gehört. Geht's dir gut? Wir sollten uns mal treffen und über die alten Zeiten quatschen. Gibt bald genug Gelegenheiten, denn – Überraschung: Wir wohnen jetzt beide in derselben Stadt! Wann passt es bei dir?! Liebe Grüße Nina

Hannes massierte sich die Schläfen. Nina hatte er vor einer gefühlten Ewigkeit bei einem Wettkampf kennengelernt, kurz nachdem er seinen fünfundzwanzigsten Geburtstag gefeiert hatte. Auch sie war Leistungssportlerin gewesen, allerdings auf einem niedrigeren Niveau. Sie hatte in Brandenburg gewohnt und war … einfach unglaublich gewesen. So unglaublich, dass Hannes über drei Jahre viele Stunden im Zug verbracht hatte, um sie regelmäßig zu treffen. Es war eine intensive, aber auch verhängnisvolle Beziehung gewesen, leidenschaftlich im positiven wie im negativen Sinn. Etwas Vergleichbares hatte er seitdem nicht mehr erlebt, was ihn gleichermaßen erleichterte und bedrückte. Nach dem großen Knall hatte er zwei Jahre lang keine Frau mehr an sich herangelassen. Zum einen hatte er Zeit für sich gebraucht, und zum anderen hatte er – was er ungern zugab – Nina nicht aus dem Kopf oder besser gesagt nicht aus dem Herzen bekommen. Noch heute ertappte er sich manchmal dabei, dass er an sie dachte.

Ihm fiel auf, dass er seit Minuten regungslos auf das Display starrte. Auf eine solche Nachricht hatte er vor fünf Jahren noch monatelang gehofft, jetzt erschreckte sie ihn eher, als dass er sich freute. Rückblickend war er der Meinung, dass die Trennung zwar schmerzhaft, aber absolut richtig und wichtig gewesen war. Nina hatte es schon damals auf den Punkt gebracht: »Wir tun einander einfach nicht gut.« Allerdings hatte es durchaus Phasen gegeben, in denen sie sich sogar sehr gutgetan hatten. Es war das ständige Wechselspiel zwischen diesen Extremen gewesen, das sie zermürbt hatte. Hannes fragte sich, ob sie heute anders und souveräner mit diesen Gegensätzen umzugehen imstande wären. Er wusste, dass er selbst seinen Teil zur Eskalation beigetragen hatte, und dieser Beitrag ließ sich nicht nur auf seinen Hang zur Eifersucht reduzieren.

Er verstand selbst nicht, weshalb er derartige Überlegungen überhaupt zuließ. Mit Anna war er glücklich, er befand sich in einer ganz anderen Lebensphase, und vor allem gab es gerade erheblich drängendere Probleme. Wieso musste Nina ausgerechnet jetzt wieder ein Lebenszeichen von sich geben, und weshalb war sie hierher gezogen? Letzteres interessierte ihn dann doch, sodass er sich eine Antwort abrang. Ein Treffen schloss er für sich selbst allerdings kategorisch aus.

Hi Nina, schön von dir zu hören! Leider geht es bei mir gerade drunter und drüber. Du bist hergezogen? Wie kam es dazu?

Bevor er weiter über seine Exfreundin nachdenken konnte, rief er Isabell an. Erwartungsgemäß war sie bereits wach.

»Sorry, dass ich dich gestern nicht mehr zurückgerufen habe«, sagte sie. »Hab erst spät gesehen, dass du versucht hattest, mich zu erreichen. Ist bei dir alles in Ordnung?«

»So sehr in Ordnung, wie es in Ordnung sein kann, wenn man auf der Abschussliste von Autonomen steht.«

»Hä?«

Hannes erklärte ihr den Hintergrund und wie er an die Informationen gelangt war. Einen Moment lang herrschte Schweigen, dann hatte sich Isabell gefangen. »Wir müssen die Hamburger Kollegen sofort losschicken, damit dieses Missverständnis aus der Welt geschafft wird!«

»Missverständnis?« Hannes lachte auf. »Das ist Absicht! Jemand will mir diese Kampfhähne auf den Hals hetzen. Und wie es scheint, funktioniert es ganz gut.«

»Hast du inzwischen 'ne Idee, wer das sein könnte?«

»Mindestens zehn. Du musst nur die Personen durchgehen, die wegen mir im Knast gelandet sind. Zählt man die indirekt durch die Ermittlungen Inhaftierten dazu, kommen noch mehr infrage. Ich hätte halt Lehrer werden sollen.«

»Da kannst du dir genauso Feinde machen. Wir müssen eine Liste anlegen. Mit allen, die dir neue Lebensumstände zu verdanken haben.«

»Und dann?« Hannes' Stimme wurde lauter. »Die sitzen alle im Knast, nach ihrem Alibi musst du nicht fragen. Wenn einer von denen dahintersteckt, wird es Helfer geben. Das ist … wie sollen wir das auf die Schnelle herausfinden?«

Isabell behielt einen kühlen Kopf. »Zunächst müssen wir die Dringlichkeit reduzieren. Die Info streuen, dass du bei dem Wirtschaftsgipfel gar nicht im Einsatz warst. Dass du ein Mordermittler bist. Dazu sollten wir dort ansetzen, wo die einzige konkrete Spur verläuft.«

Hannes nickte. »So weit war ich auch schon. Das Flugblatt und dieses Forum.«

»Den Verfasser des Flugblattes werden wir so schnell nicht finden, den Betreiber des Forums schon eher. Wer hat darin dein Foto gepostet?«

»Ein *joshi*.« Der Nickname hatte sich Hannes eingebrannt. »Er hat so ziemlich genau die Infos reingeschrieben, die auch auf dem Flugblatt standen. Aber noch zwei weitere Angaben. Ist also wahrscheinlich, dass er die Lawine losgetreten hat.«

»Vielleicht hat er nicht nur die Lawine losgetreten, sondern selbst die Brandsätze geworfen. Die Frage ist nur, weshalb? Was hat er ins Forum geschrieben, das nicht auf dem Flugblatt stand?«

»Eine genauere Beschreibung meines Äußeren und dass ich bei Olympia antrete. Daraufhin haben sich mehrere Leute in ihren Kommentaren empört, dass ich mein Superheldenleben weiterführe, während ein Mädchen wegen mir halb blind geworden ist. Und wie das so ist, haben sich dann andere gemeldet, die mich an dem Tag angeblich auch in Hamburg beobachtet haben. Ich wäre einer von den ganz schlimmen Bullen gewesen. Das geht bis zu offenen Mordaufrufen. Es verselbstständigt sich, Isabell!«

»Verstehe, ich informiere gleich Federsen. Das Dumme ist nur, dass wir nicht so richtig zuständig sind.«

Hannes schluckte die Verbitterung herunter, Isabell konnte ja nichts für die Polizeiregeln. »Tja, da muss ich wohl erst draufgehen«, konnte er sich dennoch nicht verkneifen.

»Untersteh dich. Und glaub nur nicht, dass ich die Füße stillhalte. Bei der Spurensicherung hab ich gerade keinen guten Stand.«

»Warum?«

»Weil ich denen Feuer unterm Hintern mache. Immerhin liegt das Ergebnis zu deinem Reifen vor. Sieht tatsächlich so aus, als wäre er manipuliert worden. Angeritzt mit einem Messer.

Viel ist von dem Ding leider nicht mehr übrig, es gibt also keine Gewissheit.«

»Und sonst?«

»Die Wasserflaschen lieferten keine weiteren Hinweise und der eingesammelte Krimskrams auch nicht. Bleibt der Fußabdruck im Beet. Von dieser Stelle kann man zu einem eurer Fenster hochsehen. Na ja, zu den anderen Wohnungen natürlich auch. Muss also nichts bedeuten. Meine Vermutung war richtig, der Abdruck stammt von einem Stöckelschuh. Größe sechsunddreißig.«

»Glaube kaum, dass jemand mit Stöckelschuhen Molotow-Cocktails schmeißt.« Aus den Augenwinkeln sah Hannes, dass Anna und Ben auf die Terrasse traten. Laut hechelnd stürzte ihnen *Socke* entgegen. »Wie geht's jetzt weiter, Isabell? Ich kann nicht einfach nichts tun.«

»Dann denk weiter scharf darüber nach, mit wem du ernsthaft aneinandergeraten bist. Ist ja auffällig, dass nur du ins Visier genommen worden bist. Bist du dir sicher, dass nichts anderes dahinterstecken kann?«

»Ja, bin ich. Mir fällt nichts ein, was einen Racheplan gegen mich erklären könnte. Fährst du nachher ins Präsidium? Dann komme ich dazu, und wir zerlegen dieses Forum.«

»Das ist keine gute Idee. Du kannst nicht in einem Fall ermitteln, bei dem du selbst betroffen bist. Als Hauptbetroffener schon gar nicht.«

Diese goldene Regel war Hannes natürlich nicht unbekannt. »Dann halte mich wenigstens auf dem Laufenden, versprich mir das!«

»Davon … darf aber niemand wissen«, willigte sie zögernd ein.

»Okay.«

Das Handy brummte, und Hannes verabschiedete sich. Er hatte eine weitere SMS erhalten, und sie steigerte seine

Vorahnung, dass er auf Ninas Kontaktaufnahme besser nicht reagiert hätte. *Hab nen Job als Personalerin angenommen. Ein Konkurrent hat mich abgeworben, fette Gehaltserhöhung, cool, oder? Muss ich dir in Ruhe erzählen. Bin erst mal in einer Pension untergekommen, weißt du vielleicht eine Wohnung für mich? Wann zeigst du mir, was in der Stadt los ist? Lass uns mit deiner Lieblingskneipe anfangen!*

Hannes meinte, beim Lesen der Nachricht ihre Stimme zu hören und die Augen glitzern zu sehen. So wie Nina eben klang und aussah, wenn sie voller Tatendrang steckte. In einer solchen Verfassung war sie nicht zu stoppen und riss einen förmlich mit. Nur wollte sich Hannes gar nicht mitreißen lassen.

Kenne leider keine freie Wohnung, schrieb er und fügte vorsichtshalber hinzu: *Meine eigene ist gerade abgebrannt, weshalb ich bei einem Freund wohne. Das mit deinem Job freut mich, ich melde mich, wenn mal mehr Luft ist.*

Die Hoffnung, dass er die Sache totlaufen lassen konnte, war wohl illusorisch, aber für den Moment war Hannes nur daran gelegen, sich Zeit zu ergaunern. An sich war er einem Treffen gar nicht mal völlig abgeneigt, schließlich hatten sie sich im gegenseitigen Einvernehmen getrennt. Wenn dieser Albtraum vorbei war, würde es vielleicht sogar ganz interessant sein …

»Kommst du irgendwann zu uns rüber, oder willst du weiter dein Handy hypnotisieren?« Bens Stimme musste noch mehrere Straßen weiter zu hören sein.

Hannes schloss das SMS-Programm und erhob sich, um den Stuhl zurück zur Terrasse zu tragen. Anna stellte gerade Müslischalen und eine Milchpackung auf den Tisch, während Ben Saft einschenkte.

»Du siehst ganz schön mitgenommen aus«, sagte sie. »Mit wem hast du telefoniert?«

»Mit Isabell.« Er küsste sie.

»Hatte sie schlechte Nachrichten?«

»Nein, eher … gar keine.« Das Ergebnis der Reifenüberprüfung behielt er für sich. »Stattdessen hab ich ihr von der Spur zu den Autonomen erzählt.«

»Hoffentlich hast du ihr auch erzählt, wer diese Spur aufgetan hat.« Ben ließ sich auf ein Polster fallen. »Pluspunkte bei der Polizei könnt ich gut gebrauchen.«

»Es reicht, wenn du bei mir Pluspunkte sammelst. Wieso gibt es keine Brötchen?«

»Willst du mich …«

»Sorry, war nur der Versuch eines Scherzes. Wie habt ihr geschlafen?«

»Geht so«, antwortete Anna. »Was aber vor allem an deinem Schnarchen lag.«

»Ich schnarche nicht. Höchstens wenn ich …«

Hannes' Handy polterte mit einem Rocksong los, schnell nahm er es in die Hand. Hoffentlich nicht schon wieder Nina, die es diesmal nicht bei einer SMS beließ, sondern ihn anrief! Erleichtert, aber auch verwundert, sah er, dass es sich bei dem Anrufer um Ole Nielsen handelte, einem Freund von Fritz, der noch immer als Fischer arbeitete. Der Mann hatte Hannes bei den Vorbereitungen für die Prüfung zum Sportbootführerschein geholfen, und seitdem liefen sie sich immer mal wieder zufällig am Hafen über den Weg. Ole hatte auch schon mehrfach mit angepackt, wenn es darum ging, den Krabbenkutter *Lena* in Schuss zu halten. Das Boot hatte Hannes von Fritz geschenkt bekommen, da der frühere Kriminalhauptkommissar inhaftiert und zudem todkrank war und nicht mehr selbst in See stechen konnte.

»Ole, so früh auf?«

»Früh? Für mich ist es schon fast Mittag. Ich komme gerade vom Anleger. Du solltest herkommen und dir das selbst ansehen.«

»Was ist los?«

»Am Liegeplatz der *Lena* hängen nur noch die Taue. Durchgeschnitten. Die *Lena* selbst liegt abgesoffen im Hafenbecken. Muss in der Nacht passiert sein, gestern hab ich sie noch da rumschaukeln sehen. Wenn du …«

Hannes' Hand sank mit dem Telefon nach unten. Ihm schien keine Verschnaufpause gegönnt zu sein, der Feldzug gegen ihn war um eine Episode reicher geworden. Was kam als Nächstes? Und was würde Fritz sagen, wenn er erfuhr, dass sein geliebtes Boot versenkt worden war?

Entgegen seiner Gewohnheit verzichtete Henning Federsen auf ein üppiges Frühstück. Dahinter steckte nicht die Absicht, sich mal wieder an einer Diät zu versuchen – das hatte er bisher erst einmal getan, und diese Erfahrung reichte ihm für das gesamte Leben. Manche Dinge musste man einfach akzeptieren, und er taugte nun mal nicht zum Hungerhaken. Seine Frau machte ihm keine Vorhaltungen, wozu sich also quälen? Schon als Laura ihn kennengelernt hatte, war er nicht schlank gewesen, wenn auch vom heutigen Körperumfang weit entfernt. Sie selbst hatte damals als Artistin in einem Zirkus gearbeitet und schien keine Mühe damit zu haben, ihre schlanke Taille bis ins Alter zu behalten.

Er beobachtete, wie sie ein Ananasstück aus ihrem Obstsalat auf die Gabel spießte. In Momenten wie diesen, wenn er gemeinsam mit ihr an einem warmen Sonntagmorgen das Frühstück im Garten einnahm, konnte er sein Glück kaum fassen. Laura war die Liebe seines Lebens. Schon beim ersten Aufeinandertreffen hatte er das gewusst, obwohl er sich selten zu derart emotionalen Erkenntnissen hinreißen ließ. Nur mit Mühe hatte er die professionelle Distanz wahren können, immerhin war sie die Zeugin einer Mordermittlung gewesen.

Erst als der Fall gelöst gewesen war, hatte er in einem Anfall aus Verzweiflung und Mut eine Annäherung gewagt. Gerade noch rechtzeitig, denn nur drei Tage später wäre sie mit dem Zirkus in die nächste Stadt gereist und für immer aus seinem Leben verschwunden.

»Willst du lieber Obst?« Laura streckte ihm die Gabel entgegen.

»Nein, danke.« Er rieb sich die brennenden Augen. »Ich hab mich nur erinnert, dass du früher schon an keiner Ananas vorbeigehen konntest.«

»Und ich erinnere mich, wie du mir deshalb einen Ananasring zur Verlobung über den Finger geschoben hast.« Die Lachfalten um ihre Augen vertieften sich. »Besonders romantisch war es vielleicht nicht, aber einfallsreich.«

»Und klebrig.« Bei der Erinnerung musste auch Federsen schmunzeln. »Vielleicht hab ich es nur nicht zu romantisch werden lassen, weil ich nie damit gerechnet hätte, dass du wirklich *Ja* sagst.

»Wie hätte ich bei einem Ananasring *Nein* sagen können?«

Er nickte, nun wieder ernst. »Das war der glücklichste Tag in meinem Leben, weißt du das?«

Sie lachte. »Du hast es mir oft genug gesagt.«

Er musterte sein unangerührtes Omelett, dann schob er den Teller von sich und sah auf. »Wie ist das bei dir? Bist du glücklich gewesen? All die Jahre … mit mir?«

»*Gewesen?* Wir leben noch, falls du das übersehen haben solltest.«

»Das ist keine Antwort.«

»Spiel bei mir nicht den Polizisten.« Sie zog die Augenbrauen hoch, wirkte aber immer noch amüsiert. »Natürlich bin ich glücklich gewesen. Meistens jedenfalls. Jeder Mensch und jede Beziehung hat ihre dunklen Phasen.«

Wieder nickte er. Beide hatten früher einen drängenden Kinderwunsch gehabt, aber es war ihnen nicht vergönnt gewesen ... Als es nach vielen Versuchen doch geklappt hatte, hatten sie die vierzig schon überschritten gehabt und waren völlig euphorisiert gewesen. Der Schlag in die Magengrube war bei der mit Komplikationen behafteten Geburt erfolgt. Laura war nur knapp mit dem Leben davongekommen, während man das Baby nicht hatte retten können. Seine Frau hatte sich daraufhin beharrlich allen weiteren Versuchen widersetzt, es war zur schwersten Krise ihrer Ehe gekommen. Erst Jahre später war Federsen in der Lage gewesen, das komplett eingerichtete Kinderzimmer samt der Spielsachen und Strampler an eine Hilfsorganisation zu spenden. Wirklich geheilt war diese Wunde aber nie.

Und dann der zweite Schicksalsschlag – zum fünfzigsten Geburtstag war bei Laura Multiple Sklerose diagnostiziert worden. Noch immer erinnerte sich Federsen an ihre Fassungslosigkeit, denn eigentlich lag das typische Erkrankungsalter zwischen zwanzig und vierzig Jahren. Anfangs hatte es lange beschwerdefreie Phasen gegeben, dann waren die Schübe häufiger gekommen. Mittlerweile rechnete Federsen jeden Tag mit einem solchen Vorfall, der ihn jedes Mal vor Angst fast lähmte. Selbst an guten Tagen konnte man ihre Muskelschwäche kaum übersehen, obwohl Laura sie so gut wie möglich zu verbergen versuchte. Kurzzeitige Besucher konnte sie damit täuschen, ihren Mann aber nicht. Zu gut kannte er sie, und als vom letzten Schub – ausgerechnet im Urlaub vor wenigen Wochen – Lähmungen zurückgeblieben waren, hatte er einen Weinkrampf nicht unterdrücken können.

Laura hingegen nahm ihr Schicksal erstaunlich würdevoll. Selten klagte sie, und meist war sie es, die sich gegen die drohende Resignation im Hause Federsen zur Wehr setzte.

Beklommen dachte er daran, wie es wohl werden würde, wenn ihre Kraft dafür nicht mehr ausreichte. Er wusste, dass er im Präsidium als Griesgram verschrien war. Hier, in Lauras Nähe, fühlte er sich wie ein anderer Mensch. Und er verhielt sich auch wie ein anderer Mensch. Leichter und unbeschwerter. Meistens jedenfalls, denn dieser Vormittag gehörte nicht dazu. Was seiner Frau nicht entging. Langsam erhob sie sich und ging um den Tisch, um sich neben ihn zu setzen. Die Mühe war ihr anzusehen.

»Henning, was ist los?«

»Was soll los sein?«

»Du hast keinen Appetit, bist erst um drei ins Bett gekommen, hast dich nur hin und her gewälzt und bist um fünf wieder aufgestanden.«

»Es ist nichts …« Er brach ab. Laura konnte er nichts vormachen. Er drehte sich zu ihr. »Es geht um meinen jungen Mitarbeiter.«

»Der Sportpolizist, auf den du so große Stücke hältst?«

»Erzähl ihm das bloß nicht! Diese jungen Leute muss man fordern, sonst … und überhaupt …« Wieder brach er ab.

Forschend sah Laura ihn an. »Du hast seit Wochen nicht mehr von ihm gesprochen. Auf einmal hast du damit aufgehört. Ist etwas zwischen euch vorgefallen? Hast du mal wieder … Hast du es mit dem knurrigen Vorgesetzten übertrieben? Ich kenne die Geschichten über dich. Ich kann nicht verstehen, weshalb du …«

»Darum geht es jetzt nicht!« Es kam selten vor, dass er ihr über den Mund fuhr. »Außerdem hat er sich das selbst zuzuschreiben. Hat sich nicht gerade fein verhalten, obwohl ich ihn fördern wollte – und es sogar getan habe.«

»Und jetzt willst du von mir einen Ratschlag …?«

»Wie gesagt, darum geht es nicht. Wie es aussieht, will ihm jemand das Leben zur Hölle machen. Ihn vielleicht sogar umbringen. Sein Wagen wurde manipuliert, man hat seine Wohnung abgebrannt. Dazu kommen Morddrohungen, und heute Morgen hat mich eine Mitarbeiterin informiert, dass sein Boot versenkt wurde.«

»Er hat ein Boot?«

»Das tut doch nichts zur … Laura! Scheißegal, ob er ein Boot hat oder nicht. Jetzt hat er auf jeden Fall keins mehr.«

Sie fuhr ihm mit der Hand übers schüttere Haar. »Es geht dir nah, dass er in Gefahr ist. Das kann ich verstehen.«

»Es geht mir nicht nur nah, es macht mich fuchsteufelswild! Irgendjemand will sich an ihm rächen, das liegt auf der Hand.«

»Dann finde denjenigen.«

»Das hab ich vor. Nur … es fällt nicht ganz in meine Zuständigkeit. Noch nicht.« Er lachte bitter. »Man hat mich nur hinzugezogen, weil ich sein Vorgesetzter bin und eventuell mehr über die Hintergründe wissen könnte.«

»Es stört dich also, dass du nicht selbst ermitteln kannst?«

Seine Finger trommelten auf der Tischplatte. »Eigentlich nicht. Ich stoße sogar ins selbe Horn, da man mehr und mehr zu der Überzeugung gelangt, dass die Bedrohung so ernst zu nehmend ist, dass doch besser die Mordkommission übernehmen sollte.«

»Das versteh ich nicht.«

»Der Täter ist gut über Hannes informiert.« Federsen griff nach ihrer Hand. »Sogar so gut, dass mich das misstrauisch macht. Nicht auszuschließen, dass er einen Helfer hat. Bei uns.«

»Ein Polizist, der einen Kollegen ans Messer liefert?«

»Was glaubst du denn? Dass bei uns nur Heilige rumlaufen? Denk an Fritz …«

»Das kannst du nicht vergleichen! Er hätte nie seine Kollegen verraten oder gar an ihrer Ermordung mitgewirkt.«

»Deine gute Meinung über ihn hab ich nie verstanden. Wie auch immer: Ich halte es für keine schlechte Idee, wenn alle denken, dass sich der Kommissar Federsen nicht allzu viele Gedanken über diese Sache macht.«

»Was er aber tut.«

Schief grinste er sie an. »Nicht nur das. Er geht diversen Verdachtsmomenten nach. Und einer davon ist besonders stark. Heute Nacht hab ich eine Liste mit potenziellen Kandidaten aufgestellt, und eine Person kommt besonders schlecht weg. Nur … mir fehlt der richtige Hebel. Und im Moment geht der Täter nicht gerade langsam vor.«

»Ich weiß nicht, ob das eine gute Idee ist.« Energisch schüttelte sie den Kopf. »Wenn dein Verdacht stimmt, sollten alle Kräfte auf diese Theorie gelenkt werden. Was, wenn deine Kollegen in eine falsche Richtung laufen und du nicht schnell genug in die andere rennst?«

»Sollte das so sein, werde ich eingreifen. Im Moment ist das aber nicht der Fall. Wir zäumen das Pferd nur von verschiedenen Seiten auf, was keine schlechte Vorgehensweise ist. Während die anderen sich dem Kopf widmen und sich über die sichtbaren Auswirkungen der Attacken nach innen zum Kern vorarbeiten wollen, zwänge ich mich durch den Hintern rein.«

»Dann hast du die unappetitlichere Aufgabe.«

»Wie wahr.« Düster fixierte er eine Amsel, die gerade auf seinen Grill kotete. »Und dummerweise weiß ich noch nicht, wie ich diese Aufgabe unauffällig anpacken kann. Denn wenn mir das nicht gelingt, könnte Hannes sehr schnell ein glasklarer Fall für die Mordkommission werden.«

Die Straßen zum offenen Meer hin waren an diesem Sonntag von langen Blechkolonnen verstopft, das Vorwärtskommen zog sich in die Länge. Die Touristensaison hatte ihren Höhepunkt erreicht, daneben lockten die hochsommerlichen Temperaturen aber auch die örtliche Bevölkerung an die Ostseestrände. Fuhren Anna und Hannes normalerweise in Hochstimmung zu dem Hafen vor den Toren der Stadt hinaus, so herrschte an diesem Sonntag bedrücktes Schweigen im Wagen. *Socke* lag auf der Rückbank und verschlief den Großteil des Staus, sein Herrchen befand sich inzwischen auf dem Weg zu seiner Mutter. Nur mit Mühe war Ben davon abzubringen gewesen, seine Reise abzublasen und stattdessen Anna und Hannes zu unterstützen.

Als rechter Hand eine schmale Nebenstraße abging, wurde Hannes des Zuckeltempos überdrüssig. Von einer zurückliegenden Ermittlung wusste er, dass die Strecke zwar einige Kilometer länger, dafür aber kaum befahren war. Sie führte über hügeliges Land mit weiten Feldern, die von Buschreihen und Bäumen aufgelockert wurden. Hin und wieder zeigte sich das blaue Band der Ostsee, auf dem viele Segel- und Motorboote als Farbtupfer aufleuchteten. Anna warf Hannes einen mahnenden Blick zu, als er mit hohem Tempo über die unübersichtliche und zunehmend holprigere Straße jagte. *Socke* schien es weniger zu beeindrucken, er hob den Kopf und gähnte. Als hinter einer Biegung ein Mähdrescher auftauchte, schlug Hannes aufs Lenkrad und bremste scharf.

»Kann dieser Bauer nicht einfach einen freien Sonntag genießen?«

Von der Rückbank erklang ein Jaulen. Anna drehte sich um und tätschelte *Socke* den Kopf.

»Ist wohl eher unser Glück, dass dieser Bauer so fleißig ist. Die *Lena* taucht nicht wieder auf, wenn du uns gegen einen Baum fährst. Damit nimmst du dem Täter nur die Arbeit ab. Denk dran, dass hinten nur ein Reserverad drauf ist!«

Hannes ließ das Fenster herunter und atmete tief durch. »Du hast recht. Ist *Socke* was passiert?«

»Nein, aber er hat sich erschreckt und ist vom Sitz geflogen. Kein guter Auftakt als Hundesitter.«

»Eigentlich hätte er ja in den Kofferraum gehört, du wolltest ihn hier vorn haben.«

»Weil er Autofahren nicht gewohnt ist und sich bestimmt geängstigt hätte.«

»Anna, die Hundeversteherin.« Liebevoll sah er sie an. »Wie gut, dass vor allem du dich in den nächsten Tagen um ihn kümmern wirst.«

»Stimmt. Und so gibt es jemanden, der auf mich aufpasst.«

Darauf wusste Hannes nichts zu erwidern. Es setzte ihm stark zu, dass Anna in diese Sache mit hineingezogen wurde. So gesehen war es vielleicht sinnvoll, wenn sie in nächster Zeit nicht zu viel zusammen waren. Eine Garantie für Annas körperliche Unversehrtheit war das allerdings auch nicht.

»Du könntest …«, setzte er an. »Es wäre besser, wenn du in den nächsten Tagen nicht in meiner Nähe bist. Kannst du nicht deinen Bruder oder deinen Vater besuchen? Oder bei Tine unterkommen?«

»Blödsinn! So schlimm das alles ist, es geht nur um Sachbeschädigungen. Man will dir Angst machen. Wenn erst mal geklärt ist, dass du bei den Ausschreitungen keine Rolle gespielt hast, wird sich alles beruhigen.«

»Je nachdem, wer dahintersteckt. Außerdem … die Spurensicherung geht davon aus, dass der Reifen manipuliert wurde. Und das ist nicht bloß Sachbeschädigung, sondern geplante Körperverletzung oder …«

»Ein Mordversuch. Wieso hast du mir das nicht gesagt?«

»Weil ich dich nicht noch mehr beunruhigen wollte.«

Sie schnaubte. »Hör auf damit, mir solche Infos vorzuenthalten! Ich will genauso wissen wie du, woran wir sind.«

»Okay, tut mir leid. Aber was meinst du zu meinem Vorschlag?«

Anna schwieg und sah aus dem Beifahrerfenster. Dann zuckte sie mit den Schultern. »Wenn überhaupt, kommen nur mein Bruder und Tine infrage. Bei meinem Vater stehe ich maximal einen Nachmittag durch. Nur … es gefällt mir nicht, dich allein zu lassen.«

»Du willst mich also beschützen. Du bist wirklich die tollste Freundin, die man sich wünschen kann.« Er lehnte sich zu ihr und küsste sie auf die Schläfe.

»Die tollste zukünftige Ehefrau«, korrigierte sie ihn. »Wobei mir einfällt, dass für die Hochzeit noch einiges vorzubereiten ist. Das könnte ich natürlich in aller Ruhe bei Tine …«

»Dann lass uns das so machen«, forcierte Hannes den Stimmungswechsel. Der Gedanke, Anna aus der Schusslinie zu bringen, erleichterte ihn. Natürlich sorgte er sich auch um sein eigenes Wohlergehen, aber die Angst um Anna verlieh allem eine noch bedrohlichere Dimension.

Eine Weile diskutierten sie das Für und Wider, wobei Hannes bemüht war, seiner Freundin jedes schlechte Gewissen auszureden und an ihre Vernunft zu appellieren. Als der Mähdrescher endlich auf die Zufahrt eines Gehöfts einbog, gab er wieder Gas, diesmal zurückhaltender. Die Straße schlängelte sich durch grüne Wiesen bergab, dann ging sie in eine Allee über, bevor sie wieder in die stark befahrene Landstraße mündete. Von hier an dauerte es noch einmal fünfzehn Minuten, bis Hannes den Motor abstellen konnte. Der Parkplatz des Hafens war bereits überfüllt, sodass sie die letzten hundert Meter zu Fuß gehen mussten.

Kaum ein Boot lag noch an seinem Liegeplatz, und schon aus der Entfernung war die Stelle zu erkennen, an der eigentlich der braun-weiß gestrichene Rumpf der *Lena* im Wasser hätte dümpeln müssen. Mehrere Personen hielten sich auf dem Steg auf. Nachdem Hannes sie sofort nach Oles Anruf informiert hatte, waren von Isabell alle notwendigen Maßnahmen ergriffen worden. Nicht nur die Spurensicherung war schon vor Ort, ebenso waren Polizeitaucher anwesend, die der Ursache auf den Grund gehen sollten. Schweigend stand Hannes schließlich auf den Planken des Steges und betrachtete die Luftblasen, die von den Tauchern zur Wasseroberfläche aufstiegen.

Die Sonne brachte das Wasser zum Glitzern, sodass er die Augen zusammenkneifen musste, um den Umriss des Kutters zu erahnen. Bilder glitten durch seinen Kopf und lösten das Bedürfnis aus, mehrere Male zu schlucken und angestrengt zu blinzeln. Er erinnerte sich, wie er an Weihnachten mit Anna rausgeschippert war, welche wilden Ausfahrten es mit seinen Freunden gegeben hatte, wie viel Mühe sie erst vor wenigen Wochen in die Instandhaltung gesteckt hatten und – wie der ursprüngliche Besitzer des zu einem Freizeitboot umgebauten Krabbenkutters seine vermutlich letzte Ausfahrt unternommen hatte. Genau wie Fritz hing mittlerweile auch Hannes an dem Boot, die *Lena* war eine Art mobiler Sehnsuchtsort für ihn geworden. An ihrem Steuer hatte er sich immer frei und abgeschottet zugleich gefühlt. Vor allem, wenn die Niederungen der Ermittlungsarbeit allzu dunkle Schatten auf sein Seelenleben geworfen hatten.

Der Täter verfügte über ein gutes Händchen. Noch härter hätte er Hannes nur treffen können, wenn er ihm sein Kanu genommen hätte. Er spürte, dass Anna nach seiner Hand griff und sie sacht drückte. Ihm widerstrebte die Vorstellung, die nächsten Tage auf Abstand zu ihr zu gehen. Ohne sie und *Socke* würde es in Bens Gartenhaus einsam werden. Er zog sie an sich und legte sein Kinn auf ihre Haare. Isabell hatte ihn beobachtet, sah aber schnell zur Seite.

Im Wasser brodelte es, dann tauchte ein Kopf auf. Die Taucherin spuckte das Atemgerät aus und zog sich die Maske vom Kopf. Dann ließ sie sich von zwei Kollegen auf den Steg hieven.

»Klare Sache«, erklärte sie. »Ich bin durch die Luke in den Innenbereich geschwommen, das Schloss war aufgebrochen worden. Da drinnen sieht es wie in einem Wohnzimmer aus, sehr gemütlich.«

»Danke«, sagte Hannes.

Sie sah zu ihm auf und wirkte irritiert. »Wer sind Sie?«

»Der Besitzer der *Lena*.«

»Ach … hätte ich wissen müssen, bei den …« Sie brach ab, aber Hannes ahnte, dass sie auf seine zweifarbigen Augen anspielte.

»Was ist eine klare Sache?«, fragte er.

»Dass der Rumpf mit einer Axt bearbeitet wurde. Das Loch ist gar nicht mal besonders groß, man kann erkennen, dass häufig zugeschlagen wurde. Sieht nicht nach einem Könner aus.«

»Passt«, meinte Isabell. »Auch die Taue der *Lena* wurden laut Spurensicherung mit einer Axt durchtrennt.«

»Haben die sonst noch irgendwas rausgefunden?«

»Allerdings. Man fand das hier.« Sie präsentierte ihm einen Zettel, der in einer Plastiktüte steckte. »War an diesen Poller da geklebt. Er steckte in einem Briefumschlag mit deinem Namen.«

»Was steht drauf?«

»Lies selbst.« Sie hielt ihm die Tüte hin.

Auf dem Zettel standen nur wenige Wörter. In Druckbuchstaben, offenbar mit einem PC geschrieben. *Ich werde dir alles nehmen. Erst ganz am Ende auch dein Leben.* Hannes konnte nicht verhindern, dass Anna ebenfalls einen Blick auf das Papier warf. Ihre Stimme war belegt.

»Verdammt, Hannes … wer … wieso hasst dich jemand so?«

Wortlos gab er den Zettel wieder an Isabell zurück. Auf diese Frage wusste er keine Antwort und fühlte sich nur imstande, die Schultern zu heben. Hätte man sich an Federsen rächen wollen, wäre das ja noch nachzuvollziehen. Aber an ihm?

Er hatte doch immer nur seinen Job gemacht! Noch dazu als Teil eines Ermittlungsteams, und trotzdem galt die Rache ausschließlich ihm. Wieder grübelte er vergeblich darüber nach, ob sein Widersacher außerhalb der Arbeit zu verorten sein könnte. Vielleicht sollte er sich doch mal mit Nina treffen, früher war sein Leben turbulenter gewesen als heute, und sie hatten sich über wirklich alles ausgetauscht. Diese intensive Nähe war wohl am Ende einer der Hauptgründe für das Scheitern der Beziehung gewesen, heute konnte sie sich als Glücksfall erweisen. Vielleicht fiel Nina etwas ein, das er selbst verdrängt hatte. Für besonders wahrscheinlich hielt er es jedoch nicht, da er eigentlich nie ein echter Heißsporn gewesen war.

Bislang hatte er noch nicht auf ihre letzte Nachricht reagiert, in der sie neugierig nachgefragt hatte, wie seine Wohnung hatte abbrennen können. Der Ernst der Lage war ihr natürlich nicht bewusst, sonst hätte sie wohl nicht mit einem Smiley darauf hingewiesen, dass er schon früher verschusselt und ohne sie ziemlich aufgeschmissen gewesen sei. Hannes erinnerte sich, wie ihn entsprechende Predigten und Hinweise anfangs amüsiert hatten, ihm aber irgendwann heftig auf die Nerven gegangen waren. Zunehmend hatte er sich in ihrer Gegenwart wie ein kleiner Junge gefühlt.

Eine Hand legte sich auf seine Schulter und riss ihn aus den Gedanken. Schon an dem Umfang der schwieligen Pranken ahnte er, wer sich unbemerkt von hinten genähert hatte. Als Hannes sich herumdrehte, wirkten Oles Augen sorgenvoll. Der Mittsechziger hatte ein zerfurchtes Gesicht, dem man den häufigen Kontakt mit Wind und Salzwasser ansah.

»Was hast du dir denn für Feinde gemacht?«, kam der Fischer sofort zur Sache. »Dachte heute früh zuerst, dass du rausgefahren bist, als ich die *Lena* nicht gesehen hab. Erst später entdeckte ich die durchgeschnittenen Taue.«

»Die durchgehackten Taue«, korrigierte Hannes automatisch. »Sie wurden mit einer Axt durchtrennt. Wahrscheinlich nachdem der Kiel damit bearbeitet worden war.«

Ole kratzte sich unter seinem Vollbart. »Ergibt Sinn. Fiete hat was gesehen.«

»Fiete?«

»Mein Enkel.«

»Ich weiß, dass Fiete dein Enkel ist. Was hat er gesehen? Und wann?«

»Er ist ganz verschossen in das Teleskop, das ich ihm zu Weihnachten geschenkt habe.« Oles Mund verzog sich zu einem Schmunzeln und erlaubte so einen Blick auf eine beachtliche Zahnlücke. »Dass man die Sterne mitten in der Nacht am besten sehen kann, hat er auch schon rausgefunden. Schleicht sich immer wieder aus dem Bett …«

»Ole! Was hat er gesehen?«

»Sterne, aber auch einen Menschen. Wann das war, weiß er nicht. Muss aber gewesen sein, als ich schon im Bett lag. Also nach elf. Er sah, wie jemand vom Parkplatz die Straße hochging. Mit einem Rucksack.«

»Da kann die Axt drin gewesen sein! Wie sah er aus?«

»Es war stockdunkel, und Fiete ist erst fünf. Er kann ihn nicht beschreiben. Sah nur noch, wie der Typ irgendwas ins Gebüsch warf und auf einen Motorroller stieg. Dann verschwand …«

»Auf einen Motorroller?« Hannes packte Ole am Oberarm. »War der rot?«

»Es war Nacht«, entgegnete Ole.

»Er hat etwas weggeworfen?«, mischte sich Isabell ein. »Wo denn?«

»Da müsst ihr mit Fiete sprechen. Hoffentlich erinnert er sich …«

»Okay, das erledigen wir sofort!« Hannes schlug Ole gegen die Brust. »Endlich haben wir was Konkretes. Wie gut, dass du Fiete das Teleskop geschenkt hast!«

»Sieht meine Tochter anders. Zum Glück weiß sie nicht, wie oft Fiete nachts …«

Hannes hörte nicht weiter zu, sondern lief schon über den Steg zurück in Richtung Land. Also war ihm der rote Motorroller doch nicht ohne Grund aufgefallen! Hoffentlich hatte Fiete sich nicht getäuscht und der Kerl hatte tatsächlich etwas weggeworfen. Was natürlich fahrlässig gewesen wäre und insofern nicht zur bisherigen Vorgehensweise passte. Wenn es sich um denselben Fahrer handelte, den er am Vortag im Rückspiegel beobachtet hatte, dann konkretisierte sich zwar einerseits die Spur, andererseits hätte dies auch eine Schattenseite. Schließlich war ein derartiges Gefährt am Vortag auch an Bens Haus vorbeigeknattert. Der Täter wüsste also, wo er und Anna sich zurzeit aufhielten.

Im Gegensatz zu seiner Frau konnte Marcel Bartel mit Hamburg nichts anfangen. Eigentlich traf das aber auf alle Metropolen zu, genauso wenig hätte man ihn zu einem Umzug nach Frankfurt, München oder gar Berlin bewegen können. Seit er vom Kriminaloberkommissar zum Kriminalhauptkommissar befördert worden war, spielten derartige Überlegungen ohnehin keine Rolle mehr. Er war da angekommen, wo er immer hingewollt hatte – und das mit zweiundvierzig Jahren. Wenn er an die letzten Monate zurückdachte, ging es auch in seiner Heimatstadt nicht gerade beschaulich zu, aber im Vergleich zu Hamburg erschien sie ihm wie eine Oase der Friedfertigkeit. Damit bot sie zugleich bessere Voraussetzungen, den Beruf mit dem Familienleben einigermaßen unter einen Hut zu bekommen, selbst wenn seine beiden Söhne dies nicht ganz so sahen.

Dass er sich dennoch über die Autobahn auf den Weg in die benachbarte Hansestadt begeben hatte, lag an seinem künftigen Mitarbeiter Johannes Niehaus. Sie hatten erst einmal im Team miteinander gearbeitet, als sie vor Monaten im Umfeld einer Freikirche mit religiösem Fanatismus konfrontiert worden waren. Damals war Hannes noch eher unbeholfen aufgetreten, sein Talent war Marcel aber nicht entgangen. Folgerichtig hatte er dessen weiteren Werdegang verfolgt und sich schließlich dafür stark gemacht, dass der Sportpolizist nach den Olympischen Spielen als Vollzeitermittler in seinem Team spielte. Sein ohnehin angeknackstes Verhältnis zu Henning Federsen war daraufhin zwar nicht gerade besser geworden, aber damit konnte er leben.

Größere Sorgen bereitete ihm der Feldzug gegen Hannes, den er so schnell wie möglich zu beenden beabsichtigte. Als Begleitperson hatte er Per ausgewählt. Per war es schließlich auch gewesen, der die Betreiber des Internetforums ausfindig gemacht hatte, in dem der Hass gegen Hannes seine Blüten trieb. Anders als erwartet führte sie das Navi nicht in ein heruntergekommenes Viertel, sondern nach Harvestehude an der Außenalster. Der Stadtteil gehörte zu den wohlhabendsten in Hamburg. Vor einem herrschaftlichen Wohnhaus warteten bereits die örtlichen Kollegen auf sie.

»Hoffentlich ist diese Johanna Matthes überhaupt zu Hause«, meinte Per, als Marcel den Motor abstellte. »Bei dem Wetter liegt halb Hamburg an der Elbe oder paddelt auf der Alster. Hätte ich grad auch mehr Lust zu, als eine linke Aktivistin zu verhören.«

Marcel nickte nur. Es fiel ihm schwer, sich Per in einer Badehose oder in einem Paddelboot vorzustellen. Der Einunddreißigjährige sah selbst im Sommer so blass und abgemagert aus, als würde er von früh bis spät vor Konsolen sitzen.

Dass man ihm damit Unrecht tat, wusste Marcel mittlerweile, aber man brauchte eine Weile, um hinter der introvertierten Fassade Pers eigentliche Talente zu entdecken.

Marcel begrüßte die Hamburger Kollegen mit Handschlag und deutete auf das Gebäude. »Nicht gerade der Wohnsitz, den ich erwartet hätte.«

Der ältere der beiden Polizisten winkte ab. »Gibt einige Kinder aus gutbürgerlichem Haus, die hier in der linken Szene aktiv sind. Johanna Matthes ist keine Unbekannte für uns, sondern eine der prägendsten Figuren. Glücklicherweise kann man mit der aber durchaus reden.«

»Ist sie zu Hause?«

»Ja, wir haben uns angekündigt. Allerdings unter einem harmlosen Vorwand.«

»Na dann …« Marcel nickte auffordernd. Er wollte keine Zeit verlieren, sondern Hannes so schnell wie möglich aus der Schusslinie bringen. Im Anschluss galt es dann herauszufinden, wer für die Anschuldigungen verantwortlich war.

Johanna Matthes war eine einundzwanzigjährige Studentin, der man im Gegensatz zum Wohnhaus und der Einrichtung ihrer Eltern den politischen Hintergrund sofort ansah. Die Haare hingen links lang bis auf die Schultern herab und waren knallrot gefärbt, auf der anderen Seite waren sie bis auf wenige Millimeter kahl geschoren. Aus dem Kragen des T-Shirts schien sich ein Panther in Form eines Tattoos nach oben zu schieben, zumindest ordnete Marcel die Pranke diesem Raubtier zu. Die Ohren waren fast vollständig mit Piercings versehen, und dass sie auch ihre Zunge nicht verschont hatte, sah Marcel, als sie sich damit über die Lippen fuhr.

»Weshalb kommt ihr zu viert?«

»Weil du meinen Kollegen bei einer Angelegenheit helfen musst«, erklärte der jüngere der beiden Hamburger Polizisten. »Lässt du uns rein?«

»Von mir aus. Fallt nicht über die Kartons.«

Sie ging durch einen vollgestellten Flur in ein Wohnzimmer, das im viktorianischen Stil eingerichtet war.

»Wird hier gerade entrümpelt?«, fragte Marcel, um das Schweigen zu brechen.

»Nee, aber ich zieh aus. Ins Schanzenviertel zu einer Freundin, hier ist es nicht mehr auszuhalten. Also Mark …«, sie zeigte auf den jüngeren Polizisten, »du hast doch gesagt, dass du bei der afghanischen Familie vermitteln könntest. Wie soll das aussehen? Die Abschiebung ist für nächsten Mittwoch angesetzt.«

»Wir wollen vor allem eine Eskalation vermeiden«, erwiderte er. »Beim letzten Mal haben deine Leute den halben Flughafen zerlegt.«

»Das waren nicht meine Leute, die kamen von außerhalb.«

»Johanna … wir wissen beide, dass das nicht stimmt.«

Sie verschränkte die Arme, wirkte aber weder aggressiv noch eingeschüchtert. Eher belustigt. Marcel war sich nicht sicher, aber er hätte schwören können, dass es zwischen den beiden eine … weitere Ebene gab – auch wenn sie sich bemühten, sich das nicht anmerken zu lassen. Ob diese Aktivistin im Geheimen einen Polizisten vögelte? Ihm wäre es egal, und für den eigentlichen Grund dieses Hausbesuchs war es völlig irrelevant.

»Vielleicht können wir erst mal die andere Angelegenheit besprechen?«, brachte er sich wieder ins Spiel.

Sie löste ihren Blick von dem jungen Polizisten und sah ihn an. »Wer sind Sie überhaupt?«

Er zog seinen Dienstausweis hervor und legte ihn auf den Tisch. »Marcel Bartel von der Mordkommission. Das hier ist mein Kollege Per Hoffmann.«

Sie beugte sich über den Ausweis. »Nicht aus Hamburg. Weshalb will ein Mordermittler mit mir reden?«

Marcel schilderte den Hintergrund in knappen Sätzen. Mit jeder Minute nahm ihre Reserviertheit zu, sie unterbrach ihn aber nicht. Als er geendet hatte, schüttelte sie den Kopf.

»Das nehme ich Ihnen nicht ab. Es gibt mehrere Zeugen, die diesen Johannes beobachtet haben. An verschiedenen Orten und zu verschiedenen …«

»Von wegen!« Marcel knallte einen Zettel auf den Tisch. »Zum einen haben sich diese Zeugen erst zu Wort gemeldet, als mein Kollege schon im Scheinwerferlicht stand. Müssen gar keine absichtlichen Falschaussagen gewesen sein. Erinnerungen sind beeinflussbar, das kennen wir aus unseren Ermittlungen sehr gut. Zum anderen – was wesentlich relevanter ist, um Ihre Zweifel zu beseitigen – widersprechen sich diese Aussagen.«

»Inwiefern?«

»Insofern, dass mein Kollege kaum an mehreren Orten gleichzeitig gewesen sein kann. Hier, sehen Sie es sich an. Ich habe alle Anschuldigungen aufgeschrieben, die roten Kreise zeigen die zeitlichen Überschneidungen.«

Stirnrunzelnd nahm sie das Papier in die Hand. »Selbst wenn nicht alle Beschuldigungen stimmen …«

»… bleibt immer noch der Fakt, dass er zum Zeitpunkt des Wirtschaftsgipfels dienstlich in Schweden und nicht in Hamburg war. Hätte auch gar keinen Sinn gemacht, da Mordermittler nicht bei derartigen Ereignissen eingesetzt werden. Hier ist eine Kopie seines Dienstausweises.«

»Wir legen das alles hier so offen, weil wir auf deine Kooperation setzen«, ergänzte der junge Polizist.

»Ich verstehe nicht, was ich da für eine Rolle spiele.«

»Du betreibst das Forum …«

»Klar, aber nicht allein. Außerdem hab ich mit dem Inhalt nichts zu tun. Zensur gibt's bei uns nicht.«

»Das hat überhaupt nichts mit Zensur zu tun«, brauste Marcel auf und ignorierte die mahnenden Blicke der Kollegen.

Normalerweise neigte er im Unterschied zu Federsen nicht zu Ausbrüchen, aber jetzt konnte er sich nicht mehr beherrschen. »Das Leben dieses jungen Mannes steht gerade auf dem Spiel!«

»Jetzt übertreiben Sie nicht. Selbst wenn einige heftige Worte gewählt …«

»Heftige Worte? Da waren Morddrohungen dabei.«

»Im Eifer des Gefechts schreibt man so was schon mal. Aber …«

»Und wenn es nicht beim Schreiben bleibt?« Unbehaglich spürte Marcel, dass sich Nasenbluten ankündigte. In stressigen Situationen kam das häufig vor, sodass er sich mühsam zügelte. »Hören Sie: Die Wohnung dieses Mannes wurde angezündet, sein Auto manipuliert, sodass der Reifen auf der Autobahn geplatzt ist, und letzte Nacht wurde auch noch sein Boot versenkt. Was kommt als Nächstes?«

Sie blieb störrisch. »Da steckt niemand von uns dahinter.«

Erstmals brachte sich Per ein. »Aber jemand benutzt Sie und Ihre Mitstreiter. Diese Falschinformation wurde absichtlich lanciert, damit sich andere die Finger schmutzig machen. Hannes hat mehrere Mörder geschnappt, da waren Leute darunter, von denen auch Sie nicht viel halten dürften. Nazis zum Beispiel.«

Anerkennend warf ihm Marcel einen schnellen Seitenblick zu. Per hatte genau die richtige Taktik gewählt, das war offensichtlich. Johanna spielte mit den Fingern an ihren Piercings herum und musterte Per, als wolle sie einschätzen, ob dieser merkwürdig aussehende Ermittler ihr Vertrauen verdiente.

»Okay«, sagte sie dann. »Wir haben uns eh schon gewundert, wo die Flugblätter herkamen. Keiner hatte eine Ahnung, auf einmal lagen sie da. Wenn uns jemand für seine Zwecke missbraucht … wegen so was brauchen wir keine zusätzlichen Probleme mit euch. Wir können … wir stellen das im Forum klar.«

»Das reicht aber nicht«, erwiderte Marcel. »Wir müssen wissen, wer diese Posts verfasst hat.«

»Das geht zu weit. Ich hab schon gesagt, dass wir keine Leute umbringen.«

»Verdammt, man kann doch in niemanden hineinsehen!«, brauste Marcel auf. »Außerdem ist auch Körperverletzung oder Sachbeschädigung nicht akzeptabel!«

Johanna stand auf. »Mann, ich versteh euch ja. Tut mir auch leid, was eurem Kollegen da grad passiert. Aber wie soll ich das machen? Wenn ich euch Namen gebe, dann … dann bin ich für die anderen eine Verräterin. Es sehen eh schon viele kritisch, dass ich zu vermitteln versuche und mit Vertrauensleuten der Polizei rede! Davon abgesehen weiß ich gar nicht, wer hinter jedem Nickname steckt. Man kann sich anonym im Forum registrieren. Es braucht nur eine funktionierende E-Mail-Adresse.«

»IP-Adressen helfen uns auch.« Per erhob sich ebenfalls und trat neben sie. »Am dringendsten müssen wir die Identität von demjenigen herausfinden, der das erste Posting gemacht hat. Um die Trittbrettfahrer können wir uns danach kümmern.«

»Sie meinen *joshi*.«

»Er ist Ihnen also bekannt«, schlussfolgerte Marcel.

»Nein, aber er ist mir aufgefallen. Weil er oder sie vorher noch nie was im Forum geschrieben hat. Registrierte sich und ließ dann diese Bombe platzen. Da waren aber die Flugblätter schon in der Welt, deshalb hab ich nicht an seiner Darstellung gezweifelt.«

Jetzt stand auch Marcel auf. »Per, du kümmerst dich mit Frau Matthes darum, die Infos über *joshi* herauszufinden, die wir benötigen. Welche auch immer das sind, und wie auch immer ihr das anstellt. Dann sorgst du dafür, dass sofort eine Gegendarstellung in das Forum kommt. Und zwar so auffällig, dass jeder sie sieht. Wir drei«, er drehte sich zu den Hamburger Kollegen um, »sollten in der Zwischenzeit zu dem Versammlungszentrum fahren, wo die Flugblätter ausgelegt wurden. Alle, die dort noch rumliegen, kassieren wir ein. Außerdem hängen wir eine Klarstellung an die Wände.«

»Mhm …«, der ältere Polizist wiegte den Kopf. »Einfach reinmarschieren, Flugblätter einkassieren und eigene auslegen … dürfte nicht so gut ankommen.«

»Dürfte nicht so gut ankommen? Ist mir völlig egal, wie das ankommt!«

»Waren Sie schon mal in dieser Szene unterwegs?«

»Nein.«

»Wir schon. Täglich. Deshalb wurden wir Ihnen an die Seite gestellt. Wenn wir nicht Wasserwerfer als Begleitschutz anfordern wollen, sollten wir gemäßigter vorgehen und nicht alle gleich vor den Kopf stoßen. Wir wollen schließlich, dass man uns *glaubt* und nicht andere Absichten unterstellt.«

»Ich regle das«, mischte sich Johanna ein. »Um diese Uhrzeit ist eh nicht viel los, aber ich komme besser mit und erklär, worum es geht.«

Marcel schloss kurz die Augen, dann nickte er. »Von mir aus. Aber zuerst kümmern Sie sich um diesen *joshi* und die Gegendarstellung im Forum. Mein Kollege hat dafür schon einen Text vorbereitet. Am besten schicken Sie zusätzlich eine Rundmail, sicher ist sicher. Per, sieh zu, dass das so schnell wie möglich passiert!«

Per nickte und folgte Johanna aus dem Zimmer. Marcel ließ sich wieder zurück in den Sessel sinken. Nur kurz lauschte er dem Ticken der Wanduhr, dann überbrückte er die Wartezeit mit einem Anruf bei Hannes, um ihm von den anstehenden Maßnahmen zu berichten. Zudem verabredeten sie sich für den Nachmittag, um sämtliche Mordermittlungen, an denen Hannes beteiligt war, mit Blick auf mögliche Drahtzieher durchzusprechen. Als Hannes ihm berichtete, was in einem

Busch nahe des Hafengeländes gefunden worden war, schloss Marcel erneut die Augen und stöhnte. Als er die Augen wieder öffnete, erschien gerade Per im Türrahmen. Triumphierend hob er den Daumen, sah aber nervös aus. Als er berichtete, wer sich hinter dem Pseudonym *joshi* verbarg, wusste Marcel auch weshalb.

Kapitel 4

Am Nachmittag sah die Welt für Hannes nicht mehr ganz so düster aus, obwohl der Schock über die gesunkene *Lena* noch nicht vollends abgeflaut war. Es beruhigte ihn jedoch, dass mit Marcel ein besonnener und zugleich erfahrener Kommissar die Ermittlungsarbeit übernommen hatte und gleich zur Tat geschritten war. Es kam Struktur in die Ermittlung, und der telefonisch aus Hamburg gemeldete Zwischenstand stärkte die Hoffnung, dass man das Feuer in den autonomen Kreisen würde austreten können. Offen blieb nur, inwieweit die Flammen schon um sich gegriffen und weitere Brandnester geschaffen hatten – und wer sie überhaupt initial entzündet hatte.

Hannes sah auf die Uhr. In einer Stunde würde er sich mit Marcel treffen, um diese entscheidende Frage weiter zu vertiefen. Dabei musste man auch den Fund einordnen, der ihnen am Vormittag im Hafen geglückt war. Oles Enkel Fiete hatte vor Aufregung genauso rote Ohren wie Hannes gehabt, als sie ihn zu seiner nächtlichen Beobachtung befragt hatten. Dass er ein wichtiger Zeuge für die Polizei war, dürfte den Fünfjährigen noch lange mit Stolz erfüllen. Die Person hatte er zwar nicht näher beschreiben können, sich dafür aber die Stelle gemerkt, an der sie auf den Motorroller gestiegen war. Ganz in der Nähe gab es nämlich einen Fuchsbau, und er hatte sich Sorgen gemacht, dass der Unbekannte die Tiere erschrecken könnte.

Was Hannes mehr als nur erschreckt hatte, war von der Spurensicherung zehn Minuten später aus dem Dickicht gezogen worden. Auf den ersten Blick war es ein unscheinbarer Gegenstand gewesen. Flach, viereckig und von der Größe einer Postkarte. Drehte man ihn aber um, präsentierte er sich in einem anderen Licht. Auf der Vorderseite war das Glas zerbrochen, doch das dahintersteckende Foto war unversehrt geblieben. Es zeigte Anna, wie sie dem Betrachter in Großaufnahme entgegenlächelte. So wie sie es aus dem Bilderrahmen schon seit Monaten tat – allerdings eigentlich im Steuerhaus der *Lena*. Hannes hatte es darin kurz nach Weihnachten angebracht. Anna sei so eine Art Schutzpatronin für den Kutter, hatte er ihr weismachen wollen.

Dass nun eher sie es war, die Schutz benötigen könnte, nagte nicht nur an seinem, sondern natürlich auch an ihrem Nervenkostüm. Wenn es ein Gutes an der Sache gab, dann war es die Erhöhung ihrer Bereitschaft, für die nächsten Tage von der Bildfläche zu verschwinden. Da ihre Freundin Tine allerdings gerade mit ihrem neuen Freund zusammengezogen war, hatten sie sich ein alternatives Ausweichquartier überlegt. Eigentlich war Elke eher Hannes' Freundin – als sie aber von der bedrohlichen Situation erfahren hatte, war sie sofort bereit gewesen, Anna bei sich aufzunehmen.

Ob dies überhaupt nötig war? Ohne Grund hatte der Unbekannte ihr Foto sicher nicht an sich genommen. Wieso hatte er es dann aber weggeworfen? Der Täter musste Handschuhe getragen haben, denn es hatten sich nur Hannes' Fingerabdrücke auf dem Rahmen befunden. Ein Risiko wollte Hannes auf keinen Fall eingehen. *Ich werde dir alles nehmen*, hatte auf dem Zettel gestanden. *Alles* konnte auch seine

Freundin einschließen. Und ebenso seine Eltern und seine Schwester samt ihrem Sohn.

Diese Befürchtung hatte schließlich doch dazu geführt, dass er sich bei seiner Familie gemeldet und sie um Vorsicht gebeten hatte. Erwartungsgemäß hatte vor allem seine Mutter schockiert reagiert. Sie schien sich allerdings weniger Sorgen um sich als um ihren Sohn zu machen.

»Kann man dir keinen Polizeischutz geben?«

»Mama, ich bin selbst Polizist!«

»Aber kein Spezialist für *so* etwas!«

Da hatte er ihr nicht widersprechen können. Nur mit Mühe hatte er sie davon abhalten können, sich sofort auf den Weg zu machen, um ihn zu unterstützen. Dass sie eher eine zusätzliche Belastung als eine Hilfe sein würde, hatte ihr erst Hannes' Vater verdeutlichen können. Er war es auch gewesen, der Hannes eine andere, nicht ganz uninteressante Information gegeben hatte.

»Letzte Woche hat Nina bei uns angerufen und nach dir gefragt. Hat sie dich schon erreicht?«

»Hat sie. Ist hierhergezogen und will mich sehen. Hast du ihr meine Telefonnummer gegeben?«

»Nein, das war Mama. Ist das ein Problem?«

»Wäre nett, wenn ihr mich das nächste Mal vorher fragen könntet«, war seine Erwiderung gewesen. »Ich hab grad gar keinen Kopf für sie, aber du erinnerst dich vielleicht, wie schwer man sie auf Distanz halten kann.«

Sein Vater hatte gelacht. »Stimmt, aber das ging damals von beiden Seiten aus. Es hat kein Blatt zwischen euch gepasst.«

Und genau das war wohl der Grund für das Scheitern ihrer Beziehung gewesen, hatte Hannes gedacht, es aber für sich behalten.

Dass seine Mutter ihr Wissen über Hannes' aktuelle Lebensumstände dagegen nicht für sich behalten hatte, konnte er sich lebhaft vorstellen. Immerhin war Nina die einzige seiner Exfreundinnen gewesen, die bei ihr einen Stein im Brett gehabt hatte. Glücklicherweise galt dies aber auch für Anna, was mit Blick auf die bevorstehende Hochzeit keine unwichtige Begleiterscheinung war.

Er beobachtete, wie Anna im Garten vor Bens Haus *Socke* mit einer Frisbeescheibe beschäftigte. Er konnte selbst nicht sagen, weshalb er Ninas Kontaktaufnahme vor ihr geheim hielt. Vielleicht weil sie nicht bloß *irgendeine* Exfreundin war? Er nutzte einen unbeobachteten Augenblick, um seine ausstehende Antwort per SMS zu versenden.

Ist etwas kompliziert mit dem Brand, aber ich schwöre, dass ich nicht vergessen habe, eine Kerze auszublasen ;-) Wenn es bei dir passt, können wir uns morgen zum Mittagessen treffen.

Ihre Antwort kam innerhalb einer Minute. *Super Idee! Schreib mir einfach wann und wo.*

Dazu kam Hannes aber nicht sofort, denn Anna näherte sich. »*Socke* hat keine Lust mehr auf Frisbee.«

»Dann lass ihn einfach durch den Garten stromern.«

Sie setzte sich neben ihn. »Und was machen wir? Eigentlich will ich mich nicht weiter mit diesem Wahnsinn auseinandersetzen. Wir brauchen Ablenkung!«

»In einer Stunde kommt Marcel.«

»Dann sollten wir uns in dieser Stunde mit etwas Schönem beschäftigen.«

»Du meinst …« Hannes zwang sich zu einem Grinsen und deutete auf Bens Schlafzimmerfenster.

Anna schüttelte den Kopf. »Dafür bin ich dann doch nicht in der richtigen Stimmung. Aber wir könnten die Hochzeitsplanung weiter vorantreiben. Zum Beispiel die Einladungskarten gestalten.«

»Puh … ja. Wenn dir wirklich danach ist.«

»Hast du 'ne bessere Idee?«

Hannes schüttelte den Kopf. Sie hatten es ohnehin zu lange schleifen lassen. Zugleich fand er es aber schade, dass die Hochzeitsvorbereitungen mehr und mehr zu einem Punkt auf der immer umfangreicher werdenden To-do-Liste wurden. Sollte man das Ganze nicht besser verschieben? Der Termin war sowieso sehr kurzfristig angesetzt, und sollte der Schrecken bis dahin nicht vorüber sein, war eine Hochzeit unter großen Sicherheitsvorkehrungen keine verlockende Vorstellung. Zu deutlich stand ihm noch seine dritte Ermittlung vor Augen, bei der ein Rockstar auf seiner eigenen Hochzeit erschossen worden war.

Dass Annas Vorschlag die erhoffte Wirkung nicht verfehlt hatte, zeigte sich, als auf einmal Marcel über den Rasen auf sie zukam. Er hatte sich verspätet, was Hannes aber gar nicht bemerkt hatte. In den letzten anderthalb Stunden hatte er nur selten über die beängstigende Lage nachgedacht und war stattdessen mit Anna voll und ganz in eine andere Welt eingetaucht. Diese Welt jetzt wieder zu verlassen, lag nicht in Annas Interesse.

Sie nahm den Laptop und erhob sich. »Ich mache drinnen weiter und suche nach passenden Deko-Ideen. Bleibt ihr ruhig auf der Terrasse.«

»Wie geht es ihr?«, fragte Marcel, als die Tür hinter ihr ins Schloss fiel.

»Schlägt sich tapfer. Aber eigentlich ist sie total verängstigt.«

»Und du?«

»Tja …« Hannes lachte gequält. »Ich dachte immer, dass ich mich bei unseren Fällen gut in bedrohte Menschen hineinversetzen konnte. Einen Scheiß konnte ich. Jetzt weiß ich erst, wie sich das wirklich anfühlt. Wenn du ständig mit einem neuen Angriff rechnest und auch noch Angst um andere hast. Das ist … Mist.«

Marcel rieb sich den getrimmten Bart, der einen Kontrast zu seinem kahlen Kopf bildete. »Umso wichtiger, dass wir diesen

Mist schnell beenden. Ich kann dich schon mal beruhigen: Von der autonomen Szene dürfte keine Gefahr mehr drohen. Die ist vielmehr sauer, dass man sie für fremde Zwecke benutzen wollte. Per hat es geschickt so gedreht, dass du ein Opfer von Nazis sein könntest. Wahrscheinlich bist du in Hamburg gerade der beliebteste Bulle bei diesen Leuten.«

»Per? Wusste gar nicht, dass der so eine kreative Ader hat.«

»Doch, doch. Er sieht ja nicht nur aus wie ein Nerd, sondern kennt sich tatsächlich gut mit IT aus. Ähm … das war jetzt wenig professionell formuliert. Vergiss es, immerhin bin ich bald dein Vorgesetzter. Du weißt, dass ich Per schätze.«

Hannes nickte. Er selbst schätzte wiederum an Marcel, dass er sich wie ein normaler Mensch verhielt. Kollegial und bodenständig. Nicht umsonst hatte er sich entschieden, dessen Team beizutreten, und immer stärker wuchs in ihm die Überzeugung, dass es wohl doch am schlausten war, wenn er nach den Olympischen Spielen einfach als Polizist weitermachen würde. Nicht nur aus rationalen Gründen. Die letzten Fälle waren zwar teils nervenaufreibend gewesen, doch er hatte auch zunehmend Gefallen an seiner Arbeit gefunden. Besonders befriedigend war es immer dann, wenn man eine Ermittlung abgeschlossen und den Täter überführt hatte. Bisher war dies noch jedes Mal gelungen, aber es war wohl nur eine Frage der Zeit, bis diese Glückssträhne ein Ende fand.

Zwischen ihm und seinem baldigen Chef hatte vom ersten Tag an ein vertrauensvolles Verhältnis geherrscht. Marcel war ein Mensch, in dessen Gegenwart man sich wohl und gut aufgehoben fühlte. Das sahen auch viele Frauen so, die zudem von seinen markanten Gesichtszügen und dem melancholischen Ausdruck der braunen Augen angezogen wurden. Zwar war sich Marcel seiner Attraktivität bewusst, er setzte sie aber nicht gezielt ein. Seit Hannes einmal dessen Frau und die Kinder kennengelernt hatte, konnte er das auch nachvollziehen.

»Was ist deine Meinung?«, kam Hannes zum Kern des Treffens. »Gehen die bisherigen … Vorfälle auf das Konto der Autonomen? Oder haben die es dabei belassen, sich die Aggression von der Seele zu schreiben?«

»Kann ich nicht einschätzen. Ich tendiere aber zu Ersterem. Denn wenn der eigentliche Drahtzieher sie einzuspannen versuchte, hat er wahrscheinlich Hemmungen, selbst aktiv zu werden.«

»Dann sollte jetzt also nichts mehr passieren?«

»Darauf würde ich mich nicht verlassen. Es gibt einen Ermittlungsdurchbruch, der mich nicht gerade glücklich macht. Die Hatz auf dich wurde nicht nur durch die Flugblätter, sondern auch durch einen Foreneintrag ausgelöst.«

Hannes hatte schon geahnt, dass Marcel auch schlechte Nachrichten im Gepäck haben würde. »Ich weiß. Von einem *joshi*. Hat er auch die Flugblätter ausgelegt?«

»Die Vermutung liegt nahe. Über die IP-Adresse, die *joshi* benutzt hat, konnte Per seine tatsächliche Identität herausfinden. Kristian Schmelzer heißt er und hat eine deftige Polizeiakte. Übrigens nicht nur in Deutschland. Er ist einer dieser Krawalltouristen. Man sollte meinen, dass sogar der Heißblütigste mit vierzig Jahren langsam ruhiger wird. Aber nein, wo immer man einen Stein in Richtung Kapitalismus schmeißen und sich mit Sicherheitskräften prügeln kann, ist er dabei.«

»Klingt super. Da du nicht glücklich mit diesem Ermittlungsdurchbruch bist, habt ihr ihn vermutlich noch nicht schnappen können?«

»So ist es, die Fahndung läuft aber. Einen Job hat er nicht, er bewohnt ein Ein-Zimmer-Apartment, drei Straßen von deiner Wohnung entfernt. Dort ist er seit einem Monat gemeldet, davor trieb er sich in der Hausbesetzerszene herum.«

»Also kein Hamburger. Kennen die ihn wenigstens?«

»Klar, er scheint eine … nennen wir es mal identitätsstiftende Figur zu sein. Gut möglich, dass ihn jemand gewarnt hat. In dem Forum hat er übrigens zum ersten Mal was gepostet.«

Hannes befeuchtete seine trockene Kehle mit einem Schluck Wasser. »Selbst wenn er ein aggressiver Typ ist … wenn er jetzt weiß, dass ich das falsche Opfer bin, warum sollte er dann weitermachen?«

»Weil er ja derjenige sein dürfte, der diese Falschinfo gestreut hat. Vielleicht im Auftrag von jemand anderem, da du selbst noch nie mit ihm zu tun hattest. Dann ist er weiterhin eine große Gefahr für dich – und für Anna. Das bringt mich zu unserer eigentlichen Aufgabe: Hast du dir Gedanken gemacht, wer aus deinen Mordermittlungen eine so scheißgroße Wut auf dich haben könnte? Vielleicht gibt es zwischen demjenigen und Kristian Schmelzer eine Verbindung.«

»Hab den halben Tag damit verbracht.« Hannes deutete auf einen Notizblock. Realistisch scheinen mir nur zwei Fälle zu sein. Zuerst diese Freikirche, die wir im letzten Winter ordentlich aufgemischt haben.«

»Da hab ich auch schon dran gedacht, ich war ja selbst beteiligt. Fanatiker findet man in dem Laden wohl genug, aber warum trifft es dann nur dich? Ohne dir zu nahe treten zu wollen, aber da warst du noch ein Greenhorn.«

»Trifft das nicht auf alle Fälle zu? Ich war immer im Team unterwegs, in wechselnden Besetzungen. Außerdem gab es damals harte Auseinandersetzungen. Die Freikirche wird uns beiden nicht ohne Grund eingefallen sein.«

»Nein, das ist richtig.« Marcel rieb sich den Bart. »Aber dass religiöse Hardliner ausgerechnet die autonome Szene für sich nutzen oder sogar Verbindungen zu ihr haben? Passt das?«

»Klar. Der Fanatismus ist die Schnittmenge. Davon abgesehen wäre es geradezu genial, wenn du deine Feinde für deine

Zwecke einspannst. Damit schlägst du zwei Fliegen mit einer Klappe.«

»Mag sein. An wen hast du noch gedacht?«

»An *Cloud Palace.*«

»Die Band? Aber die gibt es doch nicht mehr.«

»Eben«, nickte Hannes. »Woran ich durchaus meinen Anteil habe. Die Musiker sind jetzt alle in anderen Projekten unterwegs, aber was ist mit den Fans? Du weißt selbst, wie die drauf waren, das war auch eine Form von Fanatismus. Kann doch sein, dass jemand nicht damit klarkommt, dass es seine Idole in dieser Formation nicht mehr gibt.«

»Klingt wahrscheinlicher als die Freikirche.« Marcel schenkte sich ebenfalls ein Glas Wasser ein. »Wäre aber die schwierigste Aufgabe für uns, denn da fischen wir komplett im Trüben. Es gab abertausende Fans. Weltweit!«

»Vielleicht auch Kristian Schmelzer?«

Marcel riss ein Blatt Papier von Hannes' Block und machte sich eine Notiz. »Per soll sowieso in Schmelzers Hintergrund wühlen. Da kann er das gleich mit überprüfen.«

»Ich helf ihm dabei.«

Marcels Hand geriet beim Schreiben ins Stocken. »Ausgeschlossen!«

»Warum, was soll ich dann tun?«

»Auf dich aufpassen und weiter darüber nachdenken, wer dir ans Leder will.«

»Aber …«

»Vergiss es, Hannes! Du kannst nicht Teil des Ermittlungsteams sein, wenn sich die Ermittlung um dich dreht. Das weißt du genau.«

»Aber … ich kann doch in dieser Situation nicht Däumchen drehen!«

»Offiziell wirst du das aber tun müssen.«

Hannes grinste. »Höre ich da Fritz aus dir sprechen? Was ist die inoffizielle Version?«

»Die ist kaum anders. Aber wir tauschen uns natürlich eng aus. Und haben ein Auge auf dich.«

»Wird meine Mutter freuen. Habt lieber ein Auge auf Anna, um sie mache ich mir mehr Sorgen. Sie …«

»Was ist?«, fragte Marcel, als Hannes verstummte.

»Mir fällt gerade etwas auf!« Hannes sprang auf und begann hin und her zu gehen. »Du hast vorhin gesagt, dass Kristian Schmelzer Hausbesetzer war.«

»Stimmt.«

»Und du hast nach einer möglichen Verbindung zu meinen Fällen gesucht. Es könnte eine geben! Erinnerst du dich an die Tierschützer?«

»Klar. Eine von denen sitzt für viele Jahre im Knast.«

»Nachdem sie ihre Familie ausgelöscht hat. Na ja, fast zumindest. Ihr Bruder hat überlebt, wurde aber zum Vollwaisen. Das Entscheidende ist: Ihr traue ich zu, äußerst nachtragend zu sein. Und sie hatte eine Freundin, die für sie durchs Feuer gegangen wäre. Diese Freundin wiederum lebte in einem besetzten Haus – bis es geräumt wurde. Das kann der Link zu diesem Kristian sein.«

Wieder fuhr Marcels Stift über das Papier. »Das wirkt wie die vielversprechendste Spur. Auf Per wartet einiges an Arbeit. Sonst noch was?«

»Nein, natürlich frag ich mich ständig, ob es einen privaten Hintergrund geben kann. Mir fällt nichts ein, aber ich werde mich morgen mit einer alten … Freundin treffen. Vielleicht erinnert sie sich an etwas, das mir nicht mehr präsent ist.«

»Einen Versuch ist es wert.« Marcel faltete den Zettel zusammen und schob ihn in die Jeanstasche. »Bei einem Rachefeldzug sind immer Emotionen im Spiel. Vielleicht hast du irgendein Herz gebrochen?«

»Eher wurde *mir* immer das Herz gebrochen.« Hannes zog eine Grimasse.

»Armer Junge.« Spöttisch sah Marcel zu ihm auf, bevor auch er sich erhob. »Ich mach mich jetzt auf den Weg, wenn dir noch was einfällt …«

»… melde ich mich.« Hannes musste lachen und merkte, dass es fast hysterisch klang. »Meine Güte, wie oft ich diesen Spruch schon selbst gesagt habe. Aber mach dir keine Sorgen. Ich kann auf mich aufpassen, und Anna zieht heute Abend bei einer Freundin ein.«

»Schreib mir die Adresse auf. Dann schicken wir immer mal wieder jemanden vorbei.«

Als Hannes die Straße und Hausnummer notiert hatte, klingelte sein Telefon. Marcel legte ihm die Hand auf die Schulter, dann ging er Richtung Straße. Hannes nahm das Gespräch an, es meldete sich das Krankenhaus, in dem Fritz auf der Palliativstation versorgt wurde. Sofort spürte er einen Knoten im Magen.

»Ist er … ist er etwa?«

»Nein, nein!« Die Stimme der Krankenschwester klang amüsiert. »Er tyrannisiert uns wie am ersten Tag, als er hier eingezogen ist. Ich soll Ihnen nur ausrichten, dass er Sie gern sehen würde. Möglichst bald. Also um genauer zu sein, hat er wörtlich gesagt: *Er soll seinen Hintern so schnell wie möglich in diesen Kaninchenbau bewegen*. Es wäre wichtig.«

»Wichtig?«

»Mehr hat er nicht gesagt. Aber … also für seine Verhältnisse hat er mich fast angefleht, Ihnen Dampf zu machen.«

Hannes überlegte. Ob Fritz seine Notlage schon zu Ohren gekommen war? Zuzutrauen wäre es ihm. Oder hatte Ole ihn informiert, dass die *Lena* abgesoffen war? Er sagte zu, am nächsten Tag einen Besuch einzuplanen, und verabschiedete sich. Weshalb hatte Fritz ihn nicht persönlich angerufen? Er konnte nicht länger über den Hintergrund des Anrufs nachdenken, da Marcel ihm über den Rasen entgegengerannt kam. Man musste kein Psychologe sein, um zu erkennen, dass schon wieder etwas vorgefallen war.

Nachdem sich Federsen den Großteil des Tages hinter dem Schreibtisch im Dachgeschoss seines Hauses verschanzt hatte, zog es ihn nun ins Freie. Seine Frau fühlte sich zu schwach für einen Spaziergang, Hitze strengte sie an. Auch Federsen war normalerweise kein großer Freund von Bewegung, was sein Arzt regelmäßig monierte. Aber heute hätte er wohl seine Freude an dem beleibten Mittfünfziger gehabt. Mit ausgreifenden Schritten näherte sich der Kriminalhauptkommissar dem Park, durch den man auf dem schnellsten Weg den Hafen erreichte. Der Nachmittag ging bereits in den Abend über, als er an einem Wasserlauf eine Pause einlegte. Suchend sah er sich nach einer Bank um, dann streifte er achselzuckend die Schuhe ab, setzte sich auf einen Stein und kühlte seine Füße im Wasser.

In der Nähe picknickten mehrere Familien, die Kinder tobten kreischend durch den knietiefen Bach. Wie immer war ihre Anwesenheit für Federsen wohltuend und schmerzhaft zugleich. War er sonst eher lärmempfindlich, brachte ihn das Kreischen und Lachen von Kindern nicht aus der Fassung. Dass er mit ihnen sogar nachsichtig und verständnisvoll umging, hätte wohl kaum einer seiner Kollegen vermutet. Woher sollten sie auch wissen, dass er noch heute um eine Tochter trauerte, der es nicht vergönnt gewesen war zu leben, und er sich nicht damit anfreunden konnte, niemals Enkelkinder zu haben?

Sobald er in Rente gehen würde, dürfte es einsam um ihn werden, da machte er sich keine Illusionen. Der Freundeskreis war überschaubar und wurde eigentlich nur von seiner Frau am Leben gehalten. Wenn Laura nicht mehr da wäre, würde es nicht lange dauern, bis alle Kontakte eingeschlafen waren.

Dennoch sehnte er sich nach dem Karriereende, denn seinen Job ertrug er nur noch, weil er sich ein undurchdringlich dickes Fell zugelegt hatte. Ein vorzeitiger Ausstieg war verlockend, aus finanziellen Gründen aber abwegig. Der Traum führte lediglich zu Frustration. Laura hatte keine Ahnung, wie ernst die Lage war, und sie durfte niemals erfahren, wie es zu der angespannten Situation gekommen war. Andernfalls würde eine Welt für sie zusammenbrechen.

Schwermütig ließ er seinen Rücken ins Gras sinken. Das Leben hatte sich anders entwickelt, als er erhofft hatte. Damals … in einem rauschartigen Zustand hatte er Laura am Traualtar aus den Händen ihres Vaters an sich gezogen und war sich sicher gewesen, dass von nun an nichts Schlechtes mehr passieren könnte. Schon einen Monat später hatte mit dem Selbstmord seines Bruders eine Kette verhängnisvoller Ereignisse ihren Anfang genommen. Es war weder Charakterschwäche noch Zufall, dass Federsen seit Jahren dem Alkohol mehr zusprach, als ihm guttat. Dass man dies inzwischen auch äußerlich an den roten Adern in seinem Gesicht erkennen konnte, hatte nur dazu geführt, dass er sich noch weniger zu beherrschen versuchte.

Ein Ball traf ihn am Kopf, und erschrocken setzte er sich auf. Schüchtern und mit hinter dem Rücken verborgenen Händen näherte sich ein kleines Mädchen.

»Volltreffer!«, rief Federsen ihr zu. »Du solltest Handballspielerin werden.«

»Entschuldigung, das war … keine Absicht«, kam die schüchterne Antwort.

»Weiß ich. Außerdem hab ich einen dicken Schädel, der kann viel aushalten. Hör mal!« Mit den Handknöcheln schlug er sich auf die Kopfplatte und machte dabei mit der Zunge knackende Geräusche.

Das Mädchen kicherte. »Wieso sitzt du hier allein?«

»Weil ich nachdenken muss.«

»Ist es was Schlimmes?«

»Nein, nein! Wieso?«

»Weil du so traurig aussiehst.«

Federsen musste sich räuspern. »So seh ich immer aus, wenn ich nachdenke. Ich überlege, was ich meiner Frau zum Hochzeitstag schenken soll. Das ist doch was Schönes, oder?«

»Kommt auf das Geschenk an.«

Federsen schmunzelte. Kinderlogik war nicht zu übertreffen. »Hast du einen Vorschlag?«

»Du kannst mit ihr in den Zirkus gehen, das ist immer toll! Darf ich … meinen Ball wiederhaben?«

»Na klar.« Federsen rollte ihn zu ihr und verfolgte, wie sie ihn aufhob und dann zu den anderen Kindern zurücksprang. Unterwegs drehte sie sich noch einmal um und winkte ihm zu. »Der Opa da drüben ist nett«, hörte er sie noch sagen, bevor ihre Worte in erneutem Gekreische untergingen, als ein Junge einen Wassereimer über seiner Schwester ausleerte.

Mit einem Mal fühlte sich Federsen viel besser. Unerwartet hatte ihm das Mädchen sogar einen guten Tipp gegeben. Der dreißigste Hochzeitstag stand am kommenden Samstag an, und ein Zirkusbesuch war eine gute Idee. Immerhin war Laura als Artistin früher selbst in der Manege aufgetreten, und dort hatten sie sich auch kennengelernt.

Federsen erhob sich, um zurückzugehen – diesmal in einem gemächlicheren Tempo. Bis zum Hafen war es ihm jetzt doch zu weit, zumal er Hunger verspürte. Tagsüber hatte er sich derart in seinen Grübeleien verloren, dass er fast nichts zu sich genommen hatte. Gegen diese ungewohnte Unterversorgung protestierte sein Magen nun so vernehmbar, dass ihm ein älteres Ehepaar einen irritierten Blick zuwarf. Federsen zwinkerte ihnen nur zu und wunderte sich selbst über sein Hochgefühl. Bei Lichte betrachtet gab es eigentlich nur Schatten, wo er auch hinsah.

Für Hannes galt dies natürlich im Besonderen. Noch hatte es der Kriminalhauptkommissar nicht über sich gebracht, sich persönlich bei seinem Mitarbeiter zu melden. Seit dem Zerwürfnis hatte er Hemmungen, mit ihm in näheren Kontakt zu treten. Er wusste, dass er dieses Problem angehen musste, aber es überforderte ihn. Seine Kränkung war echt und saß tief. Es war seit Langem das erste und in jedem Fall das letzte Mal gewesen, das er einen Kollegen so nah an sich herangelassen hatte. Hannes zu helfen, war ihm trotzdem ein Anliegen.

Von Marcel hatte er sich telefonisch auf den neuesten Stand bringen lassen und war schon versucht gewesen, sich doch aktiver an der offiziellen Ermittlungsarbeit zu beteiligen. Immerhin schwenkte Marcel mit seinem Team schon jetzt auf die gleiche Linie ein, die auch Federsen verfolgte. Nachdem der Aufruhr in der autonomen Szene befriedet worden war, wurden nun alle Ressourcen auf die Identifikation des eigentlichen Verursachers ausgerichtet. Damit endeten allerdings schon die Gemeinsamkeiten, denn Federsens Liste der Verdächtigen unterschied sich fast vollständig von der, die Marcel ihm vorgetragen hatte. Das tat sie vor allem aus einem Grund: Federsen wusste, dass er kein Sympathieträger war. Sollte sich jemand am Ermittlungsteam rächen wollen, würde sicherlich er an erster Stelle stehen und nicht der Sportpolizist, der lediglich als Halbtagskraft arbeitete. Somit kam nur ein Fall infrage, den Hannes quasi im Alleingang gelöst hatte oder einer, an dem Federsen nicht beteiligt gewesen war.

Oder aber – und hierauf hatte er das meiste Hirnschmalz verwendet – es gab eine persönliche Komponente. Es musste sich nicht zwangsläufig ein verurteilter Mörder an Hannes rächen wollen, genauso gut konnte es jemand sein, der im Zuge der Ermittlungen zwar nicht des Mordes überführt worden war, dafür aber in einem anderen Zusammenhang unter den Enthüllungen zu leiden hatte. Derartige Kollateralschäden gab es gar nicht so selten, und Federsen waren einige aus den letzten zwölf Monaten in Erinnerung geblieben. Am nächsten Tag wollte er im Präsidium die Akten durchgehen, um letzte Lücken zu schließen.

Er hielt es für eine gelungene Arbeitsteilung, dass sich Marcel auf die unmittelbaren Verlierer der Mordermittlungen konzentrierte, während er selbst sich den Figuren am Spielfeldrand widmete. Wer am Ende den finalen Treffer landete, spielte dabei keine Rolle. Dennoch hatte er das Gefühl, selbst keine schlechten Karten in der Hand zu halten. Wenn er an die gemeinsamen Ermittlungen mit Hannes zurückdachte, fiel ihm nicht ohne Grund als Erstes ein besonders dramatischer Fall ein. Genauer gesagt eine Szene, die ihm seitdem sogar hin und wieder in seinen Träumen begegnete. Dass daraus etwas entstanden war, das heute Hannes' Leben in Gefahr brachte, war keine abwegige Überlegung. Sofern er auf der richtigen Fährte war, könnte Federsen dann allerdings – wenn er weiterdachte – auch selbst nicht mehr allzu ruhig schlafen.

Das zweite Mal an diesem Tag zuckte er heftig zusammen. Diesmal war es kein Ball, der ihn aus den Gedanken riss, sondern das Martinshorn eines Krankenwagens. Federsen bog gerade in seine Wohnstraße ein und sah, wie der Wagen direkt vor seinem Haus eine Vollbremsung machte. Die Türen flogen auf, und zwei Sanitäter sprangen heraus. Als sie auf seine Haustür zurannten, war Federsens Hochstimmung so schnell verflogen, wie sie gekommen war. Sein Gewicht und die Raucherlunge verfluchend, warf er die Zigarette von sich und setzte zu einem Sprint an.

Hannes saß auf dem Boden und starrte ins Leere. Einen klaren Gedanken konnte er nicht fassen, das Einzige, was er verspürte, war tiefe Traurigkeit. Er zog die Beine an und legte die Stirn auf die Knie, um sich von der Umgebung abzuschotten. Sein Magen hatte sich schmerzhaft zusammengezogen, und er spürte, dass er die Tränen nicht länger zurückhalten konnte. Eine Hand legte sich auf seine Schulter, und Hannes war Marcel dankbar, dass er ebenfalls schwieg und lediglich durch diese Geste sein Mitgefühl zeigte.

Unablässig ließ Hannes seine Finger durch das weiche Fell kreisen. Es kostete ihn Kraft, den Kopf wieder zu heben und zur Seite zu blicken. Neben den Steinplatten, die vom Tor zum Haupthaus und in den Garten führten, lag *Socke* auf dem Rasen. Zwischen den Pfoten befand sich noch immer der Gegenstand, der dafür verantwortlich gewesen sein dürfte, dass sein Hundeleben vor wenigen Minuten in Hannes' Armen zu Ende gegangen war. Als er hinter Marcel hergerannt war, hatte er sofort erkannt, dass *Socke* mit dem Tod rang. Helfen hatte er ihm nicht mehr können, nur den großen Kopf streicheln und beruhigend auf das Tier einreden. Nun lag *Socke* auf der Seite, der Körper war noch warm, die Augen aber erloschen.

Ein Schrei. Wie aus dem Nichts war Anna aufgetaucht und schlug sich die Hand vor den Mund. Mit aufgerissenen Augen erfasste sie das Geschehen und ging neben dem Hundekörper in die Hocke. Sie streckte die Hand aus, hielt aber in der Bewegung inne und berührte den toten Hund nicht.

»Was ist passiert?«, flüsterte sie.

Marcel antwortete an Hannes' Stelle. »Es sieht so aus, dass er vergiftet wurde. An dem Knochen hing noch Fleisch, und darin … tja.«

»Ben wird am Boden zerstört sein!«

Hannes konnte nichts sagen. Ben würde nicht nur am Boden zerstört sein, *Sockes* Tod würde ihm das Herz brechen. Er hatte ihn als Welpen einem Bauern abgeschwatzt, es war Liebe auf den ersten Blick gewesen, von beiden Seiten. Hannes' Kehle war wie zugeschnürt, als er überlegte, wie er seinem Freund den Verlust nahebringen sollte. Die Schuldgefühle machten es nicht leichter. Er hätte besser auf *Socke* aufpassen müssen, aber wie hätte er damit rechnen können, dass sich jemand Bens Hund als Ziel aussuchte?

»Meinst du, dass … man dachte, dass *Socke* dir gehört?«, fragte Anna.

»Das würde bedeuten, dass man euch beobachtet«, sagte Marcel. »Seit wann habt ihr ihn allein beaufsichtigt?«

»Seit heute Morgen. Wir hatten ihn am Hafen dabei. Mittags sind wir noch zusammen spazieren gewesen.«

»Ist euch jemand aufgefallen?«

»Nein. Aber am Hafen war einiges los und hier in der Stadt genauso. Wie kann jemand zu so etwas fähig sein! Was kann der arme *Socke* dafür?«

»Leider ergibt es Sinn«, erwiderte Marcel. »Auf dem letzten Zettel stand: *Ich werde dir alles nehmen.* Wenn der Täter dachte, dass *Socke* Hannes' Hund ist, war er ein logisches Ziel. Was mir noch mehr Sorgen macht: Ihm ist bekannt, dass ihr vorübergehend bei Ben eingezogen seid. Also … könnt ihr hier nicht bleiben.«

Hannes hörte nicht länger zu. Er wälzte sich auf die Knie und nahm noch einmal *Sockes* Kopf in die Hände. »Tut mir leid, mein Freund«, wisperte er. »Es tut mir so leid.« Dann strich er ihm mehrmals über die Augen, bis die Lider den gebrochenen Blick verbargen. Langsam rappelte er sich auf. Anna unterbrach ihr Gespräch mit Marcel und umarmte ihn. Schweigend hielten sie sich fest, er spürte, dass ihre Schultern bebten.

»Dafür wird der Scheißkerl bezahlen.« Hannes löste sich und sah Marcel auffordernd an. »Wir müssen die ganze Nachbarschaft abklappern. Irgendjemand muss was gesehen haben!«

»Was ist mit den Leuten in diesem Haus?« Marcel deutete auf die Villa.

»Sind heute früh weggefahren. So wie es aussah, für einen Tag am Strand. Die Kinder werden völlig fertig sein, wenn sie das erfahren. Wir müssen *Socke* woanders hinlegen, die dürfen ihn so nicht sehen! Er war ein ständiger Spielkamerad für sie.«

»Ich muss ihn sowieso mitnehmen. Genauso wie den Knochen. Außerdem kommt gleich die Spurensicherung und durchkämmt das Grundstück.«

»Gut.« Hannes spürte, dass ihm die Fokussierung auf die nächsten Schritte half, wieder die Fassung zurückzugewinnen. Zugleich machte er Marcel klar, dass er sich keinesfalls davon abhalten lassen würde, bei den Befragungen der Nachbarn eine aktive Rolle zu übernehmen. Etwas anderes brannte ihm aber besonders unter den Nägeln, bevor er seinem Zorn erlauben durfte, die Oberhand zu gewinnen.

»Marcel, kannst du dafür sorgen, dass Anna unauffällig zu Elke gebracht wird? Da sich mir offenbar jemand an die Fersen geheftet hat, darf ich es nicht riskieren, sie selbst zu fahren.«

»Natürlich. Aber was ist mit dir? Du solltest genauso wenig hier wohnen bleiben! Der Garten ist nicht einsehbar, die Grundstücke sind weitläufig und …«

»Ich bleibe.« Abwehrend hob Hannes den Arm, als sowohl Anna und Marcel zum Widerspruch ansetzten. »Ich werde diesem Psychopathen nicht die Genugtuung verschaffen, dass ich mich ängstlich verkrieche. Genau das will er ja!«

»Wenn du bleibst, könntest du ihm die Genugtuung verschaffen, dich tot zu sehen«, erwiderte Marcel.

»Keine Sorge, hab ich nicht vor.«

»Willst du die ganze Nacht wach bleiben?« Anna wirkte fassungslos. »Der Kerl ist skrupellos, wie kannst du da …?«

»Ich will mich doch gar nicht als wehrloser Speck in einer Mausefalle präsentieren. Wird aber Zeit, dass wir zur Gegenwehr ansetzen. Marcel, die Situation sollte jetzt doch brisant genug geworden sein, dass mir Personenschutz zusteht?«

»Davon ist wohl auszugehen.«

»Dann sollen sich meine Leibwächter so postieren, dass niemand sie sieht. Dazu noch Überwachungskameras, und das Risiko ist ausgeschaltet. Es wird schon keiner eine Rakete auf mich abfeuern. Wenn der Kerl hier wirklich auftaucht, kann er direkt überwältigt werden. Ich will, dass es endlich aufhört!«

Marcel rieb sich über seinen Bart, dann nickte er. »Einverstanden. Allerdings ist es fraglich, ob der Täter so waghalsig ist, sich schon heute Nacht ein zweites Mal anzuschleichen.«

Auf der Straße fuhren Polizeiwagen vor. Hannes entdeckte mehrere bekannte Gesichter, darunter Per und Isabell. Während Marcel die anstehenden Aufgaben verteilte, ließen sich Anna und Hannes noch einmal neben *Socke* nieder. Es war unwirklich, ihn so starr daliegen zu sehen, ihn, der so voller Leben gesteckt hatte. Hannes sehnte sich danach, noch einmal die feuchte Zunge auf seiner Haut zu spüren und das vertraute Hecheln zu hören. Heftig blinzelnd sah er zu Anna, die den Kampf gegen die Tränen gar nicht erst zu gewinnen versuchte. Hannes hatte nie ein eigenes Tier besessen und sich immer damit schwergetan, wenn jemand um ein Tier wie um einen Menschen trauerte. Nun verstand er, wieso. Ein Freund war von ihm gegangen, und dass er sich selbst eine Mitschuld gab, machte es noch schwerer.

Den Anblick, wie *Socke* abtransportiert wurde, wollte er sich ersparen. Ein letztes Mal strich er über die weiße Schnauze, dann erhob er sich, um mit Anna zu Bens Haus zurückzugehen. Schweigend packten sie Annas Sachen wieder in den Koffer, und als sie schließlich Seite an Seite zurück zur Straße gingen, haderte er plötzlich mit seiner Entscheidung. Auf einmal fühlte es sich falsch an, dass sie sich trennten. Doch er blieb standhaft. Nach einer langen Umarmung stieg sie schließlich mit Marcel und Per in ein Auto und fuhr weg. Ein Gefühl von Verlorenheit breitete sich in Hannes aus, als er ihnen hinterhersah.

»Hannes?« Isabell fasste ihn behutsam am Arm. »Kommst du klar?«

»Was? Ja, natürlich!« Er riss sich zusammen. »Es hilft ja nichts, ich muss damit klarkommen. Weiß nur nicht, ob ich dem Hinterbliebenen des Mordopfers gegenübertreten kann. Dabei reden wir hier über einen toten Hund!«

»Na und?« Isabell schien seinen angegriffenen Zustand nicht merkwürdig zu finden. Als Katzenliebhaberin hatte sie aber sicher einen eigenen Zugang zu diesem Thema. »Außerdem reden wir nicht nur über *Socke*. Du erlebst gerade hautnah, wie es sich anfühlt, einem Verrückten ausgeliefert zu sein. Ist nachvollziehbar, dass du das nicht einfach so wegsteckst.«

»Ich hoffe, dass ich es überhaupt wegstecke. Am meisten würde es mir helfen, wenn wir das Schwein zu fassen kriegen. Meinst du, der Mord an *Socke* geht auf Kristian Schmelzers Konto?«

»Würde ich ihm zumindest zutrauen. Per hat schon einiges zu ihm herausgefunden. Klar ist, dass der Typ vor Körperverletzung nicht zurückschreckt. Was dich aber vor allem interessieren dürfte: Er hat tatsächlich in dem besetzten Haus gelebt, in dem zu der Zeit auch diese Tierschützerin hauste!«

»Das kann kein Zufall sein! Ich bin mir sicher: Diese Angriffe gegen mich müssen mit dem Job zu tun haben. Und dieser Fall war ja wirklich sehr speziell … und tragisch.«

Isabell runzelte die Stirn. »Ich kenne ihn nur vom Hörensagen. Die Täterin hat am Ende ihre eigenen Eltern ermordet, oder?«

»Genau. Weil sie von falschen Hintergründen ausging. Sie wollte sich dafür rächen, dass man sie als Baby verstoßen und in eine fremde Familie gegeben hatte, in der sie keine schöne Kindheit erlebte. In Wahrheit wurde sie allerdings aus dem Kinderwagen entführt. Maja heißt sie. Wurde aber von ihren … Pflegeeltern Juliane genannt. Dieser Name steht wohl immer noch in ihrem Pass, es sei denn, sie hat aus dem Gefängnis heraus eine Änderung beantragt.«

»Und weiter? Wieso könnte sie einen solchen Hass auf dich haben?«

»Na ja … wir haben uns ganz gut verstanden. Was erklären würde, warum so viele Infos über mich bekannt wurden. Hör auf zu grinsen, Isabell! Am Anfang war sie lediglich eine Zeugin! Bis ich ihr auf die Schliche gekommen bin. Sie kann mir zweierlei vorwerfen: erstens, dass ich sie überführt habe, und zweitens, dass ich sie nicht gestoppt habe.«

»Ist das nicht ein Widerspruch?«

Hannes schüttelte den Kopf. »Sie hatte für sich schon ein neues Leben in Neuseeland geplant, nachdem sie Rache an ihren Eltern genommen hätte. Sie ging davon aus, dann endlich die bösen Geister loszuwerden und ihren Frieden machen zu können. Zugleich dürfte sie sich im Nachhinein wünschen, dass ich sie früher enttarnt hätte. Denn jetzt weiß sie ja, dass ihre Eltern unschuldig waren und sogar jahrelang verzweifelt nach ihr gesucht haben. Was glaubst du, wie es ihr mit diesem Wissen geht?«

»Sag du es mir!«

»An ihrer Stelle hätte ich wohl Selbstmordgedanken. Ich habe allerdings keinen Kontakt mehr zu ihr, seit sie verhaftet wurde.«

Isabell schmunzelte. »Diese Berührungsängste hattest du beim Alten Fritz nicht. Aber wie auch immer, wir sollten sie schnellstmöglich vernehmen.«

Hannes winkte ab. »Das müsst ihr, dabei wird aber nichts rauskommen. Sie wird kaum zugeben, dass sie sich nach dem Feldzug gegen ihre Eltern in einen neuen Irrsinn verrannt hat. Wichtiger wäre, ihre beste Freundin zu finden. Carina. Die lebte nämlich in dem besetzten Haus und ist daher die Verbindung zu Kristian Schmelzer.«

»Den wir ebenfalls finden sollten. Hast du weitere Infos über diese Carina?«

»Sie himmelte Juliane an. Ich habe sie als labil und unsicher in Erinnerung. Nahm Drogen und stand oft neben sich. Carina ist definitiv eine Frau, die sich von Juliane instrumentalisieren ließe. Ihr müsst herausfinden, ob die beiden in letzter Zeit Kontakt zueinander hatten.«

»Ich checke die Besucherlisten.« Isabell deutete auf drei kräftig gewachsene Männer in Zivil. »Da kommt dein Personenschutz. Ich denke, du wirst heute Nacht gut schlafen können.«

»Das bezweifle ich. Aber beruhigend ist es trotzdem.«

In den nächsten zwei Stunden musste er auf den Personenschutz allerdings noch nicht zugreifen. Gemeinsam mit Isabell suchte er die umliegenden Nachbarn auf, die durch die Aktivitäten vor dem großen Grundstück längst aufmerksam geworden waren. Vermutlich kam es selten vor, dass diese beschauliche Gegend in den Fokus von Polizeiermittlungen geriet. Entsprechend auskunftsfreudig präsentierten sich die meisten Bewohner, und es war wie immer eine schwierige Aufgabe, Wichtiges von Unwichtigem zu trennen.

Dessen ungeachtet tat es Hannes gut, dass er eine Beschäftigung hatte, die ihn ablenkte und ihm zugleich das Gefühl gab, endlich selbst gegen die Bedrohung vorzugehen. Am meisten interessierte ihn die Schilderung zweier Zeugen, die einen roten Motorroller beobachtet hatten, der seit Samstagnachmittag immer wieder durch die Straße gefahren sei. Sie mutmaßten, ein Teenager aus der Umgebung hätte den Roller erst kürzlich geschenkt bekommen und ihn ständig ausprobieren wollen. Zwar würde diese Vermutung überprüft werden, aber Hannes war sich sicher, dass es eine Fehleinschätzung war.

Die Beschreibung des Fahrers deckte sich mit seiner eigenen Beobachtung: eine schmächtige Person, deren Kopf unter einem dunklen Helm steckte, dessen Visier einen Blick auf das Gesicht verhinderte. Ein Zeuge meinte sich zu erinnern, dass zwischen den Beinen ein Rucksack geklemmt hatte. Ob darin der vergiftete Knochen transportiert worden war? Wahrscheinlich, dafür war es aber so gut wie ausgeschlossen, dass sich Kristian Schmelzer auf den Roller gezwängt hatte.

Abgesehen davon, dass er vom Typ her eher auf einem schweren Motorrad unterwegs wäre, passte sein Körperbau nicht. Isabell hatte sich im Präsidium rückversichert, und die Einträge in seiner Akte wie auch die Fotos waren eindeutig. Kristian Schmelzer war groß gewachsen, stämmig und breitschultrig. Ein Bär von einem Mann. Hannes erinnerte sich, dass Carinas Äußeres hingegen gut zu der Person auf dem Roller passte. Allerdings hielt er es für abwegig, dass sie einen Hund vergiften würde. Immerhin war sie in einer militanten Tierschutzbewegung aktiv gewesen und besaß selbst einen Hund, der ihr auf Schritt und Tritt folgte. Verrannten sie sich gerade in eine falsche Richtung?

Ermattet überließ Hannes es schließlich seiner Kollegin, Bens Vermieter samt deren Kinder über den Verlust von *Socke* und die Anwesenheit der Personenschützer zu informieren, als diese von ihrem Strandausflug zurückkehrten. Er selbst verzog sich in das Gartenhaus, wo er noch eine Stunde auf dem Sofa saß und die Wand anstarrte. Dieser Tag hatte gleich zwei Tiefschläge geboten, die gesessen hatten. Wenigstens hatten beide neue Hinweise geliefert, auch wenn die Spurensicherung unverrichteter Dinge wieder aus dem Garten abgezogen war. Vermutlich war der vergiftete Knochen einfach über die Hecke geworfen worden.

Hannes fuhr sich über die Stirn, dann griff er endlich mit schweißnasser Hand nach seinem Handy, um Ben anzurufen.

Kapitel 5

Düster musterte Federsen den überquellenden Aschenbecher auf seinem Schreibtisch – und zog eine weitere Zigarette aus der Packung. Es wurmte ihn, dass er nach einem kurzen Intermezzo mit E-Zigaretten wieder rückfällig geworden war, aber momentan fehlte ihm die Kraft für einen weiteren Versuch, die jahrzehntealte Gewohnheit loszuwerden oder zumindest zu verändern. Als das Feuerzeug vor seinem Gesicht eine Flamme ausspuckte und den Tabak entzündete, fielen ihm im Hintergrund die zahlreichen Blumentöpfe auf, die er sonst kaum noch wahrnahm.

Von manchen Kollegen wurde sein Büro als *grüne Hölle* bezeichnet, was sicher nicht nur an den Pflanzen lag, die ihm seine Frau in regelmäßigen Abständen mitgab. An Laura war eine Botanikerin verloren gegangen, während Federsen mit Grünzeug weder auf dem Teller noch in tönernen Gefäßen viel anfangen konnte. Ihr gefiel die Vorstellung, dass er sich wenigstens in angenehmer Atmosphäre der Mörderjagd stellte – sie wusste nicht, dass er jeden Abend leise fluchend mit der Gießkanne seine Runde drehte.

Mit Nachdruck schob er das größte Ungetüm hinter seinem Rücken ein Stück zur Seite. Ihm missfiel das Gefühl, dass sich dessen Ranken gefährlich um seinen Hals zu schlingen drohten.

Er verspürte ohnehin schon Atemnot, sodass er die obersten Knöpfe seines Hemdes offen ließ. Zurückgelehnt in seinem Drehstuhl sah er zu, wie der Rauch zur Zimmerdecke stieg. Am gestrigen Sonntag war ihm der Schreck heftig in die Glieder gefahren. Die Angst, bald allein zu sein, war stärker als je zuvor. Es war jedoch kein neuerlicher MS-Schub gewesen, der seine Frau den Notarzt hatte alarmieren lassen. Ihre Erkrankung war nur indirekt der Auslöser gewesen.

Federsen verwünschte und bewunderte ihren Stolz gleichermaßen. Sie hatte es sich nicht nehmen lassen wollen, auf einen Stuhl zu steigen, um die kaputte Glühbirne selbst zu wechseln. Es war gekommen, wie es hatte kommen müssen. Ihre Beine hatten nachgegeben, und sie war mitsamt dem Stuhl unkontrolliert zu Boden gegangen. Nur mit Glück hatte ihr Kopf dabei die Ecke des Esstisches verfehlt. Doch auch der gebrochene Arm war tragisch. Er machte sie schließlich noch hilfloser, als sie es ohnehin war. Über Nacht hatte man sie zur Beobachtung im Krankenhaus behalten, nach dem Frühstück war sie dann von ihrem Mann abgeholt worden. Kaum daheim angekommen, hatte sie ihn wieder aus dem Haus gescheucht, er solle keine große Sache aus dem Missgeschick machen.

Letztlich war ihm der Gang zum Arbeitsplatz aber gar nicht schwergefallen. Es brannte ihm unter den Nägeln, sich durch die Akten der zurückliegenden Fälle zu wühlen, auch wenn ihm diese noch sehr präsent waren. Und tatsächlich: Beim Durchlesen tauchten immer wieder Erinnerungen auf, die sonst wohl verschollen geblieben wären. Kein Wunder bei der Vielzahl an Spuren und beteiligten Personen. Obwohl er mehrere Seiten mit Notizen gefüllt hatte, landete er am Ende wieder bei den drei Spuren, die ihm von Anfang an am realistischsten erschienen waren.

Um die Auswahl weiter einzugrenzen, hatte es Federsen nicht bei theoretischer Arbeit belassen. Obwohl viele Kollegen ihm dies nicht zutrauten, verfügte er durchaus über ein vorzeigbares Netz an Informanten. Vermutlich war es nicht ganz so groß und belastbar wie das des Alten Fritz, aber es hatte ausgereicht, um eine der Spuren von der Liste zu nehmen. Es handelte sich ausgerechnet um diejenige, die ihn zur Zurückhaltung animiert hatte, da ihm eine Verstrickung in den Polizeiapparat wahrscheinlich vorgekommen war. Doch wenn die Aussagen seiner Informanten stimmten, müsste sich gerade er selbst anstelle von Hannes mit Unannehmlichkeiten herumplagen, da der Verdächtige vor allem gegen den Kriminalhauptkommissar zu wettern pflegte.

Ganz fallen lassen wollte er seinen Verdacht dennoch nicht, denn in der betroffenen Ermittlung war eine vielversprechende Juristenkarriere jäh zunichtegemacht worden. Vorrang sollten aber eher die beiden anderen Fälle genießen: die Tierschützer und die Freikirche.

Das Telefon klingelte, geistesabwesend griff Federsen zum Hörer. Als er die Stimme erkannte, runzelte er die Stirn. Lauras Bruder! Anfangs hatten Federsen und er sich hervorragend verstanden, heute wünschte er sich, dass Lauras Eltern es bei einem Kind belassen hätten. Einen Teil der Schuld musste Federsen allerdings bei sich selbst suchen. Er hatte sich blenden lassen von der mit Euphorie vorgetragenen Geschäftsidee, die wie eine sichere Bank gewirkt hatte. Das Versprechen, ostdeutsche Immobilien zu Ramschpreisen zu erstehen und nach einer Sanierung gewinnbringend zu vermieten oder zu verkaufen, hatte nachvollziehbar geklungen. Erst hatte er sich mit Startkapital beteiligt, wobei ein Teil seiner Erbschaft draufgegangen war. Dann hatte Lauras Bruder aber einen Bankkredit nicht mehr bedienen können und von einem vorübergehenden Liquiditätsengpass gesprochen – den Federsen überbrückt hatte. Erst beim zweiten Mal war er misstrauisch geworden, beim dritten Mal wütend und dann … tja, und dann hatte er weiter gutes Geld schlecht investiertem hinterhergeworfen, um nicht alles zu verlieren. Zusammen mit den Rechnungen für Lauras Therapien hatte dies zu der trostlosen finanziellen Lage geführt, in der er sich seit Jahren befand. Laura ging noch immer davon aus, dass ihr kleiner Bruder beim Mauerfall den richtigen Riecher gehabt hatte, und wusste lediglich, dass ihr Mann sich mit Startkapital beteiligt hatte. Von den erheblichen finanziellen Verlusten ahnte sie nichts.

Zumindest war Federsen nun erleichtert, dass ihr Bruder nicht schon wieder wegen akuten Geldbedarfs anrief. Im Gegenteil, im Moment schien es sogar so gut zu laufen, dass er bald einen Teil der Schulden zurückbekäme. Darauf gab er allerdings gar nichts, das hatte er schon zu oft gehört. Vehement lehnte er den Vorschlag ab, dass sich der Bruder in den nächsten Tagen um die verletzte Schwester kümmern könnte. Laura telefonierte täglich mit ihm und hatte natürlich auch von dem Armbruch erzählt. Nach fünf Minuten gelang es Federsen, das Gespräch abzuwürgen, aber bevor er sich wieder Hannes' Bedrohung widmen konnte, wurde er erneut gestört. Die Tür öffnete sich, ohne dass zuvor geklopft worden wäre. Federsen hasste das.

Marcel trat ein und deutete zum Fenster. »Ganz schöne Räucherkammer. Darf ich …?«

»Nein.«

»Dann fasse ich mich lieber kurz. Wir hatten Teambesprechung, weshalb warst du nicht dabei?«

»Weil ich nicht Teil des Teams bin.«

»Aber Hannes ist Teil deines Teams. Zumindest im Moment noch.«

»Ist mir nicht entfallen, dass sich das bald ändert. Du hast ihn mir ausgespannt.«

Marcels Gesicht rötete sich. »Ich hab ihn dir nicht …. Können wir das jetzt mal beiseitelassen? Es erstaunt mich, dass du wegen seinem … Wechsel so kaltschnäuzig auf seine Situation reagierst.«

»Wer behauptet denn, dass das so ist?«

»Du tust nichts, und es scheint dich nicht mal zu interessieren.«

Federsen verschränkte die Arme vor der Brust. »Da bist du auf dem Holzweg.«

»Hast du überhaupt schon mal mit ihm gesprochen?«

»Nein … das … ich bin noch nicht dazu gekommen. Aber im Hintergrund bin ich durchaus aktiv, auch wenn du dir das nicht vorstellen willst.«

»Henning.« Marcel trat näher. »Ich habe nichts gegen dich und bin dir nie in die Quere gekommen. Trotzdem behandelst du mich so, als ob ich dir ständig ans Leder wollte. Was hast du für ein Problem mit mir?«

»Gar keins.« Federsen sortierte seine Aufzeichnungen zu einem Stapel. »Ich hoffe sogar, dass du Erfolg hast. Vor allem in Hannes' Interesse.«

»Verstehe. Du hast ihn wirklich gern, oder?« Marcel winkte ab. »Schon gut, würdest du eh nicht zugeben, ist mir klar. Wenn dir aber so an seinem Wohlergehen liegt, solltest du vielleicht dieses Pflanzenparadies verlassen und dich uns anschließen. Immerhin weißt du besser als jeder andere, was in seinen Ermittlungen passiert ist.«

»Davon habe ich euch schon einiges mit auf den Weg gegeben. Außerdem bin ich seit heute Morgen damit beschäftigt, die alten Akten durchzugehen und … gewisse Quellen anzuzapfen.«

Marcel löste seine verschränkten Arme. »Was kam dabei raus?«

»Dass wir uns auf die Freikirche und die Tierschützer konzentrieren müssen.«

»So weit waren wir ja schon. Inzwischen sind wir aber einen Schritt weiter.«

Marcel berichtete von der Verbindung, die zwischen dem Verdächtigen Kristian Schmelzer und einer der beiden Tierschützerinnen bestanden haben könnte. Als er erfuhr, was sich in den letzten Stunden ereignet hatte, konnte Federsen nicht bestreiten, dass schnelle Fortschritte erzielt worden waren. Allerdings noch keine entscheidenden. Dass am Vorabend ein Hund getötet worden war, ließ tiefe Furchen auf seiner Stirn entstehen.

»Damit kann eine Hemmschwelle gefallen sein!«

»Ja, die Zeit von Sachbeschädigungen könnte vorbei sein. Umso wichtiger ist es, dass du hier nicht vor dich hin grübelst, sondern uns aktiv unterstützt.«

»Das eine schließt das andere nicht aus. Wenn mir eine zündende Idee kommt, melde ich mich.« Als Marcel stehen blieb, griff er demonstrativ zum Hörer. »Sonst noch was?«

Marcel schüttelte den Kopf und verließ schweigend das Zimmer. Aufatmend legte Federsen den Hörer zurück. Die angekündigte Idee war ihm schneller gekommen als gedacht. Ob sie auch zielführend war? Er wusste, dass Juliane eine vielversprechende Kandidatin war – und damit auch Carina, die ihr hörig war. Nur: Der tote Hund passte nicht ins Bild. Welcher Tierschützer würde einen Hund töten oder töten lassen, um einen persönlichen Rachefeldzug auf die nächste Ebene zu hieven? Er hatte beide Frauen kennengelernt und hielt es für ausgeschlossen.

Vielleicht hatten sich die Ermittler auf eine Theorie eingeschossen, die zwar naheliegend, aber deshalb noch lange nicht zutreffend war. Dafür sprach auch, dass diese Stoßrichtung bislang komplett im Sande verlaufen war. Die Frage, wem die Mordermittlungen geschadet hatten, konnte man nicht nur mit einer Auflistung der überführten Mörder beantworten.

Und auch nicht allein mit denjenigen, die dabei infolge anderer Taten aufgeflogen und verurteilt worden waren. Gab es daneben nicht weitere Personen, die durch die Ermittlungsarbeit Schaden genommen hatten? Entweder weil sie erfolgreich oder weil sie nicht erfolgreich genug verlaufen waren – sozusagen ein menschlicher Kollateralschaden? Wie zum Beispiel fast jeder aus der Alt-68er-Kommune, die sie bei der Wiederaufnahme von Fritz' einzigem ungelösten Fall gesprengt hatten. Oder … Federsen drückte die Zigarette aus und erhob sich.

Oder wie jemand, der – zu Recht oder Unrecht – den Mordermittlern vorwerfen konnte, den Mörder nicht schnell genug aus dem Verkehr gezogen zu haben. Rache für vermeintliche Ermittlungsfehler? Das war ein Motiv! Und hier fiel Federsen vor allem ein junger Mann ein, den er völlig vom Radar verloren hatte, weil er eine Nebenfigur dargestellt hatte. Heute könnte er die Hauptfigur sein. Federsen befolgte Marcels Ratschlag und begab sich so schnell wie möglich ins Freie, um der Spur nachzugehen.

Wider Erwarten hatte sich Hannes am Vormittag voll auf das Training konzentrieren könne. Vermutlich war es die einzige Tätigkeit, die in der Lage war, ihn die bedrohliche Situation für ein paar Stunden vergessen zu lassen. Nun, da er das Auto vom Trainingsgelände zurück ins Stadtzentrum lenkte, wurden aber mit jedem Kilometer die Gedanken an die näher rückenden Olympischen Spiele von den aktuellen Ereignissen verdrängt. Vor allem das am Vorabend mit Ben geführte Telefonat lag ihm so schwer im Magen, dass er das Fenster herunterlassen und mehrmals tief ein- und ausatmen musste.

Ben hatte ihm keine Vorwürfe gemacht, denn für *Sockes* Tod sei jemand anderes verantwortlich. Allerdings war er fix und fertig gewesen. Es war Hannes nahegegangen, seinen Freund zum ersten Mal weinen zu hören. Ausgerechnet Ben, der sonst der personifizierte Frohsinn war! Am Nachmittag wollte er wieder zurückkommen, weitere Tage bei seiner Mutter könne er nicht mehr ertragen, hatte er gesagt. Offenbar war das Zusammentreffen wenig harmonisch verlaufen, aber Hannes hatte Hemmungen gehabt, tiefer nachzubohren. Genauso befangen sah er dem Wiedersehen am Nachmittag entgegen, denn er gab sich durchaus eine Mitschuld an *Sockes* tragischem – und vermutlich qualvollem – Ende.

Zuvor musste er noch ein weiteres Treffen überstehen, dem er mit gemischten Gefühlen entgegensah. Nina würde sicher schon seit mindestens fünf Minuten im *Café Seaside* auf ihn warten. Pünktlichkeit war eines ihrer Markenzeichen. Die Lokalität hatte in einem früheren von Hannes' Fällen eine Rolle gespielt. Sie wurde von der Exfreundin eines Rockstars geleitet, dessen exzentrische, aber auch äußerst erfolgreiche Band *Cloud Palace* heute nicht mehr existierte. Es war somit nicht nur der schönen Aussicht geschuldet, dass Hannes diesen Ort als Treffpunkt vorgeschlagen hatte. Vielmehr wollte er die Gelegenheit nutzen, um bei der Besitzerin vorzufühlen, ob die aktuelle Gefahrenlage ihren Ursprung im Umfeld der Band oder deren Fans haben könnte.

Er stellte den Wagen auf dem Parkplatz ab und wühlte im Handschuhfach nach der Sonnenbrille. Erneut war ein hochsommerlicher Tag heraufgezogen, die Temperatur lag mittags bei einunddreißig Grad. Beim Näherkommen bemerkte Hannes, dass fast jeder Tisch auf der Terrasse des Cafés besetzt war. Im Inneren versprühten diverse Schiffsutensilien einen maritimen Charme, draußen bot sich ein freier Ausblick auf einen Teil des Hafens. Suchend ließ Hannes seinen Blick über die Gäste schweifen, von denen der Großteil gerade Mittagspause haben dürfte, worauf auch die Gesprächsfetzen schließen ließen.

Ganz am Rande der Terrasse, neben einem gusseisernen Anker, bemerkte er eine Bewegung. Eine junge Frau war aufgestanden und winkte in seine Richtung. Kurz gerieten seine Schritte ins Stocken. Verärgert spürte er, dass seine Ohren stark durchblutet wurden und mit jedem weiteren Meter bestimmt kräftiger leuchteten. Nicht nur aus der Entfernung, auch aus nächster Distanz sah Nina hinreißend aus. Das hatte sie früher schon getan, aber heute … Der lässig-sportliche Look war einem eleganten Stil gewichen, zumindest an diesem Tag. Ob dies nur an dem neuen Job lag?

Das weiße Kleid war eng geschnitten und endete kurz über den Knien. Anstelle von Sportschuhen trug sie braune Sandalen mit breiten Absätzen, die farblich exakt dem dünnen Ledergürtel entsprachen. Ihre dunkelblonden Haare waren nicht mehr zu einem langen Zopf zusammengebunden, sondern umrahmten stufig geschnitten und mit aufgehellten Strähnen ihr Gesicht. Nur die lebhaften grünen Augen erinnerten an die Nina, die er kannte. Und noch etwas war unverändert geblieben, wie er bemerkte, als sie ihn umarmte. Ihr Parfüm. Also hatte er keinen so schlechten Geschmack gehabt, wie sie ihm manchmal vorgehalten hatte. Den Duft hatte nämlich er ausgesucht, als sie einmal am Bahnhof auf einen verspäteten Zug gewartet und sich in einer Boutique die Zeit vertrieben hatten.

»Ich hab dich sofort erkannt, hast dich überhaupt nicht verändert!« Nina griff nach seiner Sonnenbrille und hob sie an. »Auch die Augen nicht, was für ein Glück.«

Er erwiderte ihr Lächeln, vermutete aber, dass seines eher einer Grimasse glich. »Deine Augen auch nicht, aber sonst …« Vielsagend deutete er auf ihr Outfit. Sie war dezent geschminkt und hatte sich die Fingernägel lackiert. Nicht aufdringlich und passend zu dem restlichen Erscheinungsbild, aber jedes einzelne Detail führte dazu, dass es sich anfühlte, als stünde er einer Fremden gegenüber. Dies änderte sich erst, als sie ihm lachend gegen die Schulter boxte.

»Darunter sieht alles noch so aus, wie du es kennst. Hoff ich zumindest.«

Ihre direkte und anzügliche Art hatte sie sich also erhalten, genauso wie ihr ansteckendes Lachen. Als Folge ihrer Aussage stiegen unwillkürlich Bilder in ihm auf, die er schnell wieder zur Seite schieben wollte. Genauso wie ihren Versuch, nach fünf Jahren nahezu absoluter Funkstille die alte Vertrautheit übergangslos wieder aufleben zu lassen. Er deutete den Hügel hinunter in Richtung der Hafenkräne.

»Schon an die neue Umgebung gewöhnt?«

»Klar, ich hab zuletzt in Hamburg gewohnt, wusstest du das nicht?«

Woher?, hätte er am liebsten gefragt, schüttelte aber nur den Kopf. Schon nach dem ersten Jahr hatten sie nur noch per SMS belanglose Glückwünsche zum Geburtstag ausgetauscht. Jetzt fühlte sich ihre Begegnung falsch und richtig zugleich an, unwirklich und doch logisch. Nina war einmal ein so zentraler Bestandteil seines Lebens gewesen, dass es schier undenkbar erschien, hätten sie sich nie wieder getroffen. Ob sie es ähnlich empfand? Die Frage interessierte ihn zwar, er stellte sie aber nicht. Stattdessen deutete er auf die Stühle.

»Du hast den besten Tisch ergattert, wie lange hast du Zeit?«

Sie setzte sich und legte den Kopf schief. »Ich bin jetzt Abteilungsleiterin und hab deshalb so lange Zeit, wie du Zeit hast.«

»Gratuliere.« Er nahm ebenfalls Platz. »Bist also fleißig auf der Leiter nach oben geklettert.«

»Du nicht?«

Diesen Blick kannte er. Spöttisch, leicht überheblich und doch liebevoll. Er winkte ab. »Als Halbtagskraft klettert man nicht so schnell. Oder auch gar nicht. Immerhin konnte ich die Abteilung wechseln.«

»Ich weiß, du bist jetzt Mordermittler.«

Wieder dieser Tonfall. Er hob die Augenbrauen. »Woher weißt du davon?«

»Von deiner Mutter. Sie platzte vor Stolz.«

Natürlich. Die beiden hatten sich in ihrem Telefonat vermutlich ausgiebig ausgetauscht, und den verbliebenen Wissensrückstand versuchte Nina so schnell wie möglich auszumerzen. Nachdem sich beide für Caesar Salad und Eistee entschieden hatten, fragte sie ihn gründlich nach seinen letzten Jahren aus, und im Speziellen nach seiner Tätigkeit als Mordermittler. Eine halbe Stunde später fühlte sich Hannes völlig ausgesaugt – und beschloss, nicht mehr so viel von sich preiszugeben. Zumal Nina ein Thema einzukreisen begann, das er lieber außen vor halten wollte: seinen derzeitigen Beziehungsstatus. Er spießte das letzte Salatblatt auf, dann schob er den Teller zur Seite und leerte sein Glas. Eine Frau kam an den Tisch und nickte ihm lächelnd zu.

»Lange nicht gesehen, darf es noch was sein?«

»Nein danke, im Moment nicht. Können wir nachher kurz sprechen?«

Sie wirkte verwundert, nickte aber und ging zum Haus zurück.

»Kennst du die?«, fragte Nina. »Hat eine beeindruckende Ausstrahlung.«

»Ja, Leah heißt sie. War mal die Muse eines Rockstars. Bis wir kamen und … sich einiges verändert hat.«

»Hattest du was mit ihr?«

Entrüstet sah er sie an. »Ich kann Job und Freizeit auseinanderhalten.«

»Aber du hättest gern?«

»Nein. Außerdem … war ich damals schon mit meiner Freundin zusammen.« Es war wohl an der Zeit, die Fronten zu klären. Er wurde das Gefühl nicht los, dass Nina ihn nicht nur hatte wiedersehen wollen, um in alten Erinnerungen zu schwelgen. Vielleicht täuschte er sich aber, denn sie nickte nur.

»Hat mir deine Mutter schon erzählt. Eine Zeugin aus deiner ersten Ermittlung. Job und Freizeit auseinanderzuhalten, war also nicht immer deine Stärke?« Ihr Grinsen wirkte spitzbübisch und nahm den Worten die Schärfe.

»Na ja, manchmal … hat sich auf jeden Fall gelohnt!«

»Freut mich für dich, ganz ehrlich!«

»Wie sieht's bei dir aus?«

Mit dem Daumennagel bearbeitete sie abwechselnd die Nägel der anderen Finger. Es war eine vertraute Geste. Nina fühlte sich jetzt unwohl, wenn nicht gar niedergeschlagen. Er wusste, wie wichtig es ihr war, in einer Beziehung zu leben, und er ahnte die Antwort.

»Ich hab etwas geflunkert, weshalb ich hier gelandet bin. Das Abwerben … also es war schon eine Art Abwerben, allerdings hab ich es provoziert. In Hamburg lebte ich mit jemandem zusammen. Zwei Jahre. Als es vor sechs Monaten vorbei war … es war schnell klar, dass wir räumlichen Abstand brauchten. Ist immer schlecht, wenn einer die Trennung nicht akzeptieren kann.«

»Hat er dich gestalkt?«

Sie räusperte sich. »Nein und nein.«

Verwirrt sah er sie an.

Sie senkte den Blick. »Ich wurde nicht gestalkt, und es war kein *er*, sondern eine *sie*.«

»Was?«, entfuhr es Hannes. »Seit wann … wusste gar nicht, dass du …«

»… dass ich bisexuell bin? Bin ich gar nicht. Es war ein großer Irrtum. Ich … ach, Hannes, was soll ich sagen. Mir ging es echt beschissen, als du und ich uns getrennt haben. Jahrelang. Da dachte ich, dass das Problem wohl tiefer liegen müsste. Eine Freundin redete mir ein, dass ich vielleicht gar nicht auf Männer stehe.«

Hannes schluckte. Das kam überraschend – und er hätte nie gedacht, dass Nina eine ähnlich schwere Zeit durchgemacht hatte wie er selbst. Wenn auch mit anderem Ausgang. Er versuchte die Spannung mit einer Witzelei aufzulösen.

»Dann sollte ich dich mit einer Freundin von mir bekannt machen. Elke. Sie ist lesbisch und … echt nett. Anna ist gerade bei ihr untergekommen.«

Nina hob wieder den Blick. »Ich dachte, ihr wohnt zusammen? Hattet ihr Streit?«

»Nein, gar nicht! Es ist nur …« Hannes brach ab, dann gab er sich einen Ruck und erzählte ihr, was in den vergangenen Tagen vorgefallen war. Immerhin war dies ja der eigentliche Grund, weshalb er sich überhaupt mit Nina verabredet hatte. Zum einen tat es gut, mit jemand Unbeteiligtem über alles zu reden, und zum anderen fiel ihr vielleicht jemand ein, der einen Groll gegen ihn hegen könnte. Als er geendet hatte, griff sie nach seiner Hand.

»Wie furchtbar! Was, wenn es nicht aufhört? Wenn du am Ende sogar …« Sie verstummte.

»Dann habe ich wohl die kürzeste Laufbahn als Mordermittler in der Geschichte hingelegt«, kommentierte Hannes lapidar.

»Und bist gleichzeitig der, der sich als Schnellster lebensbedrohliche Feinde gemacht hat. Es will sich also jemand dafür rächen, dass du ihn überführt hast?«

»Der Verdacht liegt nahe. Warum trifft es aber nur mich? Da muss mehr dahinterstecken. Vielleicht sind wir auf der völlig falschen Spur.«

»Wer sonst sollte dir etwas antun wollen?«

Hannes setzte die Sonnenbrille ab. »Ich habe gehofft, dass du vielleicht eine Idee hast.«

»Ich?« Ihre Finger lösten sich von seiner Hand. »Wie kommst du darauf?«

»Weil wir … so eng wie mit dir war ich noch nie mit jemandem. Wir haben über alles geredet, fast alles zusammen gemacht. Trotz Fernbeziehung.«

Sie nickte stumm, und ihr Blick schien sich im Hafengelände zu verlieren.

»Fällt dir irgendjemand oder irgendetwas ein?«, fuhr Hannes fort. »Eine mögliche Erklärung für diese Attacken gegen mich?«

»Spontan nicht. Ich kenne niemanden, der zu so was fähig wäre. Aber ich weiß natürlich nicht, in welchen Kreisen du dich nach mir rumgetrieben hast.«

Hannes winkte ab, ohne näher auf die Fopperei einzugehen. Dass er sich lange zurückgezogen und sogar Freundschaften hatte versanden lassen, wollte er ihr nicht anvertrauen. Rückblickend schämte er sich für diese Schwächephase, die fast zwei Jahre gedauert hatte.

»Ich werde darüber nachdenken«, versprach Nina. »Das hat mich jetzt überrumpelt.«

»Sollte dir eine Idee kommen, ruf mich sofort an«, bat Hannes. »Wer weiß, wann der nächste Angriff stattfindet. Wenigstens ist die letzte Nacht ruhig verlaufen, allerdings hatte ich auch Personenschützer an meiner Seite.«

»So ernst ist es also?«

»Na ja, wer einen Hund ermordet, ist wohl auch in der Lage, sich an einem Menschen zu vergehen.«

»Sag das nicht.«

»Stimmt, du magst ja keine Hunde. Eigentlich hätte mir dadurch schon klar sein müssen, dass es nie was mit uns werden kann.« Er zwinkerte ihr zu.

Ihre Augen fixierten ihn. »Ich glaube, dass wir einfach zu unreif waren. Denn eigentlich waren wir ein perfektes Paar. Heute wären wir vielleicht souveräner.«

»Tja, wer weiß.« Hannes sah auf die Uhr und runzelte die Stirn. »Wir müssen leider bezahlen, ich muss gleich weiter zu meinem Exchef. Er liegt mit Krebs auf der Palliativstation. Soll ich dich unterwegs irgendwo absetzen?«

»Danke, aber ich bin selbst mit dem Auto da. Ein Dienstwagen, nicht übel, oder?«

Hannes bekam ein schlechtes Gewissen. »Wir haben fast die ganze Zeit nur über mich geredet. Ich weiß noch nicht mal, wo du jetzt arbeitest.«

Nina winkte nach der Bedienung, wobei Hannes einfiel, dass er noch mit Leah hatte sprechen wollen. Fritz würde sich etwas gedulden müssen. Weshalb er wohl so dringend auf einen Besuch gepocht hatte? Hoffentlich war seine letzte Stunde nicht schon näher, als Hannes ohnehin befürchtete. Er merkte, dass Nina ihn beobachtete.

»Was ist?«, fragte er.

»Na, ich überlege gerade, mit welchem Lokal ich mich revanchieren kann. Wenn du etwas aus meinem Leben hören willst, kommen wir um ein weiteres Treffen nicht herum. Morgen Mittag gleiche Zeit?«

»Öhm … ja, warum nicht?«

»Gut!« Nina stand auf. »Ich schicke dir rechtzeitig die Adresse. Und bis dahin: Pass auf dich auf! Danke für die Einladung.«

Sie beugte sich zu ihm und gab ihm einen Kuss auf die Wange. Dann ging sie in Richtung Parkplatz, ohne sich noch einmal umzudrehen. Dafür wandten sich an den Nachbartischen einige Köpfe nach ihr um, wie Hannes bemerkte. Er unterdrückte ein Schmunzeln, da sich Leah dem Tisch näherte. Irgendwie fühlte es sich gut an, Nina wieder um sich zu wissen. Allerdings führte diese Erkenntnis zu einem Magenzwicken. Weniger, weil er diese alte Liebe wieder hätte aufwärmen wollen. Davon war er weit entfernt, immerhin wusste er, dass Anna ein Glücksgriff war, wie man ihn wohl kaum ein zweites Mal hinbekam. Was war dann der Grund? Resolut schob er alle weiteren Überlegungen zur Seite, um sich auf die Befragung von Leah zu konzentrieren, die sich soeben auf Ninas Platz niedergelassen hatte und ihn fragend ansah.

Nachdem sie den Großteil des Tages außerhalb des Präsidiums verbracht hatten, versammelten sich Isabell, Per und Marcel am Nachmittag im Konferenzraum, um sich gegenseitig auf den neuesten Stand zu bringen. Eigentlich hatte auch Federsen an dem Meeting teilnehmen sollen, aber er war nicht auffindbar und ging nicht ans Telefon. Stattdessen hatte sich Steffen Lauer eingefunden, der sich als Leiter der Mordkommission besorgt und empört darüber zeigte, dass einer seiner Mitarbeiter ins Visier eines Vergeltungstäters geraten zu sein schien. Dass Hannes darüber hinaus bei ihm einen Stein im Brett hatte, war ein offenes Geheimnis.

»Wie steht es um seinen Schutz?«, lautete dementsprechend Lauers erste Frage.

»Die vergangene Nacht hat er schon mal überlebt.« Marcels Ton ließ Lauers Augenbrauen nach oben wandern.

»Und seitdem?«

»Seitdem legt er Wert darauf, seiner eigenen Wege gehen zu können. Personenschutz akzeptiert er nur nachts.«

Die Tür hatte sich geöffnet, und Clarissa war eingetreten. Da es momentan keine dringlicheren Aufgaben zu erledigen gab, war sie ebenfalls hinzugezogen worden. Bei mehreren von Hannes' Ermittlungen war sie an seiner Seite aktiv gewesen, sodass sie über mögliche Motive genauso gut Bescheid wusste wie Isabell.

»Kann verstehen, dass Hannes nicht ständig Bodyguards um sich haben will«, meinte sie und setzte sich neben Isabell. »Solange er seine Waffe dabeihat, mach ich mir wenig Sorgen.«

»Blödsinn!«, erregte sich Isabell. »Es gibt genug Möglichkeiten, jemanden aus dem Hinterhalt umzulegen, das weißt du genau. Denk an den manipulierten Reifen oder …«

»Das hätten nicht mal Personenschützer verhindern können. Der beste Schutz ist, die Gefahrenlage zu beenden. Und da hab ich 'ne Idee.«

»Lassen Sie hören.« Lauers sorgenvoller Gesichtsausdruck glättete sich.

»Darauf gekommen bin ich, als ich über das Foto seiner Freundin nachgedacht habe«, sagte Clarissa. »Ich hab mir die Frage gestellt, weshalb das jemand aus der Kajüte von Hannes' Kutter mitgenommen hat.«

»Weil derjenige Hannes das Leben zur Hölle machen will und deshalb auch seine Freundin angreifen könnte«, erwiderte Isabell.

»Das ist die *eine* Möglichkeit. Aber warum wurde das Bild weggeworfen? Es könnte auch andersherum sein. Der eigentliche Grund – oder besser gesagt das Motiv – für das alles ist nicht Hannes, sondern Anna.« Beifall heischend sah Clarissa in die Runde.

»Können Sie diese Vermutung genauer erläutern?« Lauer wirkte alles andere als überzeugt.

»Mir ging nicht aus dem Kopf, dass bislang alle Bemühungen, die Ursache in Hannes' Job zu finden, Rohrkrepierer waren. Obwohl ihm dabei genügend Verrückte über den Weg gelaufen sind, denen man es zutrauen könnte. Der Großteil sitzt aber im Knast oder ist tot, und das Umfeld haben wir in den letzten Tagen ebenfalls überprüft. Auf irgendwas hätten wir stoßen müssen!«

»Sind wir doch«, entgegnete Isabell. »Kristian ist ein Tatverdächtiger, und Verbindungen zu den Tierschützern sind auch nicht unwahrscheinlich, da er mit Carina im selben Haus wohnte.«

Per wollte sich an dieser Stelle zu Wort melden, aber Clarissa stoppte ihn mit einer Handbewegung. »Tierschützer, die einen Hund umbringen lassen? Das ist absurd!«

»Vielleicht handelt Kristian auf eigene Faust. Er hat den Auftrag, Hannes immer mehr Angst einzujagen, sucht sich die Mittel dazu aber selbst aus«, wandte Isabell ein.

»Kann sein, ja. Darf ich jetzt endlich mal meinen Gedanken zu Ende führen?« Streng sah Clarissa Per an, der erneut etwas sagen wollte. »Es gibt bislang keine belastbare Spur in Hannes' beruflicher Vergangenheit, da sind wir uns wohl einig. Kann ja sein, dass sich noch eine auftut, aber so sieht's im Moment aus. Was sein Privatleben betrifft, ist es das Gleiche. Zumindest fällt ihm niemand ein, den er sich zum Feind gemacht haben könnte. Was ich nachvollziehen kann, denn … ich meine, ihr kennt Hannes so gut wie ich!«

»Bei seiner Freundin könnte das aber anders sein?«, fragte Marcel.

»Nicht, dass sie jemanden zum Feind hat, denn dann wäre sie das Hauptziel und nicht Hannes. Nein, eher so, dass jemand näher an sie ran will – sie vielleicht sogar zurückhaben möchte.«

»Also eine Art eifersüchtiger Stalker, der den Weg für sich freiräumen will? Warum dann dieses scheibchenweise Vorgehen?«

»Vielleicht weil er einen Menschen nicht töten kann. Es reicht ihm, wenn er die beiden auseinanderbringt. Den ersten Schritt hat er ja schon geschafft: Anna ist ausgezogen. Vielleicht setzt er darauf, dass sich die beiden auseinanderleben.«

»Was sagt Anna dazu? Gibt es jemanden, auf den das zutreffen kann?«

»Ich hab noch nicht mit ihr darüber gesprochen. Aber erinnert ihr euch an den Fall, als Hannes nach Schweden musste? Da hat sich so ein komischer Typ an sie rangewanzt.«

Isabell nickte. »Marius Beer, nannte sich Manu. Eine merkwürdige Geschichte war das schon. Ganz zurechnungsfähig war der Kerl definitiv nicht.«

»Dann sollte er überprüft werden«, entschied Lauer. »Auf den ersten Blick überzeugt mich Ihre Theorie zwar noch nicht, aber …«, begütigend hob er die Hand, als Clarissa aufbrausen wollte, »sie ist auch nicht völlig abwegig. Sprechen Sie vorsichtshalber mit Herrn Niehaus' Freundin darüber. Wollen die beiden nicht bald heiraten?«

»So ist es.«

»Hm.« Lauer fuhr sich über die Glatze. »Die anstehende Hochzeit könnte bei einem enttäuschten Liebhaber eine Kurzschlussreaktion ausgelöst haben. Trotzdem … wir sollten die zurückliegenden Mordermittlungen weiter mit Priorität behandeln. Wo stehen wir da?«

Wieder versuchte sich Per bemerkbar zu machen, diesmal war es Marcel, der ihm zuvorkam. Im Schnelldurchgang handelte er jeden einzelnen Fall von Hannes' Ermittlerkarriere ab, präsentierte die potenziellen Verdächtigen mit ihren möglichen Motiven und zog anschließend ein Fazit, ob sie infrage kamen oder nicht. Dass er und sein Team in der Kürze der Zeit keine Spur unbeachtet gelassen und jede Menge Verhöre durchgeführt hatten, imponierte dem Leiter der Mordkommission sichtlich.

»Alle Achtung, haben Sie einen Achtundvierzig-Stunden-Tag?«

»Leider nicht.« Marcel schien das mitschwingende Lob zu überhören. »Wir haben uns aber einige Kollegen ausgeliehen, sonst wären wir kaum da, wo wir jetzt stehen.«

»Dann bleiben also drei Personenkreise übrig«, stellte Lauer fest.

»Na ja, das kann man abschließend nicht sagen. Wenn jemand die Schmutzarbeit an einen Außenstehenden delegiert hat, dann … dann haben wir kaum eine Chance, solange es keine Zeugen oder verwertbare Spuren gibt. Den erweiterten Dunstkreis jedes überführten Täters zu durchleuchten, ist extrem zeitaufwendig. Deshalb haben wir uns zunächst auf diejenigen konzentriert, die uns am wahrscheinlichsten vorkommen.«

»Die Tierschützerin Juliane samt ihrer Freundin Carina, die Freikirche und das Umfeld der Band *Cloud Palace*«, fasste Lauer zusammen.

»Wobei es zu den Tierschützern noch die konkreteste Spur gibt«, fügte Isabell hinzu. »Allerdings hat Carina keinen persönlichen Kontakt mehr zu Juliane, ich bin die Besucherliste im Gefängnis durchgegangen. Die beiden könnten jedoch miteinander telefoniert haben. Telefonate werden nicht standardmäßig überwacht, sondern nur bei gegebenem Anlass.«

»Der jetzt vorliegt«, sagte Lauer. »Informieren Sie die Gefängnisleitung, dass ab jetzt jedes Telefonat ausgewertet wird. Das gilt für alle anderen relevanten Insassen genauso. Wo hält sich diese Carina eigentlich auf?«

»Wissen wir nicht. Seit Julianes Verhaftung verliert sich ihre Spur. Ich habe allerdings starke Zweifel, dass sie die Taten begangen hat. Sie hat selbst einen Hund, den sie innig liebt. Niemals würde sie einen Hund vergiften.«

»Womit wurde das Tier eigentlich getötet?«

Marcel zog ein Papier hervor und schob es über den Tisch. »Die Details stehen hier drauf. Es handelt sich um ein schnell wirkendes, geschmackloses Mittel, das in das Fleisch am Knochen gespritzt wurde. Rindfleisch übrigens.«

»Wo bekommt man dieses Gift her?«

»Es ist ein Pestizid, das in der Landwirtschaft eingesetzt wird. Es war geschickt ausgewählt, das heißt, der Täter muss sich auskennen. Wahrscheinlich kann man das aber auch im Internet herausfinden. Es gibt sicher Seiten, auf denen sich perverse Hundehasser über so was austauschen.«

»Augenzeugen gab es keine?«

Isabell berichtete von den Befragungen in der Nachbarschaft, deren Ergebnis sich mit der Beobachtung von Oles Enkel am Hafen deckte. Die einzige Spur war der rote Motorroller, von dem sich aber niemand das Kennzeichen gemerkt hatte. Da Motorroller – anders als Autos – nicht zentral von einer Zulassungsbehörde erfasst wurden, konnte man nicht per Knopfdruck überprüfen, wer über ein derartiges Gefährt verfügte. Das Gesicht des Fahrers hatte niemand erkennen können, aber seine Statur hatten alle als schmächtig angegeben. Eine Beschreibung, die nicht auf Kristian Schmelzer hindeutete, wie Isabell einschränken musste.

»Trotzdem ist er gerade unsere Hauptzielperson«, erklärte sie. »Aber von ihm fehlt immer noch jede Spur.«

»Nicht ganz«, sagte Per.

Alle Köpfe drehten sich zu ihm.

»Wieso? Wurde er gesehen?«, fragte Marcel.

»Nein, aber er hat sein Handy benutzt. Seine Nummer wurde erfolglos überwacht, wie ihr wisst. Er besitzt aber noch ein anderes, das uns bislang unbekannt war. Wahrscheinlich ein Prepaidhandy.«

»Woher weißt du das?«, hakte Isabell nach.

»Weil ihn jemand aus der autonomen Szene in Hamburg darauf angerufen hat, der seinerseits seit Monaten überwacht wird. Diese Info haben mir die Kollegen vorhin …«

»Sag mal, Per, geht's noch?«, explodierte Marcel. »Wieso hältst du mit so einer wichtigen Nachricht hinterm Berg?«

»Ich kam ja nicht zu Wort.«

»Manchmal verhältst du dich wie ein Fünftklässler«, fuhr Clarissa ihn an.

Marcel seufzte, hatte sich aber wieder im Griff. »Um was ging es in dem Telefonat, und vor allem: Wo wurde das Handy geortet?«

»Es ging darum, dass er gewarnt wurde. Wartet, ich hab's aufgeschrieben.« Per strich ein zerknittertes Papier glatt. *»Die*

Kollegen von dem Bullen mit den Huskyaugen suchen nach dir. Stimmt es, dass du hinter dem her bist? Darauf seine Antwort: *Klar, er ist das perfekte Ziel, um mal zurückzuschlagen.* So in dem Ton ging das dann weiter hin und her. Interessant wurde es erst, als es um Kristians Versteck ging. Er sagte nämlich: *Hier im Dschungel findet mich eh niemand.*«

»Das heißt, er ist im Ausland?«

»Nee, laut Handyortung hier in der Stadt. Das Telefonat dürfte er mitten vom Marktplatz aus geführt haben.«

Clarissas Fingernägel trommelten auf die Tischplatte. »Und wo ist er jetzt?«

»Das Handysignal ist nicht mehr zu orten. Ich ahne aber, was er mit dem Dschungel gemeint haben dürfte.«

»Teilst du uns das noch mit, oder möchtest du es für dich behalten?«, fragte Marcel, als sich die Pause hinzog.

»Hinter dem stillgelegten Teil des Hafens gab es mal den Versuch, einen Kletter- und Skatepark zu etablieren. Nach ein paar Jahren ging der Betreiber bankrott, das war letzten Sommer. Wisst ihr, wie er das Gelände genannt hatte?«

Marcel und Lauer schüttelten den Kopf, während Isabell langsam nickte. »*Dschungelcamp*. Weil es völlig verwildert war. Ich bin mal dort gewesen. Hat mir nicht gefallen, war alles ziemlich ungepflegt. Heute treiben sich da öfter Junkies rum.«

»Und vermutlich dieser Kristian.« Per sah Marcel triumphierend an. »Heute Nacht sollte das Gelände durchkämmt werden, was meinst du?«

»Organisieren Sie das!«, antwortete Lauer an Marcels Stelle. »Und achten Sie darauf, dass sich Herr Niehaus in den verbleibenden Stunden bis zum Zugriff in Sicherheit befindet! Wenn sich Kristian Schmelzer eingekreist fühlt, könnte er unberechenbar werden!«

Hannes ignorierte das Klingeln seines Handys, nachdem er sich mit einem Blick aufs Display versichert hatte, dass es nicht Anna war, die ihn zu erreichen versuchte. Er telefonierte in regelmäßigen Abständen mit ihr, um zu hören, ob alles in Ordnung war. Aus ähnlichen Gründen dürfte es gerade Isabell bei ihm versucht haben, doch er fand es gar nicht schlecht, wenn seine Kollegen in Sorge waren. Zwar zweifelte er nicht an ihrem Einsatzwillen, aber da er selbst aus dienstrechtlichen Gründen keine aktive Rolle im Team spielen durfte, sollte zumindest der Ermittlungsdruck so hoch wie möglich sein.

Er suchte sich auf dem Besucherstuhl eine bequemere Position, was eigentlich ein Ding der Unmöglichkeit war. Ob dieses vorsintflutliche Sitzmöbel dem Zweck dienen sollte, Besucher möglichst kurz in den Zimmern der zum Sterben Verurteilten verweilen zu lassen, um die tägliche Routine nicht allzu lange zu stören? Hannes ließ sich davon jedoch nicht beirren. Zu kostbar waren ihm die Momente des Zusammenseins mit seinem früheren Vorgesetzten Fritz, als dass er viele Gedanken an seinen Komfort verschwendet hätte.

Dass Fritz vierundsechzig Jahre alt war, musste man schon wissen, denn erraten hätte man es nicht. In seinem ausgemergelten Zustand wirkte er wie ein Greis auf den letzten Metern des Lebens. Sogar seine Stimme hatte, obwohl sie früher schon chronisch heiser gewesen war, an Kraft verloren. Fritz sprach schwerfällig und leise, es war weder zu überhören noch zu übersehen, dass sich sein Zustand weiter verschlechtert hatte. Selbst seine – angesichts eines wiederholten Versuchs von Isabell, Hannes zu erreichen – zu erwartende Frage, ob gerade an einem neuen Fall gearbeitet wurde, klang schwach und mehr wie ein Automatismus. Noch vor wenigen Wochen hätte er eine Salve an Fragen abgefeuert und versucht, hilfreiche Anregungen zu geben.

Hannes musste nur kurz mit sich ringen, ob er seinem Mentor von seiner aktuellen Notlage berichten sollte. Alles in ihm drängte ihn dazu, es zu tun, immerhin war Fritz selten um einen guten Ratschlag verlegen. Doch diesmal war etwas anders, das spürte Hannes, und er brachte es nicht über sich, dem Kranken noch mehr Kummer zu bereiten. Den Verlust der *Lena* wollte er ihm erst recht vorenthalten. Er bemühte sich um ein fröhliches Gesicht und winkte ab.

»Es geht um meine Hochzeit. Anna schmiedet jede Minute neue Pläne, sie kann mir später die neuesten Ideen erzählen.«

»Wann ist noch mal das Datum?«, krächzte Fritz.

»Mitte September.« Hannes' beklemmendes Gefühl steigerte sich. Normalerweise verfügte Fritz über ein Elefantengedächtnis. »Wir hoffen auf einen milden Spätsommertag. Du sollst dir ja keinen Schnupfen einfangen.«

Fritz hustete und klang dabei wie ein Seehund. »Ich hab's dir schon mal gesagt: Keine Chance, dass ich euch als Gespenst die Hochzeit versaue. Wie sieht das denn auf den Fotos aus, die ihr später euren Kindern zeigt!«

»Ohne dich würde aber jemand ganz Wichtiges fehlen«, gab Hannes zurück. Mittlerweile war ihm jedoch klar, dass Fritz tatsächlich außerstande sein würde, der Feierlichkeit beizuwohnen. Rasch wechselte er das Thema. »Die Krankenschwester hat mir gesagt, dass du mich unbedingt sprechen wolltest. Kann ich irgendetwas für dich tun?«

Fritz faltete seine Hände auf der Bettdecke ineinander und sah ihn feierlich an. »Ich wollte dich sehen.«

»Einfach so? Es klang dringend.«

»Na ja, wer weiß schon, ob er am nächsten Tag noch am Leben ist. Das gilt für jeden von uns, auch für dich. Mir ist das im Moment nur bewusster als allen anderen, die draußen rumlaufen.« Er zeigte zum Fenster.

»Das … ist wohl so.« Wie so häufig überlegte Hannes, ob Fritz über einen siebten Sinn verfügte. »Aber ich hoffe stark, dass du auch morgen noch die Augen aufmachst.«

Wider Erwarten verzichtete Fritz auf eine sarkastische Replik. »Du triffst mich hier zum letzten Mal«, verkündete er. »Man wird mich verlegen.«

»Wohin denn? Und warum?«

»Ins Hospiz. Was deine zweite Frage ebenfalls beantwortet. Das ist die Endstation, man wird mir den Sabber abwischen, den Hintern waschen und … ach, verdammt!« Er biss sich auf die Lippen und fuhr sich über die Augen. Dann stierte er angestrengt an Hannes vorbei zur Wand.

Hannes schwieg. Jedes tröstende Wort wäre fehl am Platz gewesen, so gut kannte er den Alten Fritz, wie er in Kollegenkreisen genannt worden war. Besser war es, nichts zu beschönigen, zugleich aber eine positive und konstruktive Formulierung zu wählen. So hatte es Fritz im Berufsleben gehalten, da lag es nahe, dass er im Privaten ähnlich tickte. Und Hannes meinte zu wissen, was ihn am meisten beschäftigte.

»Mir ist es egal, ob ich ins Krankenhaus oder in ein Hospiz fahre«, erklärte er und bemühte sich, seiner Stimme einen festen Klang zu geben. »Vielleicht gibt es da sogar besseren Kaffee als hier, sodass ich mich nicht mehr mit deiner Notlösung abplagen muss.« Hannes machte eine Kopfbewegung zu dem Sideboard hin, auf das sich Fritz seine eigene Kaffeemaschine hatte stellen lassen. »Willst du eigentlich einen?«

»Nein, schmeckt mir nicht mehr. Eigentlich schmeckt mir gar nichts mehr, das wird sich wohl auch im Hospiz nicht ändern.«

In diesem Moment schien Fritz bewusst zu werden, dass er seit Hannes' Eintreten nur mit Klagen beschäftigt war. Eine Unart, die er verabscheute und sich nie zu eigen hatte machen wollen. Er versuchte, sich mit dem Kissen in eine aufrechtere

Position zu bringen, scheiterte aber. Er überspielte es, indem er Hannes zublinzelte.

»Immerhin besteht die Hoffnung, dass es dort ansehnlichere Pflegerinnen gibt als hier.«

»Die sind doch alle total nett. Wenn du dich ihnen gegenüber anders verhalten würdest … wie man in den Wald hineinruft …«

»Erspar mir deine Klugschwätzerei. Das erinnert mich an mich selbst in unserem ersten Fall. Meine Güte, muss ich dir auf die Nerven gefallen sein. Und bei all den weiteren Ermittlungen genauso.«

»Überhaupt nicht«, protestierte Hannes. »Du warst eine große Hilfe! Erst aus dem Gefängnis und dann von hier aus. Ohne dich hätten wir einige Morde wahrscheinlich gar nicht aufklären können.«

Sichtlich dankbar griff Fritz die Einladung auf, sich auf sicheres Terrain zu begeben. Eine halbe Stunde tauschten sie sich über die Geschehnisse der letzten Wochen aus und schafften es sogar, immer wieder in Gelächter auszubrechen. Vermutlich weil sie die dunklen Seiten konsequent aussparten. So wie ihn der Austausch anregte, erschöpfte er Fritz aber auch. Als ihm die Lider schwer wurden, griff Hannes nach seiner Hand und drückte sie.

»Ich kann morgen wiederkommen, wenn du willst. Oder findet da schon dein Umzug statt?«

»Nein, der ist übermorgen, aber morgen wird alles vorbereitet, da stehst du besser nicht im Weg rum. Ursula war auch heute schon da, und … tja, sie ist wirklich eine treue Seele.«

Fritz blinzelte, und Hannes ahnte, was in ihm vorging. Ursula war Fritz' große Jugendliebe gewesen, die er jahrzehntelang aus den Augen verloren hatte. Als sie sich wieder begegnet waren, hatte sich der Krebs schon so tief in seinen Leib hineingefressen, dass es keine Hoffnung mehr auf eine späte Romanze hatte geben können. Immerhin hatte ihr Fritz mit Hannes' Hilfe Seelenfrieden verschaffen können: Es war ihnen gelungen, den vierzig Jahre zurückliegenden Mord an ihrer Mutter und das Verschwinden ihres Vaters doch noch aufzuklären.

»Eine Bitte hab ich noch.« Fritz deutete auf den Nachttisch. »Nimm diesen Briefumschlag mit, öffne ihn aber erst, wenn ich nicht mehr da bin. Jetzt habe ich noch die Kraft zum Schreiben gehabt, aber wer weiß … na ja, wie gesagt. Wir alle können jeden Moment ins Gras beißen.« Nun war er es, der Hannes' Hand drückte. »Es tut gut zu wissen, dass du mein Freund bist. Und ich danke dir, dass du mich nicht hast hängen lassen, obwohl du allen Grund dazu gehabt hättest!«

Hannes nickte nur, der Kloß im Hals verhinderte eine Erwiderung.

»Und jetzt sieh zu, dass du rauskommst und mit Anna sprichst«, forderte Fritz ihn barsch auf. »Immerhin habt ihr die Hochzeit des Jahres vorzubereiten. Hoffentlich sogar die eures Lebens!«

Hannes fand die Sprache wieder. »Die du dir nicht entgehen lassen solltest. Und wenn es nur ein Video ist, mit dem ich dich langweilen werde. Ich lasse mir gleich die Adresse von dem Hospiz geben. Spätestens am Wochenende schau ich, wie du dich eingerichtet hast.« Er erhob sich und streckte sein Kreuz durch. »Hoffentlich ist es dort für deine Besucher bequemer. Bis bald, Fritz!«

»Denk an den Umschlag!«, rief ihm Fritz hinterher, als er zur Tür ging.

Hannes drehte sich um und ging zum Bett zurück. Als er den Umschlag entgegennahm, erkannte er, dass Fritz' Hände zitterten. Wieder versperrte der hartnäckige Kloß im Hals weiteren Worten den Weg. Bevor Fritz den verdächtigen Glanz in seinen Augen erkennen konnte, lief Hannes schnell zur Tür zurück. Dann drehte er sich doch noch einmal um.

»Frag jetzt nicht, was in dem Umschlag ist«, meinte Fritz. »Vielleicht ja ein Hochzeitsgeschenk. Lass dich überraschen.«

»Von mir aus. Ich hab sowieso gerade genug andere Fragen zu klären.«

Fritz zwinkerte ihm zu. »Die richtigen und wichtigsten Fragen beginnen immer mit einem *Warum?* Vergiss das nicht.«

Hannes musste schmunzeln. Fritz liebte es, das letzte Wort zu behalten, und er gönnte ihm den Spaß. Leise zog er die Tür ins Schloss und atmete tief durch. Er hasste Krankenhäuser, aber ob ein Besuch im Hospiz erquicklicher sein würde? Gespannt war er schon, wie es in einer derartigen Einrichtung zuging, aber lieber hätte er noch ein paar Monate auf diese Erfahrung verzichtet. Seine Finger tasteten den Umschlag ab, neben Papier musste sich noch ein anderer Gegenstand darin befinden. Er widerstand der Versuchung, den Brief an Ort und Stelle zu öffnen. Stattdessen zog er das Handy hervor und wählte Isabells Nummer, um den Grund ihres Anrufs zu erfahren.

Kapitel 6

Die hohen Temperaturen verpassten Federsen einen hochroten Schädel und sorgten für ein durchgeschwitztes Hemd. Zum wiederholten Mal wischte er sich mit einem Taschentuch über das Gesicht, zudem öffnete er einen weiteren Hemdknopf. Zwei Teenager schlenderten an ihm vorbei, beide trugen Kopfhörer und hatten den Blick auf ihre Smartphones gesenkt. Federsen begriff diese Generation nicht. Keine Augen für die Umgebung, keine Unterhaltung, keine Emotionen. Dabei bot das Gelände genügend Ablenkungsmöglichkeiten, er selbst hätte als junger Mensch Besseres mit diesem schönen Tag anzufangen gewusst.

Dicht vor ihm gingen die Jugendlichen durch das Tor, dann steuerten sie die Bushaltestelle an, vermutlich wollten sie in die Stadt. Das *Waldhaus* der Jugendschutzstelle befand sich passend zu seinem Namen in einem Mischwald am Rande der Stadt. Es war kein düsterer Ort, ganz im Gegenteil. Es gab eine zu einem Bach hin abfallende Wiese, einen Bolzplatz, Tischtennisplatten, Sitzgruppen und sogar einige Tiere, um den in Not geratenen Jugendlichen ein neues und zugleich friedvolles Zuhause zu bieten. Für manche dürfte dies eine völlig ungewohnte Erfahrung sein. An dem inneren Gleichgewicht arbeiteten Sozialpädagogen und anderes Fachpersonal mit unterschiedlichem Erfolg, wie Federsen schon beim Eintreten bemerkt hatte.

Ein vielleicht fünfzehnjähriges Mädchen hatte in der Eingangshalle randaliert und den Erziehern Ausdrücke an den Kopf geknallt, von denen der Kriminalhauptkommissar einen Großteil noch nie gehört hatte. Dennoch hielt er sich mit einer Bewertung zurück, schließlich wusste er, dass jeder einzelne Minderjährige aus einem tragischen Grund hier untergebracht war und kaum aus Eigenverschulden. In fast allen Fällen war die Ursache bei den Eltern zu suchen. Manche waren Alkoholiker, andere gewalttätig oder kriminell, ein paar alles zusammen. Wie sollte ein junger Mensch eine derartige Umgebung ohne Schaden überstehen?

Besonderes Mitgefühl verspürte Federsen mit der Gruppe der Waisen, die durch ein Unglück, Verbrechen oder eine Krankheit beide Elternteile verloren hatten und nirgendwo anders unterkommen konnten. Er selbst hatte immer wieder mit dem Gedanken an eine Adoption gespielt, da Laura und ihm keine eigenen Kinder vergönnt waren. Seine Frau hatte sich mit der Vorstellung hingegen nicht anfreunden können, sodass er solche Vorstöße irgendwann aufgegeben hatte. Vergessen konnte er diese Möglichkeit aber nicht, auch wenn er aufgrund seines Alters nun wohl nicht mehr als Adoptivvater infrage kam.

Auch jetzt, als er wieder auf der Straße angekommen war und vor seinem Auto stand, rumorte der Frust in ihm, vom Schicksal ungerecht behandelt worden zu sein. Er wäre ein prima Vater gewesen, so wie Laura eine tolle Mutter hätte sein können. Nicht nur ihr eigenes Leben hätte bereichert werden können, ein Kind hätte es gut bei ihnen gehabt. Er verspürte Ärger auf Laura, dass sie sich einer Adoption stets energisch widersetzt hatte.

Die Sonne verschwand hinter den Bäumen und näherte sich dem Horizont, aber selbst im Schatten war es noch angenehm warm. Er zog die Hand, die schon den Türgriff seines Autos umfasst hatte, noch einmal zurück. Kurz entschlossen verriegelte Federsen den Wagen wieder und lenkte seine Schritte auf einen Waldweg, der neben dem Grundstück begann. Ihn überkam das Verlangen, sich an einen Stamm gelehnt zu setzen und den Blick bis hinaus zur Ostsee schweifen zu lassen. Er musste dringend seine Gedanken sortieren, und das fiel ihm immer dann am leichtesten, wenn er sich ungestört im Büro oder allein draußen in der Natur aufhielt.

Als er an der Einfahrt vorbeiging, sah er zum Haus zurück. An mehreren Fenstern erkannte er Umrisse, die ihm nachsahen. Neuigkeiten verbreiteten sich in einer solchen Einrichtung schnell. War das ein Problem? Wenn er auf der richtigen Spur war, konnte sich das durchaus nachteilig auswirken. Nur war er sich nicht sicher. Der Leiterin des *Waldhauses* und dem zuständigen Sozialpädagogen hatte er seinen Verdacht nicht auf die Nase gebunden. Sein Kommen hatte er damit begründet, sich informieren zu wollen, was aus dem Siebzehnjährigen geworden war, dessen Leben im zurückliegenden Frühjahr aufs Radikalste aus der Bahn geworfen worden war.

Federsen hatte ihn damals als einen aufgeweckten Burschen erlebt, der gerade für das Abitur gelernt und sich mit der Planung des weiteren Lebensweges beschäftigt hatte. Etwas schüchtern war er gewesen, vielleicht sogar gehemmt. Der Grund konnte darin liegen, dass er *zu* behütet aufgewachsen war. Dass die Eltern ihn unbedingt hatten schützen wollen, konnte Federsen angesichts der Familienhistorie nachvollziehen, und genauso, dass der junge Mann das Abitur dann doch nicht gemacht hatte. Nach dem, was er hatte mit ansehen müssen, war er sicher außerstande gewesen, sich über ein Mathematikbuch zu beugen. Dies sollte er nun ein Jahr später nachholen, wie der Sozialpädagoge mitgeteilt hatte.

Federsen ging durch eine geöffnete Schranke und betrat den Wald. Er steckte die Zigarettenschachtel wieder zurück und atmete stattdessen das feucht-harzige Aroma ein. Wann immer er es in die Nase bekam, fühlte er sich in seine Kindheit zurückversetzt. Dieser Geruch war untrennbar mit seinem Vater verbunden, der mit ihm Dämme oder Hütten gebaut, gezeltet und Nachtwanderungen unternommen hatte. Bis er eines Tages während eines Banküberfalls von einem panischen Bankräuber erschossen worden war – als Zufallsopfer. Für seinen Sohn hatte damit schon im Alter von zehn Jahren unverrückbar festgestanden, dass er eines Tages Polizist werden würde.

Als der Weg anstieg, geriet er außer Atem. In einer Kurve blieb er stehen. Ein Trampelpfad wies nordwärts, während der Hauptweg wieder zurück in Richtung Zivilisation zu führen schien. Er sah auf die Uhr und entschied, noch genügend Zeit zu haben. Kurz darauf streifte er durch Buschwerk, besonders häufig schien hier niemand entlangzulaufen. Er passierte eine halb verfallene Futterkrippe, dann endete der Pfad an einer Wiese. Wie von Federsen erhofft, breitete sich vor ihm das Land aus, dahinter strahlte ihm das Blau des Meeres entgegen, das am Horizont mit dem Himmel verschmolz. Er musterte einen Hochsitz, entschied sich aber dagegen, ihn zu erklimmen.

Stattdessen ließ er sich auf einem Baumstumpf nieder und zündete sich eine Zigarette an. Allmählich beruhigte sich das hektische Heben und Senken seines Brustkorbs, und seine Gedanken kehrten zu dem eigentlichen Grund seiner Anwesenheit an diesem Ort zurück. Die Aussagen der Angestellten des *Waldhauses* hatten zwar nicht beruhigend, aber auch nicht wirklich besorgniserregend geklungen. Sie hatten von einem traumatisierten Zustand gesprochen, der nicht von heute auf morgen überwunden werden konnte. Davon, dass sich der junge Mann von seinen Mitbewohnern zurückzog, wenig sprach und den Sport aufgegeben hatte. Das war alles nicht ungewöhnlich und durchaus verständlich.

Seit gut zwei Wochen hatten die Betreuer sogar eine aufsteigende Tendenz erkennen können. Das Schlimmste schien überstanden, da der Siebzehnjährige wieder aktiver wurde, Sozialkontakten nicht mehr völlig aus dem Weg ging und sichtlich an Energie gewann. Den Vorschlag, ihn persönlich zu treffen, hatte Federsen abgelehnt. Vielleicht stellte sich seine Vermutung am Ende als eine fixe Idee heraus. Außerdem wollte er den Jungen mit seinem Erscheinen nicht an die Tragödie seines Lebens erinnern und ihn erneut aufwühlen. Andererseits, auf den Zahn fühlen musste man ihm auf jeden Fall.

Minutenlang grübelte er darüber nach, wie die weitere Vorgehensweise aussehen sollte. Marcel und sein Team hatten den Jungen nicht auf dem Schirm, was verständlich war. Man musste schon damals am Ort des Geschehens dabei gewesen sein, um auf Federsens Theorie zu kommen. Neben ihm selbst hatte sich aber nur Hannes dort befunden, der darüber hinaus enger in den Fall verstrickt gewesen war als sein Vorgesetzter. So gesehen ergab es Sinn, dass *er* das Ziel war und nicht Federsen.

Er drückte die dritte Zigarette auf dem Baumstumpf aus, sammelte die Reste dann mit einem Taschentuch ein und stand auf. Es war an der Zeit, mit Hannes zu telefonieren und seine Meinung zu der auf den ersten Blick abenteuerlich wirkenden Annahme zu erfragen. Bevor er es sich anders überlegen konnte, wählte er die Nummer seines Kollegen, doch sofort meldete sich die Mailbox. Federsen unterbrach die Verbindung, und sein Finger verharrte über dem Display. Es war an der Zeit, Marcel in seine Überlegungen einzuweihen, aber bevor er mit ihm sprach, wollte er erst noch Hannes' Einschätzung hören.

Er ging zu dem zugewucherten Pfad zurück und wählte erneut die Nummer seines Mitarbeiters. Als nach Hannes' Ansage der Signalton erklang, räusperte er sich.

»Hallo Herr Niehaus, Federsen hier. Ich weiß, dass ich … ich hätte mich schon viel früher melden sollen, aber … ach, was soll's. Ich war inzwischen nicht untätig, das wollte ich Ihnen sagen. Wer jemanden aus meinem Team angreift, greift auch mich an. Da der Täter viel von Ihnen weiß, ging ich zunächst davon aus, dass er Zugang zu polizeiinternen Informationen hat.«

Er stockte, da ihm ein neuer Gedanke kam. Der Sozialpädagoge hatte davon gesprochen, dass der junge Mann zuletzt wieder Energie ausgestrahlt hatte. Tat er das, weil er gerade einen Plan umsetzte, den er zuvor wochenlang zurückgezogen entwickelt hatte? Als Federsen sich in ihn hineinzuversetzen versuchte, kam ihm dies wie eine nachvollziehbare Entwicklung vor. Er erinnerte sich an den Ausdruck in den Augen des Jugendlichen, als alles vorbei gewesen war. Ein Vorwurf hatte darin gestanden. Der Vorwurf, es nicht verhindert zu haben. Und noch etwas kam Federsen in den Sinn, und er ärgerte sich, erst jetzt den Zusammenhang zu erkennen. Als er am *Waldhaus* angekommen war, hatte gerade eine Gruppe Mädchen ihre Fahrräder unter einem Unterstand abgeschlossen. Neben den Rädern hatte ein Motorroller gestanden, ein roter.

Sein Herzschlag beschleunigte sich, genauso seine Schritte. Er erreichte die Futterkrippe und konnte schon den Waldweg erkennen. Erneut räusperte er sich. »Herr Niehaus, wir müssen dringend sprechen. Ich denke, Marcel und ich überschätzen den Täter. Es geht nicht um einen asozialen Gewalttäter, der sich rächen will. In Wahrheit reden wir wohl eher von einer gequälten Seele, die keine Ruhe findet. Erinnern Sie sich, wie wir selbst uns gefragt haben, ob wir nicht schneller hätten eingreifen sollen, damals als wir …«

Sein Fuß blieb an einer Wurzel hängen, er taumelte nach vorn. Das Handy rutschte ihm aus der Hand und landete auf der Erde. Fluchend bückte er sich, um es aufzuheben. »Herr Niehaus, ich melde mich später bei Ihnen. Bleiben Sie achtsam!«

Er streckte die Beine wieder durch und belastete den rechten Fuß. Auch das noch! Das gestauchte Gelenk tat höllisch weh. Verwünschungen ausstoßend, humpelte er weiter durch das Dickicht. Kurz vor dem Waldweg explodierte auf einmal an seinem Hinterkopf ein Schmerz, der wie aus dem Nichts kam. Die Beine knickten ihm weg, und er sah den Waldboden auf sich zukommen. Wie durch Watte konnte er das Zwitschern der Vögel hören – und Atemgeräusche. Dann folgte noch ein Schlag, und er nahm gar nichts mehr wahr.

In der Hoffnung, die nötige Vorsicht walten zu lassen, betrat Hannes den Wohnblock aus den Sechzigerjahren, der nicht nur von außen schmucklos war. Auch das muffig riechende Treppenhaus machte einen verwahrlosten Eindruck. Ein letztes Mal blickte er den Bürgersteig entlang, dann drückte er die Tür ins Schloss. Den roten Roller hatte er seit Samstag nicht mehr gesehen, aber man konnte ihn auch auf andere Weise beschatten. War es fahrlässig, dass er Anna aufsuchte?

Während er die Stufen bis ins vierte Obergeschoss hinauflief, wurde er immer nervöser. Als er unter sich die Tür erneut ins Schloss fallen hörte, spähte er durch den Schacht in der Mitte nach unten. Erleichtert erkannte er eine ältere Frau, die einen Einkaufstrolley hinter sich herzog und dann den Fahrstuhlknopf drückte. Langsamer setzte er seinen Weg fort. Er durfte nicht in Panik verfallen. Außerdem, was wäre die Alternative? Dass er Anna so lange nicht traf, bis der Gefährder festgenommen war? Selbst wenn er sich zu einer solchen Zurückhaltung durchringen könnte, wäre seine Freundin ja nicht unsichtbar. Es blieb ein Restrisiko, egal wo er sie unterbrachte.

Als sie ihm die Tür öffnete, schloss er sie sofort in die Arme und drückte sie fest an sich. Behutsam löste sie sich nach einer Weile und sah ihn an.

»Alles okay mit dir?«

»Jetzt ja. Aber ich komme mit dem Gedanken nicht klar, dass du wegen mir in Gefahr bist. Wie geht es dir? Bist du heute überhaupt mal draußen gewesen?«

»Nein … ich …« Sie senkte den Blick. »Ich hab mich nicht getraut«, gab sie dann zu. »War schon auf dem Weg nach unten, aber an der Haustür bin ich wieder umgekehrt. Stattdessen hab ich mir den ganzen Tag Privatfernsehen angetan. Wollte eigentlich für die Führerscheinprüfung büffeln, konnte mich aber nicht darauf konzentrieren.«

Hannes nickte. Die anstehende Prüfung zum Erwerb des Sportbootführerscheins war momentan von geringster Dringlichkeit. Zumal der Zustand der *Lena* eine baldige Ausfahrt nicht wahrscheinlich machte. Er trat in den Flur und warf die Tür zu, nachdem er das Schloss kritisch gemustert hatte. Es erleichterte ihn, dass Anna zur Stubenhockerin mutiert war. Zugleich ahnte er, dass dieser Zustand nicht lange andauern würde.

»Hat Elke nicht ein Abo von so einem Streamingportal? Wo ist sie überhaupt?«

Anna folgte ihm ins Wohnzimmer. »Wahrscheinlich noch in der Krippe.«

»Jetzt noch? Es ist schon sieben Uhr, schließen die nicht um fünf?«

»Vielleicht ist sie einkaufen. Was machst du da?«

Hannes hörte auf, an der Balkontür zu rütteln. »Was? Ach nichts.«

»An der Hausfassade wird kaum jemand hochklettern können. Wie kommen deine Kollegen vorwärts?«

Hannes setzte sich neben sie. »Laut Isabell haben sie einen Verdacht, wo dieser Autonome untergekrochen ist. Heute Nacht soll der Zugriff erfolgen.«

»Du klingst nicht überzeugt. Hältst du ihn für unschuldig?«

»Nein, das nicht. Ein Telefonat wurde abgehört, das klang alles andere als unschuldig. Ich befürchte nur, dass er nicht der Kern des Übels ist, sondern sozusagen bloß das ausführende Organ.«

»Ihn aus dem Verkehr zu ziehen, wäre dann trotzdem ein Fortschritt.«

»Das ist wahr. Und sofern man ihn heute Nacht wirklich schnappt, könnte man über ihn an den eigentlichen Täter herankommen.«

»Du hast immer noch keine Vermutung, wer das sein könnte?«

»Nein. Ich kriege zwar die Möglichkeit nicht aus dem Kopf, dass es gar nicht mit meinem Job zusammenhängt, aber mir fällt nichts ein.«

Dass er auch Nina in diese Grübeleien eingebunden hatte, erwähnte er nicht. Sie hatte ihm am Nachmittag drei Nachrichten geschrieben, in denen sie sich erst für das Wiedersehen bedankt, dann ihr Mitgefühl für die aktuelle Notlage ausgesprochen und schließlich den Treffpunkt für den nächsten Tag vorgeschlagen hatte. Besonders stark gefordert schien sie in ihrem neuen Job nicht zu sein.

»Geht mir genauso«, riss Anna ihn aus den Gedanken.

»Was geht dir genauso?«

»Clarissa war heute bei mir. Sie hat den Verdacht geäußert, dass eigentlich ich der Grund für die Angriffe bin.«

»Ist Clarissa übergeschnappt? Wie kommt sie dazu?«

»Sie meinte ja nicht, dass ich dafür verantwortlich bin«, bremste Anna ihn. »Sie vermutet eher so was wie einen eifersüchtigen Ex.« Sie erläuterte ihm den Hintergrund von Clarissas Überlegungen.

»Und?«, fragte Hannes. »Könnte da was dran sein?«

»Kann ich mir nicht vorstellen. Ich hab ihr die Namen meiner Exfreunde gegeben, aber ich hab zu keinem mehr Kontakt. Der Einzige …«

»Was wolltest du sagen?«, hakte Hannes nach, als sie verstummte.

»Der Einzige, der mir einfällt, ist Manu. Auch Clarissa hat nach ihm gefragt.«

Jetzt war es Hannes, der schwieg. Ihm waren die Verwicklungen noch äußerst präsent, als er sich in Schweden aufgehalten hatte und tagelang keinen Kontakt zu Anna hatte herstellen können. Erst später hatte er erfahren, dass sie in dieser Zeit eine Fehlgeburt gehabt und mit einem jungen Studenten umhergezogen war, der zu allem Überfluss auch noch eine Rolle in seiner Mordermittlung gespielt hatte.

»Marius Beer«, stieß er durch die zusammengepressten Zähne hervor. »Wieso nennst du ihn immer noch Manu?«

»Weil alle ihn so nennen. Ist doch auch völlig egal.«

»Mir ist zumindest nicht egal, dass er sich an dich herangemacht hat. Und wenn ich an sein Verhalten und seine Vergangenheit denke, finde ich Clarissas Verdacht gar nicht so abwegig.«

Anna zog die Beine an und nickte. »Vielleicht hätte ich … also kann sein, dass ich einen Fehler gemacht habe.«

Alarmiert sah Hannes sie an. »Was meinst du? Hast du etwa noch Kontakt zu ihm?«

»Nicht wirklich. Das heißt … er schrieb mir mal vor zwei oder drei Wochen, dass er gern an unsere Zeit zurückdenkt.«

»Was soll das heißen? Klingt ja, als ob ihr doch eine Affäre hattet.«

»Hannes!« Bittend sah sie ihn an. »Das Thema haben wir längst ausdiskutiert. Da war nichts, und da ist nichts. Nur … er steckte gerade in einem depressiven Loch, als er mir schrieb. Erst wollte ich nicht antworten, dann tat er mir leid. Wir haben ein paar SMS ausgetauscht, dann hab ich nichts mehr von ihm gehört.«

»Das war alles?«

Tief holte sie Luft. »Nicht ganz. Ich hab auch erwähnt, dass wir gerade unsere Hochzeit planen. Das war in der letzten SMS, dann brach der Kontakt ab.«

Hannes stöhnte. »Wieso musstest du ihm das auf die Nase binden?«

»Weil ich für klare Fronten sorgen wollte. Auch in deinem Interesse.«

»Schon gut.« Er zog sie an sich. »Weiß Clarissa davon?«

Er spürte ihr Nicken an seinem Brustkorb. »Er soll überprüft werden. Keine Ahnung, ob das schon geschehen ist.«

Eine Weile schwiegen sie und lauschten den Geräuschen aus den Nachbarwohnungen. Hannes ließ seine Finger durch Annas Haar wandern und versuchte, wenigstens für wenige Minuten alles zu vergessen und nur das Beisammensein zu genießen. Dass ihm dies genauso schwerfiel wie ihr, erkannte er an ihrer verspannten Körperhaltung. Schließlich richtete sie sich auf und leerte ein Wasserglas.

»Hoffentlich hat das alles bald ein Ende. Ich … manchmal überlege ich, wie es wäre, wenn ich immer noch schwanger wäre.«

»Anna, das …«

»Nein, unterbrich mich nicht. Ich finde die Situation so schon belastend genug, aber wenn jetzt noch die Sorge um ein Kind dazukäme! Was, wenn so was irgendwann wieder passiert? Wenn dann deine Tochter oder dein Sohn in Gefahr ist? Wenn ihnen sogar etwas zustößt?«

»Ist ja nicht so, dass man als Mordermittler ständig selbst zum Verfolgten wird.«

»Aber die Gefahr besteht. Und jetzt … wo wir das tatsächlich durchmachen müssen … es wird uns immer im

Nacken sitzen! Ich weiß nicht, ob sich das mit unserer weiteren Lebensplanung verträgt.«

Mit den Zähnen bearbeitete Hannes seine Unterlippe. Ihm waren ähnliche Gedanken durch den Kopf gegangen. Nur war es nach seiner Meinung der falsche Zeitpunkt, um über grundlegendere Fragen nachzudenken. Angst war nie ein guter Ratgeber, und er hatte gerade keine Kraft, sich jetzt auch noch den Zukunftsfragen zu widmen. Am Nachmittag hatte er mit ihrem Vermieter und der Versicherung telefonieren müssen, in wenigen Stunden würde er auf Ben treffen, Fritz lag im Sterben, weitere Hochzeitsplanungen standen an, genauso wie Annas Geburtstag, die Olympischen Spiele rückten näher, die *Lena* musste geborgen und instand gesetzt werden – es wirbelte gerade so viel durch seinen Kopf, dass er ermattet zur Seite kippte.

Anna griff nach einem seiner Füße und massierte ihm die Sohle. »Sorry, wir haben jetzt andere Sorgen, oder? Ich wollte dir nur sagen, dass mich das beschäftigt.«

»Ist völlig in Ordnung, geht mir ähnlich. Vielleicht verstehst du jetzt, warum ich immer wieder an meinem Job gezweifelt habe.«

»Ich hab dich bis jetzt doch immer verstanden.«

»Hast es aber relativiert – völlig zu Recht. Deshalb hatte ich mich auch endlich entschieden, weiter in der Mordkommission zu bleiben. Nur … spielen diese Argumente nicht wirklich eine Rolle. Das sehe ich jetzt ganz klar.«

»Ich versteh dich nicht ganz.«

Hannes zog seinen Fuß zurück und setzte sich auf. Düster erwiderte er ihren Blick. »All die Morde, das Dunkle, die Gewalt und der Irrsinn. Und immer die Frage, wie ein Mensch in der Lage sein kann, so schreckliche Dinge zu tun. Ich kämpfe seit Monaten gegen etwas, das ich eigentlich gar nicht begreifen kann. Denkst du, das macht nichts mit einem? Fritz sagt mir immer: *Versetz dich in die Täter hinein, nicht in die Opfer. Das ist die Voraussetzung, um ein guter Ermittler zu sein.* Aber ich kann es nicht, Anna! Sosehr ich mich auch bemühe, ich schaff es einfach nicht. Nach den Erfahrungen jetzt sicher noch weniger.«

»Vielleicht ist das auch gut so.«

»Was soll daran gut sein?«

Sie lächelte und strich ihm über den Rücken. »Weil du sonst nicht du wärst.«

»Hm.« Hannes dachte nach und fühlte sich mit einem Mal besser. Sein Problem löste sich dadurch aber nicht. Aus dem Flur erklang das Geräusch einer sich öffnenden Tür. Kurz darauf trat Elke ins Zimmer. Sie sah abgespannt aus und ließ sich zwischen Anna und Hannes auf das Sofa plumpsen.

»Langer Tag?«, fragte Hannes.

»Sieht man mir das an?« Sie streifte sich die Schuhe ab. »Stört mich aber eigentlich gar nicht, weil mir die neue Aufgabe als Krippenleiterin echt Spaß macht. Und ich möchte mich nicht loben, aber man merkt, dass sich die Stimmung verbessert hat. Ich war ja nicht die Einzige, die mit meiner Vorgängerin Probleme hatte. Ständig kommt jemand mit Ideen und Vorschlägen, und ich selbst hab auch einiges vor. Führt aber dazu, dass ich mich im Moment nicht pünktlich vom Acker machen kann. Tut mir leid, Anna, ich hoffe, der Tag war nicht zu zäh für dich!«

»Nein, nein. Mach dir keine Gedanken!«

»Allerdings braucht sie ein besseres Unterhaltungsprogramm«, warf Hannes ein. »Wenn sie jetzt jeden Tag das Fernsehprogramm konsumiert, heirate ich im September eine Analphabetin.«

»Heißt das, du bist gar nicht rausgegangen?« Elke fasste Anna an den Schultern. »Mensch, du darfst dich jetzt nicht verkriechen! Es ist Sommer, schon gemerkt?«

»Und wir werden gejagt, schon mitbekommen?«, konterte Hannes.

»Woher soll denn jemand wissen, dass Anna hier ist? Zieh dir eine Mütze über, setz eine Sonnenbrille auf und geh meinetwegen durch die Tiefgarage raus. Und du, Hannes, löse endlich das Problem!«

Hannes schnaufte. »Endlich? Der Albtraum dauert gerade mal drei Tage. Ich liege auch nicht entspannt in der Sonne, falls du das vermutest. Heute Mittag habe ich mit der Exfreundin eines *Cloud-Palace*-Musikers gesprochen. Könnte ja sein, dass mir da jemand das Auseinanderbrechen der Band vorwirft.«

»Konnte sie dir helfen?«

»Nein, sie hat zu niemandem mehr Kontakt. Zur Fan-Szene sowieso nicht, da hat sie sich immer rausgehalten. Wollte so normal wie möglich leben.«

»Was man von ihrem Exfreund nicht behaupten kann. Habt ihr Hunger? Ich hab Tiefkühlpizza mitgebracht.«

Elkes Auftreten bestätigte Hannes darin, dass sie die bestmögliche Gastgeberin für Anna war. Im Folgenden sorgte sie dafür, dass das alles beherrschende Thema konsequent ausgespart wurde. Als sie am Tisch saßen und die Pizzastücke verteilten, lenkte sie das Gespräch auf die Hochzeit und brachte sich in die Planungen so intensiv ein, dass Hannes schließlich das Gefühl für die Zeit verlor. Erschrocken sprang er plötzlich auf.

»Ich muss sofort los!«

»Weshalb? Sollen wir das Hochzeitsdessert allein aussuchen?«, fragte Elke.

»Von mir aus. Ben ist seit einer halben Stunde zurück.«

Er küsste Anna und umarmte Elke, die gerade die zweite Weinflasche entkorkte. Unauffällig nickte sie ihm zu, sodass er sicher sein konnte, dass an diesem Abend kein Trübsal in ihrer Wohnung geblasen werden würde. Als er das Treppenhaus herunterrannte, zog er das Handy hervor, um Ben anzurufen. Überrascht blieb er stehen. Ein verpasster Anruf von Federsen und eine Sprachnachricht. Meldete sich der alte Griesgram also doch noch. Er drückte auf den Button, um seine Mailbox abzuhören.

Dunkelheit hatte sich über das Gelände gelegt, als Isabell sich dem Wagen der Einsatzleitung näherte. Viel musste nicht mehr besprochen werden, die Vorbereitungen waren schon am Nachmittag detailliert und zügig vonstatten gegangen. Marcel hatte dafür gesorgt, dass ein erfahrenes Team das Gebiet durchkämmte, das als Versteck von Kristian Schmelzer infrage kam. Die Einsatzkräfte hatten ringförmig um das eingezäunte *Dschungelcamp* Stellung bezogen und warteten auf den Befehl zum Zugriff.

Marcel blickte auf, als Isabell neben ihn trat. An den getrockneten roten Spuren über seiner Oberlippe erkannte sie, dass er vor Kurzem wieder von einer Nasenblutattacke überrollt worden sein musste. Auch sie selbst verspürte große Nervosität, obwohl sie sich im Hintergrund halten würde. Ging der Einsatz aber schief oder verlief erfolglos, würde sich die Situation für Hannes weiter zuspitzen. Kristian Schmelzer wäre dann endgültig gewarnt und könnte schneller zum Gegenschlag ausholen, als man ohnehin befürchtete.

Immerhin sicherten in dieser Nacht erneut Personenschützer Bens Haus, aber auch tagsüber würde man Hannes dann nicht mehr ohne Begleitung auf die Straße lassen können. Marcel deutete auf eine eingekreiste Fläche auf der Karte.

»Hier sollen sich immer wieder Junkies rumtreiben, dort wird Kristian eher nicht sein.«

»Warum?«

»Weil es öfter Razzien gibt. So gesehen erstaunt es mich sowieso, dass er sich hier sicher fühlt. Hoffentlich hatte Per den richtigen Riecher. Wenn Kristian auf einen echten Dschungel anspielte, könnte er jetzt schon im Flugzeug sitzen.«

»Was für Hannes ja auch nicht schlecht wäre. Ich glaube es aber nicht, wir haben bei allen Flughäfen in erreichbarer Nähe nachgefragt.«

»Du warst schon mal hier, was denkst du, wo ein gutes Versteck wäre?«

Innerlich rollte Isabell mit den Augen. Diese Frage hatte sie am Nachmittag schon wiederholt mit ihm und dem Einsatzleiter diskutiert. Es war länger her, dass sie hier durch den Kletterwald gehangelt war, und sie hatte nicht damit gerechnet, jemals im Zuge eines nächtlichen Einsatzes wiederzukommen.

»Es gibt einige Gebäude«, wiederholte sie ihren Kenntnisstand. »Damals standen auch ein paar Tipis um einen Lagerfeuerplatz herum, aber ein richtig gutes Versteck ist das alles nicht. Wenn ich er wäre, würde ich mich im hinteren Bereich aufhalten. Sie tippte auf die Karte. Weit genug von den Junkies entfernt und mitten im Dickicht.«

»Dann sollten ihn die Hunde aufstöbern«, war Marcels Hoffnung.

Man hatte sich Zugang zur Wohnung des Verdächtigen verschafft, sodass man den Tieren eine Geruchsprobe hatte geben können. Generell war es jedoch ihre Aufgabe, jedes menschliche Wesen auf dem Gelände aufzustöbern. Vorsorglich waren drei Gefangenentransporter aufgefahren worden, zwischen denen Per gerade auf Isabell und Marcel zueilte.

»Ich hatte recht!«, rief er ihnen atemlos zu. »Kristian hat vor wenigen Minuten sein Handy benutzt. Der Funkmast, mit dem er verbunden war, befindet sich ganz in der Nähe.«

»Mit wem hat er telefoniert?«

»Mit einem Italiener in Bologna. Ich hab schon eine Übersetzung des Gesprächs angefordert.«

»Dann sollten wir keine Zeit verlieren!« Marcel hastete zum Einsatzleiter, der kurz darauf ins Funkgerät sprach.

Seitlich von Isabell und Per setzten sich schwarz gekleidete Personen in Bewegung, der Einsatz hatte begonnen.

»Jetzt können wir nur noch warten.« Clarissa wollte das Geschehen ebenfalls vor Ort verfolgen und gesellte sich zu ihren Kollegen.

»Fehlt nur noch Federsen in dieser fröhlichen Runde«, meinte Isabell.

»In der Tat.« Marcel klang angefressen. »Nach unserem Gespräch heute Nachmittag hatte ich eigentlich auf sein Einlenken gehofft. Stattdessen ignoriert er meine Versuche, ihn zu erreichen.«

»Ist vielleicht besser so«, erwiderte Clarissa. »Er wäre nur einer mehr, der hier im Weg rumsteht.«

»Gegen Abend hat er Hannes auf die Mailbox gesprochen«, sagte Isabell. »Hannes kann sich keinen richtigen Reim auf die Nachricht machen. Klang aber so, als ob Federsen an einer noch vielversprechenderen Spur dran ist.«

»Umso sinnvoller wäre es, wenn er uns informieren und sich mit uns abstimmen würde.« Marcel schüttelte den Kopf. »Bei allem Verständnis für seine Enttäuschung, dass er aufs Abstellgleis gerutscht ist: Wenn er nicht schnell zur Vernunft kommt, muss ich Lauer auf ihn hetzen.«

Schweigend standen sie beisammen und warfen immer wieder einen Blick zum Wagen der Einsatzleitung. Anstatt das Gelände in Überfallmanier zu stürmen, hatte man sich für eine unauffällige und vor allem leise Vorgehensweise entschieden. Der Personalbedarf wäre ansonsten um ein Vielfaches größer, aufgrund eines als Hochrisikospiel eingeschätzten Fußballderbys aber nicht zu decken gewesen.

Eine Viertelstunde nachdem der Einsatz begonnen hatte, wurde die Geräuschkulisse plötzlich lauter. Wie Marcels Team erfuhr, war man auf eine Gruppe Jugendlicher und auf Drogenkonsumenten gestoßen. Dass sich einige von ihnen heftig gegen die Polizisten zur Wehr setzten, konnte man beobachten, als sie wenig später zu den Gefangenentransportern geführt wurden. Der Großteil würde vermutlich noch in derselben Nacht wieder freigelassen werden, der Rest dann am nächsten Morgen.

Als die Wagen abfuhren, kehrte wieder Ruhe ein. Mittlerweile hatten sich alle um den Einsatzleiter geschart und verfolgten dessen Kommunikation mit seinem Team. Schließlich kam das ernüchternde Fazit.

»Es befindet sich niemand mehr auf dem Gelände.«

»Das kann nicht sein!«, platzte es aus Per heraus. »Kann Kristian ungesehen durchgebrochen sein?«

»Ausgeschlossen.« Der Einsatzleiter deutete auf der Karte auf den Bereich, den Isabell als wahrscheinlichsten Aufenthaltsort vermutet hatte. »Ich habe angeordnet, dass hier noch mal genauer gesucht wird. Die Hunde sind dort unruhig. Vielleicht hat er sich eingebuddelt.«

»Ich hab keine Lust, hier länger rumzustehen. Kommt jemand mit?« Clarissa ging in Richtung Zaun.

»Was soll das?«, raunzte der Einsatzleiter Marcel an. »Meine Leute sind Profis.«

»Wir halten uns im Hintergrund«, entgegnete Marcel ungerührt. »Informieren Sie die Kollegen, dass wir dazukommen.«

Isabell hielt diese Einmischung zwar für keine gute Idee, wollte aber auch nicht mit dem fluchenden Einsatzleiter allein zurückbleiben. Rasch schloss sie sich ihren Kollegen an und lief durch den ehemaligen Eingang des *Dschungelcamps*. Zunächst folgten sie einem gepflasterten Hauptweg, dann schwenkte Clarissa in die Richtung ab, aus der Hundegebell erklang. An einigen Bäumen konnte man noch die Plattformen des Kletterwaldes erkennen, und Isabell tippte Marcel von hinten auf die Schulter.

»Kein Wunder, dass er nicht gefunden wurde. Ich würde mich nicht eingraben oder verstecken, sondern auf einen Baum klettern. Die angebauten Plattformen sind ziemlich breit, weil ja mehrere Personen draufpassen mussten.«

»Das hätte den Kollegen eigentlich selbst einfallen müssen.« Marcel sprach ins Funkgerät und erhielt sofort eine Antwort.

»Wir sind ja nicht bescheuert, natürlich haben wir das überprüft. Da oben ist niemand.«

»Aber vielleicht dort drüben!« Isabell blieb abrupt stehen und deutete nach oben in den Wald. Das Hundegebell war schon sehr nah.

Marcel trat neben sie. »Ich sehe nichts.«

Sie stellte sich hinter ihn und streckte den Arm über seine Schulter. »Sieh an meinem Finger entlang. Es ist schwer zu erkennen, aber da hängt was.«

»Oder jemand.« Marcel griff erneut zum Funkgerät und gab die Position durch.

Sekunden später flammten Scheinwerfer auf und näherten sich. Als ihr Licht durch die Baumwipfel streifte, klopfte Marcel Isabell auf die Schulter. »Deine Augen möchte ich haben, da braucht man keine Wärmekamera. Was ist das, was da baumelt?«

Bevor sie ihm antworten konnte, hallten Schreie des Einsatzkommandos durch den Wald, mehrere Lichter waren nun auf das paketähnliche Objekt gerichtet. Plötzlich bewegte es sich und ein Kopf kam zum Vorschein.

»Eine Art Hängematte!«, rief Per. »Darin hat er sich wie in einen Kokon eingewickelt. Clever. Wenn das nicht Kristian ist, könnt ihr mich zur Sitte abschieben!«

Seine Euphorie war nicht verfrüht. Angesichts des Aufmarschs unter sich verzichtete der Mann im Baum auf jede unkluge Reaktion. Er hob die Hände, dann folgte er der Aufforderung, sich auf den Boden runterzulassen. Minuten später führten ihn zwei Männer mit Sturmhauben zu Marcel.

Im Licht ihrer Lampen erkannte Isabell sofort, dass sie den Richtigen erwischt hatten.

Kristian Schmelzer wirkte zerzaust, aber keinesfalls eingeschüchtert. Ein Mann wie er hatte schon öfter Begegnungen mit der Staatsmacht gehabt. Im In- wie im Ausland. Seine dunklen Augen fixierten Marcel, als dieser eine Frage nach der anderen abfeuerte. Die Gesichtszüge Schmelzers blieben unbewegt, die einzige Regung war die Handbewegung, mit der er sich eine Strähne der kinnlangen schwarzen Haare hinter ein Ohr schob. Isabell gestand sich ein, dass er über eine faszinierende Ausstrahlung verfügte. Äußerlich ähnelte er Che Guevara, besser hätte man ihn nicht als Revoluzzer herrichten können.

Doch erst eine Stunde später, als er Isabell und Marcel im Verhörzimmer des Präsidiums gegenübersaß, öffnete er den Mund. Heraus kamen keine Parolen, sondern eine fassungslose Nachfrage.

»Johannes Niehaus ist Mordermittler?«

»So ist es.« Isabell ließ sich ihre Befriedigung, dass er endlich die Sprache wiedergefunden hatte, nicht anmerken. »Wären Sie mal wieder in dem Forum unterwegs gewesen, wo Sie zur Jagd auf meinen Kollegen aufgerufen haben, wüssten Sie das auch.«

»Ihr erzählt mir doch den letzten Scheiß!«

»Keineswegs.« Marcel schob ihm einen Laptop zu. »Lesen Sie es selbst. Und wenn Sie mir immer noch nicht glauben, rufen Sie Ihre Kumpel in Hamburg an. Weshalb sollte ich Sie überhaupt anlügen? Macht eh keinen Unterschied. Sie sitzen hier und laufen mir nicht weg.«

»Dann … das versteh ich nicht!«

»Was verstehen Sie nicht? Dass man Sie benutzt hat? Wer hat Sie angestiftet?«

Kristian Schmelzer zwinkerte nervös. Die Anklagepunkte waren ihm bereits mitgeteilt worden, jetzt wirkte er nervös. »Na, niemand! Ich war damals auf der Demo gegen den

Wirtschaftsgipfel dabei. Hab selbst erlebt, wie eure Leute da vorgegangen sind. Als ich dann die Flugblätter fand …«

»Erzählen Sie keinen Mist, die haben Sie selbst ausgelegt!«

»Quatsch, ich hab noch nie Flugblätter gedruckt. Ist ja völlig altmodisch und … wie kommen Sie darauf?«

»Weil Sie erstaunlich gut über Herrn Niehaus Bescheid wussten. In Ihrem Eintrag in dem Forum waren Infos dabei, die gar nicht auf dem Flugblatt standen.«

»Weil ich mich im Internet über diesen Kerl schlaugemacht habe. Fand es gut, dass endlich mal eine Identität bekannt ist. Wir sind euch sonst immer blind ausgeliefert, aber jetzt … jetzt …«

»Jetzt konnten Sie mal zurückschlagen«, vollendete Isabell den Satz. »Dummerweise haben Sie den Falschen im Visier gehabt.«

»Wieso sollte uns jemand gegen einen Mordermittler aufhetzen?«

»Denken Sie mal nach.« Marcel zog den Laptop wieder an sich. »Weil er sich Feinde gemacht haben könnte, zum Beispiel. Feinde, die es ganz clever fanden, die autonome Szene für ihre Zwecke einzuspannen.«

»Man hat uns benutzt?« Der Mann ballte die Fäuste. »Wer auch immer das war, wird dafür bezahlen!«

»Dann helfen Sie uns! Wer kann dahinterstecken, irgendeine Idee?«

»Nein, woher? Ich bin nur selten im Hamburger Zentrum, komme mit den Leuten nicht so klar.«

»Wer hat Ihnen bei der Jagd auf Johannes Niehaus geholfen?«

»Niemand. Wie gesagt, ich bin hier gerade nicht so gut vernetzt.«

»Dann geht also alles auf Ihr Konto. Wird für eine schöne Strafe reichen.«

»Moment, Moment!« Beschwörend hob der Verdächtige die Hände. »Mehr als Sachbeschädigung hab ich nicht gemacht. Eigentlich wollte ich den Reifen ganz aufschlitzen, aber es kam grad jemand vorbei, und ich musste abhauen. War nicht meine Absicht, dass der Reifen auf der Autobahn platzt. Ich bin kein Mörder!«

»Auch kein Hundemörder?«

Seine Erregung nahm zu. »Ein Tier würde ich nie töten, ich bin Vegetarier!«

»Und die *Lena*?«

»Wer ist das?«

»Das Boot meines Kollegen, das versenkt wurde.«

»Er hat ein Boot?«

»Völlig egal.« Marcel sah müde aus. »Sie bleiben dabei, nur für den manipulierten Reifen verantwortlich zu sein? Und Sie wissen nicht, wer die anderen Taten begangen oder dazu angestachelt hat?«

»So ist es. Sie können das überprüfen! Ich kann Ihnen ganz genau sagen, wann ich in den letzten Tagen wo gewesen bin. Hätte nie gedacht, dass ich das mal sagen würde, aber ich würde Ihnen ja gern helfen! Macht mich rasend, dass mich jemand für die Drecksarbeit benutzen wollte!«

»Darüber können wir morgen weiterreden.« Marcel stoppte das Aufnahmegerät und stand auf.

Auch Isabell war niedergeschlagen. Die Alibis würde man natürlich noch genau überprüfen, aber sie ging davon aus, dass er die Wahrheit sagte. Was Kristian Schmelzer nicht wusste, war, dass man das Ergebnis seiner Handyauswertung erhalten hatte, nun da man auch die Nummer seines zweiten Telefons kannte. Sofern er es in den letzten Tagen immer bei sich getragen hatte, konnte er sich weder am Hafen noch an Hannes' Wohnung oder bei Bens Haus aufgehalten haben. Entweder hatte sich noch ein weiterer Autonomer aufhetzen lassen, oder

Hannes drohte gerade aus einer ganz anderen Richtung Gefahr. Isabell war sich nicht sicher, welche Variante ihr lieber wäre.

Anstatt im Garten zu sitzen, hatten sich Hannes und Ben ins Innere des Hauses zurückgezogen. Immer wieder glitt Bens Blick zu dem Hundekorb, in dem *Socke* normalerweise gerade geschlummert hätte. Seine Augen waren glasig, was allerdings auch an dem dritten Joint liegen konnte, den er gerade ausdrückte. Hannes sparte sich einen Kommentar, derart erschüttert hatte er seinen Freund noch nie erlebt. Seit Stunden saßen sie zusammen, und er hatte ein schlechtes Gewissen, dass er sich allmählich nach dem Bett sehnte. Die letzten Tage hatten ihre Spuren hinterlassen, außerdem stand am nächsten Morgen Training an.

»Wenn du willst, dass ich ausziehe …«, setzte er an.

»Spinnst du?« Ben packte ihn hart am Arm. »Wie oft soll ich das noch sagen? Ich geb dir keine Schuld! Ich weiß doch, wie sehr du an *Socke* gehangen hast.«

»Okay … Aber Ben: Wenn dir das alles zu viel wird, mit Polizeischutz und so …«

»Dürfte in der Tat das erste Mal sein, dass die Polizei ein wohlwollendes und schützendes Auge auf mich wirft.« Erstmals in dieser Nacht glomm ein Funken des bekannten Ben auf. »Ich bin froh, dass du hier bist. Allein könnte ich grad nicht so gut sein.«

»Vielleicht hättest du noch ein paar Tage bei deiner Mutter bleiben sollen.«

»Nein, ist sicher besser so. Obwohl sie in den letzten Stunden vor der Abfahrt tatsächlich … wie soll ich das sagen … für ihre Verhältnisse nett mit mir umgegangen ist. Merkte wohl, was *Socke* mir bedeutet hat.«

»Du wirst ihr auch viel bedeuten. Was ist zwischen euch passiert?«

Ben sah auf seine Hände. »Eigentlich wollte ich dir das ja nur erzählen, wenn du *Socke* … entschuldige. Das klingt jetzt wie ein Vorwurf. Es ist gar nicht *das eine* zwischen uns vorgefallen. Aber als mein Vater starb, hätte ich einfach eine andere Reaktion von ihr erwartet.«

»Welche denn?«

»Zumindest nicht, dass sie ihn ohne zu zögern gegen ihren Liebhaber austauscht. Mein Vater wusste davon, ich wusste davon, die Nachbarn wahrscheinlich auch, aber trotzdem! Davon abgesehen, davor sind wir auch schon immer aneinandergeraten. Ich hab sie mal als Nazischlampe bezeichnet.«

»Oh. Wieso das denn?«

»Weil sie entsprechende Tendenzen hat. Auch wenn sie es nicht zugibt. Ich hatte mal eine arabische Freundin, die hat sie nicht ins Haus gelassen.«

»Deshalb das arabische Gewand? Wie hat sie darauf reagiert?«

»Ach das.« Ben winkte ab. »Hab ich dann doch nicht mitgenommen, kam mir plötzlich kindisch vor.«

Hannes schmunzelte. »Nicht zu Unrecht.«

»Was ist eigentlich mit deinen Eltern?«

»Was soll mit denen sein?«

»Stehen die jetzt auch unter Polizeischutz?«

»Nein, es scheint sich ja alles nur hier abzuspielen. Es schaut aber immer mal jemand bei ihnen vorbei.«

Ben rollte einen weiteren Joint. »Was für ein Wahnsinn! Sobald ihr diesen Spinner habt, schlag ich ihn zusammen.«

»Du denkst also, dass ein Wahnsinniger dahintersteckt?«

»Wer sonst tut so was? Du musst doch verrückt sein, um … um zum Beispiel *Socke* einen vergifteten Knochen hinzuwerfen.«

»Oder blind vor Hass.«

»Kommt aufs Gleiche raus. Ich sag's ja, der Typ spinnt!«

»Neutral und nüchtern betrachtet spinnen wir doch alle. Tritt mal aus deiner Wahrnehmung heraus und beobachte dich von außen. Bei dem, was du da siehst, greifst du dir bestimmt mehrmals an den Kopf.«

»Alle Achtung, keine ganz dumme Erkenntnis. Rutschst du in eine Midlife-Crisis ab?«

Hannes griff zur Bierflasche. »Kann sein. Aber es kommt grad auch einiges zusammen. Ich latsche wie ferngesteuert durch mein Leben.«

»Das war aber schon vorher so. Ich erinnere mich an entsprechende Diskussionen.«

»Das ist ja das Problem. Ich weiß nur nicht, wie ich es ändern soll.«

»Aber ich!«

»Ach ja?«

»Ist ganz simpel: Hör auf, an den Symptomen rumzudoktern, und widme dich der Ursache.«

»Das heißt?«

Ben grinste. »Woher soll ich das wissen? Ich war nur für den klugen Spruch zuständig, sieh selbst zu, was du daraus machst.« Er stand auf. »Ich muss jetzt ins Bett, du hast mich lange genug wachgehalten. Aber wenn du die Ursachenforschung oder die Suche nach der Lösung beschleunigen willst, kannst du gern hier sitzen bleiben und dich bedienen.« Einladend deutete er auf den Tabakbeutel und die Metallschachtel mit dem Marihuana. Dann verschwand er in seinem Zimmer.

Hannes blieb sitzen und musterte die Utensilien. Plötzlich war die Müdigkeit wie fortgeweht, aber er erlag gar nicht erst der Versuchung, Bens Angebot anzunehmen. Einmal hatte er von dessen Spezialmischung gekostet und zum einen mit Übelkeit und zum anderen mit Angst vor einer Dopingkontrolle zu kämpfen gehabt. Bens Erwähnung der Ursachenforschung hatte aber etwas in ihm ausgelöst. Erneut hörte er Federsens

Sprachnachricht ab. Sein Gefühl, alle Vorfälle könnten mit Juliane zu tun haben, wurde stärker. Hatte er aber in die falsche Richtung gedacht? War es gar nicht sie, die sich an ihm rächen wollte?

Bilder aus der Osterzeit stiegen in ihm auf, als er über eine abgelegene Klippe an der Ostseeküste mit Federsen durch den Regen gerannt war. Dann war eine unfassbare Szene vor ihnen aufgetaucht. Sie hatten sich auf den Boden geworfen und auf Verstärkung gewartet. Zwar hatten sie gemeint, die Situation unter Kontrolle zu haben, doch das war eine fatale Fehleinschätzung gewesen, die letztlich nicht nur zu Toten, sondern auch zu noch mehr Opfern geführt hatte. Eines davon war zugleich die Täterin gewesen: Juliane. Doch es war das andere Opfer, das Hannes nicht mehr aus dem Kopf bekam und ihn erst eine Stunde später in den Schlaf finden ließ.

Kapitel 7

Das Erste, was Federsen wahrnahm, war diffuses Licht, das durch seine halb geöffneten Lider drang. Das Zweite waren hämmernde Kopfschmerzen, dann gesellten sich Schwindel und Übelkeit hinzu. Mühsam schluckte er, es fühlte sich an, als würde er dies seit Tagen zum ersten Mal tun. Hatte er gesoffen und lag verkatert im Bett? Laura würde ihn das ganze Frühstück über mit strafenden Blicken verfolgen! Was für ein Tag war heute überhaupt? Hoffentlich musste er nicht längst im Büro sein!

Er zwang sich, die Augen ganz zu öffnen, um zum Nachttisch zu linsen. Dort, wo normalerweise die Ziffern des Radioweckers leuchteten, sah er nur eine Wand. Regungslos blieb er liegen und starrte auf das unbekannte Mauerwerk. Sein Sichtfeld war verschwommen, auch mehrfaches Blinzeln half nicht. Mit der rechten Hand wollte er sich über die Augen fahren, doch es gelang ihm nicht. Ein metallenes Klirren erklang, und er spürte einen kühlen Druck am Handgelenk. Ein Gefühl der Unwirklichkeit breitete sich in ihm aus. Er musste träumen! Der Untergrund war weich wie eine Matratze. Wahrscheinlich lag er neben Laura, gefangen in einem Zustand zwischen Schlaf und Wachsein.

Er bewegte die linke Hand und war erleichtert, als er sie bis zu seinem Gesicht führen konnte. Mit etwas Druck massierte er den Bereich zwischen den Augen, normalerweise half dies, um wieder zu sich zu kommen. Heute jedoch war alles anders. Der benebelte Zustand hielt sich hartnäckig, und der rechte Arm steckte irgendwo fest. Federsen drehte den Kopf nach oben und registrierte ungläubig, dass sich sein Handgelenk in einer Handschelle befand. Das andere Ende war um das Gestell eines metallenen Bettrahmens gelegt worden. Stück für Stück erkannte er weitere Details, ohne sich einen Reim darauf machen zu können.

Der Raum war groß, er konnte das andere Ende nur unscharf wahrnehmen. Der einzige beleuchtete Bereich war der, wo das Bett stand. Drei Laternen mit Kerzen leuchteten vom Boden aus, solche, die man normalerweise im Garten oder auf einem Balkon aufstellte. Die hellste Lichtquelle war eine Campinglampe, und Federsen musste den Blick schnell wieder abwenden. Es war, als hätte er ohne Schutz in die Sonne gesehen. Schwarze Punkte tanzten vor seinen Augen, stöhnend schloss er die Lider.

Noch etwas war ihm aufgefallen. Die Matratze war nicht mit einem Laken bezogen, auch ein Kissen fehlte. Der Bereich direkt neben seinem Kopf war rot. Blutrot. Sein Blut? Die Finger der linken Hand tasteten zu der Stelle, wo der Schmerz saß. Die Haare waren an dieser Stelle verklebt. Was zur Hölle war nur geschehen? Als Erstes fiel ihm ein, wie er in seine Straße eingebogen war und den Krankenwagen vor dem Haus bemerkt hatte. Mühsam hangelte er sich weiter vorwärts, stieß dabei aber ständig auf Lücken in der Erinnerung.

Er sah sich mit Marcel diskutieren, ohne die Worte zu verstehen. Er beobachtete, wie er mit einer unbekannten Frau und einem Mann sprach, dann liefen Teenager an ihm vorbei. Erst als er beim Waldspaziergang angekommen war und auf das

Handy in seiner Hand geblickt hatte, erinnerte er sich, weshalb er das alles getan hatte. Hannes! Er hatte ihn angerufen, um … Ja, um was genau zu sagen? Die Situation, in der sich Hannes befand, hatte er wieder glasklar vor Augen, aber mehr kam nicht. Er hatte auf eigene Faust ermittelt, so viel stand fest. Und er musste auf der richtigen Spur gewesen sein, sonst würde er sich jetzt nicht angekettet in diesem Raum befinden. Wie er allerdings hierhergekommen war, wusste er nicht.

Nach einer Weile gab er es auf, sich den Kopf zu zerbrechen. Wie es aussah, hatte ihm jemand einen heftigen Schlag versetzt. Er war lange genug im Geschäft, um die Symptome einer Gehirnerschütterung richtig zuordnen zu können. Er konnte nur hoffen, kein Schädel-Hirn-Trauma davongetragen zu haben. Neben sich auf der Matratze fand er zwei Wasserflaschen und drei Müsliriegel. Hunger hatte er keinen, aber er musste sich beherrschen, um die erste Wasserflasche – nachdem er sie zwischen die Beine geklemmt und mit der freien Hand aufgeschraubt hatte – nicht in einem Zug auszutrinken. Schluckweise befeuchtete er seine trockene Kehle und sah sich dabei erneut um.

Diesmal fiel ihm die Tür auf. Sie war aus Holz, wirkte alt und leicht schief. Er konnte kein Schloss erkennen, und wenn seine Augen am Rand tatsächlich einen Spalt ausgemacht hatten, war sie sogar nur angelehnt. Ein Fenster besaß der Raum nicht, woraus Federsen schloss, dass er sich unter der Erde befand. Langsam und vorsichtig brachte er sich in eine sitzende Position und stellte die Füße auf den Boden. Als er aufstehen wollte, sank er sofort zurück. Nicht nur sein Kopf war ein Meer aus Schmerzen, das galt auch für sein Fußgelenk. Mit zusammengebissenen Zähnen betastete er die Schwellung. Dann griff er erneut zur Wasserflasche. Seine Lage war ernst, aber nicht aussichtslos. Bevor er weiter der Frage nachgehen wollte, wer ihn hierhergeschafft hatte, musste er sich den Möglichkeiten einer Flucht widmen.

Er durchwühlte seine Taschen, fand aber weder sein Handy noch einen Gegenstand, mit dem er das Schloss der Handschelle hätte öffnen können. Auch der Autoschlüssel war weg, genauso sein Portemonnaie. Sogar die Uhr hatte man ihm abgenommen. Geistesabwesend drehte er seinen Ehering und dachte an Laura. Ob sie sich Sorgen machte oder nur davon ausging, dass er mal wieder von der Arbeit verschluckt worden war? Allerdings ließ er sie in solchen Fällen nie im Ungewissen, sondern meldete sich zuverlässig, sobald er nicht pünktlich zum Abendessen erscheinen konnte. Die Frage, ob es überhaupt schon Abendessenszeit war, konnte er allerdings nicht beantworten.

Um die Schmerzen zu verdrängen, konzentrierte sich Federsen auf seine anderen Sinnesorgane. Er zog die Luft ein, konnte aber keinen Geruch feststellen. Zu hören war auch nichts, außer einem gleichmäßigen Rauschen, das aber in seinem Kopf zu entstehen schien. Er wusste, dass bei einer Gehirnerschütterung Geruchs- und Geschmacksinn beeinträchtigt sein konnten, die Summe aller Symptome sprach dafür, dass er ordentlich was abbekommen hatte. Umso stärker wurde das Verlangen, diesen Ort wieder zu verlassen, bevor jemand auftauchte.

Erneut stand er auf, diesmal blieb er stehen und stützte sich mit der freien Hand am Bettrahmen ab. Prüfend rüttelte er am Bettgestell, es gab nach. Federsen bückte sich und stellte die Campinglampe auf die Matratze. Jetzt konnte er den roten Fleck eindeutig als eingetrocknetes Blut identifizieren. Langsam, um sich nicht zu überfordern und um keine verräterischen Geräusche zu produzieren, schob er das Bett in Richtung Tür. Dennoch ertönte ein schabender Ton, als das Metall über die unebenen Steinfliesen glitt. Immer wieder verhakten sich die Bettpfosten, und als er die Tür erreicht hatte, musste er sich erst einmal setzen.

Seine Finger berührten das Holz der Tür; wie erhofft, war sie nur angelehnt. Sie knarzte, als Federsen sie aufzog, dann musste er aufstehen und das Bett neu positionieren, um sie vollends zu öffnen. Das Licht der Campinglampe leuchtete in einen leeren Gang, an dessen Ende er eine Treppe zu erkennen glaubte. Stöhnend streckte er sein Kreuz durch. Das Bett die Stufen hinauf zu bugsieren, dürfte seine Kräfte übersteigen. Versuchen wollte er es trotzdem.

Das Gestell passte gerade so durch den Türrahmen, und im Gang war der Boden ebener, sodass er schneller vorwärtskam. Die Ernüchterung folgte, als er an der Treppe angekommen war. Dass es steil nach oben ging, war das eine. Das entscheidende Problem war jedoch, dass es zu eng war. Erbärmliche fünf Zentimeter fehlten. So laut er konnte, schrie Federsen seinen Frust hinaus. Dann entdeckte er zumindest einen Gegenstand, der ihm von Nutzen sein könnte. Am Fuß der ersten Stufe lag ein Stein von der Größe einer Walnuss. Scharfkantig. Da ertönte über ihm ein Geräusch. Jemand war dabei, die Stahltür zu öffnen. Sein Puls beschleunigte sich. Rasch bückte er sich, um den Stein aufzuheben und in der Hosentasche verschwinden zu lassen.

Die Sonnenstrahlen fielen auf das Gästesofa und brachten Hannes dazu, den Kopf zur Seite zu drehen. Der Prozess des Aufwachens war dennoch eingeleitet worden, sosehr er sich auch am Schlaf festzuklammern versuchte. Er näherte sich dem Moment, in dem alles gut ist: Das kurze Zeitfenster, in dem man vom Schlaf wieder an die Oberfläche gleitet und noch nicht zum Nachdenken oder Erinnern fähig ist. Ein Zustand der Leichtigkeit und des Friedens. Dann schlug Hannes die Augen auf, und der kostbare Augenblick löste sich auf. Bevor die Realität allzu erbarmungslos auf ihn einprügeln konnte, schwang er auch schon die Beine auf den Boden und stand auf.

Als er zum Bad ging, versuchte er, den verwaisten Hundekorb zu ignorieren, er konnte aber dennoch den Gedanken an *Socke* nicht verdrängen. Von Ben war noch nichts zu hören. Bevor er unter die Dusche stieg, schaltete Hannes das Radio ein. Die Sieben-Uhr-Nachrichten waren gerade zu Ende, und die Wettervorhersage versprach wieder einen heißen Tag. In Zehn-Sekunden-Abständen reduzierte Hannes die Wassertemperatur, bis sie auf Ostsee-Niveau gesunken war. Anschließend stand er mit tropfenden Haaren eine Weile vor dem Spiegel und sah sich selbst in die Augen. *Was soll ich bloß tun?* Dieser Gedanke, der auf so viele seiner Probleme zutraf, war auch durch das kalte Wasser nicht zu vertreiben gewesen.

Am Badfenster bewegte sich ein Schatten vorbei, um halb acht wurde die Nachtwache von Kollegen abgelöst. Hannes verzichtete auf den Föhn und rubbelte sich die Haare mit dem Handtuch halb trocken. Dann stieg er in eine kurze Hose, zog sich ein T-Shirt über und ging in die Küche. Anna hatte am Samstag noch dafür gesorgt, dass genügend Verpflegung im Haus war, denn als Vorratsmeister konnte man Ben nicht bezeichnen. Noch immer war nichts von ihm zu sehen, sodass Hannes einen Blick ins Schlafzimmer warf. Ben trug noch dieselbe Kleidung wie am Vorabend und lag quer über dem Bett. Der Kopf war unter einem Kissen verborgen, nur eine Strähne der Dreadlocks ragte heraus.

Es roch nicht gut, und Hannes ging zum Fenster, um es zu kippen. Der Garten war in mildes Licht getaucht, das Zwitschern einer Amsel drang herein. Da von Ben weiter keine Regung kam, setzte sich Hannes mit einer Müslischüssel allein auf die Terrasse. Vom Gartentor näherte sich die Ablösung für den Personenschutz. Ein kräftiger Mann und eine Frau, die so unauffällig aussah, dass sie für diesen Job bestens geeignet war.

Nachdem Isabell ihm von der Verhaftung Kristian Schmelzers und der eher mageren Verbesserung seiner Lage berichtet hatte, war Hannes schließlich dazu zu bewegen gewesen, auch tagsüber jemanden in seiner Nähe zu akzeptieren. Sich an einen sicheren Ort zu begeben, lehnte er weiter entschieden ab.

Nachdem er die Müslischale abgespült hatte und Ben immer noch schlafend vorfand, machte er sich auf den Weg zum Trainingsgelände. Es tat ihm gut, zumindest die morgendliche Routine beizubehalten. Dass er anschließend mit Nina erneut zum Mittagessen verabredet war, passte ihm weniger ins Konzept. Eigentlich hätte er sich lieber mit Anna getroffen. Stattdessen telefonierte er mit ihr während der Autofahrt und ließ sich von den weiteren Fortschritten bei der Hochzeitsplanung berichten. Hannes hörte nur mit halbem Ohr zu, legte aber doch an einer Stelle ein Veto ein. Die Vorstellung, seine Schwester als Trauzeugin einzusetzen, behagte ihm nicht.

»Sie würde die Vorbereitungen sofort umkrempeln, auf diese Diskussionen hab ich keine Lust.«

»Du musst dich aber mal entscheiden, wer für dich unterschreiben soll.«

»Ben kann das machen.«

»Dann frag ihn endlich.« Auch Anna musste aber zugeben, dass es gerade kein günstiger Zeitpunkt dafür war. »Irgendwie liegt über unserer Hochzeit ein Schatten«, seufzte sie. »Sollen wir sie nicht besser verschieben? Und erst mal abwarten, bis alles wieder normal ist?«

»Auf keinen Fall! Bis September wird alles wieder normal sein, das versprech ich dir!« So vehement Hannes diese Aussage traf, so unsicher war er sich ob ihres Wahrheitsgehaltes. Auf jeden Fall war es wichtig, dass Anna eine Aufgabe hatte, der sie sich widmen konnte und die für Ablenkung sorgte. Dass sie darüber hinaus eigentlich auch an ihren Bewerbungen arbeiten sollte, schien beiden gerade weniger präsent zu sein.

Am Trainingsgelände angekommen, trat Hannes zu den beiden Beamten, die ihm in einem zivilen Fahrzeug gefolgt waren.

»Wollt ihr aufpassen, dass ich nicht absaufe, oder lieber irgendwo gemütlich frühstücken? Um die Ecke gibt es ein Café.«

»Wir bleiben.« Die Frau öffnete die Fahrertür. »Ganz oder gar nicht. Du musst dich schon auf uns einlassen, wenn es Sinn machen soll.«

»Von mir aus.« Hannes ging zu seinem Wagen zurück, klappte den Kofferraum auf und holte seine Sporttasche hervor. »Glaub nur nicht, dass ich ausgerechnet hier in Gefahr bin.«

Diese Annahme musste er nur wenige Minuten später revidieren. Er war spät dran und verließ den Umkleideraum als Letzter. Als er sich dem Bootsschuppen näherte, hatten sich sämtliche Vereinskameraden darin versammelt und blickten auf den Boden. Dorthin, wo er sein Kanu auf einem Holzgestell lagerte.

»Was ist los?«, fragte Hannes.

»Das ist los.« Sein Trainer trat zur Seite und gab den Blick frei.

Hannes keuchte auf und stürzte nach vorn. Von seinem pechschwarzen Kanu war nicht mehr viel übrig. Abgesplitterte Teile lagen auf dem Boden verstreut, auf den ersten Blick war erkennbar, dass es nie mehr übers Wasser gleiten würde. Seit vielen Jahren hatte Hannes darin sein Training und die Wettkämpfe bestritten, es gepflegt und wie ein rohes Ei behandelt. Er ging in die Knie und berührte den Einer-Canadier, der ihm so vertraut war wie wenig anderes. Fassungslosigkeit wich Wut, als er die Spuren begutachtete, die offenbar von einer Axt herrührten.

»Das hier steckte am Bug.«

Wie in Trance nahm Hannes das Papier aus den Händen des Trainers. *Der Spaß ist zu Ende.* Letzte Zweifel, wer ihm sein Kanu zerstört hatte, waren verflogen. Die beiden Personenschützer standen unschlüssig hinter ihm, dies war nicht ihr Fachgebiet.

»Ruft die Spurensicherung!«, forderte Hannes sie auf. »Vielleicht hat sie diesmal mehr Glück.«

»Diesmal?« Sein Trainer musterte Hannes' Begleitung. »Was ist hier eigentlich los?«

»Irgendjemand hat eine Mordswut auf mich. Hat schon meinen Reifen angeritzt, die Wohnung abgebrannt, meinen Kutter versenkt, den Hund eines Freundes getötet – und jetzt das hier.«

»Wieso hast du nichts davon erzählt?«

»Weil ich … die Sache nicht größer machen wollte, als sie ist. Ihr müsst euch keine Sorgen machen. Hier geht es nur um mich, für euch besteht keine Gefahr. Hat irgendjemand etwas beobachtet?«

»Nein, wer auch? Wir waren heute Morgen die Ersten. Das Schloss war aufgebrochen und … tja.«

»Fasst hier nichts mehr an.« Hannes erhob sich. »Auch vorn an der Tür nicht. Lasst uns endlich mit dem Training anfangen.«

»Du willst … kannst du jetzt wirklich …?«, stammelte der Trainer.

»Was soll ich sonst tun? Losheulen?«

Am liebsten hätte Hannes das tatsächlich getan. Der Canadier war nicht einfach nur ein Boot. Er war beladen mit Erinnerungen, mit Schweiß, Enttäuschungen und großen Momenten. Nicht ohne Grund hatte er sich immer gegen ein moderneres Exemplar entschieden. Nach dem letzten Wettkampf hatte er es an eine Zimmerdecke hängen wollen – davon wusste Anna allerdings noch nichts.

Er zog ein Trainingsboot des Vereins aus einem Gestell und trug es ins Freie. Dann schloss er sich den anderen Athleten an, die mit einer Joggingrunde das Aufwärmprogramm begannen. Größtenteils herrschte Schweigen, nur dann und wann nahm Hannes Getuschel wahr. Es intensivierte sich, als die Spurensicherung in Begleitung von Clarissa und Marcel auftauchte. Hannes gesellte sich nur kurz zu ihnen, dann schloss er sich seiner Gruppe wieder an. Dass die Konzentration der Sportler an diesem Tag nicht mehr zu retten war, sah schließlich auch der Trainer ein. Er beendete das Programm eine halbe Stunde früher als üblich, nicht ohne darauf hinzuweisen, dass der nächste Vormittag dafür umso anstrengender werden würde.

Bis auf Hannes und Ralf schlenderten alle zu den Umkleiden zurück. Hannes wollte sich mit Clarissa und Marcel austauschen, während Ralf noch den Kraftraum aufsuchen würde. Die beiden waren die Einzigen aus der Trainingsgruppe, die sich für die Olympischen Spiele qualifiziert hatten, entsprechend stärker war ihr Ehrgeiz. Auch Hannes fühlte sich nicht wohl dabei, das Training abzubrechen. Er musste sich auf die Zunge beißen, um Ralf nicht irgendeine Bosheit hinterherzurufen, denn immerhin hatte sich sein Erzrivale den ganzen Vormittag erstaunlich rücksichtsvoll verhalten.

»Ausgeschwitzt?« Marcel musterte ihn mit sorgenvoller Miene, als Hannes das Ersatzkanu im Bootsschuppen abstellte.

»Geht so. Was habt ihr rausgefunden?«

»Es war wieder eine Axt, von der jede Spur fehlt. Fingerabdrücke an deinem Kanu und dem Tor wurden jede Menge gefunden. Ob die des Täters dabei sind, müssen wir herausfinden. Ein paar Kollegen nehmen allen Sportlern die Fingerabdrücke ab.«

»Da müsst ihr den ganzen Verein abklappern, wir sind ja nicht die einzige Gruppe, die hier trainiert. Sieht also wieder nach einem Fehlschlag aus.«

»Nicht ganz«, widersprach Clarissa. »Schau dir das Papier an.« Sie hielt es gegen das Licht. Am oberen Rand waren

Vertiefungen zu erkennen. »In dieses Blatt hat sich was reingedrückt. So wie es aussieht, ein Schlüssel.«

»Und wie soll uns das helfen?«

»Ist besser als nichts. Außerdem wurden in deinem Kahn nicht nur Fingerabdrücke gefunden, sondern auch Blut.«

»Blut?«

»Ja, kleinste Mengen. Reicht aber für eine Analyse.«

»Dein Personenschutz bleibt auf jeden Fall bestehen«, stellte Marcel klar. »Zusätzlich möchte ich ihn auf Anna ausweiten. Genauso auf deine Eltern.«

»Einverstanden. An meine Schwester und ihren Sohn solltet ihr auch noch denken.« Hannes seufzte. »Wenigstens für meinen Neffen wird das wohl ein Abenteuer werden.«

»Was hast du jetzt vor?«

»Duschen, mich umziehen, und dann treff ich eine alte Freundin. Ist das okay?«

»Solange du die beiden nicht abhängst.« Marcel deutete auf Hannes' Begleitung.

»Keine Sorge, ich nehme das nicht auf die leichte Schulter. Meldet euch bitte, sobald es was Neues gibt.«

Als er über die Rasenfläche zum Vereinsgebäude ging, verließen seine Kameraden gerade das Gebäude. Am Parkplatz wurden sie von Polizisten aufgehalten, die von allen Fingerabdrücke und Personalien aufnahmen. Hannes war sich sicher, dass keiner von ihnen hinter dem zerstörten Boot und erst recht nicht hinter den anderen Attacken steckte. Nichtsdestotrotz war die Maßnahme notwendig. Man ging nach dem Ausschlussverfahren vor, um so am Ende vielleicht auf Abdrücke an Boot oder Tor zu stoßen, die nicht zuzuordnen waren.

An der Eingangstür angekommen, wandte sich Hannes den beiden Personenschützern zu. »Duschen kann ich aber allein, wenn's euch nicht stört.«

Die beiden zögerten, dann nickte die Frau. »Wir warten hier an der Tür.«

»Danke.« Er verschwand im Inneren. Als er die Umkleidekabine betrat, blieb er wie angewurzelt stehen. Fassungslos verfolgte er, wie Ralf sich über seine Tasche beugte. »Wieso wühlst du in meinen Sachen rum?«

Ralf zuckte zusammen und drehte sich um. In der Hand hielt er eine Flasche, die Hannes als seine eigene erkannte. »Reg dich ab. Ich hatte nichts mehr zu trinken, da hab ich nachgesehen, ob du was dabeihast.«

»Wie wär's mit vorher fragen?«

»Du warst ja nicht da, und ich muss gleich weg.«

»Scheißegal, lass deine Finger von meinem Zeug!« Hannes zog sich das T-Shirt aus und pfefferte es auf den Boden. »Hast du dich mit deinen Pfoten etwa auch an meinem Kanu zu schaffen gemacht?«

»Spinnst du?« Ralf stopfte die Flasche in Hannes' Tasche zurück.

Trotz des empörten Tonfalls blieb Hannes misstrauisch. Ralf wirkte nervös und fahrig. Anders als noch vorhin beim Training. Hannes setzte sich auf die Bank und löste die Schnürsenkel.

»Ist irgendwas los?«, fragte er.

»Was soll sein?«

»Du bist so komisch drauf.«

»*Du* bist komisch drauf! Beschuldigst mich, ich hätte dein Boot zerhackt!« Mit einem Ruck zog Ralf den Reißverschluss seiner eigenen Tasche zu und warf sie sich über die Schulter. »Fick dich, Mann!«

Hannes sah ihm hinterher. Als Ralf seine Tasche zugezogen hatte, hatte er noch einen Blick hineinwerfen können. Ohne Zweifel hatte sich darin eine Flasche Apfelschorle befunden – die definitiv nicht leer gewesen war. Hannes bückte sich und zog sein eigenes Getränk hervor. Er hielt die Flasche gegen das Licht. Anders als Ralf bevorzugte er beim Training reines Wasser. Täuschte er sich oder waren darin Schlieren zu sehen? Er drehte den Verschluss auf und roch, ohne dass er einen auffälligen Geruch bemerkte hätte. Obwohl er durstig war, drehte er die Flasche wieder zu. Vielleicht war er paranoid, aber vorsichtshalber wollte er den Inhalt von der Spurensicherung untersuchen lassen. War ihm der Feind doch bekannter als gedacht?

Als Clarissa und Marcel wieder im Präsidium eintrafen, stießen sie in Isabells Büro auf eine sichtlich verstörte Kollegin. Sie legte gerade den Hörer auf und runzelte die Stirn. Auch Per war anwesend, er hatte das Telefonat mitgehört und wirkte blasser als sonst.

»Hab ich das eben richtig verstanden?«

Isabell nickte und wandte sich an Marcel. »Jetzt scheint es größere Kreise zu ziehen.«

»Was?«

»Das war Federsens Frau. Sie möchte ihren Mann als vermisst melden.«

Marcel sah sie stumm an.

»Sie hat ihn zuletzt gestern gesehen«, fügte Isabell hinzu. »Als er sie vom Krankenhaus abholte. Wegen eines Armbruchs musste sie dort die Nacht verbringen.«

»Weshalb meldet sie sich erst jetzt?«

»Weil sie es jetzt erst bemerkt hat. Gestern schrieb sie ihm eine SMS, dass sie bei einer Freundin übernachten wird. Er antwortete: *Alles klar, ich muss sowieso noch arbeiten.* Und … ähm … *ich liebe dich.*«

Clarissa war die Einzige, die bei diesen Worten anzüglich grinste, vielleicht war es auch eher gehässig.

»Wann war das?«, fragte Marcel.

»Abends um kurz vor sechs. Seitdem hat sie nichts mehr von ihm gehört, und sie erreicht ihn nicht. Eben kam sie wieder nach Hause, das Bett war unberührt.«

Per legte sein Handy auf den Tisch. »Hab's gerade bei ihm versucht, es geht sofort die Mailbox an.«

»Hat irgendjemand eine Idee, wo er sein kann oder was er vorhatte?«

»Nein, aber er ist einer Spur gefolgt«, antwortete Isabell. »Zumindest klang so die Nachricht, die er Hannes draufgesprochen hat.«

»Und wann war das?«

»Auch kurz vor sechs. Wie es aussieht, gibt es seitdem kein Lebenszeichen mehr von ihm.«

»Mal den Teufel nicht an die Wand«, stöhnte Marcel. »Und ich habe ihn für einen dickköpfigen … dabei … vielleicht ist er neben Hannes die zweite Zielperson. Was das bedeutet, muss ich euch nicht sagen.«

»Auch wir könnten ins Visier geraten«, sprach Clarissa es an seiner Stelle aus. »Zum Glück habe ich nicht bei jedem Fall mit den beiden zusammengearbeitet.«

»Clarissa!«

»Schon gut. Ich werde mich natürlich trotzdem weiter mit aller Kraft einsetzen, um das Arschloch zu suchen. Isabell, habt ihr Manu überprüft?«

»Ja, genauso alle Exfreunde von Anna. Deine Theorie scheint ins Leere zu laufen. Manu hält sich nachweislich in Schweden auf, und auch die anderen Männer haben plausible Alibis. Außerdem passt Federsens Verschwinden nicht ins Bild einer Beziehungstat.«

»Stimmt. Ihn dürfte man schwerlich verdächtigen können, dass er Anna den Kopf verdrehen will. Setzt aber voraus, dass ihm tatsächlich was passiert ist. Was ist mit den Alibis von Kristian Schmelzer?«

»Die stimmen. Damit steht fest, dass nur der angeschlitzte Reifen auf sein Konto geht.« Isabell klopfte sich gegen die Stirn. »Irgendwas übersehen wir! Alle Telefonate und die Post der verurteilten Mörder werden jetzt kontrolliert – ohne Erfolg. Wir haben zig Leute befragt – ohne Erfolg. Nicht mal der Hauch einer Spur. Selbst die Verbindung zwischen Kristian und den Tierschützern löst sich auf. Er wohnte zwar mal im selben besetzten Haus wie Carina, hatte aber nichts mit ihr zu tun. Das haben andere Bewohner bestätigt. Er kann nicht mal was mit ihrem Namen anfangen.«

»Mir gibt vor allem Federsens Verschwinden zu denken«, erklärte Per. »Riecht danach, dass er auf der richtigen Spur war. Was genau hat er zu Hannes gesagt?«

»Dass eine gequälte Seele dahintersteckt. Und ob Hannes sich daran erinnert, wie sie sich selbst gefragt haben, ob sie nicht schneller hätten eingreifen sollen.«

»Auf welchen Fall trifft das zu?«, fragte Marcel.

»Letztlich auf alle. Schließlich gab es überall Tote.«

»Ja, aber wo gab es nach der ersten Leiche weitere Tote?«

»Auch so gut wie jedes Mal.«

»Dann geht alles noch mal durch und konzentriert euch auf die Umgebung der späteren Toten. Per, du hängst dich an Federsens Spur. Überprüfe, wann er gestern das Präsidium verlassen hat, ob er mit noch jemandem gesprochen hat, ob man sein Handysignal orten kann und so weiter.«

Auf Isabells Tisch klingelte das Telefon. Sie hob den Hörer ab und führte ein kurzes Gespräch. Ihr Gesicht hellte sich auf. »Markus Waldner ist aufgewacht und vernehmungsfähig«, teilte sie ihren Kollegen mit.

»Der Zeuge des Brandanschlags auf Hannes' Wohnung.«

»Genau, und er scheint sich an den Täter erinnern zu können. Wer fährt zu ihm ins Krankenhaus?«

»Ich«, bestimmte Marcel. »Und ihr geht weiter so vor wie besprochen.«

Nachdem er das Zimmer verlassen hatte, saßen seine Kollegen noch kurz stumm beisammen und hingen ihren Gedanken nach. Plötzlich wurde die Tür aufgerissen, und Steffen Lauer trat ein. Der sonst so gelassene Mann hatte hektische Flecken im Gesicht.

»Wo ist Marcel?«

»Auf dem Weg ins Krankenhaus, ein Zeuge ist …«

»Sehen Sie sich das hier an.« Lauer streckte Clarissa einen Umschlag hin. »Wurde unter den Scheibenwischer eines Streifenwagens gesteckt.«

Für Johannes Niehaus, stand darauf. Clarissa öffnete ihn und zog ein Foto heraus. Ihre Augen wurden groß. Schweigend legte sie es auf den Tisch, sodass Isabell und Per es betrachten konnten. Isabell stieß einen Schrei aus, während Per wie erschossen im Stuhl hing. Auf dem Foto war ein Mann abgebildet, der ihnen nur zu bekannt war und sie oft den letzten Nerv gekostet hatte. Federsen aber in einer derartigen Lage zu sehen, hatte ihm keiner gewünscht. Er lag ausgestreckt auf einer fleckigen Matratze, das eine Handgelenk war an das Bettgestell fixiert und neben seinem Kopf befand sich ein roter Fleck.

»Ob er … lebt er noch?« Isabells Stimme war kaum zu hören.

»Wird zumindest behauptet«, sagte Clarissa. »Auf dem Zettel da.«

Sie legte ihn auf den Tisch. Wie schon bei den früheren Botschaften war auch dieser Text kurz gehalten. Und er räumte alle Zweifel daran aus, dass Federsens Nichterreichbarkeit im Zusammenhang mit der aktuellen Ermittlung stand. *Ich will Johannes Niehaus treffen. Allein. Heute um 21 Uhr an der Bushaltestelle* Moorsee. *Kommt er nicht, stirbt Henning Federsen.*

Die Aussicht im *Surya* war mit der des *Café Seaside* nicht zu vergleichen, da man weder über den Hafen noch auf eine schöne Landschaft, sondern nur auf Häuserwände blicken konnte. Immerhin linste die Sonne in den Hinterhof, und Hannes ahnte, weshalb Nina ihn ausgerechnet hierher gelotst hatte. Früher waren sie zwar nicht häufig essen gegangen, wenn das Geld aber ausgereicht hatte, waren sie meist in einem indischen Restaurant gelandet. Der gemeinsame Urlaub in Goa war bislang – von Wettkämpfen abgesehen – Hannes' einzige Fernreise gewesen und hatte sich zumindest damals in ihren Essgewohnheiten niedergeschlagen.

Hannes hatte auf dem Weg in die Innenstadt einen Umweg eingelegt, da er sich doch nicht dazu hatte durchringen können, seine Wasserflasche der Spurensicherung zu übergeben. Zu abstrus erschien ihm der Verdacht, dass Ralf etwas Ernstes gegen ihn im Schilde führte. Stattdessen hatte er sich an die Rechtsmedizinerin Maria gewandt, die zum einen verschwiegen und vertrauenswürdig war und ihm zum anderen noch nie einen Wunsch abgeschlagen hatte. Auch diesmal enttäuschte sie ihn nicht. Das Ergebnis der Untersuchung könne er am Abend erwarten, hatte sie versprochen, und Hannes war sich so gut wie sicher, dass er sich nur lächerlich zu machen drohte.

Dafür sprach auch die Information, die ihm Isabell vor wenigen Minuten übermittelt hatte. Noch immer konnte er es nicht glauben, dass sich Federsen tatsächlich in der Gewalt eines Entführers befand und er selbst der Schlüssel zu dessen Überleben sein sollte. Wie man am Abend vorgehen sollte, würde man am Nachmittag besprechen, sobald Marcel wieder aus dem Krankenhaus zurückkam. Für Hannes stand nun wenigstens fest, dass der Hintergrund nicht im Privaten zu finden war und Ralf definitiv als Täter ausschied. Weshalb hätte er Federsen entführen sollen? Nein, alles sprach für einen

Vergeltungsschlag im Zusammenhang mit einem ihrer Fälle. Nur beiläufig registrierte Hannes, dass auch Nina diese These stützte.

»Ich hab darüber nachgedacht, was du mich gefragt hast. Mir fällt immer noch niemand ein, dem du so übel mitgespielt haben könntest, dass er dir jetzt nach dem Leben trachtet.«

»War auch nur so ein Gedanke.« Hannes beobachtete, wie sie die Beine übereinanderschlug. Ihre Haut war tiefbraun – ob sie noch im Urlaub gewesen war, bevor sie die neue Stelle angetreten hatte? Sein Blick blieb auf den Stöckelschuhen haften, und er dachte, dass es wesentlich drängendere Fragen gab als die, woher Nina ihre braune Haut hatte. Immer wieder rief er sich Federsens Worte ins Gedächtnis, die dieser ihm als Sprachnachricht hinterlassen hatte. Sie deckten sich mit der Vermutung, auf die er in der vergangenen Nacht gekommen war, und die ihm jetzt gar nicht mehr so lächerlich erschien. Im Gegenteil, mittlerweile war er fest entschlossen, sie Marcel und den anderen später vorzutragen.

»Bist heute kein besonders anregender Gesprächspartner.« Nina gab ihm mit dem Fuß einen leichten Tritt.

»Sorry, das stimmt. Die Situation … hat sich weiter verschärft. Wahrscheinlich ist es besser, wenn wir uns nach diesem Treffen erst mal nicht mehr sehen. Nicht, dass auch du …«

»Auch? Wen hat es denn noch getroffen? Deine Freundin?«

»Nein, und das wird auch nicht passieren, weil sie jetzt unter Polizeischutz steht. Dir möchte ich das aber ersparen.«

»Schaust du dich deshalb dauernd um, weil du Angst hast, dass dich jemand mit mir zusammen sieht?«

Hannes zuckte mit den Schultern. Dass er eigentlich nur Blicke in Richtung der Personenschützer warf, um herauszulesen, wie sie sein Treffen mit dieser attraktiven Frau einschätzten, wollte er Nina nicht verraten.

»Keine Sorge, mir macht das keine Angst.« Sie grinste ihn an. »Hast ein ganz schön aufregendes Leben jetzt. Du musst mir mehr davon erzählen, ich finde es spannend!«

»Spannend? Es ist eher verstörend. In den letzten Monaten hab ich so viel Tragik gesehen, dass es für den Rest meines Lebens reicht.«

»Wie geht Anna damit um?«

»Sie hat Angst, ist doch klar.«

»Ich würde sie gern mal kennenlernen.«

Hannes zuckte zusammen. »Äh … klar. Können wir bestimmt mal arrangieren.« Er lachte gezwungen. »Sollte sie heute auch Appetit auf indisches Essen haben, könnten wir ihr hier sogar über den Weg laufen. Elke wohnt nämlich gleich um die Ecke über der Reinigung.« Er hatte es gleich für keine gute Idee gehalten, dass Nina ausgerechnet dieses Restaurant vorgeschlagen hatte. Immerhin beruhigte ihn der Gedanke, dass Anna die indischen Gewürze nicht vertrug. Und wenn er schon mal hier war, konnte er im Anschluss auch noch kurz bei ihr vorbeischauen. Das Verlangen, sie zu sehen, wurde in diesem Augenblick fast schmerzhaft.

Nina wickelte eine Haarsträhne auf ihrem Finger auf. »Muss belastend für dich sein, wenn deine Freundin nicht mit deinem Job klarkommt.«

»Das hab ich gar nicht gesagt. Aber sie könnte gerade in Lebensgefahr schweben, verstehst du? Darum geht's.«

Nina ließ das Thema fallen, aber er wurde das Gefühl nicht los, dass mehr hinter ihrer Stichelei steckte. »Was war dein heftigster Fall?«

»Jeder war heftig. Aber ich möchte nicht schon wieder die ganze Zeit von mir reden. Erzähl mir, was sich bei dir getan hat.«

Ein Kellner stellte die Teller vor ihnen ab, und Nina begann, ihm eine Zusammenfassung über ihre letzten Jahre zu geben. Hannes hörte nur mit halbem Ohr zu, während er ab und zu nickte, ein »Echt?« beisteuerte und zwischendurch den Gemüsereis mit Dip in sich hineinlöffelte. Er wurde erst wieder hellhörig, als Nina in der Gegenwart angelangt war.

»Es gab noch einen Grund, weshalb ich ausgerechnet zu dieser Firma wollte. Mir gefiel der Gedanke, dass du dann wieder in meiner Nähe bist.«

Sie verstummte und wartete ganz offensichtlich auf eine Antwort. Eine Antwort, nach der Hannes verzweifelt suchte, die er aber hinauszögerte, indem er das Glas an die Lippen setzte. Dann klingelte sein Telefon.

»Entschuldige.« Er tippte auf das Display. »Johannes Niehaus.«

»Herr Niehaus, hier spricht …« Ein Rumpeln erklang im Hintergrund, als würde ein randvoller Servierwagen vorbeigeschoben werden. Hannes meinte, die Stimme zu erkennen.

»Schwester Marianne? Verlangt Fritz mal wieder nach mir?«

»Das … hören Sie, ich … Leider muss ich Ihnen eine traurige Mitteilung machen. Er sollte ja morgen ins Hospiz verlegt werden, aber …«

Es war, als lege sich eine Hand aus Eis um Hannes' Herz und drücke erbarmungslos zu. Sein Sichtfeld engte sich ein, und Gänsehaut überzog seinen Körper. »Was ist passiert?« Seine Stimme klang in seinen eigenen Ohren wie die eines Fremden.

»Er ist heute Mittag gestorben. Mir fiel sonst niemand ein, den ich anrufen sollte. Enge Verwandte hat er ja nicht.«

Doch, einen Onkel, dachte Hannes automatisch. *Der aber im Gefängnis sitzt. Und Ursula. Der werde ich dann …*

»Herr Niehaus?«

»Ja … ich …« Hannes schluckte, aber sein Hals blieb trocken. Wie festgenagelt stand Fritz' Bild vor seinen Augen, als er ihm ein letztes Mal zugeblinzelt hatte. »Ich wusste ja, dass er … dass es nicht gut aussieht. Trotzdem kommt es jetzt überraschend.«

»Für uns ebenfalls, denn er hätte sicher noch ein paar Wochen leben können. Das ist auch ein Grund, weshalb ich zuerst Sie anrufen wollte. Auf seiner Matratze haben wir eine Spritze gefunden. Was genau darin war, wissen wir nicht. Nur, dass er eine Einstichstelle am linken Arm hat. Von uns hat er die Spritze nicht bekommen, das heißt …«

Hannes' Hand sank mit dem Handy herab. Noch immer sickerte die Erkenntnis, dass der Alte Fritz nicht mehr am Leben war, nur langsam zu ihm durch, da folgte schon der nächste Schlag. Hatte nach Federsen nun auch Fritz für irgendetwas bezahlen müssen, das Hannes angeblich irgendjemandem angetan hatte? Der Täter kannte sich gut aus. Einem perfiden Plan folgend, nahm er sich Dinge und Personen vor, die Hannes am nächsten waren. Von Federsen mal abgesehen, aber der konnte genauso gut ein direktes Ziel sein.

»Was ist passiert? Du bist kreidebleich!«

Hannes ignorierte Ninas Frage und hob das Handy wieder ans Ohr. »Schwester Marianne, ich mach mich sofort auf den Weg! Lassen Sie niemanden in Fritz' Zimmer rein, bis ich da bin!« Er legte auf und winkte zu einem Tisch. »Ich muss ins Krankenhaus, es ist dringend!«

Mehrere Köpfe drehten sich um, die Angesprochenen nickten. Nina griff nach seiner Hand. »Kannst du mir jetzt mal erklären, was los ist? Wer sind die beiden da drüben?«

»Meine Personenschützer.«

»Personenschützer? Sag mal …«

»Nina, ein Freund ist gerade gestorben … oder umgebracht worden. Ich hab jetzt keine Zeit für Erklärungen. Kannst du diesmal zahlen?«

»Klar, heute war es ja meine Einladung. Wann …«

Hannes stand schon auf. »Wie gesagt, im Moment sollten wir uns besser nicht mehr treffen. In deinem eigenen Interesse. Ich melde mich, wenn das alles vorbei ist.«

»Ach, komm schon, wer sollte mir was antun wollen?«

»Derjenige, der denkt, dass er damit mich trifft.«

»Würde er das?«

»Nina, ich muss jetzt los. Bis bald!«

Er drückte ihr den Arm und bekam ihre Antwort nur noch halb mit. »*Bald* klingt gut. Ich nehm dich beim Wort.«

Kapitel 8

Stück für Stück gelang es Federsen, die schwarzen Löcher in seiner Erinnerung mit Bildfragmenten zu füllen. Für diesen Prozess hatte er genügend Zeit, auch wenn er kein wirkliches Zeitgefühl mehr besaß. Dafür verspürte er drängenden Hunger und Durst, denn sowohl die Müsliriegel als auch der Inhalt der Wasserflaschen waren aufgebraucht. Dies führte zu einem neuen Problem, denn eine Toilette oder zumindest ein Gefäß gab es nicht. Es war einer seiner dunkelsten Momente gewesen, als er dem Druck der Blase schließlich nicht mehr hatte standhalten können und sich auf dem Boden erleichtert hatte. Als Ermittler war er schon mehrfach mit Entführungen konfrontiert gewesen, doch selten war es vorgekommen, dass die Gefangenen keine Möglichkeit zur Körperhygiene bekommen hatten. Warum dies hier anders war, lag auf der Hand: Die Situation, in der er sich gerade befand, spiegelte exakt die Notlage wider, in der sich einst auch sein mutmaßlicher Entführer befunden hatte.

Dies war ein weiterer Beleg dafür, dass sich Federsens Theorie als zutreffend erweisen dürfte. Zweifel hegte er daran aber ohnehin nicht mehr, seit ihm wieder eingefallen war, an welchem Ort man ihn niedergeschlagen hatte. Es wäre schon ein großer Zufall, wenn ihm jemand anderes ausgerechnet an der Unterbringungseinrichtung für Jugendliche aufgelauert hätte, hinter deren Mauern er den Drahtzieher der Attacken gegen Hannes vermutete. Auch das kurze Aufeinandertreffen mit seinem Entführer hatte seinen Verdacht bestärkt.

Als er das Bett durch den Gang geschleift und, am Fuß der Treppe angekommen, nach oben geblickt hatte, war dort eine massive Stahltür geöffnet worden. Das helle Licht hatte Federsen förmlich einen Schlag verpasst. Er hatte nur den Umriss einer Person wahrnehmen können, die wie angewurzelt im Türrahmen gestanden hatte – vermutlich überrumpelt von der Tatsache, dass es der Gefangene bis zu den Stufen geschafft hatte. Es hatte sich um eine schlanke Silhouette gehandelt. Wäre sich Federsen nicht so sicher gewesen, hätte sie ebenso von einer Frau stammen können. Seine Enttäuschung war grenzenlos gewesen, als nach vielleicht drei Sekunden die Tür wieder zugeknallt worden war. Die Kanten des gefundenen Steins hatten sich in das Fleisch seiner Hand gebohrt, aber als Waffe war er nicht einzusetzen gewesen. Noch nicht.

Der Entführer war mit der Situation sicher überfordert gewesen, kein Wunder, wenn man sich dessen Hintergrund vor Augen hielt. Es dürfte das erste Mal in seinem Leben sein, dass er sich zu derartigen Taten hinreißen ließ. Genau darin witterte Federsen seine Chance. Hunger und Flüssigkeitsmangel schwächten ihn zwar, aber dass man ihn verhungern oder verdursten lassen würde, befürchtete er nicht. Der junge Mann verfolgte einen Plan, davon ging der Ermittler fest aus. Entweder war er ihm in die Quere gekommen oder von vornherein Teil der Planung gewesen. Wahrscheinlicher war Letzteres.

Wie die nächsten Schritte dieses Plans aussehen könnten, daran verschwendete er keinen Gedanken. Stattdessen konzentrierte er sich darauf, die Schwächen seines Entführers zu analysieren und herauszufinden, welche Möglichkeiten sich daraus ergeben konnten. Sein Gegner war ein Siebzehnjähriger, der wohlbehütet aufgewachsen war, sich gewählt ausdrückte und eher gehemmt als selbstbewusst auftrat. Mehrere Optionen kamen infrage: einschüchtern, an die Vernunft appellieren, eine sachliche Diskussion anzetteln, Auswege aufzeigen. Und natürlich ein Frontalangriff ohne Vorwarnung.

Federsen entschied sich, die letzte Variante als Erstes einzusetzen. Die Stimmung des jungen Mannes war nicht einzuschätzen, gut möglich, dass er sich in seinem traumatisierten Zustand in einen Wahn hineingesteigert hatte, aus dem ihn selbst erfahrene Psychologen nur mit Mühe oder gar nicht herausholen konnten. Inwieweit eine derartige Kompetenz zu seinen Stärken zählte, schätzte Federsen durchaus realistisch ein. Zudem musste er handeln, solange er noch einigermaßen bei Kräften war und sich der Stein in seinem Besitz befand. Dummerweise war der Teenager nun vorgewarnt, dass er sich nicht einfach seinem Schicksal ergab und ihn die Kopfverletzung nur vorübergehend außer Gefecht gesetzt hatte.

Auswirkungen hatte die Verletzung dennoch. Die Beeinträchtigung der Sinne hatte sich noch nicht völlig gelegt, wenigstens konnte Federsen aber wieder klar sehen, und auch den Geruch nach Urin nahm er deutlich wahr. Nicht nur aus diesem Grund hatte er sich entschieden, den Platz am Fuß der Treppe – und damit auch die Pfütze – wieder zu verlassen. Er musste eine neue Ausgangslage schaffen, und dafür gab es eigentlich nur eine Möglichkeit. Seit Stunden wartete er direkt hinter der Holztür des großen Raumes auf das Geräusch von Schritten. Das Kopfende des Bettes hatte er so platziert, dass es beim Öffnen der Tür nicht sofort ins Auge fiel, er sich aber trotz des angeketteten Handgelenks weit genug nach vorn werfen konnte. Sollte er schon beim ersten Versuch mit dem Stein das Auge des Jungen treffen, waren die Karten neu gemischt. Mitgefühl verspürte er bei dieser Vorstellung nicht. Er sah keinen anderen Ausweg, sein Leben stand auf dem Spiel.

Doch wie würde es weitergehen, sollte er den Kampf für sich entscheiden? Wenn er den Schlüssel zur Handschelle nicht fand, saß er weiter hier unten fest. Mit Glück ließ sich in den Taschen des Jungen etwas finden, das weiterhelfen würde. Ein Handy, ein Metallstück oder ein Messer. Ob Federsen sich am Ende aber wirklich die eigene Hand würde absäbeln können? Er hatte von einem eingeklemmten Bergsteiger gelesen, der zu einer solchen Verzweiflungstat fähig gewesen war, da er sonst den Canyon nicht lebend verlassen hätte. Angesichts der Bilder, die daraufhin in ihm entstanden, verschob er alle weiterführenden Überlegungen auf später.

Die Kopfschmerzen wurden wieder stärker, er musste sich hinlegen. Eine der Kerzen sowie die Campinglaterne hatte er gelöscht, um nicht Gefahr zu laufen, irgendwann im Dunkeln zu sitzen. Seine Gedanken wanderten zu seiner Frau. Mittlerweile dürfte sie in Sorge aufgelöst sein, mit seinem Job war sie nie richtig warm geworden. Ob er sie jemals wiedersah?

Ohne es zu wissen, wurde er von ähnlichen Emotionen überrollt, wie sie zeitgleich Hannes zusetzten. Bei Federsen wurden sie dadurch verstärkt, dass er erkannte, sich während seines Berufslebens nicht immer feinfühlig gegenüber den direkten und indirekten Opfern von Gewalttaten verhalten zu haben. Richtig nachvollziehen konnte man deren Notlage eben erst, wenn man selbst bis zum Hals in einer steckte.

Auch die Bedürfnisse des Körpers gewannen an existenzieller Brisanz. Dabei dachte Federsen weniger an die fehlende Toilette, sondern vielmehr an Nahrung. Und an Schlaf. Seit er in seinem Gefängnis aufgewacht war, hatte er kein Auge mehr zugetan. Nun wurde der Drang, sich einfach fallen zu lassen, übermächtig. Die Kräfte, um weiter dagegen anzukämpfen, schwanden mit jeder Minute. Er rief Bilder aus glücklicheren Zeiten hervor und musste dabei tief in die Vergangenheit eintauchen. Über der Erinnerung, wie er als junger Mann an einem warmen Sommerabend gemeinsam mit Laura am Strand entlanggeritten war, wie sich der Wind einen Weg durch ihr Haar gesucht hatte, wie die Sonne am Horizont untergegangen war und das Meer in ein funkelndes Farbenspiel getaucht hatte, und wie weich sich Lauras Hand angefühlt hatte, glitt er dann doch mit einem Lächeln in den Schlaf.

Das Empfinden, dass sich das Schicksal gerade an ihm austobte, schlug vollends über Hannes zusammen, als er regungslos vor Fritz' Krankenbett stand. Er konnte seinen Blick nicht von dem vertrauten Gesicht abwenden und sehnte sich danach, dass sein Freund die Augen aufschlug, ihm zublinzelte und sich mit seinem heiseren Lachen darüber freute, dass der makabre Scherz geglückt war. Hannes betrachtete die Narben, die auf der fahlen Haut deutlich zu sehen waren. Er registrierte, dass sich zwischen der Haut und den Knochen kaum noch etwas anderes befand, und er spürte, dass er gleich hemmungslos loszuheulen drohte.

Zwar trug er das Wissen, dass Fritz nicht mehr zu retten gewesen war, schon länger in sich, richtig akzeptiert hatte er es aber nie. Diese Verdrängungsstrategie war zwar urmenschlich, führte jetzt aber zu der Frage, ob sie die letzten gemeinsamen Stunden nicht anders hätten verbringen sollen. Wie, das wusste er selbst nicht, aber irgendwie tiefergehender und bedeutsamer. So vieles blieb unausgesprochen und würde nie nachgeholt werden können. Er war froh, Fritz nichts von seiner Gefahrenlage und der versenkten *Lena* erzählt zu haben. Fritz sah so aus, als sei er in den letzten Minuten seines Lebens mit sich im Reinen gewesen. Entspannt und … auch würdevoll. Genau so, wie er sich seinen Tod gewünscht hatte.

Da ihm die Natur diesen Wunsch nicht hatte erfüllen wollen, hatte Fritz nachgeholfen. Mit dieser Erkenntnis war Hannes allerdings allein, und sie trug nicht dazu bei, dass er sich besser fühlte. Zwar war nun auszuschließen, dass auch Fritz ein Opfer des Rachefeldzugs geworden war, aber trotzdem – ohne sich dessen bewusst gewesen zu sein, hatte Hannes den Selbstmord erst möglich gemacht. Obwohl er damit seinem Freund den größtmöglichen Gefallen getan haben dürfte, verspürte er Schuld.

Dass um ihn herum das Zimmer voller Menschen war, nahm er kaum wahr. Er löste seine verkrampften Hände von dem Bettgestell und ging auf die Seite, von der sich gerade niemand über den toten Körper beugte. Das Bedürfnis, Fritz noch einmal zu berühren, ließ sich nicht länger unterdrücken. Wie die anderen trug Hannes jedoch Gummihandschuhe, um etwaige Spuren nicht zu verfälschen. Dass es solche gar nicht gab, wie sollte er dies nur mitteilen, ohne sich eine Anklage wegen Sterbehilfe einzuhandeln? Fritz' Hand fühlte sich leicht an, was in einem krassen Widerspruch zu dem kräftigen Händedruck stand, den sie früher hatte ausüben können.

Hannes sah zu Maria hinüber, die gerade Fritz' Armbeuge untersuchte. Kurz trafen sich ihre Blicke, dann konzentrierte sich die Rechtsmedizinerin wieder auf die kaum zu erkennende Einstichstelle. Was mochte Fritz empfunden haben, als er sich das Gift injiziert hatte? Angst vor Schmerzen oder dem, was auf ihn wartete? Vielleicht auch Erleichterung? Woran hatte er gedacht? Wie musste es sich anfühlen, wenn man wusste, dass man in wenigen Sekunden keinen Herzschlag mehr haben würde, dass gleich alles vorbei war?

Hastig sprang Hannes auf und stürzte in das enge Badezimmer. Es gelang ihm gerade noch, den Deckel zu heben, bevor er sich in die Toilette übergab. Am Anfang seiner Karriere war die Übelkeit ein ständiger Begleiter bei dem Kontakt mit Toten gewesen, in letzter Zeit war er abgehärteter und sein Magen dadurch stabiler geworden. Die Identität des Toten in Verbindung mit Hannes' immer labiler werdender mentalen

Verfassung war dann aber doch zu viel. Zehn Minuten verschanzte er sich in dem Kabuff, es war ihm egal, was die anderen dachten oder welche Blicke sie sich zuwarfen.

Die Tränen trübten seinen Blick, als er Fritz' persönliche Utensilien auf dem Regalbrett musterte, die bald in einem Müllsack landen und Platz für die Habseligkeiten eines neuen Bewohners machen würden. Sterben war hier Alltag. Was blieb von Fritz übrig? Eines stand für Hannes fest: Er würde weder Kosten noch Mühen scheuen, um die *Lena* wieder instand setzen zu lassen. Vielleicht würde er sie sogar umtaufen. Das wäre etwas, was Fritz trotz seiner Abneigung gegen sentimentale Anwandlungen sicher gefallen hätte.

Hannes stand auf und erkannte im Spiegel, dass er alles andere als vorzeigbar war. Daran änderte auch das kalte Wasser wenig, das er sich schwallartig ins Gesicht schüttete. Ein letztes Mal putzte er sich die Nase, dann öffnete er die Tür. Im Zimmer war Ruhe eingekehrt, nur noch Maria war anwesend. Sie saß neben Fritz auf dem Besucherstuhl, dort, wo Hannes schon so oft gesessen hatte. Ruhig sah sie ihn an, ihre Handschuhe hatte sie auf die Lehne gelegt.

»Wo sind alle hin?«, fragte Hannes.

»Ich hab sie rausgeschickt.«

»Damit keiner einen flennenden Polizisten sieht?«

»Geh nicht zu hart mit dir ins Gericht. Ihr wart befreundet. Jeder versteht das.«

»Wenn du meinst.«

Unschlüssig blieb Hannes stehen, dann setzte er sich aufs Bett. Er spürte Fritz' Bein an seinem Rücken, rückte aber nicht nach vorn. Maria beugte sich ihm entgegen und legte ihre Hände auf seine Knie.

»Wäre es nicht schlimm, wenn dich sein Tod kaltlassen würde?«

»Ich hätte es wissen müssen. Bei meinem letzten Besuch … er … da hat er sich von mir verabschiedet. Auf seine typische Fritz-Art. Ich hätte ahnen müssen, dass er etwas vorhat.«

»Was hätte das geändert?«

»Hörst du mir nicht zu? Er wurde nicht umgebracht, das hat er selbst getan.«

Marias Augenbrauen wanderten nach oben. »Wieso glaubst du das?«

»Weil …« Hannes holte tief Luft. »Weil er das Gift von mir hatte.«

Jetzt war es heraus. Fassungslosigkeit stand in Marias dunklen Augen. Ihre Hände lösten sich von seinen Knien, und sie lehnte sich zurück.

»Sag das noch mal!«

Hannes deutete auf ein Kästchen, das in einer Plastiktüte steckte. »Deine Vermutung war richtig. Die Spritze befand sich da drin.«

»Das war keine Vermutung, das liegt auf der Hand. Weil die Form der Giftampulle exakt in den Schaumstoff passt.«

»Nur wurde das Kästchen nicht von einem gedankenlosen Mörder hier vergessen. Ich hab es Fritz vor Wochen gebracht.«

»Weshalb?«

»Weil er mich darum gebeten hatte. Ich sollte sein Bankschließfach leeren. Viel war nicht drin. Eine Tasche und dieses Kästchen. Aber ich wusste nicht, dass sich darin eine Giftampulle befand.«

»Und was war in der Tasche?«

»Kann ich dir nicht sagen, das hab ich ihm versprochen. Ich hab alles verbrannt, so wie er es gewollt hat.«

Maria zog erneut die dunklen Augenbrauen hoch. »Erzähl mir nicht, dass du nicht in die Tasche reingesehen hast.«

Hannes schüttelte nur den Kopf. Der Verdacht lag natürlich nahe, aber obwohl der Inhalt durchaus brisant gewesen war, hatte er seine Neugier tatsächlich im Griff gehabt. Wie von Fritz gefordert, hatte er mit Ben ein Lagerfeuer entzündet und alles den Flammen übergeben. Nun wünschte er sich, dass er die kleine Kiste mit verbrannt hätte. Andererseits war ihm klar, dass dies ein eigennütziger Gedanke war. Fritz war kein Pessimist gewesen, sondern Realist. Mit großer Klarheit hatte er gesehen, was auf ihn zukam. Als sich Hannes daran erinnerte, wie dreckig es seinem Freund zuletzt gegangen war und dass dies erst ein Vorgeschmack gewesen sein dürfte, wurde er ruhiger. Eine Frage ließ ihn trotzdem nicht los.

»Was denkst du, Maria, war es ein … unangenehmer Tod?«

»Ich muss die Reste der Flüssigkeit noch analysieren. Wenn ich ihn mir aber so ansehe, gehe ich davon aus, dass er ein friedliches Ende hatte. Dieses Mittel«, sie deutete auf die Ampulle, »wird er nicht ohne Grund ausgewählt haben. Und soll ich dir was sagen? Ich kann ihn verstehen. Niemand hat das Recht, ihn dafür zu verurteilen.«

»Tu ich doch gar nicht.«

»Aber du machst dir Vorwürfe. Dabei hättest du ihm wohl keinen größeren Gefallen tun können. Allein das Wissen, dass er sein Ende jederzeit noch selbst in der Hand hatte, dürfte ihm in den letzten Wochen viel bedeutet haben. Du hast ihm eine Tour durch die Hölle erspart, sieh es mal von der Seite.«

Hannes grinste gezwungen. »Ein Pfarrer würde eher das Gegenteil behaupten. Dass Fritz sich mit dem Selbstmord mitten in den Höllenschlund gestürzt hat.«

»Seit wann bist du gläubig?«

»Bin ich nicht. Es ist auch gar nicht so, dass mir Schuldgefühle Probleme bereiten. Nur … ist es so tragisch. Es tut mir leid um ihn, und es fällt mir schwer, ihn so daliegen zu sehen. Ich kannte ihn erst seit einem Jahr, und trotzdem war er wichtig für mich. Nicht nur beruflich, sondern vor allem menschlich.«

»Er würde sich freuen, das zu hören. Aber ich bin mir sicher, dass er das gewusst hat. Fritz konnte Menschen lesen, vergiss das nicht.«

Mehrere Minuten saßen sie schweigend beisammen, ohne dass es sich merkwürdig angefühlt hätte. Hannes war für Marias Nähe und für ihre stille Anteilnahme dankbar. Er hatte immer vermutet, dass sie Toten gegenüber gleichgültig war, wie hätte sie sonst als Rechtsmedizinerin arbeiten können? Offenbar besaß sie aber eher eine pragmatische oder wissenschaftliche Haltung zu Leben und Tod, und Hannes wusste, dass eine solche Einstellung auch einem Mordermittler das Leben erleichtern würde. Noch einmal blickte er auf Fritz' Gesicht und wünschte ihm in Gedanken eine gute Reise, wohin auch immer – und sofern es überhaupt eine gab. Dann stand er auf.

»Ich werde Marcel mitteilen, dass es Selbstmord war und ich Fritz das Gift gegeben habe. Nicht, dass wir Energie in einen Mord stecken, den es gar nicht gegeben hat.«

»Da wäre ich vorsichtig.« Maria erhob sich ebenfalls. »Wenn man dir Sterbehilfe anhängt, kann das ungemütlich werden. Wie willst du beweisen, dass du nicht wusstest, was in dem Behälter war?«

»Wieso sollte mir Marcel was anhängen wollen?«

»Marcel nicht, aber deine Aussage würde ja nicht unter euch bleiben können.«

»Fritz hat mir einen Umschlag gegeben, vielleicht steckt da ein Abschiedsbrief drin, in dem er den Selbstmord erwähnt.«

»Das wäre gut. Hast du den Brief dabei?«

»Nein, der liegt im Auto. Oder bei Ben. Kann ich grad gar nicht sagen, ich war so in Gedanken und …«

»Wir machen es so.« Maria räumte die Plastiktüten mit den Beweismitteln zusammen. »Ich bestätige, dass es keine Spur von Gegenwehr gibt, was ja sogar stimmt. Du sagst aus, dass Fritz immer davon sprach, selbst den Absprung zu machen, sobald es ihm richtig dreckig geht. Und dass er auf keinen Fall ins Hospiz wollte. Das hat mir vorhin auch schon die Krankenschwester mitgeteilt.«

»Bleibt die Frage, wie er an das Kästchen gekommen ist.«

»Das hast du schon öfter hier gesehen, wusstest aber weder, was drin ist, noch wo es herkommt. Du hast es ihm schon vor Wochen gebracht? Dann wird es auch mal einer Schwester oder einer Putzkraft aufgefallen sein. Wenn es dann noch einen eindeutigen Abschiedsbrief gibt, ist die Angelegenheit erledigt.«

Dankbar, dass sie einen kühlen Kopf behielt, nickte Hannes. »Was passiert jetzt mit ihm?«

»Wir werden ihn mitnehmen. Sobald der Selbstmord final bestätigt ist, wird er zur Bestattung freigegeben. Weißt du, ob er dafür was geregelt hat?«

»Keine Ahnung, darüber haben wir nie gesprochen.«

»Wenn er nichts verfügt hat, wird sich das Ordnungsamt mit seinen Angehörigen in Verbindung setzen.«

»Soweit ich weiß, gibt es nur noch einen Onkel, zu dem er keinen Kontakt mehr hatte und der im Gefängnis sitzt.«

»Wenn der sich nicht darum kümmern will und sich sonst niemand findet, springt die Kommune ein. Dann wird er eingeäschert.«

Das alles klang in Hannes' Ohren nicht gerade nach einem würdevollen Abschied. Zwar würden vermutlich nicht allzu viele Menschen kommen, aber er fühlte sich in der Pflicht, dazu beizutragen, dass es eine anständige Trauerfeier gab. Woher er die Kraft und die Zeit nehmen sollte, jetzt auch noch eine Beerdigung zu organisieren, wusste er allerdings nicht. Am liebsten wäre er zu Ben gefahren, hätte sich aufs Gästesofa geworfen und die Decke über den Kopf gezogen. Stattdessen würde er gleich mit seinen Kollegen diskutieren müssen, wie man mit der Forderung von Federsens Entführer umgehen würde. Eine Fehlentscheidung in dieser Frage konnte dazu führen, dass er sich über Fritz' Beerdigung keine Gedanken mehr zu machen brauchte.

Die Ermittlungen waren an einem Scheideweg angelangt, das war allen Anwesenden im Konferenzraum des Präsidiums bewusst. Entsprechend gedämpft und konzentriert war die Stimmung. Bevor die aktuellen Erkenntnisgewinne dargelegt wurden, ließ der Leiter der Mordkommission Steffen Lauer die letzten Tage rekapitulieren. Angefangen von dem Wohnungsbrand über den manipulierten Reifen, die versenkte *Lena*, den toten Hund und das zerstörte Kanu bis hin zu dem dramatischen Höhepunkt: der Entführung von Henning Federsen. Dass man wenigstens das Ableben von Fritz Janssen dieser Liste nicht hinzufügen musste, hatte sich mittlerweile herumgesprochen, auch wenn noch nicht alle Zweifel ausgeräumt waren. Jeder wusste aber, dass ein Irrtum so gut wie ausgeschlossen war, wenn sich Maria schon am Fundort einer Leiche zu einer derart konkreten Aussage hinreißen ließ.

Mit Kristian Schmelzer hatte lediglich der Schuldige für den zerstörten Reifen ausfindig gemacht werden können, ohne dass man dadurch dem Kern des Übels näher gekommen war. Auf der Stelle trat man dennoch nicht, wie Marcel mehrfach betonte, als wolle er seinen Mitarbeitern dadurch Zuversicht einflößen. In der Tat war die Liste der Personen, die man mittlerweile ausschließen konnte, lang, und dass man eine Eskalation in der autonomen Szene rechtzeitig hatte verhindern können, war ebenfalls positiv zu bewerten. Anschließend sprach Clarissa die zentrale Frage aus.

»Wenn nur der Autoreifen auf das Konto der Autonomen geht, wer ist dann für den Rest verantwortlich? Ich denke vor allem an den roten Motorroller. Ist der Fahrer auch nur ein Werkzeug – so wie Kristian – oder ist er der wahre Täter?«

»Derjenige, der Federsen in seiner Gewalt hat, dürfte unsere Hauptzielperson sein«, vermutete Isabell. »Das hat eine ganz andere Dimension als die anderen Straftaten. Die können trotzdem auch auf sein Konto gehen oder auf das eines anderen. Aber spielt es letztlich überhaupt eine Rolle? Verwertbare Spuren gibt es ja sowieso nicht.«

»Und das wundert mich.« Steffen Lauer hielt es nicht mehr auf seinem Stuhl. Er ging zum Whiteboard und deutete auf die Liste. »Ohne den geplatzten Reifen haben wir fünf Taten. Bei keiner gab es hilfreiche Spuren oder Zeugenaussagen?«

»Es gab Zeugenaussagen«, brachte Clarissa in Erinnerung. »In Bezug auf das Motorrad, und Marcel wird uns gleich noch über die Aussage des Mannes informieren, der beim Wohnungsbrand niedergeschlagen wurde. Ehrlich gesagt wundert mich die magere Ausbeute aber nicht. Schaut euch die Vorfälle mal an, da braucht man kein Profi zu sein, um unauffällig vorzugehen. Handschuhe anziehen, Kleidung sorgfältig auswählen und die Haare unter eine Mütze stecken. Dann noch den richtigen Zeitpunkt auswählen, und schon wäre auch ich in der Lage, all diese Dinge zu tun, ohne dass ihr mir auf die Schliche kommt.«

»Du vergisst Federsen«, erwiderte Per. »Den schnappst du nicht mal eben von der Straße weg.«

»Da ist was dran. Aber zur richtigen Zeit, am richtigen Ort und mit der passenden Waffe hat selbst er keine Chance. Wir reden hier nicht über Taten, die im Affekt begangen, sondern offensichtlich sorgfältig geplant wurden.«

»Selbst bei einer sorgfältigen Planung bleibt ein Restrisiko.« Marcel löste Lauer am Whiteboard ab und kreiste den ersten Bullet Point ein. »So wie beim Wohnungsbrand. Als Markus Waldner gegen ein Uhr nachts nach Hause kam, fiel ihm auf der Straße eine schwarz gekleidete Person auf. Zu diesem Zeitpunkt trug sie zwar schon eine Mütze, hatte sie sich aber noch nicht über das Gesicht gezogen.«

»Das hättest du mal früher sagen können«, echauffierte sich Clarissa. »Das ändert …«

»… erst mal nicht viel.« Marcel sah auf, als Hannes das Zimmer betrat. »Gut, dass du kommst, wir haben gerade den Rückblick auf alle Vorfälle abgeschlossen.«

»Dann hab ich ja noch nichts verpasst, mir ist das alles mehr als präsent.« Hannes war blass und setzte sich neben Clarissa.

»Also eigentlich …« Mit sichtlichem Unbehagen sah Lauer ihn an. »Streng genommen dürfen Sie an dieser Sitzung gar nicht teilnehmen.«

»Wieso? Federsens Entführer verlangt heute Abend nach mir. Sollte ich nicht mitdiskutieren, in welcher Form man mich ihm zum Fraß vorwirft?«

»Dazu kommen wir erst später. Im Augenblick sind wir noch dabei, den möglichen Täter einzukreisen.«

»Umso besser, da hab ich nämlich was beizutragen. Aber macht ruhig erst mal weiter, mich interessiert brennend, was ihr herausgefunden habt.«

Fragend blickte Marcel zu Lauer, der nach einem Zögern nickte. »Der Zeuge des Wohnungsbrandes ist seit heute ansprechbar«, wiederholte Marcel daraufhin in Hannes' Richtung. »Er hat zwar das Gesicht des Brandstifters von der Seite gesehen, aber es war dunkel, und er wusste in dem Augenblick noch nicht, dass er es sich besser hätte genauer einprägen sollen. Später, als er angegriffen wurde, fielen ihm hinter der Maske nur dunkle Augen auf. Es wird versucht, anhand seiner Angaben eine Zeichnung zu erstellen …«

»Wir sollten ihm besser ein bestimmtes Foto vorlegen«, unterbrach ihn Hannes. »Die dunklen Augen … das passt schon mal.«

»Was meinst du?«

»Später. Ich bin ja eigentlich gar nicht hier.«

»Ähm … ja, gut.« Marcel strich sich über die Glatze. Er registrierte, dass Hannes unter Hochspannung stand, und fuhr rasch fort. »Herr Waldner sprach von einem schlanken Körper, was sich mit der Beschreibung des Rollerfahrers deckt. Er sei sich nicht sicher gewesen, ob es sich um eine Frau oder einen Mann gehandelt habe, schätzt die Person aber als jung ein. Auch das haben wir von anderer Seite genauso gehört.«

»Wenn wir hier eher von einem Hänfling sprechen, wie kann so jemand Herrn Waldner niederschlagen und Federsen wegschleppen?«, wunderte sich Isabell.

»Im Fall von Waldner war es ein Glückstreffer. Direkt zwischen die Augen, und es traf ihn unvorbereitet. Die schlimmen Verletzungen folgten erst durch Fußtritte, als er wehrlos am Boden lag.«

»Also ein gefühlskalter Täter.«

»Oder ein verzweifelter, der Angst hatte, seinen Plan nicht weiterverfolgen zu können. Das würde erklären, weshalb er bei seinen weiteren Anschlägen übervorsichtig agierte.«

»Nur nicht zuletzt im Bootsschuppen.« Clarissa hatte den Kontakt zur Spurensicherung gehalten und sie zur Eile angetrieben. »Der Abgleich der Fingerabdrücke stellte sich zwar als Flop heraus, denn es waren nur die von Hannes oder anderen Sportlern gefunden worden. Auch an dem Umschlag war nichts. Ist übrigens Allerweltspapier, wie man es in jedem Supermarkt kaufen kann. Aber erinnert ihr euch an den Zettel?«

»*Der Spaß ist zu Ende*«, zitierte Hannes.

»Ich meine nicht den Text. Es war ein Abdruck drauf. Von einem Schlüssel, und diesen Schlüssel hat die Spurensicherung gefunden.«

»Wo denn?«

»Auf dem Rasen vor dem Bootsschuppen. Passt exakt auf den Abdruck.«

»Und in welches Schloss passt der Schlüssel?«

»Seht ihn euch selbst an.« Clarissa reichte eine Plastiktüte in die Runde. »Das ist der Schlüssel für einen Motorroller. Genauer für einen Kreidler Flory 50 Classic. Ein Retroroller im klassischen Design. Hier ist ein Foto.«

Hannes sprang auf und schnappte sich das Bild. »Genau so einer ist mir am Samstag aufgefallen!«, rief er. »Und er passt zur Beschreibung der Zeugen!«

»Wurde das Gefährt auf dem Trainingsgelände gefunden?«, fragte Lauer.

»Nein. Also muss der Fahrer einen Zweitschlüssel dabeigehabt haben, oder er war diesmal nicht mit dem Roller unterwegs.«

»Ich verstehe immer noch nicht, weshalb der Schlüssel einen Abdruck auf dem Zettel hinterlassen hat.«

»Nicht nur auf dem Zettel, auch im Inneren des Umschlags. Da er aus dickerem Papier besteht, fiel es uns nicht sofort auf. Der Schlüssel muss sich zunächst im Umschlag befunden haben. Der Umschlag war nicht zugeklebt, vielleicht ist der Schlüssel rausgerutscht.«

»Warum wurde er überhaupt in den Umschlag gelegt? Sollte er mit dem Zettel zurückgelassen werden? Das ergibt keinen Sinn!«

»Es kann auch sein, dass sich uns der Sinn nur nicht erschließt. Am Schlüssel befindet sich keine DNA, was darauf hindeuten könnte, dass er nicht versehentlich zurückgelassen wurde.«

Marcel hob die Arme, als die Geräuschkulisse anschwoll. »Bevor wir uns in Spekulationen über diesen Schlüssel verlieren, bleiben wir mal bei den Fakten. Was kam zu den Blutspuren raus, die am Kanu gefunden wurden?«

»Leider wenig«, antwortete Clarissa. »Die Untersuchung der DNA dauert noch an, nützt aber eh nicht viel, solange wir keine Gegenprobe haben. Fest steht, dass es sich um getrocknetes Blut handelt und die Blutung nicht durch eine Verletzung vor Ort entstand. Ein Analyst meinte, es könnte zum Beispiel von einer Jacke abgeblättert sein. Ich hab das jetzt mal laienhaft ausgedrückt.«

»Ich hätte eine Idee für eine Gegenprobe«, sagte Isabell langsam. »Federsens DNA. Erinnert euch an das Foto von ihm. Er muss einen Schlag auf den Kopf bekommen haben. Als ihn der Täter wegschleifte, muss er zwangsläufig mit dem Blut in Berührung gekommen sein.«

Für einen Augenblick herrschte Schweigen, dann nickte Lauer. »Der Verdacht liegt nahe. Es gefällt mir zwar nicht, dass wir seine Frau belästigen müssen, um an ein Haar oder etwas Ähnliches von ihm zu gelangen, aber wir brauchen Klarheit.«

»Weiß sie überhaupt, in welcher Situation ihr Mann steckt?«, fragte Per.

»Ja, aber ohne Details und in abgeschwächter Form. Das reicht verständlicherweise aber schon aus, um sie in Panik zu versetzen. Wenn wir jetzt noch wegen einer DNA-Analyse zu ihr kommen …«

»Dann lassen wir sie in Frieden.« Clarissa bewies, dass sie praktisch veranlagt war. »Den Aschenbecher wird zwar die Putzfrau geleert haben, aber in seinem Büro werden wir schon irgendwas finden, das uns weiterhilft.«

Lauer nickte und drehte sich zu Hannes. »Und Sie haben uns jetzt lange genug auf die Folter gespannt. Wessen Foto sollten wir dem Zeugen Ihrer Meinung nach vorlegen?«

Hannes atmete tief durch. »Hoffentlich haltet ihr mich nicht für verrückt. Es ist ein Verdacht, der nicht nur abenteuerlich klingt, sondern es auch ist. Aber … ich hab mir Federsens Worte immer wieder durch den Kopf gehen lassen. Es gab mehrere Fälle, bei denen wir nach Ermittlungsbeginn weitere Opfer nicht verhindern konnten.«

»Ich weiß, und Ihre Kollegen haben sich diese heute alle vorgenommen. Sie spielen darauf an, dass sich jemand rächen will, weil Sie weitere Tote nicht verhindert haben. Was absurd klingt und …«

»So absurd ist das gar nicht.« Hannes fuhr mit dem Finger auf der Tischkante hin und her. »Es gab einen Fall, den wir tatsächlich falsch eingeschätzt haben. Es ist zwar unwahrscheinlich, dass die Krontals andernfalls überlebt hätten, aber wer weiß …«

»Die Krontals?«

»Das waren die leiblichen Eltern von Juliane«, erklärte Clarissa, die damals ebenfalls Mitglied des Ermittlungsteams war. »Die Tierschützerin.«

»Ich erinnere mich.« Lauer räusperte sich. »Das war ein Fall, der wohl jedem naheging. Sie meinen, Juliane wirft Ihnen vor, nicht rechtzeitig gestoppt worden zu sein? Oder dass Sie die Wahrheit über Ihre Eltern nicht früh genug herausgefunden hatten? Sie wurde überprüft, aber …«

»Ich rede nicht von Juliane, sondern von ihrem Bruder. Lukas. Sie hätten ihn auf der Klippe sehen sollen. Den Ausdruck in seinen Augen. Die übrigens genauso dunkel und … besonders sind wie die von seiner Schwester. Sein bisheriges Leben wurde an diesem Tag zertrümmert, danach konnte nichts mehr so sein wie vorher. Und ich erinnere mich, wie er Federsen und mich angeschaut hat. Das war die reinste Anklage!«

»Wie alt ist er?«

»Siebzehn. Vielleicht hätten wir …, nein eigentlich mussten wir … aber wir haben uns nicht mehr darum gekümmert, was aus ihm geworden ist.« Hilflos hob Hannes die Hände. »Schlitterten in die nächste Ermittlung und … wollten wohl auch nicht mehr daran denken. Sogar Federsen hatte dieser Fall auf eine Art mitgenommen, die ich nie erwartet hätte.«

»War der Junge bisher auf dem Radar?«, fragte Lauer die versammelte Runde.

»Bei uns nicht.« Marcel wirkte wie vor den Kopf geschlagen. »Bei Henning vielleicht schon. Wenn das so ist, hat er Lukas wohl unterschätzt.«

»Überprüft ihn schnellstmöglich. Danach besprechen wir, wie wir heute Abend vorgehen. Herr Hoffmann, Sie wollten Hennings Spur nachgehen. Was kam dabei heraus?«

Alle Augen richteten sich auf Per, der daraufhin rot wurde. »Federsen verließ das Präsidium um Viertel nach vier. Das weiß ich von Frau Öztürk aus der Kantine. Er ging runter in die Garage, wohl um seinen Wagen zu holen. Die nächsten Lebenszeichen waren der Anruf bei Hannes und die SMS an seine Frau. Immerhin lässt sich nachvollziehen, in welcher Funkzelle er sich zu der Zeit befand. Am Stadtrand, leider hab ich den Kartenausschnitt im Büro liegen gelassen. Soll ich ihn …?«

»Nicht jetzt«, sagte Lauer. »Fiel Ihnen in dem Gebiet etwas auf?«

»Nein. Es ist ein Wohngebiet mit großen Grundstücken und überwiegend Einfamilienhäusern. Ansonsten gibt es nur Wald und Felder.«

»Wurde dort nach seinem Wagen gesucht?«

»Die Info ist noch ganz frisch. Tut mir leid, aber ich kam noch nicht dazu, weitere Schritte einzuleiten.«

»Schon gut, dann holen Sie das jetzt nach«, ordnete Lauer an. »Der Rest kümmert sich in der Zwischenzeit um Lukas Krontal. Ach ja, Hennings DNA-Probe muss noch organisiert werden. Verdammt, uns läuft die Zeit weg! Es hilft aber nichts, wir müssen die Entscheidung, wie wir heute Abend vorgehen wollen, noch aufschieben. Kommen Sie damit klar, Herr Niehaus?«

Hannes' Kopfnicken wirkte mechanisch. Was hätte er auch einwenden sollen? Marcel musterte ihn mit zunehmender Sorge. Dass sein künftiger Mitarbeiter kurz vor dem Ende seiner Kräfte stand, war verständlich, aber gefährlich. Hannes musste die Nerven behalten, denn Marcel ging davon aus, dass er sie am Abend dringend benötigte.

Noch immer hatte Anna Motivationsprobleme, sich in eine neue Bewerbungsrunde zu stürzen. Es lag nicht daran, dass sie das Nichtstun genoss – sie hatte noch nie zu den Menschen gehört, die sich nach einem Lottogewinn sehnten, um dann den Rest des Lebens die Füße hochzulegen. Sie engte ihre Chancen auch nicht künstlich ein, indem sie manche Branchen kategorisch ausschloss oder sich auf andere versteifte. Wichtig war ihr nur, dass das Klima im Kollegenkreis angenehm war, die Aufgabe einen Sinn ergab und man sich am Monatsende über ein faires Gehalt freuen konnte. Stellen, die diese drei Voraussetzungen erfüllten, gab es zwar nicht gerade wie Sand am Ostseestrand, aber dass sie die Suche danach nicht forcierte, war dem simplen Grund geschuldet, dass sie den derzeitigen Wohnort nicht zementieren wollte.

Nachdem sie ihren letzten Job unverschuldet verloren und gleichzeitig noch die Fehlgeburt zu verkraften gehabt hatte, war sie nach einer Sinnkrise mit Hannes übereingekommen, erst nach den Olympischen Spielen über die gemeinsame Zukunft zu entscheiden. Schon damals hatte sie geahnt, dass ihr Freund am Ende vermutlich wenig Bereitschaft zeigen würde, die Stadt an der Ostsee zu verlassen. Die Chancen, dass er sich als Vollzeitermittler in Marcels Team einreihte, waren wesentlich größer als die, ihrem Fernweh nachzugeben. Bis vor Kurzem hätte Anna damit leben können, schließlich war sie hier nicht unglücklich, und darüber hinaus wollten sie schon bald wieder eine – diesmal geplante – Familiengründung angehen. Die letzten Tage hatten für sie aber beide Vorhaben grundlegend infrage gestellt.

Bisher hatte sie Hannes bei den regelmäßig auftretenden Zweifeln an seiner Berufswahl gut zugeredet und die Nachteile des Jobs zu relativieren versucht. Heute wünschte sie sich, es nicht getan zu haben. Mit der wechselnden Arbeitsbelastung konnte sie umgehen, nicht aber mit der Angst, dass sein Beruf gefährliche Auswirkungen auf das Familienleben haben konnte. Mit welchem Gefühl würde sie ihr Kind auf den Schulweg schicken, wenn sie jederzeit damit rechnen musste, dass es von irgendeinem Wahnsinnigen zum Zweck einer Abrechnung entführt oder getötet werden konnte? Sie erinnerte sich daran, welchen Beschützerinstinkt sie schon in der frühen Phase der Schwangerschaft verspürt hatte, und wusste, dass sie ein Kind unter solch bedrohlichen Lebensumständen als Überglucke schier ersticken würde.

Selbst wenn sich die aktuelle Situation noch in Wohlgefallen auflösen sollte, allein die Erfahrung und das Wissen, dass so etwas erneut passieren konnte, raubte ihr sogar die Freude an den Hochzeitsvorbereitungen. Immerhin waren Standesamt und Location gebucht, die Einladungskarten bestellt und die Eckpunkte des Programms festgelegt, sodass gerade kein akuter Handlungsbedarf bestand. Dem Drang, alles wieder abzublasen, konnte sie jedoch nur mit Mühe widerstehen. Mit jedem weiteren Tag wuchs die Notwendigkeit eines klärenden Gesprächs über die Zukunft, aber sie verstand, dass Hannes dazu gerade außerstande war.

Wenigstens übte er sich nun nicht mehr in falscher Zurückhaltung, sondern hatte sie sowohl über das zerstörte Kanu als auch über Federsens Entführung informiert. Vor zwei Stunden hatten sie zum letzten Mal telefoniert, mit Fritz' Selbstmord hatte er ihr noch eine Hiobsbotschaft übermittelt. Sie hatte den Mann zwar nur selten getroffen, ihn aber dennoch gemocht. Trotzdem war sie weniger über seinen Tod bestürzt gewesen, als über Hannes' Stimme. Die hatte monoton geklungen, seine Sätze waren abgehackt und konfus gewesen. Dass er sie als Partnerin jetzt dringender brauchte als je zuvor, sich aus Sicherheitsgründen aber nicht mehr in ihre Nähe traute, verschärfte die Lage.

Im Schaufenster musterte Anna die beiden Männer, die sich seit Stunden immer nur zwei bis drei Meter hinter ihr aufhielten. Sich in ihrer Nähe nicht sicher zu fühlen, war unmöglich, sich frei und ungezwungen zu verhalten aber genauso. Anfangs hatte die Anwesenheit der Beschützer sie noch beruhigt, allmählich ging sie ihr aber auf die Nerven. Die Aussicht, sich noch tage- oder sogar wochenlang von Polizisten begleiten lassen zu müssen, wurde immer abschreckender. Wahrscheinlich würde es irgendwann Routine werden, aber Anna verspürte erstmals Mitleid mit den Stars, die diese Situation nicht nur ständig ertragen mussten, sondern auch noch angegafft und fotografiert wurden.

Die Lust auf den Stadtbummel war ihr vergangen, sodass sie das Geschäft entgegen ihrer ursprünglichen Planung doch nicht betrat und weiterschlenderte. Auf der anderen Straßenseite fiel ihr eine Frau auf, die sie in den letzten Tagen schon einmal zu sehen geglaubt hatte. Als sie für eine genauere Überprüfung den Kopf zur Seite drehte, trafen sich ihre Blicke für einen kurzen Moment. Dann sah die Frau zu Boden, drehte sich um und ging rasch in die entgegengesetzte Richtung davon. Anna blieb stehen und schaute ihr hinterher.

Nichts an der Frau wirkte gefährlich. Sie musste ungefähr in Annas Alter sein, hatte dunkelblonde Haare und war wie eine Geschäftsfrau gekleidet. Sie sah erfolgreich aus und selbstbewusst, nicht wie jemand, der anderen nach dem Leben trachtet, Hunde ermordet oder Boote zerstört. Dessen ungeachtet führte diese Begegnung dazu, dass Anna nun wieder dankbar war, die beiden Männer dicht hinter sich zu wissen.

»Ist was?« Der Ältere der beiden trat neben sie und scannte die Umgebung.

»Nein … ich glaube nicht.« Anna rieb sich geistesabwesend über die Nase. »Dachte nur, jemanden erkannt zu haben. Können wir zum Auto zurückgehen? Ich möchte gern nach Hause.«

»Wie Sie wollen, das ist kein Problem.«

Auf dem Weg zum Auto nahmen die Polizisten sie in ihre Mitte, vermutlich spürten sie, dass Anna sich unwohl fühlte. Dieses Unbehagen wuchs, als sie ein paar Straßen weiter erneut das weiße Kleid zu bemerken glaubte. Als die Frau sich umdrehte, bemerkte Anna den Irrtum. Es war nicht die Frau von eben, und die Frau von eben war vermutlich auch nicht die Frau gewesen, die sie am Vortag gesehen hatte. Bei diesen Temperaturen waren kurz geschnittene helle Kleider nicht ungewöhnlich, sie musste aufpassen, dass sie sich nicht in einen Verfolgungswahn hineinsteigerte!

Trotzdem war sie froh, als sie endlich auf der Rückbank des zivilen Einsatzwagens Platz nahm und der Motor gestartet wurde. Die Erleichterung hielt fünf Minuten an. Als sie in die Straße einbogen, in der sich Elkes Wohnung befand, fielen ihr sofort die rotierenden Blaulichter auf. Mehrere Fahrzeuge von Feuerwehr, Polizei und Rettungsdienst parkten vor dem Gebäude, in dem Anna seit Sonntag Zuflucht gefunden hatte. Wie versteinert sah sie durch die Frontscheibe. Der Albtraum ging nicht zu Ende, er hatte weitere Episoden auf Lager. Sie bohrte die Fingernägel in die Handballen und presste die Zähne aufeinander, um nicht laut aufzuschreien.

Kapitel 9

Da gerade keine offizielle Besuchszeit war, herrschte im Besucherraum des Gefängnisses gähnende Leere. Hannes dachte daran, wie er in einem ähnlichen Raum in einer anderen Haftanstalt des Öfteren Fritz gegenübergesessen hatte. Noch immer fühlte es sich surreal an, dass er vor wenigen Stunden das Totenbett seines Freundes verlassen hatte. Der Grund, weshalb er sich abermals hinter Gefängnismauern begeben hatte, war ein ähnlicher wie früher: Er erhoffte sich Hinweise für die aktuelle Ermittlung. Die Begleitumstände unterschieden sich jedoch erheblich. Diesmal war er selbst der Gejagte, und die Person, die er gleich befragen wollte, dürfte ihm gegenüber kaum freundschaftliche Gefühle hegen.

Vor wenigen Monaten war dies noch anders gewesen. Hannes konnte sich gut daran erinnern, dass Juliane seine Nähe nicht nur gesucht hatte, um ihm Informationen zum Ermittlungsstand aus der Nase zu ziehen. Dass sich die zwanzigjährige Studentin in ihn verguckt hatte, war selbst ihm nicht entgangen, obwohl derartige Antennen bei ihm schwach ausgeprägt waren. Er hatte ihre Flirterei für seine Zwecke zu nutzen versucht, sie anfangs allerdings lediglich als Zeugin eingestuft. Erst spät hatte er seine Einschätzung dahingehend anpassen müssen, dass sie die gefährlichste Person in dem Spiel gewesen war. Hätte er es früher erkennen müssen? Niemand hatte ihm einen Vorwurf gemacht, zu nebulös hatten sich die tatsächlichen Hintergründe präsentiert. Zugleich war Juliane die erste Täterin gewesen, mit der nicht nur er, sondern sogar Federsen Mitleid gehabt hatte. Eine größere menschliche Tragödie hatte zumindest Hannes noch nie erlebt, und auch sein Vorgesetzter hatte lange über eine vergleichbare Erfahrung nachdenken müssen.

Dass er Juliane nun ohne Begleitung aufsuchte, lag in der Hoffnung begründet, dass sie sich dann offener zeigen würde – und schnelle Ermittlungsfortschritte waren überlebenswichtig. Den ersten Durchbruch hatte es noch am Nachmittag gegeben. Deshalb saß Hannes jetzt auch hier an diesem abgewetzten Tisch. Per hatte in Windeseile die Informationen beschafft, wie es Julianes Bruder nach dem Tod der Eltern ergangen war. Da Lukas noch minderjährig war, hatte sich – wie in solchen Fällen üblich – das Jugendamt eingeschaltet und zunächst eine Unterbringung in der Verwandtschaft angestrebt. Dagegen hatte sich der Siebzehnjährige vehement zur Wehr gesetzt, und offenbar war auch niemand gefunden worden, der eine ausgeprägte Bereitschaft gezeigt hatte, ihn bei sich aufzunehmen.

Das Familiengericht hatte schließlich die Vormundschaft an das Jugendamt übertragen. Anschließend war Lukas in die Obhut der Jugendschutzstelle gekommen, die eine Einrichtung namens *Waldhaus* in einer alten Villa betrieb. Dort lebte Lukas seit mehreren Wochen in einer betreuten Wohngruppe, was wohl auch Federsen nicht entgangen war. Dass die Funkzelle, in der sein Handy zuletzt eingewählt gewesen war, das *Waldhaus* abdeckte, war Per sofort ins Auge gesprungen. Der Kontakt mit der Einrichtungsleitung hatte die Vermutung bestätigt, dass sich der Kriminalhauptkommissar vor Ort einen Eindruck hatte verschaffen wollen.

An der Richtigkeit von Hannes' Verdacht hatte anschließend keiner der Polizisten mehr gezweifelt. Zumal auch noch bestätigt wurde, dass Lukas tatsächlich einen Motorroller besaß: einen Kreidler Flory 50 Classic. Üblicherweise hatte er diesen bei den Fahrradständern geparkt, dort war das Gefährt allerdings nicht aufzufinden, wie auch nicht auf dem Rest des Geländes. Federsens Auto blieb ebenfalls verschwunden, mittlerweile war es zur Fahndung ausgeschrieben worden.

Nach der Zeugenaussage zweier Teenager hatte Isabell den nächsten Treffer beigesteuert. Die beiden hatten ihr erzählt, einen kleinen, dicken Mann zur entsprechenden Uhrzeit zur Straße gehen und kurz an einem silbergrauen Mittelklassewagen stehen gesehen zu haben. Sie selbst hatten auf den Bus gewartet, um zum Kino zu fahren. Der Mann sei aber nicht eingestiegen, sondern die Straße entlanggegangen und in einem Waldweg verschwunden. Die Umgebung war sofort abgesucht worden – immerhin mit einem Teilerfolg.

Zwar war Federsen nicht gefunden worden, dafür hatte die Spurensicherung im Wald frische Reifenspuren entdeckt, die in einer Kurve endeten, von der ein schmaler Pfad abging. Den Spuren nach zu urteilen hatte das Auto an dieser Stelle gewendet und war wieder zur Straße zurückgefahren. Die Vorstellung, dass sich darin ein außer Gefecht gesetzter Kriminalhauptkommissar befunden hatte, setzte keine große Fantasie voraus. War es aber auch sein eigener Wagen gewesen? Hatte Lukas ihn niedergeschlagen, dann den Autoschlüssel an sich genommen, den Wagen geholt und Federsen damit abtransportiert? Entsprechende Beobachtungen von Zeugen gab es nicht, unwahrscheinlich erschien diese Theorie dennoch nicht. Sie würde zugleich erklären, wie es dem schmächtigen jungen Mann gelungen war, den schweren Körper außer Reichweite zu bringen.

Zu guter Letzt waren dem Zeugen der Brandnacht, Markus Waldner, Fotos von Lukas gezeigt worden. Der Mann wollte sich zwar nicht hundertprozentig festlegen, war sich aber so gut wie sicher, dass dies die Person war, die er nachts auf dem Bürgersteig gesehen hatte und die anschließend die Molotow-Cocktails geworfen sowie ihn krankenhausreif geschlagen hatte. Die Tatsache, dass dazu ein Siebzehnjähriger in der Lage gewesen war, schien ihm zuzusetzen. Der gehässige Kommentar seiner Frau, dass er eben zuvor sein Testosteron nicht an anderer Stelle hätte verpulvern sollen, hatte erahnen lassen, was hinter seinem nächtlichen Spaziergang gesteckt haben dürfte. Eine Aussage dazu hatte er strikt verweigert, und auch seine Frau schien kein Interesse zu haben, der vermutlich delikaten Geschichte weitere Mitwisser zuzuführen.

Die Tür zum Besucherraum wurde geöffnet. Ein Justizangestellter führte Juliane herein. Aufmerksam sah Hannes der Frau entgegen. Ihr rechtes Augenlid zuckte, diese Besonderheit hatte er vergessen. Juliane schien die Begegnung also unangenehm zu sein, und als sie – kaum dass sie ihm gegenüber Platz genommen hatte – an einem Fingernagel zu knabbern begann, verstärkte dies ihre nervöse Ausstrahlung noch. Ansonsten war ihr Gesicht jedoch ausdruckslos, das galt vor allem für ihre dunklen Augen. Das Lippenpiercing hatte sie herausgenommen, die Stelle, an der es sich befunden hatte, war noch deutlich zu erkennen.

Hannes schwieg weiter und musterte sie. Die Haare waren strähnig, die Haut schimmerte blass, die Schultern hingen kraftlos nach unten. Juliane, die als Maja Krontal geboren, aber kurz nach der Geburt aus dem Kinderwagen gerissen und in eine fremde Umgebung verschleppt worden war, hielt den Blick gesenkt. Sie erhielt psychologische Betreuung, aber es war offensichtlich, dass sie immer noch unter seelischen Qualen litt. Vielleicht sogar stärker als an jenem schicksalhaften Tag auf der Klippe über der Ostsee.

Hannes nickte dem Justizangestellten zu, der sich daraufhin zur Tür bewegte und daneben Stellung bezog. Juliane nahm den Nagel des Zeigefingers aus dem Mund und legte die Hände ineinander verschränkt auf den Tisch. Dem Zustand der Nagelbette entnahm Hannes, dass sie ihrer schlechten Angewohnheit nicht nur in seiner Anwesenheit nachging. Als sie die Stille durchbrach, bewegten sich ihre Lippen kaum.

»Hätte nicht gedacht, dich noch mal wiederzusehen.«

»Wie geht es dir?«

»Wie wohl?« Die Monotonie wich nicht aus der leisen Stimme. »Ich hab meine Eltern getötet.«

»Weil du von falschen Rahmenbedingungen ausgegangen bist.«

»Tot sind sie trotzdem, und mein Leben ist im Arsch.« Langsam bewegten sich ihre Augen nach oben, bis sie ihn direkt ansahen. »Hättest du mich nicht früher stoppen können?«

Hannes stockte der Atem. War die ursprüngliche Vermutung doch zutreffend, und sie schob ihm die Schuld zu? Wie war es ihr dann gelungen, ihren Bruder für ihre Zwecke einzuspannen? Aber es loderte kein Zorn in ihrem Blick, Hannes konnte darin nur Traurigkeit entdecken. Und Einsamkeit.

»Mir wäre das auch lieber gewesen«, erwiderte er. »Die wahren Zusammenhänge zu erkennen, war aber nicht ganz einfach.«

»Ich weiß. Die Hauptschuldige ist meine … dieser abartige Mensch, der mir und meinen Eltern das angetan hat. Sie ist es, die unser Leben zerstört hat, und irgendwann wird sie dafür bezahlen!« Erstmals kamen Emotionen ins Spiel, wie Hannes mit Genugtuung feststellte. Diese Drohung hatte sie schon nach ihrer Verhaftung ausgestoßen, und Hannes war sich bereits damals sicher gewesen, dass sie an einem neuen Racheplan arbeitete. Mit einem Mal hielt er es wieder für völlig ausgeschlossen, dass sie sich stattdessen mit ihm und Federsen ein anderes Ziel gesucht hatte.

»Wie geht es deinem Bruder?«, wechselte er abrupt die Stoßrichtung.

»Weiß ich nicht. Er will keinen Kontakt. Kann ich verstehen.« Ihr Blick richtete sich wieder auf ihre Hände, die Erregung in ihrer Stimme war verflogen. »Ich bin mir sicher, dass er mich abgrundtief hasst. Würde ich an seiner Stelle jedenfalls tun.«

»Du weißt, weshalb ich hier bin?«

»Ja, deine Kollegin war schon mal hier. Tut mir leid für dich.«

»Das ist alles?«

Fragend sah sie ihn an. »Was soll ich sagen?«

»Zum Beispiel, dass du damit nichts zu tun hast.«

»Habe ich nicht, ist das nicht logisch? Was sollte ich gegen dich haben?«

»Dein Bruder scheint das anders zu sehen.«

»Versteh ich nicht.«

»Konkret gehen wir davon aus, dass er Dinge zerstört, die mir gehören, dass er meinen Vorgesetzten ermorden will und einen Hund getötet hat. Dachte wohl, dass es meiner war.«

»Er hat einen Hund getötet?«

Hannes verdrehte innerlich die Augen. Es passte zu Juliane, dass sie dieses Verbrechen am meisten schockierte. Ihre Tierliebe schien allerdings nicht in der Familie zu liegen, wenn man daran dachte, womit ihre leiblichen Eltern ihr Geld verdient hatten.

»Aber warum sollte er das tun?«, fragte sie. »Wenn er sich an *mir* rächen wollte, würde das ja Sinn ergeben, aber an dir?«

»Und an meinem Chef.«

»Der ist ein Ekelpaket, aber trotzdem ergibt es keinen Sinn. Ihr müsst euch täuschen.«

Hannes verlor die Geduld und schlug auf den Tisch. »Die Indizien sprechen eine andere Sprache. Hast du ihm irgendeinen Blödsinn erzählt, um dich reinzuwaschen? Uns die Schuld gegeben oder es zumindest versucht?«

Ihr Augenlid zuckte wieder. »Wir haben keinen Kontakt. Allerdings … ich hab ihm mehrmals geschrieben. Wollte mich rechtfertigen und erklären, warum ich das getan habe.«

»Wann zuletzt?«

»Vielleicht vor drei Wochen. Ich hab damit aufgehört, weil nie was zurückkam. Mir fällt nichts mehr ein, was ich ihm noch sagen soll.«

»Und was hast du bisher gesagt? Irgendetwas über Federsen und mich?«

»Ja … schon. Also vor allem über dich, weil … weil du am ehesten in der Lage gewesen wärst, mich zu überführen. Wir verstanden uns ja gut und haben uns regelmäßig getroffen.«

Hannes schluckte. »Das hast du ihm geschrieben?«

»Warum nicht? Ich fand, dass er ein Recht darauf hatte. Zu erfahren, wie alles abgelaufen ist.«

»Juliane, er war traumatisiert! Ist es wahrscheinlich immer noch. Hältst du es für eine kluge Idee, ihm auch noch Details zu schildern?«

»Aber ich habe ihm genauso von Marianne … meiner Stiefmutter erzählt. Er muss doch begriffen haben, dass sie die Hauptschuld trägt. Neben mir. Aber doch sonst niemand!«

Hannes schwieg. Wer wusste schon, was Julianes Ausführungen in einem Jugendlichen auslösten, der hatte zusehen müssen, wie seine Eltern von der eigenen – ihm bis vor Kurzem unbekannten – Schwester ermordet wurden? Von der Schwester, die ihn darüber hinaus zuvor auch noch entführt hatte! Die Betreuer des *Waldhauses* hatten berichtet, dass er sich noch immer strikt weigerte, über das Geschehen zu sprechen. Anfangs hatte er über Wochen sogar gar kein Wort gesprochen. Hannes konnte sich gut vorstellen, dass er sich seine eigene Wahrheit zusammengebastelt hatte. Und in dieser Fantasiewelt trug nicht nur seine Schwester Schuld. Dazu kam, dass sie als Inhaftierte für ihn nicht erreichbar war. Genauso wie Julianes

Stiefmutter, die ebenfalls verurteilt worden war. Wer blieb dann noch? Die vermeintlich unfähigen Polizisten, die nicht rechtzeitig eingeschritten waren!

Lukas' Mitbewohner wurden momentan ebenfalls befragt, bislang hatte Hannes keine Mitteilung erreicht, ob man dabei auf nützliche Informationen gestoßen war. In seinem Zimmer war schon mal nichts Verwertbares gefunden worden, was Hannes nicht überraschte. Lukas war ein hochintelligenter Junge, und dass er sein Abitur um ein Jahr hatte verschieben müssen, lag nicht an mangelnder Begabung. Er dürfte wochenlang an einem Plan gefeilt haben, wie er vorgehen und sein Ziel erreichen konnte. Dafür sprach auch der clevere Schachzug, die autonome Szene gegen Hannes aufzubringen, mit der Lukas eigentlich überhaupt keine Berührungspunkte hatte. In Hamburg war sein Foto herumgezeigt worden, und mehrere Leute hatten bestätigt, dass sich ein Junge seines Aussehens dort herumgedrückt habe. Beim Auslegen der Flugblätter war er zwar nicht beobachtet worden, aber dass er es gewesen war, stellte eine logische Schlussfolgerung dar. Hannes dachte an die Vielfalt der Informationen, über die Lukas verfügte, und richtete seine Aufmerksamkeit wieder auf Juliane, die nun erschüttert und verstört wirkte.

»Was hast du ihm alles über mich geschrieben? Auch persönliche Dinge?«

»Eigentlich nicht … so viel weiß ich doch selbst nicht über dich. Das mit dem Sport, deinen Augen und diesem Kutter, von dem du mir mal erzählt hast. Und dass du eine Freundin hast. Aber mehr nebenbei. Du bist dir wirklich sicher, dass er … er ist noch fast ein Kind!«

Hannes winkte ab. »Gerade mal drei Jahre jünger als du. Und über deine … Fähigkeiten müssen wir wohl nicht diskutieren.«

»Wenn ihr euch so sicher seid, wieso verhaftet ihr ihn dann nicht?«

»Weil wir nicht wissen, wo er sich aufhält. Seinen Betreuern tischte er auf, dass er seine Tante besucht und drei Nächte bei ihr bleibt. Deshalb wurde er nicht als vermisst gemeldet.«

»Das haben die ihm einfach so geglaubt?«

»Nee, natürlich haben sie es überprüft. Die Tante bestätigte, dass er sich telefonisch angemeldet hat. War wohl selbst überrascht, dass er sie sehen wollte. Hinterfragt wurde es aber erst von uns. Als wir diese Tante jetzt kontaktierten, erfuhren wir, dass er seinen Besuch wegen einer angeblichen Krankheit wieder abgesagt hat. Dein Bruder ist nicht dumm, er geht sehr überlegt vor. Selbst sein Handy scheint er weggeworfen zu haben, es ist nicht zu orten.«

»Wie gesagt, tut mir leid, wenn ich da irgendwas ausgelöst haben sollte.« Sie senkte den Kopf. »Was ich auch anpacke, geht schief. Ich hatte Mitleid mit ihm, Schuldgefühle und … ich schrieb und schrieb, viele Seiten voll, um ihm … keine Ahnung.«

»Um seine Absolution zu erhalten«, vermutete Hannes. Das Mitleid, das er früher für sie empfunden hatte, war verschwunden. Zu ernst war seine eigene Notlage, und er war wütend, dass es letztlich Julianes Schuld war. Egal ob durch ihre Briefe oder durch die Morde – sie war es, die Lukas ins Verderben geschickt hatte. Ob sie zumindest Schadensbegrenzung betreiben konnte? Seine Hoffnung war gering und am Ende auch vergeblich.

»Ich kann dir leider nicht helfen«, erklärte sie. »Ich weiß nichts von ihm. Kannte nur das Haus seiner … unserer Eltern, wusste, wo er Hockey spielt und was er für ein Fahrrad fährt.«

»Als du ihn gefangen gehalten hast, werdet ihr doch mal gesprochen haben?«

»Ja, aber nur wenig und nicht über ihn. Er interessierte mich damals nicht, verstehst du? Wobei so ganz stimmt das nicht. Eigentlich hasste ich ihn für das, was er hatte und was man mir vorenthielt.«

»Tja, so ist das mit Hass.« Hannes stand auf. »Einmal in die Welt gesät, lässt er sich nur schwer wieder einfangen.«

»Was hast du jetzt vor?«

»Keine Ahnung. Ihn suchen. Aber wie es aussieht, bestimmt zurzeit er die Spielregeln. Er will, dass ich mich ihm noch heute Abend ausliefere.«

»Tu das nicht!«

»Und dann? Er droht damit, meinen Chef umzubringen. Der mag ein Ekelpaket sein, aber seinen Tod will ich trotzdem nicht verschulden.«

»Es wäre nicht deine Schuld, sondern meine.«

»Denkst du, das hilft mir jetzt weiter?«, fuhr er sie an. »Außerdem wäre es dann doch auch noch nicht zu Ende. Lukas hat sich da reingesteigert, er will mich zur Strecke bringen! Daran besteht kein Zweifel. Scheint in euren Genen zu liegen. Wenn ihr euch was vorgenommen habt, zieht ihr es gnadenlos und eiskalt durch.«

»Ich … ich bin nicht eiskalt. Wie kannst du das sagen?«

Hannes winkte ab. »Ich hatte Mitleid mit dir, und ich wünsche dir auch jetzt nichts Schlechtes. Trotzdem wär ich froh, wenn wir uns nie begegnet wären.«

Damit stand er auf, gab dem Justizangestellten ein Zeichen und verließ den Raum, ohne sich noch einmal umzudrehen. Vor ihm lagen noch drei Stunden, in denen entschieden werden musste, ob er Lukas' Forderung nachgeben sollte oder nicht. Drei Stunden, die entscheidend für seine Zukunft, wenn nicht gar fürs Überleben waren. Es kam ihm vor, als handele es sich eher um drei Minuten.

Der Plan ging nicht auf, wie Federsen ernüchtert feststellte. Er verfluchte sich dafür, dass er das Bett vor einer gefühlten

Ewigkeit durch den Gang zur Treppe geschoben hatte und damit seinen Entführer nachhaltig verschreckt zu haben schien. Wie alt war dieser Kerl doch gleich gewesen? Sechzehn oder siebzehn? Federsen fiel es immer schwerer, einen klaren Gedanken zu fassen. Allerdings – dass der Junge bisher erstaunlich abgebrüht gehandelt hatte, erkannte er. Nur hatte es sich dabei eben nie um einen direkten Kontakt gehandelt, sondern um Aktionen aus dem Hinterhalt.

So gesehen war es wiederum gut, dass Lukas sich nicht mehr herzutrauen schien. Hätte er Federsen schlafend vorgefunden, wer weiß, zu welcher Tat er sich als Nächstes hätte hinreißen lassen. Dass er gar nicht mehr auftauchte, war allerdings auch nicht erstrebenswert. Auf Nahrung konnte Federsen zur Not eine Weile verzichten, schließlich trug er genügend Reserven mit sich herum, wie er in einem kurzen Anfall von Selbstironie dachte. Die Sehnsucht nach einem randvollen Glas Wasser brachte ihn aber an die Grenzen seiner Selbstbeherrschung.

Um sich abzulenken, dachte er darüber nach, welche Fährten seine Kollegen wohl gerade verfolgen mochten. Hätte er sich gegenüber Marcel nur weniger zugeknöpft gegeben! Ob Hannes in der Lage war, die Sprachnachricht richtig zu deuten? Hatten sie Lukas vielleicht sogar schon geschnappt, sodass der gar nicht mehr zurückkommen konnte? Federsen bekam eine Gänsehaut. Er selbst hätte die Information, wo sich dieses Versteck befand, notfalls aus dem Kerl herausgeprügelt. Marcel dagegen würde sich an die Spielregeln halten, das war klar. Wenn Lukas lange genug den Mund hielt, sah es zappenduster für ihn aus.

Widerwillig griff er nach der leeren Wasserflasche und öffnete die Hose. Nur gut, dass ihn hier unten niemand sah! Wobei, viel sehen konnte man eh nicht. Die Campinglaterne war ausgegangen, und von den Kerzen verfügte nur noch eine über etwas Brenndauer. Gern hätte er sie gelöscht und nur ab und zu angezündet, aber er besaß kein Feuerzeug, obwohl er normalerweise immer eins in Reichweite hatte. Seine Taschen waren gründlich geleert worden, was ein weiteres Problem mit sich brachte, das nur Abstinenzler als Kleinigkeit abtun würden: Nikotinentzug.

Ersatzweise lutschte Federsen immer wieder auf dem scharfkantigen Stein herum, nun nahm er ihn aus dem Mund und setzte die Flasche an die Lippen. Gerade noch rechtzeitig hatte er damit aufgehört, seine Blase auf dem Boden zu entleeren. Flüssigkeit war Flüssigkeit, und bevor er verdurstete, kippte er lieber mit geschlossenen Augen seinen eigenen Urin hinunter. Mit jedem Schluck schwor er sich, seinem Entführer einen Knochen nach dem anderen zu brechen. Verzweiflung und Trauma hin oder her, was dieser Mistkerl abzog, war mit nichts zu entschuldigen!

So rasch sie gekommen war, verflog die Wut auch wieder. Er versuchte gegen die Verzagtheit anzukämpfen, die mehr und mehr Besitz von ihm zu ergreifen drohte. Er schämte sich nicht für seine Angst, befürchtete aber, dass sie ihn in seinen Handlungen einschränkte. Sollte Lukas diesen Raum noch mal betreten, war dies vielleicht der letzte Moment, in dem er sich heil aus dieser Sache herauswinden konnte. Das war es, worauf er seine nachlassenden Kräfte konzentrieren musste. Wenn schon nicht für sich selbst, dann zumindest Laura zuliebe. Die Kopfschmerzen wurden wieder stärker, als er an seine Frau dachte.

Konnte der nächste Schub ihrer Krankheit durch Stress ausgelöst werden? Aus Sorge um den verschwundenen Ehemann? Wer würde sich um seine Frau kümmern, wer würde die Rechnungen bezahlen, um ihr mehr als das Existenzminimum zu ermöglichen? Nicht mal richtig verabschieden hatten sie sich können, überhastet war Federsen ins Präsidium aufgebrochen, nachdem er sie zu Hause abgesetzt hatte. Wie es wohl ihrem Arm ging? Dieser verfluchte Job! Und Lauras verfluchter Bruder, wegen dem er außerstande gewesen war, sich rechtzeitig in den Vorruhestand abzusetzen!

Zum ersten Mal seit langer Zeit ließ Federsen seinem Frust und seiner Enttäuschung über das Leben in Form von Tränen freien Lauf. Wenn er hier lebendig herauskam, musste er einiges ändern, das schwor er bei allem, was ihm wichtig war. Er stützte die freie Hand auf sein Knie und fokussierte die flackernde Flamme der Kerze. Unter dem Docht befand sich nur noch fingerdick Wachs. Diese dünne Schicht schien ihm mit etwas zu drohen, wovor er sich schon immer am meisten gefürchtet hatte: Dunkelheit.

Die Vernehmungen der *Waldhaus*-Bewohner waren abgeschlossen, hatten aber nicht zu Resultaten geführt, die Isabell und Per zu Jubelschreien verleitet hätten. Man hatte gar nicht erwartet, dass Lukas sich einem der anderen Jugendlichen anvertraut hatte, aber zumindest gehofft, dass ihnen im Nachhinein merkwürdige Äußerungen oder Beobachtungen einfielen. Doch wie es von den Betreuern bereits angedeutet worden war, hatte sich Lukas abgekapselt und kaum ein Wort mit den anderen gewechselt. Manche meinten, dass er sich für etwas Besseres hielt, da der Großteil der Teenager aus problematischen Verhältnissen stammte.

Das erschien Isabell angesichts seiner Herkunft denkbar, zugleich zweifelte sie daran, dass dies der einzige Grund für seine Zurückgezogenheit gewesen war. Anfangs hatten ihn wahrscheinlich tatsächlich Verzweiflung und Traurigkeit davon abgehalten, Kontakt mit seinen Mitbewohnern aufzunehmen, später hatte er vermutlich nicht riskieren wollen, dass sie etwas von seinen Plänen mitbekamen. Zudem war er auch schon früher kein besonders zugänglicher Typ gewesen und hatte Schwierigkeiten gehabt, zwischenmenschliche Beziehungen aufzubauen. Er galt als hochbegabt, und bei solchen Menschen stellte ein introvertierter Zug keine Seltenheit dar.

Einigen der *Waldhaus*-Bewohner war zumindest aufgefallen, dass er viel unterwegs gewesen war, angeblich hatte er sich immer wieder nachts weggeschlichen. So auch in der Nacht, als die *Lena* versenkt worden war. Gleich drei Teilnehmer einer Geburtstagsfeier hatten ihn dabei beobachtet, wie er mit einem Rucksack das Gelände verlassen hatte. Seinen Roller habe er bis zur Straße geschoben und erst dann den Motor gestartet.

Eine weitere Bestätigung, dass man sich zu Recht auf Lukas fokussierte, hatten sie in dem Zimmer einer Sechzehnjährigen erhalten. Das Mädchen blickte auf eine kriminelle Laufbahn zurück, die man nur mühsam mit ihrem noch immer kindhaften Aussehen in Verbindung bringen konnte. Dass sie auch über eine weiche Seite verfügen musste, zeigte ihr liebevoller Umgang mit zwei Jack Russell Terriern, die sie in das *Waldhaus* hatte mitbringen dürfen. Andernfalls wäre sie schon in der ersten Nacht getürmt, wie sie glaubhaft versicherte. Von Lukas hielt sie wenig, er war nach ihrer Meinung ein verwöhntes Weichei, das noch in dreißig Jahren seiner Mutter nachheulen würde. Vor allem nahm sie ihm übel, dass er vor Hunden nicht nur Angst hatte, sondern sie regelrecht verabscheute. Einmal habe er ihr gedroht, die Terrier zu vergiften, wenn sie die Tiere nicht auf Abstand hielt. Den beiden war bisher nichts passiert, stattdessen hatte Lukas seine Aversion dann wohl an Bens Hund ausgelebt.

Dass er im Gegensatz zu seiner Schwester generell kein Tiernarr war, erfuhren Isabell und Per eine halbe Stunde später von einer weiteren Person. Hannes hatte sich an eine enge Freundin von Lukas erinnert, die nach dessen Entführung ausführlich befragt worden war. Die beiden hatten ein derart enges Verhältnis, dass sie sich Bruder und Schwester nannten. Mittlerweile hatten sie sich allerdings entfremdet, wie die

Siebzehnjährige berichtete. Sie saß auf dem Sofa ihrer Eltern und hatte angefangen zu weinen, als man ihr den Grund der Befragung mitgeteilt hatte. Inzwischen hatte sie sich wieder gefangen, war aber noch bleich im Gesicht.

»Ich habe versucht, für ihn da zu sein, als das mit seinen Eltern passierte. Zuerst wollte er gar nicht mit mir reden und mich nicht mal sehen. Dann stand er auf einmal vor der Tür. Auch da hat er kaum was gesagt. Er saß da, wo Sie jetzt sitzen.« Sie deutete auf Per. »Als wir erfuhren, dass er einen gesetzlichen Vormund braucht, aber nicht zu Verwandten will, haben ihm meine Eltern angeboten, die Vormundschaft zu übernehmen. Er hat sich immer gut mit ihnen verstanden, wir hingen schon als Kinder ständig zusammen. Lukas hat sie aber nur angesehen, ist aufgestanden und rausgegangen.«

»Wie ging es weiter?«

»Eigentlich ging es gar nicht weiter. Ich habe ihm SMS und WhatsApps geschickt, ihn angerufen und bin zweimal zum *Waldhaus* gefahren, aber er weigerte sich, mich zu sehen. Ich dachte mir, dass er schon irgendwann wieder zu sich kommen wird. Ist ja auch krass, was ihm passiert ist. Außerdem war es schon früher so, dass er fast alles mit sich selbst ausmachte. Er sprach selten über Gefühle. Nicht mal mit mir, obwohl ich ihn von allen am längsten und besten kannte. Vor zwei Wochen hab ich entschieden, ihn jetzt erst mal in Ruhe zu lassen.«

»Er hat nie davon gesprochen, dass er der Polizei eine Schuld gibt?«

»Wie gesagt, wir haben uns nur einmal gesehen. Über seine Eltern und alles, was damit zusammenhängt, wollte er nicht reden. Ich kann nicht glauben, dass er zu … so was fähig ist!«

»Vorhin haben Sie aber gesagt, dass er als Kind Tiere gequält habe.«

»Ja … nein. Also er hat das nicht ständig gemacht. Es gab mal eine komische Phase, als er sechs war, das stimmt. Aber danach ist mir so was nicht mehr aufgefallen. Ich weiß nur, dass er dünnhäutig reagierte, wenn ihn jemand anmachte, dass in den Mastbetrieben seiner Eltern Tiere gequält werden. Dass er sich besonders dafür interessierte, wie es den Viechern dort geht, kann ich aber nicht sagen. Er kann mit Tieren nicht viel anfangen, das ist alles.«

Isabell vertiefte dieses Thema nicht weiter, sondern konzentrierte sich auf das Wesentliche. »Sie kennen ihn und seine Familie, seit er ein Kind war. Wo könnte er sich verstecken? Zu seinem eigenen Besten müssen wir ihn so schnell wie möglich finden, bevor er Dinge tut, die nie mehr gutzumachen sind.«

»Im Haus seiner Eltern hat er sich immer wohlgefühlt.«

»Da waren wir natürlich schon. Genauso auf allen Höfen, die den Krontals gehört haben. Welche anderen Orte fallen Ihnen noch ein? Orte, an denen er gern war oder die aus einem anderen Grund infrage kommen.«

Sie verbarg das Gesicht in den Händen und schüttelte den Kopf. »Er war nicht besonders unternehmungslustig. Konnte sich tagelang in ein Computerspiel vertiefen. Nicht so Ballerkram, sondern anspruchsvolle Strategiespiele. Er liebte es, mehrere Züge im Voraus zu planen und alle Eventualitäten zu bedenken. Schach war auch so eine Leidenschaft von ihm. Was ist bloß in ihn gefahren? Er muss wahnsinnig geworden sein. Und ich war nicht für ihn da.«

»Sie haben es versucht, machen Sie sich keine Vorwürfe.«

»Mir fällt nur ein Ort ein, der für ihn besonders war. Aber das wird Ihnen nicht helfen.«

»Warum nicht?«

»Weil es kein Gebäude ist. Er wollte Grafikdesign studieren, konnte schon immer gut zeichnen und malen. Am liebsten zeichnete er die Natur. Weil die ständig in Bewegung und Veränderung ist. An der Ostsee gibt es einen Strandabschnitt, den er besonders mag. Vielleicht deshalb, weil wir als Kinder oft mit unseren Eltern dort waren. Es gibt da eine Stelle, an der das Wrack von einem Fischerboot liegt. Das hat er bestimmt hundertmal gemalt. Er wollte den Verfall festhalten.«

»Beschreiben Sie uns, wo es ist.«

»Ich kann es Ihnen auf einer Karte zeigen. Aber ein Haus oder eine Hütte gibt es da nicht.« Sie zog ein Tablet heran. Als sie die Klappe zurückschlug, war die YouTube-App geöffnet. Sie verharrte mitten in der Bewegung.

»Was ist los?« fragte Isabell. »Fällt Ihnen noch etwas ein?«

»Ja, aber nichts Konkretes. Lukas hat sich für *lost places* interessiert, sagt Ihnen das was?«

Per nickte, während Isabell den Kopf schüttelte.

»*Lost places* sind vergessene Orte«, erklärte Per. »Das können aufgegebene Industrieanlagen sein, ehemalige Militäranlagen, Krankenhäuser, Tunnel und so weiter. Vergnügungsparks sind derzeit der Renner.«

»Der Renner?«

»Es gibt eine Community, die sich mit solchen Orten beschäftigt. Die Leute tauschen sich im Internet dazu aus, machen Fotos und Videos. Ist ja auch faszinierend. Manchmal ist noch die Einrichtung komplett vorhanden, obwohl das Gebäude vor vielen Jahren aufgegeben wurde.«

»Lukas hat auf YouTube häufig Filme dazu angesehen«, sagte die Siebzehnjährige. »Als Kind träumte er davon, Forscher zu werden. Ging allen auf die Nerven, weil er sämtliche Details aus dem Leben bekannter Entdecker runterbeten konnte. Das war auch auf anderen Gebieten so, er ist sehr intelligent. Hat sogar eine Schulklasse übersprungen, weil er ständig unterfordert war. Die meisten hielten ihn für einen Streber, dabei ist er einfach nur schlau. Führte dazu, dass er eher ein Außenseiter und Einzelgänger war. Er hat noch nie eine Freundin gehabt, und seine Eltern mussten ihn fast zwingen, wenigstens in einen Sportverein zu gehen.«

»Was hat es mit Lukas und diesen *lost places* auf sich?«, führte Isabell sie zum roten Faden zurück.

»Er wollte selbst mal so ein Gebäude finden. Als Erster, vor allen anderen.«

»Und hat er das?«

»Glaub ich nicht. Zumindest nicht, als wir noch Kontakt hatten. Sonst hätte er mich sofort da hingeschleppt.«

»Hat er Sie mal zu einem anderen, schon bekannten *lost place* mitgenommen?«

»Nein. Ich kann damit nichts anfangen. Finde schon die Videos gruselig und … irgendwie morbide.«

Isabell blickte zu Per. »Sein Surfverhalten im Internet sollte mal ausgewertet werden.«

»Dummerweise hat er den Laptop nicht in seinem Zimmer liegen lassen. Aber vielleicht lässt sich herausfinden, ob es hier in der Gegend *lost places* gibt, die allgemein bekannt sind.«

Sie ließen sich noch den Strandabschnitt zeigen, an dem Lukas gezeichnet hatte. Schon beim Blick auf die Karte ahnte Isabell, dass Skepsis berechtigt war. Die nächste Ortschaft lag mehrere Kilometer entfernt, aber vielleicht gab es ja ein verfallenes Gebäude, das in Vergessenheit geraten war? Schweigend verließen sie die junge Frau, die ihnen mit Tränen in den Augen Erfolg wünschte und zugleich um eine schonende Behandlung von Lukas bat. Isabell und Per sagten dazu nichts, warfen sich nur einen vielsagenden Blick zu. Lukas' Sandkastenliebe im Auge zu behalten, dürfte kein Fehler sein. Sollte er nachts an ihre Tür klopfen, würde sie wohl nicht als Erstes die 110 anrufen.

Diese Einschätzung teilte auch Steffen Lauer, als Isabell und Per ihm wenig später von den zurückliegenden Befragungen berichteten. Neben dem Leiter der Mordkommission hatten sich noch Marcel, Clarissa und Hannes in dem Konferenzraum im dritten Stock des Präsidiums eingefunden. Bis sich Hannes auf Lukas' Verlangen zur Bushaltestelle *Moorsee* begeben sollte, blieben nur noch neunzig Minuten. Allerdings startete man mit den Vorbereitungen natürlich nicht bei null. Marcel hatte Spezialisten damit beauftragt, die notwendigen Vorkehrungen zu treffen. Dass man Hannes ohne Absicherung losschickte, war von vornherein ausgeschlossen worden.

»Die entscheidende Frage ist natürlich, was Lukas mit dir vorhat«, schloss er eine Zusammenfassung der Maßnahmen ab, die Hannes schützen sollten. Dazu gehörten Sprechkontakt, eine schusssichere Weste, Einsatzkräfte in der Nähe und ein Peilsender. »Wenn er dich von dort weiterlotst, werden wir dir unauffällig folgen. Kann mir nicht vorstellen, dass er dich an Ort und Stelle zur Strecke bringen will.«

»Klingt wahnsinnig beruhigend.« Hannes deutete auf eine Landkarte. »Woher willst du das wissen? Diese Bushaltestelle liegt außerhalb der Stadt an einer Landstraße. Um neun Uhr wird sich da kein Schwein mehr aufhalten. Wer weiß, ob da überhaupt schon mal jemand ein- oder ausgestiegen ist.«

»Diese Buslinie nutzen vor allem Touristen«, stimmte Clarissa zu. »Es gibt dort Wanderwege und ein Vogelschutzgebiet. Wundert mich, dass Lukas ausgerechnet sie ausgesucht hat. Klar, sie liegt ab vom Schuss, ist aber auch gut einsehbar. Er kommt weder unbemerkt hin noch wieder weg.«

»Ich aber auch nicht«, merkte Hannes an. »Wahrscheinlich ist genau das der Grund, weshalb er diese Haltestelle ausgewählt hat. Freie Schussbahn.«

»Dann müsste er ein verdammt guter Schütze sein, und darauf deutet nichts hin. Außerdem hätte er dich aus dem Hinterhalt schon längst erwischen können. Nein, er sucht die direkte Konfrontation, da bin ich sicher.«

Hannes musterte sie. Clarissa wirkte kühl und entschlossen. Aber es ging ja auch nicht um ihren Kopf. »Hast du eine

Idee, warum er das will? Wohl kaum nur, um mir Vorwürfe um die Ohren zu hauen.«

»Warum nicht? Vielleicht stellt er Forderungen. Mit Federsen in seiner Gewalt kann er sich sicher fühlen. Er befürchtet gar nicht erst, dass wir ihn festsetzen.«

»Dann täuscht er sich.« Lauer hob den Zeigefinger. »Damit das klar ist: Ganz egal, was er für eine Forderung stellt oder mit was er droht. Wenn es die Möglichkeit eines Zugriffs gibt, wird er überwältigt. Herr Niehaus, das schließt Sie ein. Sofern er Sie nicht mit einer Waffe bedroht, setzen Sie ihn außer Gefecht. Er dürfte Ihnen nicht mal im Ansatz gewachsen sein.«

»Von der Muskelmasse her nicht«, stimmte Isabell zu. Im Gegensatz zu ihrer Kollegin drückte ihr ganzes Gesicht Sorge und Unruhe aus. »Das weiß aber auch Lukas. Genauso wird er ahnen, dass wir uns die Gelegenheit, ihn zu schnappen, nicht entgehen lassen wollen. Seine Freundin hat erzählt, dass er ein detailverliebter Kerl ist. Einer, dessen Passion es ist, sich ausgeklügelte Strategien auszudenken und dabei keine Möglichkeit unbeachtet lässt. Er hat vermutlich keinen Killerinstinkt, aber er ist hochintelligent. Ich habe ein ganz ungutes Gefühl!«

»Frag mal, wie's mir geht«, murmelte Hannes.

»Bist du sicher, dass du da wirklich hinwillst?«

»Von *wollen* kann keine Rede sein, aber was hab ich für eine Wahl?«

»Wir könnten ein Double hinschicken.«

»Tolle Vorstellung. Wenn deine Vermutung stimmt, dann trifft es am Ende nur jemand anderen an meiner Stelle. Außerdem … selbst Federsen hätte nicht gezögert, wenn die Situation genau andersherum wäre. Das wisst ihr genau. Bei allem, was man ihm vorwerfen kann, aber er hätte mich nie im Stich gelassen.«

»Wenn es Sie erwischt, ist ihm aber auch nicht gedient.« Lauers Blick war wohlwollend und zugleich besorgt.

»Risikominimierung hat also oberste Priorität. Sollte die Situation unkalkulierbar werden, brechen wir sofort ab. Hennings Frau haben wir übrigens unter Schutz gestellt. Die Arme ist völlig aufgelöst und benötigt psychologische Hilfe.«

»Liegt die DNA-Analyse zu dem gefundenen Blut schon vor?«, fragte Isabell.

»Nein, aber spätestens morgen früh. Wirkliche Relevanz hat das Ergebnis sowieso nicht. Würde nur bestätigen, was wir schon wissen. Lukas Krontal hat sich in Wahnvorstellungen verloren und Henning in seine Gewalt gebracht.«

»So weit würde ich nicht gehen.« Hannes klang erschöpft.

»Fangen Sie jetzt nicht wieder mit Selbstvorwürfen an. Sie haben sich damals nichts zuschulden kommen lassen.«

»Das meine ich gar nicht. Es stimmt, dass alles auf Lukas als Täter hindeutet. Aber *wissen* wir es wirklich? Nein, tun wir nicht.«

»Sie selbst haben uns doch erst auf seine Fährte gesetzt. Und alle Informationen, die wir seitdem gesammelt haben, bestätigen diese Theorie.«

»Trotzdem fehlt der letzte Beweis. Irgendwie hängt er drin, davon gehe ich auch aus. Ich würde nur gern wissen, ob er allein agiert. Und natürlich, was sein Ziel ist. Vielleicht hat aber nicht nur er die Autonomen instrumentalisiert, sondern wurde selbst gegen uns aufgehetzt.«

»Von wem denn? Und warum?«

Hannes schüttelte den Kopf. »Wenn ich darüber weiter nachgrüble, dreh ich irgendwann durch. Um diese Frage kreise ich seit Tagen.«

Clarissa legte ihm die Hand auf die Schulter. »Inzwischen aber wohl völlig unnötig. Ich verstehe ja, dass du alle Eventualitäten bedenken willst. Würde ich auch tun, wenn man mich gleich zu dieser Bushaltestelle schicken würde. Aber du solltest dich jetzt auf die wahrscheinlichste Option konzentrieren und nicht zehn Ecken weiterdenken.«

Die Tür öffnete sich, und herein trat der Kollege, der von Marcel mit der Leitung des nächtlichen Dramas betraut worden war. »Wir sind jetzt so weit. Das ist Herr Niehaus?« Hannes nickte nur. »Wir sollten loslegen. Es dauert bis zu zwanzig Minuten, bis wir Sie präpariert haben. Weitere Instruktionen folgen dann auf der Fahrt.«

Sprachlos legte Anna das Mobiltelefon auf den Couchtisch. Sie zuckte zusammen, als aus den Lautsprechern des Fernsehers ein Schuss ertönte, und zwang sich, nicht zum Bildschirm zu sehen. Stattdessen griff sie zur Fernbedienung und schaltete das Gerät aus. Aus der Küche klang das Klappern von Geschirr, Elke räumte die Spülmaschine ein. Dass sich Anna noch weiter in ihrer Wohnung aufhalten konnte, hätte sie vor wenigen Stunden nicht erwartet. Automatisch hatte sie angenommen, dass die rotierenden Blaulichter nur aus einem Grund die ganze Nachbarschaft in Aufruhr versetzten: Es hatte einen weiteren Anschlag gegeben, ihr Versteck war aufgeflogen.

Glücklicherweise hatte ihr Begleitschutz einen kühlen Kopf bewahrt. Anstatt mit quietschenden Reifen einen U-Turn hinzulegen und in die entgegengesetzte Richtung zu rasen, war einer der beiden ausgestiegen und hatte den wahren Hintergrund des Einsatzes herausgefunden. Anwohner hatten eine Rauchentwicklung und einen merkwürdigen Geruch bemerkt. Die Feuerwehr hatte einen Brand schnell ausschließen können und war der Ursache auf den Grund gegangen. Im Erdgeschoss des Gebäudes befand sich eine Reinigung, in der es zu einem Kurzschluss gekommen war. Bei seinen Reparaturversuchen hatte der Besitzer den Schaden weiter verschlimmert, wodurch chemische Reinigungsmittel ausgelaufen waren. Bis auf einen Sachschaden und Kopfschmerzen bei den Bewohnern des ersten Stockwerks hatte der Vorfall jedoch keine ernsten Folgen gehabt. Eine halbe Stunde später hatte die Feuerwehr das Haus wieder freigegeben.

»Fandest du den Film so schlecht?« Elke betrat mit zwei Weingläsern das Zimmer.

»Mord und Totschlag sind grad nicht das, was ich brauche. Aber das ist es gar nicht mal … Hannes hat mich eben angerufen.«

Alarmiert blieb Elke stehen. »Was ist diesmal passiert?«

»Nichts. Oder eher: noch nichts. Das könnte sich aber in einer halben Stunde ändern.«

»Willst du es mir erzählen?«

»Genaues weiß ich selbst nicht.« Anna ignorierte das Glas, das Elke vor ihr abstellte. »Er hat mir nur gesagt, dass es gleich ein Treffen mit dem Hauptverdächtigen geben soll.«

»Ein Treffen?«

»Der Kerl hat Hannes' Chef in seiner Gewalt. Wahrscheinlich will er jetzt verhandeln oder Forderungen stellen.«

»Verhandeln klingt doch erst mal nicht ganz so schlecht.«

»Dafür klang Hannes aber ziemlich komisch. Nicht so, als hätte er ein gutes Gefühl. Mir kam es so vor, als … halt mich jetzt nicht für überdreht … als ob er befürchtet, dass wir … er hat gleich drei Mal gesagt, dass er mich liebt! Total untypisch für ihn.«

»Er ist angespannt, ist doch klar.« Elke setzte sich neben sie. »Seine Kollegen sind ja auch noch da, die werden schon nichts Unüberlegtes tun.«

Anna war nicht überzeugt. Hannes' Gestammel in Verbindung mit seiner belegten Stimme und der überhasteten Verabschiedung machten ihr klar, dass er versucht hatte, eine bedrohliche Situation herunterzuspielen. Sie kannte ihn gut genug, um zu wissen, dass Sorgen durchaus angebracht waren.

Das Schrillen der Türklingel ließ sie erneut zusammenzucken. Elke drückte ihre Hand und stand auf.

»Mal sehen, was deine Bodyguards wollen. Trink was, um die Nerven zu beruhigen!«

Anna hatte zwar das Gefühl, den Wein direkt wieder ausspucken zu müssen, aber vielleicht sollte sie dem Alkohol eine Chance geben, die düsteren Bilder aus ihrem Kopf zu vertreiben. Das Zwicken im Magen legte sich aber auch nach dem dritten Schluck nicht, verstärkte sich sogar, als Elke mit dem älteren Personenschützer das Zimmer betrat.

»Unten steht eine Bekannte Ihres Freundes und möchte Sie sprechen«, kündigte er an. »Er hätte ihr gesagt, dass Sie im Moment hier wohnen.«

»Ach ja? Wer ist es denn?«

»Eine Nina Breuer.«

»Sagt mir nichts. Aber wenn sie von Hannes kommt … Elke, ist das okay?«

»Klar, warum nicht?«

Während sie auf die Besucherin wartete, durchforstete Anna ihr Gedächtnis. Der Name blieb ihr unbekannt, genauso unbekannt wie die Frau, die wenig später hereingeführt wurde. Der Polizist nickte Anna zu, als wolle er ihr zu verstehen geben, dass von der Person keine Gefahr ausging. Dass er dennoch in Reichweite blieb, erkannte sie an dem Schatten hinter der Glastür. Anna stand auf und ging der Frau entgegen, die ungefähr in ihrem Alter war.

»Hannes hat dich geschickt?«

»Na ja, nicht direkt. Er wollte ein Kennenlerntreffen arrangieren, aber du weißt ja, wie er ist. Das kann Weihnachten werden. Aber er hat mir gesagt, dass du hier untergekommen bist, und da ich gerade in der Nähe war, hielt ich es für eine gute Idee, mal kurz Hallo zu sagen. Nina, du hast bestimmt von mir gehört.« Sie streckte die Hand aus, und überrumpelt griff Anna zu.

»Ähm … ehrlich gesagt, kann ich mich nicht erinnern, dass er von dir gesprochen hat. Allerdings bin ich gerade … steh ich im Moment etwas neben mir. Setz dich, willst du ein Glas Wein?«

Anna konnte zwar weder die Situation noch Nina richtig einschätzen, war aber dankbar für die unerwartete Ablenkung. Überdies war sie neugierig auf die Besucherin. Wenn Hannes ihr von Elkes Wohnung erzählt hatte, musste sie vertrauenswürdig sein, was wiederum nahelegte, dass sie zu den wichtigeren Menschen in seinem Leben gehörte. Wie wichtig sie tatsächlich gewesen war, überraschte Anna dann doch.

»Irgendwie kein Wunder, dass Hannes noch nichts über mich erzählt hat.« Nina schlug die Beine übereinander und schmunzelte. »Bei mir hat er auch nie über Exfreundinnen gesprochen. Hängt wahrscheinlich damit zusammen, dass er etwas verklemmt ist.«

»Exfreundin?«

»Wir waren drei Jahre zusammen. Ist 'ne gefühlte Ewigkeit her. Wir lernten uns sozusagen im Kanu kennen.«

Anna betrachtete sie mit neuem Interesse. Nina wirkte eher wie eine Geschäftsfrau als wie eine Leistungssportlerin, allerdings konnte man erkennen, dass sie gut in Form war. Nur … was wollte sie hier?

»Fährst du auch zu den Olympischen Spielen?« Eine andere Frage fiel ihr nicht ein.

»Nein, ich hab mit dem Sport längst aufgehört. Er fraß einfach zu viel Zeit, ohne dass für mich eine realistische Chance bestand, ganz oben mitzumischen. Ich hab mich dann voll auf den Job konzentriert und bin vor Kurzem hierher gezogen. Ganz in eure Nähe übrigens, also … das heißt in die Nähe der Wohnung, in der ihr eigentlich wohnt.«

»Die ist leider ausgebrannt.«

»Ja, Hannes hat mir alles erzählt. Will mir gar nicht vorstellen, wie furchtbar sich deine Situation anfühlen muss.«

Anna ging auf Distanz. Wie kam Hannes dazu, seiner Ex von all dem zu erzählen und ihr sogar Elkes Adresse mitzuteilen? Auf einmal fühlte es sich gar nicht mehr gut an, dieser Frau gegenüberzusitzen. Anna meinte, von ihr auf eine abschätzende Art gemustert zu werden. Fast, als würde Nina sie wie eine Rivalin taxieren. Konnte das … hatte Hannes jahrelang Kontakt zu ihr gehalten? Waren die beiden nie richtig voneinander losgekommen? Sich direkt danach erkundigen wollte sie nicht, aber eine Frage brannte ihr noch auf der Seele.

»Wann hat Hannes dir das denn alles erzählt?«

»Ach, gestern, als wir uns getroffen haben. Ich sollte nachdenken, ob mir jemand aus seiner Vergangenheit einfällt, der euch das alles antun könnte. Aber …« Sie schüttelte den Kopf. »Wie ich es ihm vorhin schon beim Mittagessen gesagt hab: Es kann nur mit seinem Job zusammenhängen. Wie hältst du das aus, die ständige Angst, dass ihm was zustoßen könnte? All die Verbrecher, mit denen er täglich zu tun hat, da war es ja nur eine Frage der Zeit …«

Anna ahnte, dass es bloß eine Möglichkeit gab, die surreale Situation zu beenden und wieder die Kontrolle über ihr Gefühlschaos zu gewinnen. Diese aufdringliche Frau musste verschwinden, und das so schnell wie möglich. Sie stand auf und unterbrach damit den Redeschwall. »Ich will nicht unhöflich sein, und es ist nett, dass du spontan vorbeigeschaut hast. Nur ist es gerade … wir sollten uns wirklich einfach mal zu dritt verabreden, wenn sich alles beruhigt hat.«

»Hab ich was Falsches gesagt?« Nina erhob sich ebenfalls und wirkte zerknirscht. Anna war sich sicher, dass dies nur Maskerade war.

»Gar nicht. Es ist nur so … ich bin furchtbar müde. Ist gerade alles zu viel.«

»Verstehe. Und ich bin einfach so reingeplatzt. Entschuldige bitte, manchmal bin ich einfach zu impulsiv. Aber ich kenne noch niemanden hier und … na ja, es war eine schlechte Idee, das sehe ich ein. Wenn du dich aber mal treffen willst, einfach um zu reden oder …« Sie grinste verschwörerisch. »Ich kann dir einiges über Hannes erzählen. Frag ihn einfach nach meiner Nummer, ich würde mich freuen.«

Fassungslos sah Anna ihr hinterher, als sie im Flur verschwand. Sie blickte zu Elke hinüber, die den Auftritt schweigend verfolgt hatte und der auch jetzt nichts anderes einfiel, als fragend die Hände zu heben. Anna hingegen fragte sich im Stillen, ob Hannes noch ganz bei Trost war. Und sie war gespannt auf die Erklärung, die er ihr für Ninas Auftritt geben würde.

Kapitel 10

Je weiter sich der Passat mit den abgedunkelten Scheiben von der Stadt entfernte, umso mehr kam sich Hannes wie ein Lamm vor, das man zur Opferbank schleifte. Immer wieder tastete er seinen Oberkörper ab, aber die Schutzweste beruhigte ihn nicht. Überzeugender waren da schon die Informationen, die er in regelmäßigen Abständen empfing. Die Stimme des Einsatzleiters klang noch immer gelassen und selbstbewusst. Obwohl Hannes ahnte, dass dies nur zu seiner Beruhigung geschah, fühlte er sich dadurch gleich besser. Er drückte den Knopf im Ohr in eine angenehmere Position und antwortete in das Mikrofon, das man unauffällig an seinem Poloshirt angebracht hatte.

»Von Lukas also weiter keine Spur?«

»Weder von ihm noch von jemand anderem. Meine Leute haben das Gebiet seit dem Nachmittag im Blick. Straßen und Wege sind ebenfalls verwaist.«

Hannes hätte nichts dagegen einzuwenden gehabt, wenn dies weiter so blieb. Hatte Lukas kalte Füße bekommen? Sosehr er sich das wünschte, so sehr befürchtete er es auch. Schließlich würde es bedeuten, dass man auf der Stelle trat und weder Kontakt zu Lukas noch zu Federsen aufbauen konnte. Der Gedanke an seinen Chef führte dazu, dass Hannes nun doch auf ein Stattfinden des Treffens hoffte. Lukas würde ihn schon nicht ermorden, das hätte er einfacher erledigen können. Es musste einen anderen Grund geben, weshalb er sich der Gefahr einer Verhaftung auszusetzen gedachte.

Nicht nur in Sichtweite der Bushaltestelle waren Polizisten eines Spezialeinsatzkommandos stationiert worden, auch auf der Rückbank des Passats verbarg sich ein Mann, der für Hannes wichtig werden könnte. Er hatte kaum Worte mit dem Mann gewechselt, hatte aber den Eindruck, gut bei ihm aufgehoben zu sein. Das war niemand, der lange fackelte, wenn es brenzlig wurde. Die Vorstellung, wie Lukas blutüberströmt zu Boden sackte, behagte Hannes zwar nicht, aber besser, es traf Lukas, als ihn selbst. So weit ging sein Mitgefühl für den traumatisierten Siebzehnjährigen dann doch nicht.

Der Bildschirm des Navigationssystems zeigte ihm, dass er die Haltestelle *Moorsee* in zehn Minuten erreichen würde. Fünf Minuten zu früh. Das Zielfähnchen auf der Karte kam ihm wie Hohn vor. Markierte es die letzte Station seines Lebens? Von der Rückbank kam noch immer kein Geräusch, auch der Knopf im Ohr blieb gerade ruhig. Vergeblich suchte Hannes nach einem Gedankengang, der ihn ablenken und das brennende Gefühl im Magen verdrängen könnte. Er konnte nicht verhindern, dass – wohin er auch blickte – nur Schwärze lauerte.

Am schwersten war ihm das Telefonat mit Anna gefallen. Es hatte sich falsch angefühlt, sie über die Situation im Unklaren zu lassen, aber er wollte nicht, dass sie von Sorgen zerfressen neben dem Smartphone auf den erlösenden oder vernichtenden Anruf wartete. Vermutlich tat sie es trotzdem, denn dass er nicht überzeugend gewesen war, wusste er selbst. Er sehnte sich danach, ihre Stimme zu hören und sie in den Armen zu halten. Oder besser gesagt, ihre Arme um sich zu spüren.

Bevor er in Tränen ausbrechen konnte, dachte er an Fritz. Wie hätte er sich in so einer Situation verhalten? Wie hatte er sich gefühlt, als er sich vor Monaten als lebender Köder einem Profikiller in den Weg gestellt hatte? Schon damals hatte er nicht mehr viel zu verlieren gehabt, insofern war es nicht ganz vergleichbar. Gern hätte Hannes ihn vor der Abfahrt um Rat gefragt, aber diese Quelle der kriminalistischen Weisheit war für alle Zeiten versiegt.

Von einer Krankenschwester hatte Hannes erfahren, dass Fritz ihr anvertraut hatte, sich eine Seebestattung zu wünschen. Es war ein naheliegender Wunsch, und Hannes hatte am Nachmittag ein erstes Telefonat geführt, um ihn so wirklich werden zu lassen, wie Fritz es sich vorgestellt hatte: als Zeremonie an Bord der *Lena*. Der Kutter war von der Spurensicherung wieder freigegeben und mittlerweile aus dem Hafenbecken an Land gehievt worden. Ole hatte auf die Nachricht vom Tod seines Freundes geknickt, aber mit dem ihm eigenen Pragmatismus reagiert. »Fritz hat dem Tod ins Gesicht gespuckt, anstatt sich von ihm foltern zu lassen.«

Dass die *Lena* ihrem früheren Besitzer noch eine letzte Ausfahrt gönnen sollte, sah auch der alte Fischer so. Er versprach, sich darum zu kümmern, dass das Loch im Rumpf so schnell wie möglich geflickt wurde. Um behördliche Genehmigungen und den Kontakt zu Angehörigen sollte sich allerdings Hannes bemühen, er selbst sei dafür ungeeignet. Hannes hatte schon geahnt, dass die Organisation von Fritz' Beerdigung an ihm hängen bleiben würde, und an sich hätte er damit kein Problem gehabt. Unter normalen Bedingungen wäre es ihm sogar eine Ehre gewesen, nun aber empfand er es als weitere Belastung.

Ob Fritz ihm in dem Briefumschlag genauere Anweisungen für seine Bestattung hinterlassen hatte, wusste Hannes nicht. Er ärgerte sich maßlos über sich selbst, dass er den Umschlag gedankenverloren irgendwo hingelegt hatte und nicht mehr finden konnte. Er erinnerte sich daran, dass irgendein Gegenstand darin gesteckt hatte, aber obwohl er am Nachmittag in aller

Hast das Auto durchsucht und Bens Haus auf den Kopf gestellt hatte, blieb der Umschlag verschwunden.

Ein schlechtes Gewissen hatte er auch Ursula gegenüber. Wahrscheinlich wusste sie, die in den letzten Monaten eine kraftspendende Konstante in Fritz' Leben gewesen war, noch gar nichts von seinem Tod. Mehrmals hatte Hannes schon ihren Eintrag in seinen Kontakten geöffnet, doch jedes Mal war es bei der Absicht geblieben, sie anzurufen. Die Kraft hatte einfach nicht ausgereicht, und auch jetzt fühlte es sich so an, als würde ihn nur noch ein Notstromaggregat dieses Fahrzeug lenken lassen.

»Wenn du noch langsamer fährst, ist es dunkel, bis wir ankommen«, klang es von der Rückbank.

Hannes zuckte zusammen und sah zum Tacho. Tatsächlich fuhr er mit gerade mal vierzig Stundenkilometern über die Landstraße. Er erhöhte das Tempo auf siebzig und umklammerte das Lenkrad. Hätte er es nicht besser gewusst, er hätte die Geschwindigkeit auf das Doppelte geschätzt. Die Leitpfosten und Bäume am Straßenrand schienen an ihm vorbeizufliegen, viel mehr bekam er nicht mit. Trotz seines Tunnelblicks erkannte er, dass es noch immer taghell war, wenigstens etwas.

»Da vorn ist es«, krächzte er.

»Ich weiß, jetzt solltest du langsamer fahren.«

Die Bushaltestelle kam in Sicht, sie bestand aus einem Schild, einer Umgebungskarte und einem Holzunterstand, der scheinbar erst vor Kurzem aufgestellt worden war. Hannes hielt davor an, sein Herz raste. Erst jetzt hob er den Kopf und scannte die Landschaft. Felder erstreckten sich vor seinen Augen, es gab nur wenig höheren Bewuchs. Erst in mehreren hundert Metern Entfernung lagen ein Wald und ein Feuchtgebiet, das Vogelkundler anzog. Ein Feldweg führte von der Bushaltestelle zum Vogelschutzgebiet und mündete dort in ein Netz von

Wanderpfaden. Dort befand sich auch ein Parkplatz für Naturliebhaber, allerdings einen guten Kilometer entfernt.

»Fahr noch drei Meter weiter«, kam von hinten die Anweisung. »Unsere Kollegen brauchen ein freies Sichtfeld auf uns.«

»Wo sind die überhaupt?«, fragte Hannes.

»Wenn du sie nicht siehst, ist das schon mal gut. Drei befinden sich getarnt im Straßengraben auf der anderen Straßenseite. Zwei weitere liegen im Feld, und drüben in dem Wald sind noch mehr.«

»Der ist aber ganz schön weit weg.«

»Was gut für dich ist. So kann sich niemand ungesehen von dort nähern. Einen merkwürdigeren Treffpunkt mit einem Erpresser hab ich noch nicht gesehen. Hier präsentiert er sich auf dem Silbertablett.«

»Dafür muss es einen Grund geben. Hoffentlich ist hier kein Sprengsatz angebracht worden.«

»Wurde überprüft, ist alles sauber.«

Das bestätigte auch die Stimme des Einsatzleiters, der sich in diesem Moment wieder meldete.

»Alles ruhig. Bleiben Sie im Wagen sitzen, bis jemand auftaucht. Wir haben Sie im Blick.«

Automatisch nickte Hannes, bis ihm einfiel, dass der Mann das kaum sehen konnte. »Okay. Und wenn Lukas kommt, steige ich aus?«

»Nein.« Die Stimme blieb geduldig, obwohl alles schon mehrfach besprochen worden war. »Lassen Sie ihn ans Fenster kommen. Es sei denn, er fordert Sie auf, auszusteigen. Je nachdem, wie die Kollegen vor Ort entscheiden, lassen Sie sich darauf ein oder nicht. Bleiben Sie auf jeden Fall auf der linken Wagenseite! Handeln Sie nur so, wie ich es Ihnen sagen werde. Wir haben alles unter Kontrolle.«

In diesem Moment sprang die Digitalanzeige des Bordcomputers auf einundzwanzig Uhr. Hannes ließ das Fenster herunter, sein Rücken klebte durchgeschwitzt am Sitz. Dass ein Siebzehnjähriger in der Lage war, aus ihm ein zitterndes Nervenbündel zu machen, kam ihm wie ein schlechter Witz vor. Allerdings hatte Lukas in den letzten Tagen bewiesen, dass man ihn nicht unterschätzen sollte. Dass er sich auf derart offenem Gelände mit ihm treffen wollte, wirkte wie eine Machtdemonstration.

Um zehn nach neun näherte sich ein Fahrzeug von vorn, nach Aussage des Einsatzleiters saßen zwei Männer darin. Keiner von beiden ähnelte Lukas, und Hannes' Gedanken galoppierten. Wen hatte Lukas diesmal für seine Zwecke eingespannt? Profikiller? Aber wie hätte er an die rankommen sollen? Übers Darknet! Damit kannte sich doch vermutlich jeder Teenager aus! Hannes keuchte, als sich das Auto näherte und das Tempo reduzierte. Es hielt nicht an. Mit verminderter Geschwindigkeit rollte es auf der Gegenfahrbahn an ihm vorbei, zwei Köpfe drehten sich zu ihm. Dann sah er es im Rückspiegel verschwinden.

»Wir haben das Kennzeichen überprüft«, klang es an Hannes' Ohr. »Der Wagen gehört einem Bauern aus dem nächsten Ort.«

»Ganz ruhig«, sagte der Mann hinter Hannes, als dieser zu hyperventilieren begann. »Kann gut sein, dass noch mehr Autos kommen, die nichts mit der ganzen Sache zu tun haben.«

Damit behielt er zwar recht, aber der Effekt nutzte sich nicht ab. Jedes Mal, wenn sich ein Fahrzeug näherte, brach Hannes aufs Neue kalter Schweiß aus. Er bemerkte selbst, dass er sich immer mehr in die Panik hineinsteigerte, das ständige Auf und Ab der Anspannung hinterließ seine Spuren.

Als schließlich die Dämmerung einsetzte, war Hannes völlig fertig. Jetzt, Mitte Juni, ging die Sonne erst um kurz vor zehn unter, und seit er die Bushaltestelle erreicht hatte, waren elf Autos vorbeigefahren. Jedes davon war nach einer Überprüfung der Halter als unverdächtig eingestuft worden – aber eben immer erst im Nachhinein. Gehörte das zu Lukas' Spiel? Hatte er von vornherein die Nacht abwarten, Hannes aber zuvor zermürben wollen? Wenn dies sein Plan war, dann ging er auf. Die Dunkelheit legte sich über das Land, und es kamen noch weniger Fahrzeuge als zuvor vorbei. Dafür wirkten aber die Lichtpunkte der Scheinwerfer bedrohlich und geheimnisvoll.

Erst um dreiundzwanzig Uhr verkündete der Einsatzleiter den Abbruch. Drei Gestalten tauchten aus dem Straßengraben auf und näherten sich. Die Kollegen des Spezialeinsatzkommandos waren nur wenige Meter von Hannes entfernt gewesen, ohne dass er sie in den letzten Stunden bemerkt hätte. Aufmerksam sahen sie sich noch einmal um, dann öffneten sie die Türen.

»Hat wohl kalte Füße bekommen«, sagte eine helle Stimme.

Hannes sah zum Beifahrersitz, auf dem eine Frau Platz nahm. Sie nickte ihm zu. »Du kannst jetzt losfahren, hier kommt keiner mehr.«

Hannes schüttelte den Kopf. »Kann jemand von euch fahren? Ich bin völlig durch.«

»Verstehe, kein Problem.« Ohne eine Miene zu verziehen, stieg sie aus und ging um den Wagen herum.

Hannes musste sich für einen Moment am Wagendach abstützen, nachdem er sich ins Freie gestemmt hatte. Erleichterung durchflutete ihn, aber auch ein Hauch von Enttäuschung. In der Hosentasche vibrierte sein Handy. Vermutlich Anna, die ihn mit Fragen bombardieren würde. Er täuschte sich, denn es war Maria, die ebenfalls nichts von der Situation wusste, in der er sich gerade befand.

»Sorry, dass ich störe«, erklang ihre dunkle Stimme. »Ich hoffe, du hast noch nicht geschlafen?«

»Schön wär's.« Die abfallende Anspannung sorgte für zitternde Beine, sodass er sich weiter am Wagendach festhalten musste. »Du machst auch Überstunden?«

»So ist es, aber nicht wegen dir. Allerdings schulde ich dir noch eine Rückmeldung zur Wasserprobe.«

»Ach, stimmt.« Hannes hatte es schon fast vergessen. Es fühlte sich wie eine Ewigkeit an, als er mittags Ralf an seiner Tasche überrascht hatte.

»Du hattest recht, es war eine Substanz in dem Wasser, die da nicht reingehört.«

Er glaubte, sich verhört zu haben. »Ist nicht dein Ernst!«

»Doch. Zwar kein Gift, aber … also umbringen wollte er dich nicht.«

»Sondern?«

»Das habe ich mich auch gefragt, bis ich mich nach dem Mittel erkundigt habe. Es gilt als leistungsfördernd.«

Die Erläuterungen der Rechtsmedizinerin überstiegen Hannes' momentane Fähigkeiten, logisch zu denken. »Weshalb sollte er mich stärken wollen? Ich bin sein Hauptkonkurrent! Würde eher Sinn machen, dass er mir einen Magen-Darm-Virus …«

»Weil das Mittel auf der Dopingliste steht.«

Die Stille dehnte sich aus. Hannes war wie vor den Kopf geschlagen. Es gab vieles, was er Ralf zugetraut hätte, aber dass er ihm heimlich ein Dopingmittel unterschieben wollte, hätte er nicht für möglich gehalten. Er wusste, dass so etwas schon vorgekommen war, und dass es eine effektive Möglichkeit war, um Rivalen schachmatt zu setzen. Wer glaubte schon einem Athleten, der sich nicht erklären konnte, wie die Substanz in seinen Körper gelangt war? Seit den vielen Dopingskandalen herrschte ein Generalverdacht. Ob es das erste Mal war, dass Ralf ihm ein Mittel untergemischt hatte? Hannes stöhnte. Eine Blutuntersuchung war unvermeidbar, und er hatte Angst, was wenige Wochen vor den Olympischen Spielen dabei herauskommen würde.

Als er Maria seine Befürchtung mitteilte, sagte sie sofort zu, eine entsprechende Untersuchung diskret zu übernehmen. Zusätzlich würde sie ihm den Bericht zur Wasserprobe zusenden, was er damit anfangen wolle, müsse er aber selbst entscheiden. Ob und wie er gegen Ralf vorgehen sollte, darüber wollte und konnte sich Hannes allerdings gerade nicht den Kopf zerbrechen. Die Niedertracht schockierte ihn so sehr, dass er nur ungläubig in die Dunkelheit starren konnte. Tief saugte er die Nachtluft ein, dann umrundete er den Wagen und ließ sich auf den Beifahrersitz fallen. Als die Polizistin losfuhr, lehnte er den Kopf gegen die Stütze und schloss die Augen. Nur wenige Minuten später war er eingeschlafen.

Zur gleichen Zeit war Federsen hellwach. Das war wenige Sekunden zuvor noch anders gewesen, doch das gleißende Licht der Taschenlampe hatte ihm sogar durch die geschlossenen Lider Schmerzen verursacht. Rasch drehte er den Kopf zur Seite. Seine Sinne waren in höchster Alarmbereitschaft. Er hörte leises Atmen, roch die muffige Luft, spürte die Kanten des Steins in seiner freien Hand – nur sehen konnte er mit den geblendeten Augen zunächst nichts. Auch sein Gehirn arbeitete auf Hochtouren.

Er hatte es befürchtet! Der Schlaf hatte ihn genau zur falschen Zeit übermannt. Wie lange er sich in den Fängen des wirren Traums, in dem ihn seine Frau am Traualtar hatte stehen lassen und ausgerechnet mit seinem alten Widersacher Fritz Janssen durchgebrannt war, befunden hatte, wusste er nicht. Der Albtraum seiner Fantasie war dem Albtraum der Realität gewichen. Er versuchte, mit der Zunge Worte zu formen, aber sie schien an seinem Gaumen festzukleben. Das Einzige, was ihm Trost schenkte, war der Stein, der mit seiner scharfkantigen

Oberfläche wie ein Heilsbringer wirkte. Hastig versicherte er sich, dass er vor den fremden Augen verborgen war.

Der Lichtschein bewegte sich vom Kopfende an die Bettseite. Dahinter erkannte Federsen den Schemen einer Person. Plötzlich wurde es im gesamten Raum heller. Erneut kniff Federsen die Augen zusammen. Als er sie wieder öffnete, erkannte er, dass eine neue Campinglaterne entzündet worden war. Ihr Licht erhellte fast den gesamten Raum und offenbarte die Identität des Besuchers. Stumm nickte Federsen. Sein Bauchgefühl hatte ihn also nicht getrogen. Weder bei dem Besuch des *Waldhauses* noch bei der Vermutung, wer ihn hierher verschleppt hatte. Er erkannte Lukas Krontal auf Anhieb, auch wenn er ihn anders in Erinnerung hatte.

Der Siebzehnjährige hatte keine großen Wiedererkennungsmerkmale besessen, mit seinem langweiligen Haarschnitt, den spießigen Klamotten und seinem schlanken Körperbau. An diesem Tag wirkte er blass, abgemagert, hohläugig und ungepflegt. Er trug dunkle Jeans, einen Kapuzenpullover, und die Haare waren eindeutig länger nicht gewaschen worden. Eine Hand hielt noch immer die Taschenlampe umfasst, mit der anderen stellte Lukas die Campinglaterne auf den Boden. Dann nahm er einen Rucksack vom Rücken und öffnete den Reißverschluss. Nacheinander warf er Wasserflaschen und eine Tüte aufs Bett. Dabei blieb er immer auf Abstand, wie Federsen ernüchtert feststellte.

Sein Blick fiel auf die Flaschen. Das Verlangen, seinen Durst zu stillen, wurde übermächtig. Schwerfällig brachte er sich in eine sitzende Position und platzierte dabei den Stein unter seinem Hintern. Es war mühsam, die Flasche mit einer fixierten Hand festzuhalten und mit der anderen aufzudrehen, aber obwohl er sich extra ungeschickt anstellte, machte Lukas keine Anstalten, ihm zu helfen. Federsen zwang sich, nicht zu hastig zu trinken, immer wieder führte er die Flasche für kleine

Schlucke an den Mund. Lukas beobachtete ihn mit verschränkten Armen und ausdruckslosem Gesicht.

Seine Stimme klang monoton, als er schließlich doch zu sprechen begann. »Essen ist in der Tüte. Teils dir besser gut ein.«

Federsen gab nur ein brummendes Geräusch von sich und konzentrierte sich weiter darauf, seinen Flüssigkeitshaushalt wieder ins Gleichgewicht zu bringen. Außerdem wollte er dem Kerl nicht die Genugtuung verschaffen, zu erleben, wie er sich wie ein ausgehungertes Tier über die Tüte hermachte. Besonders voll kam sie ihm ohnehin nicht vor.

»Schön, dass du dich mal blicken lässt«, sagte er zwischen zwei Schlucken.

»Hör auf, mich zu duzen.«

»Machst du doch auch.«

»Ich kann machen, was ich will. Du dagegen solltest besser … vorsichtig sein.«

Federsen drehte die Flasche zu und legte sie neben sich. Es kostete ihn Überwindung, die Tüte weiter zu ignorieren. »Was soll das alles überhaupt?«

»Ich bin nicht hier, um Erklärungen zu geben.«

»Sondern?«

»Soll ich dich verhungern lassen? Wäre dir das lieber? Aber bei deinem Fettpolster müsste ich wohl lange warten.«

»Oh, ein kleiner Witzbold bist du also auch noch.«

Es war eine riskante Taktik, Federsen erkannte es sofort. Lukas' Augen verengten sich, die Fingerknöchel traten weiß hervor. »Arrogantes Arschloch«, zischte er. »Aber ich hab nichts anderes von dir erwartet. Dabei bist du unfähig und inkompetent. Genau wie dein Kollege.«

»Wieso?«

»Muss ich dich daran erinnern, was meinen Eltern passiert ist? Fähige Polizisten hätten das zu verhindern gewusst.«

Selbst in dieser Extremsituation drückte er sich relativ gewählt aus, dachte Federsen. Dadurch wirkte der Teenager … irgendwie gespalten. Er sprach wie ein Erwachsener, Äußeres und Körpersprache wirkten aber noch kindlich. Der Kommissar griff nun doch in die Plastiktüte, wer wusste schon, ob Lukas sie ihm in einem Wutanfall nicht wieder entreißen und sich mit dem Inhalt davonmachen würde. Er öffnete die Packung eines Sandwichs und biss hinein. Sowohl das Brot als auch die Salami fühlten sich wie Gummi an. Federsen hatte seine Zweifel, dass sich der Hunger damit lange besänftigen ließe.

»Was genau wirfst du uns vor?«, fragte er mit vollem Mund.

»Dass meine Eltern tot sind und ich ins Heim musste. In ein Haus voller Gestörter.«

Federsen schluckte den Salami-Brot-Brei herunter und spülte mit Wasser nach. »Das tut mir leid. Beides tut mir leid. Aber du kannst mir glauben, dass wir alles versucht haben, um es zu verhindern.«

»Alles? Wohl kaum. Dein Kollege war ganz dicht an meiner Schwester dran. Sie hat es mir geschrieben. Er wäre der Einzige gewesen, der sie hätte aufhalten können. Die haben sich gut verstanden. Wahrscheinlich hat er sie sogar … gevögelt.«

Federsen runzelte die Stirn. Er erinnerte sich an den Umgang der beiden, den auch er kritisch gesehen hatte. »Das hat sie dir geschrieben?«

Lukas schwieg, seine Wangen glühten nach dem kurzen Ausbruch. Federsen sah eine Wunde, die noch nicht einmal begonnen hatte zu heilen. Sie klaffte offen wie am Tag der Tragödie auf der Klippe.

»Wenn du meinen Kollegen so massiv beschuldigst: Wieso bin dann ich an dieses Bett gefesselt und nicht er?«

»Selbst schuld, du hättest mir nicht in die Quere kommen sollen. Schlecht für dich, gut für mich. Über dich komme ich jetzt an ihn ran. Wusstest du, dass ich ein aktuelles Foto von dir an die Polizei weitergeleitet habe?«

»Willst du sie erpressen?«

»Heute Abend sollte dein Kollege zu einem Treffpunkt kommen.«

Federsens Besorgnis wuchs. »Und? Kam er?«

»Wahrscheinlich, keine Ahnung. Ich kann mir vorstellen, wie das lief. Dort wird es jede Menge Heckenschützen gegeben haben.«

»Wieso … was sollte das dann, wenn du gar nicht …«

»Beim nächsten Mal kann ich den Druck erhöhen. Wirst du schon verstehen.«

»Das führt doch zu nichts!« Federsen änderte seine Taktik. Er legte das Brot zur Seite und sah Lukas fürsorglich an. »Es tut mir leid, was du durchmachen musstest. Meinem Kollegen und mir ging das nah. Wir haben nicht …«

»Es ging euch nah? Im Gegensatz zu mir konntet ihr euer Leben einfach weiterleben.«

»Das stimmt so nicht. Wir haben oft daran gedacht …«

»Ihr habt daran gedacht? Ach so.« Lukas schnaufte aus. »Ich erlebe es aber! Jeden Tag und jede Nacht muss ich damit leben, dass meine Eltern … tot sind!« Für einen Augenblick sah er aus wie ein verstörtes Kind, das gleich in Tränen ausbrechen würde. Dann trat er mit geballten Fäusten einen Schritt näher. »Ich will deine Rechtfertigungen nicht hören! Ihr habt es vermasselt, ausbaden muss ich es.«

»Vermasselt hat es vor allem deine Schwester.«

»Weil sie gar nicht wusste, was damals wirklich passiert ist!«

»Macht es das besser?«

»Hättet ihr es schneller herausgefunden, wäre sie nie auf meine … unsere Eltern losgegangen. Aber keine Sorge, sie wird auch noch dafür bezahlen.«

»Lukas.« Federsen deutete auf seine angekettete Hand. »Noch ist nicht viel passiert, und ich bin der Letzte, der nachtragend ist. Du hast Sachbeschädigungen begangen, und … na ja, das hier können wir schon irgendwie geradebiegen. Verbau dir nicht dein Leben!«

»Mein Leben ist verbaut. Noch. Aber ich werde mich befreien.«

»Indem du den Racheengel spielst?«

Der Brustkorb des jungen Mannes hob und senkte sich. Sein Schweigen ließ Federsen hoffen, dass er endlich zu ihm durchzudringen begann. Er sortierte seine Gedanken und zwang sich, besonnen zu bleiben. Die nächsten Worte mussten mit Bedacht gewählt werden. Lukas kam ihm zuvor.

»Iss auf«, sagte er mit ruhiger Stimme, als habe es das vorherige Wortgefecht nicht gegeben. Er bückte sich zu seinem Rucksack und zog eine zweite Handschelle hervor. »Ich will nicht, dass du hier noch mal mit dem Bett herumwanderst. Sobald du aufgegessen hast, mache ich auch dein zweites Handgelenk fest.«

Federsen schnürte es den Magen zusammen. »Lukas, wie gesagt …«

»Du sollst essen.«

»Wenn du …«

»Letzte Chance!«

Lukas hob die Hand und ließ die Handschelle in der Luft baumeln. Federsen senkte den Kopf und zog ein weiteres Sandwich hervor. Die Vorstellung, gleich mit beiden Händen gefesselt für Stunden oder wieder Tage in der Dunkelheit zu sitzen, brachte ihn an die Grenze der Selbstbeherrschung. Während er Bissen für Bissen hinunterwürgte, überschlug er seine Optionen. Es gab nur eine einzige. Sobald Lukas sich näherte, um die zweite Handschelle zu befestigen, musste der

Angriff erfolgen. Um diesen Moment hinauszuzögern, kaute er gründlich und spülte immer wieder mit Wasser nach.

Zehn Minuten später war die Tüte dennoch leer, und der Inhalt der zweiten Wasserflasche hatte sich halbiert. Was das für Konsequenzen nach sich ziehen würde, wenn er bewegungsunfähig auf dem Bett lag, mobilisierte Federsens Willensstärke. So unauffällig wie möglich versuchte er, seine Hand zu dem Stein zu schieben. Als er schon die Spitze ertasten konnte, wurde Lukas aufmerksam.

»Was machst du da?«

Federsen gefror das Blut, er stoppte die Bewegung der Finger. »Was meinst du?«

Lukas' Misstrauen war nicht zu übersehen. »Zeig mir deine Hand.«

Widerstrebend zog Federsen sie hervor und präsentierte die leere Handfläche. Im selben Moment sprang Lukas nach vorn, um die Handschelle zuschnappen zu lassen. Federsen reagierte, so schnell er konnte. Er drehte sich zur Seite, griff nach dem Stein und holte aus. Alles, was er an Kraft besaß, steckte er in diesen Schlag. Lukas schrie auf und taumelte zurück. Der Stein hatte einen tiefen Kratzer in seiner Wange hinterlassen. Federsen versuchte, ihm nachzusetzen, wurde aber von der bereits vorhandenen Fixierung unsanft in der Bewegung gestoppt. Diesmal verfehlte er den Jungen knapp, sein Arm durchschnitt nur die Luft.

»Verdammt!« Lukas schnappte sich seinen Rucksack und brachte sich endgültig außer Reichweite.

Lauernd blieb Federsen stehen. Er würde sich nicht kampflos ergeben! Sein Mut sank, als Lukas Flüche murmelnd einen länglichen Gegenstand aus dem Rucksack zog. Ein roter Bolzenschneider. Wieso schleppte dieser Durchgedrehte so ein Werkzeug mit sich herum? Federsens Chancen hatten sich dramatisch verschlechtert, das war klar. Lukas zögerte die Bestätigung dieser Erkenntnis auch nicht länger hinaus. Mit verkniffenem Gesichtsausdruck und ohne einen Laut von sich zu geben, trat er einen Schritt nach vorn und ließ den Bolzenschneider auf Federsens Arm krachen.

Der Schmerz war unbeschreiblich und ließ Federsen einen schrillen Schrei ausstoßen. Er sank aufs Bett, als der nächste Schlag erfolgte – diesmal auf seinen Rücken. Er bäumte sich auf und erhielt einen Hieb in die Magengrube. Wimmernd krümmte er sich zusammen und versuchte trotz des schmerzenden Arms sein Gesicht zu schützen. Am Handgelenk spürte er Metall, er hörte ein Klicken und wusste, dass er verloren hatte. Trotzdem versuchte er ein letztes Mal Widerstand zu leisten, als der Arm in Richtung Bettgestell gezogen wurde. Die Schmerzen waren erbarmungslos, er gab auf.

Aus verschleiertem Blick sah er zu dem blutigen Gesicht auf. Lukas schnaufte, fast schien es, als würde er einen Asthmaanfall erleiden. Doch er war noch nicht fertig. Halb bewegte er sich aus Federsens verschwommenem Blickfeld heraus, dann spürte Federsen etwas Scharfes an seinem Daumen. Erschrocken drehte er den Kopf so weit nach hinten, wie er konnte. Direkt hinter dem vorderen Fingerglied steckte der Daumen zwischen den Messern des Werkzeugs.

»Das ist Wahnsinn … es tut mir leid, dass ich … bitte tu das nicht!«

Lukas drehte sein Gesicht in Richtung Wand, ohne dass er von Federsens Daumen abließ. Seine Stimme klang kraftlos und erinnerte an ein störrisches Kind. »Ich muss mehr Druck machen.«

Mit abgewandtem Blick und zusammengebissenen Zähnen drückte er den Bolzenschneider zusammen. Federsen brüllte auf, als sein abgetrennter Daumen neben ihm auf der Matratze landete. Er hörte ein würgendes Geräusch, das nicht von ihm selbst stammte, und roch Erbrochenes. Wie in Trance sah er auf seinen Finger, bis dieser in einer Plastiktüte verschwand. Er bemerkte kaum, dass Lukas ihm einen Druckverband anlegte, hinsehen konnte er schon gar nicht. Stöhnend ließ er die Behandlung über sich ergehen und kämpfte mit dem Schmerz und der einsetzenden Übelkeit. Es konnte nicht wahr sein, das musste ein irrwitziger Albtraum sein! Er drehte nun doch den Kopf, konnte Lukas' Gesichtszüge durch den verschleierten Blick aber kaum erkennen. Fünf Minuten später vermochte er gar nichts mehr zu sehen, denn als Lukas mitsamt seinem Rucksack und vermutlich auch dem Daumen den Raum verließ, nahm er die Campinglampe mit. Federsen blieb mit seinen Dämonen und den Schmerzen allein im Dunkeln zurück.

Als Hannes am nächsten Morgen aufwachte, dauerte es eine Weile, bis das unwirkliche Gefühl verflogen war. Er war immer noch am Leben, das war das Wichtigste. Das Gezwitscher der Vögel und die Sonnenstrahlen auf seinem Gesicht führten dazu, dass er kaum noch nachvollziehen konnte, weshalb er sich am Vorabend in ein nervliches Wrack verwandelt hatte. Er war von allen Seiten abgesichert gewesen, und zudem blieb Lukas nach wie vor ein siebzehnjähriger Teenager. Er mochte hochintelligent sein, einiges Verwerfliches getan und mit Federsens Entführung eine Grenze überschritten haben, ein eiskalter Killer war er aber nicht.

Nur mit Boxershorts bekleidet, betrat Ben das Wohnzimmer. Er war noch wach gewesen, als die Polizisten Hannes in der Nacht abgeliefert und der Obhut der Personenschützer übergeben hatten. Wie ein Schlafwandler war Hannes zum Sofa gewankt, unfähig, Ben über die zurückliegenden Ereignisse zu informieren. Das holte er nun bei einem kargen Frühstück auf der Terrasse nach, keiner der beiden hatte sich um das Auffüllen der Vorräte gekümmert. In Ermangelung von Marmelade strich sich Ben Ahornsirup aufs Brot, der sich kurz darauf einen Weg durch seinen Dreitagebart suchte. Ihm war anzumerken, dass er *Sockes* Tod noch nicht verinnerlicht hatte, immer wieder glitt sein Blick durch den Garten, als würde er den Hund dort herumtoben sehen. So abwesend er dabei wirkte, so genau verfolgte er dennoch den Bericht seines Freundes, wie er kurz darauf unter Beweis stellte.

»Vielleicht bekam dieser Lukas gar keine kalten Füße. Es war nur ein weiterer Spielzug, um dich zu quälen. Psychoterror.«

»Wenn das sein Plan war, hat er gut funktioniert.«

»Fühlt sich scheiße an, so einem Knirps ausgeliefert zu sein, oder?«

»Spielt ja eigentlich keine Rolle, wie alt er ist. Führt höchstens dazu, dass ich meine Wut auf ihn nicht richtig ausleben kann. Ich finde es tragisch, was ihm widerfahren ist und was das aus ihm gemacht hat.«

»Also ich habe eine Scheißwut auf ihn«, stellte Ben klar. »Genug, dass sie für uns beide reicht. Kann man ihm nicht eine Falle stellen?«

»Das haben wir ja gestern versucht.«

»Aber nur indirekt. Gibt es nicht irgendetwas, womit ihr ihn anlocken könnt?«

Hannes dachte nach. »Dummerweise hat er eine Motivation, die wir nicht befriedigen können. Trauer und Rache.«

»Stimmt, die Trauer könnt ihr ihm nicht nehmen, aber bei der Rache kann man ansetzen.«

»Hast du eine konkrete Idee?«

»Nein, aber ich werde ab sofort darüber nachdenken. So findet mein Hass wenigstens ein Ziel. Dieses Kerlchen muss endlich aus dem Verkehr gezogen werden, das bin ich *Socke* schuldig.«

»Und ich bin es wohl Federsen schuldig.«

»Ach«, Ben grinste, »ein paar Tage Einzelhaft tun dem vielleicht mal ganz gut. Oder denkst du, dass er in ernsthafter Gefahr schwebt?«

»Ich würde es nicht auf die leichte Schulter nehmen. Lukas kann sich in einen Zustand hineinsteigern, in dem er zu allem fähig ist. Wer einen Hund vergiftet und einen Polizisten niederschlägt, ist nicht mehr weit vom Äußersten entfernt. Also ja, ich denke, dass Federsens Leben in Gefahr ist.«

»Wie geht es eigentlich mit Fritz weiter? Steht schon ein Termin für die Beerdigung an? Ich hab zwar nicht viel mit ihm zu tun gehabt ... außer als er mich unter Mordverdacht stellte. Aber ... ich mochte ihn.«

»Das wird wohl an mir hängen bleiben. Sein einziger näherer Verwandter, der noch am Leben ist, sitzt im Knast.«

»Was er dir zu verdanken hat.«

»Fritz wünschte sich angeblich eine Seebestattung«, überging Hannes den Hinweis. »Kurz vor seinem ... Tod gab er mir einen Umschlag, den ich nicht mehr finden kann. Vielleicht hat er genaue Anweisungen aufgeschrieben. Ist dir so was in die Hände gefallen? Ich hab schon überall gesucht.«

»Nein, wenn *Socke* noch am Leben wäre, könnte er den Umschlag verschleppt haben. Willst du noch Kaffee?«

Er nickte, und Ben verschwand im Haus. Hannes zog sein Handy hervor und kontrollierte den Nachrichteneingang. Als er nachts aufs Sofa gefallen war, hatte er Anna noch eine SMS geschickt, dass der Abend ein Fehlschlag gewesen war, es ihm aber gut gehe. Wie er nun erkennen konnte, hatte sie ihm daraufhin mehrere Antworten geschickt. Der Erleichterung, dass alles in Ordnung war – wie hätte sie auch ahnen sollen, in welcher Anspannung er den Abend verbracht hatte – waren drei weitere Nachrichten gefolgt, deren Inhalt Hannes irritierte und aufstöhnen ließ.

Was zur Hölle hatte Nina dazu getrieben, einfach bei Anna reinzumarschieren? Den Worten seiner Freundin nach zu urteilen, war es ein Auftritt gewesen, der einige Fragen offenließ. Hannes schloss die Augen und lehnte den Kopf gegen die Lehne. Konnte dieser ganze Mist nicht endlich aufhören? Die Treffen mit Nina hatte er doch nur verschwiegen, um weitere Komplikationen gar nicht erst entstehen zu lassen. Er hatte es nicht für wichtig genug gehalten und zudem nicht die Kraft für Erklärungen besessen. Wie es schien, hatte er dadurch erst recht einen Energieräuber in die Welt gesetzt. Diese verdammte Nina! Er beschloss, die unangenehme Aufgabe sofort hinter sich zu bringen und rief Anna an.

»Ausgeschlafen?«, klang es knapp an sein Ohr.

»Dir auch einen guten Morgen. Bei mir ist alles okay, obwohl es gestern hart war.«

»Schön für dich. Wieso hast du mir nicht mehr geantwortet?«

Hannes atmete durch. »Weil ich erst jetzt gelesen habe, dass … Anna, ich bin todmüde ins Bett gefallen!«

»Zuletzt warst du wohl nicht zu müde, um dich mit deiner Ex zu treffen.«

Trotz aller Dramatik um ihn herum musste Hannes schmunzeln. »Bist du eifersüchtig?«

»Eifersüchtig?« Es war einer der seltenen Momente, in denen Anna laut wurde. »Sag mal, tickst du noch ganz richtig? Irgendein Wahnsinniger ist hinter uns her, ich muss mich verstecken, höre kaum noch was von dir, und wenn du dich endlich meldest, merke ich sofort, dass du mir was verschweigst. Dann lässt du deine Ex auf mich los, ohne mir zu sagen, dass ihr euch immer wieder getroffen habt. Dass du ihr sogar von der ganzen Scheiße erzählt hast. Du hättest mich wenigstens vorwarnen können!«

Hannes nutzte eine Atempause. »Ich hab sie nicht auf dich losgelassen. Hatte keine Ahnung, dass sie bei dir aufkreuzt. Verstehe selbst nicht, warum sie das getan hat.«

»Und ich verstehe nicht, weshalb du ihr überhaupt von mir erzählt hast. Und vor allem geht mir nicht in den Kopf, dass du ihr sogar gesagt hast, wo sie mich finden kann.«

»Das …« Hannes stockte. »Das habe ich gar nicht getan. Sagte nur, dass du bei einer Freundin bist, die Elke heißt. Und … grob, in welcher Ecke sie wohnt.«

»Das hat sie aber anders dargestellt.«

»Versteh ich nicht.« Hannes konnte es sich tatsächlich nicht erklären. Sicher, er hatte das Schwimmbad und die Reinigung erwähnt. Hatte Nina daraufhin die Klingelschilder nach Elkes Vor- und Nachnamen abgesucht? Aber warum?

»Ist doch logisch, weshalb sie das getan hat«, beantwortete Anna die Frage. »Sie will dich zurückhaben!«

»Spinnst du?«, entfuhr es Hannes. Dass Anna nur das aussprach, was er selbst schon vermutete, machte es nicht besser. »Wir haben uns nicht ohne Grund getrennt und hatten jahrelang keinen Kontakt!«

»Wie naiv bist du denn? Das spielt überhaupt keine Rolle.«

Ben trat wieder auf die Terrasse und zog die Augenbrauen hoch. Dann machte er eine fragende Geste, ob er wieder verschwinden sollte. Hannes winkte ab. Die Anspannung der letzten Tage suchte sich einen Weg nach draußen, und es war ihm egal, ob das jemand mitbekam oder nicht.

»Natürlich spielt es eine Rolle«, ging er Anna an. »Zwischen uns läuft gar nichts, Punkt. Du redest dir irgendeinen Blödsinn ein, und … genau deswegen hab ich gar nicht erst erzählt, dass ich wieder Kontakt zu Nina hatte.«

»Jetzt schiebst du mir die Schuld zu? Ruf mich an, wenn du wieder bei Verstand bist, diesen Mist höre ich mir nicht länger an.«

Hannes setzte schon zu einer gepfefferten Retourkutsche an, aber da hatte Anna das Gespräch bereits beendet. Wütend knallte er sein Handy auf den Tisch. Es gab schon genug Probleme, wieso musste sie diese Lappalie zu einem lächerlichen Beziehungsstreit aufblasen? Ben setzte sich neben ihn und sah ihn abwartend an. Hannes erwiderte den Blick mit zusammengebissenen Zähnen.

»Jetzt erzähl mir nicht, dass ich zu grob war!«

»Kommt darauf an, um was es ging.«

»Geht dich nichts an«, blaffte Hannes ihn an. Dann erzählte er es doch.

»Scheint so, als würde Ninas Strategie erste Erfolge zeigen«, war Bens Kommentar.

»Was? Spielst du jetzt in Annas Team? Nina verfolgt keine Strategie, das ist Schwachsinn!«

»Weshalb taucht sie dann einfach bei Anna auf? Weshalb will sie dich ständig sehen? Weshalb bombardiert sie dich mit SMS? Weshalb …?«

»Sie bombardiert mich nicht«, unterbrach ihn Hannes. »Und jetzt habe ich genug von dem Thema. Hab ausreichend echte Probleme am Hals. Nicht nur, dass dieser dämliche Ralf mir Scherereien macht, jetzt fangt auch noch ihr an, du und Anna, mir …«

»Was ist mit Ralf?«

»Er hat mir Dopingmittel in die Trinkflasche geschüttet.«

»Ist nicht dein Ernst!«

»Konnte es selbst kaum glauben, aber er ist vom Ehrgeiz zerfressen. Ich habe es zum Glück rechtzeitig gemerkt, beziehungsweise ihn auf frischer Tat ertappt.«

»Was willst du jetzt tun?«

Hannes ballte die Fäuste. »Am liebsten würde ich ihm die Fresse polieren. Oder ihn anzeigen. Aber zuerst muss ich wissen, ob er das schon früher gemacht hat. Wenn ja, würde ich mir mit einer Anzeige selbst ins Knie schießen.«

»Weil du dann positiv getestet werden könntest?«

»So ist es. Deshalb lasse ich das sofort von Maria checken.« Er stand auf. »Danach muss ich eigentlich ins Training, aber wenn ich jetzt auf Ralf treffe, könnte ich was Unüberlegtes tun.«

»Das heißt, wenn bei Marias Untersuchung ein positiver Befund rauskommt, willst du alles unter den Teppich kehren? Du würdest positiv bei Olympia starten?«

»Weiß ich doch auch nicht!«, brüllte Hannes ihn an. Dann ließ er die Arme sinken. »Tut mir leid, Ben. Es ist nur … ich weiß langsam gar nichts mehr. Alles entgleitet mir, und trotzdem hängt alles an mir. Ich kann einfach nicht mehr.«

»Du musst aber«, sagte Ben mit Nachdruck. »Und du weißt, dass du dich auf mich verlassen kannst. Genauso wie auf deine Kollegen, auf Elke – und auf Anna. Du bist nicht allein. Bring das mit Anna schnellstmöglich in Ordnung.«

»Erst mal verschaffe ich mir Klarheit über mein Blutbild.« Hannes griff nach dem Autoschlüssel und gab den Personenschützern einen Wink, die sich mit betont unbeteiligten Gesichtern auf Abstand hielten. Er fröstelte. So wie er gerade vom Pech verfolgt wurde, hatte er wenig Grund, Marias Untersuchung gelassen entgegenzusehen. Was er anschließend mit Ralf anstellen würde, wollte er im Anschluss sorgfältig überlegen.

Obwohl das stabile Hochdruckgebiet auch an diesem Mittwoch für einen perfekten Sommertag sorgte, konnten Isabell und Per am Strand keine anderen Menschen erkennen. Allerdings gab es hier keine Strandkörbe, keinen Kiosk und noch nicht mal einen Parkplatz in unmittelbarer Nähe. Die beiden Ermittler hatten ihr Fahrzeug am Rande eines Feldwegs abgestellt, aber selbst von dort waren es noch zehn Minuten Fußmarsch gewesen. Sie waren dicht an der Wasserlinie entlanggegangen, wo der Sand fest war. Isabell trug leichte Kleidung und hatte sich ihre Schuhe ausgezogen. Per, in seiner langen Hose, mit der Baseballmütze und der Sonnenbrille, trottete mürrisch neben ihr her. Er schien den Ausflug ans Meer nicht zu schätzen.

»Reine Zeitverschwendung«, moserte er. »Hier draußen ist nichts, wo man sich verstecken könnte. Federsen hier am Strand entlangzuschleifen, wäre sowieso ein Ding der Unmöglichkeit.«

»Federsen und Lukas müssen sich ja gar nicht am selben Ort befinden«, entgegnete Isabell. Sie teilte den Frust ihres Kollegen, wollte sich davon aber nicht leiten lassen. Die Ermittlungen dauerten gerade mal knapp fünf Tage an, und Federsen war seit zwei Tagen verschwunden, da konnte man nicht auf Wunder hoffen. Für die Kürze der Zeit hatten sie schon einiges erreicht, insbesondere die Klärung der Identität des Gesuchten bedeutete einen Durchbruch. Landesweit wurde nach ihm gefahndet, genauso nach seinem Roller sowie nach Federsen und dessen Wagen. Dauerhaft untertauchen konnte niemand, und erst recht nicht ein Siebzehnjähriger ohne jede Unterwelterfahrung. Allerdings konnte er sich vielleicht lange genug verstecken, um Federsens Leben zu gefährden. Und natürlich bestand die Gefahr, dass er weitere Taten beging.

Was Isabell allerdings optimistisch stimmte, war die Kontaktaufnahme durch Lukas. Obwohl das Treffen letztlich nicht stattgefunden hatte, schätzte sie den Versuch als das ein, was es vermutlich auch sein dürfte: Lukas hatte sich in eine Situation manövriert, in der er nicht mehr weiterwusste. Alles, was er bisher getan hatte, konnte einem Anfänger mit sorgfältiger Planung und mit Glück gelingen. Jetzt war er an einem Punkt angelangt, an dem die mangelnden kriminellen Fähigkeiten zum Problem wurden. Isabells größte Sorge war daher weniger, dass Lukas weitere Menschen bedrohte, sondern eher, dass er sich in einem verzweifelten Moment an Federsen abreagieren könnte. Mittlerweile hatte man Gewissheit, dass die getrockneten Blutreste, die man an Hannes' Kanu gefunden hatte, von dem entführten Kriminalhauptkommissar stammten. Dass er selbst sich in dem Bootsschuppen aufgehalten hatte, war allerdings unwahrscheinlich. Plausibler erschien es, dass Lukas nicht dazu gekommen war, sich und seine Kleidung zu säubern, sodass er bei der Zerstörung des Kanus diese Spuren zurückgelassen hatte.

Isabell blieb stehen und schirmte die Augen vor der Sonne ab. Die Bucht endete an einer Landspitze, vor der mehrere Felsen aus dem Wasser ragten. Der Sandstreifen landeinwärts hinter dem Kap war nur wenige Meter breit, dann erhob sich eine Steilküste, die an dieser Stelle fünf Meter hoch sein dürfte. Heute war ruhiges Wetter, sodass Isabell kaum Gischtspritzer an den Felsen ausmachen konnte. Bei Sturm würde es hier dramatischer zugehen, dann nagte das Meer an der Steilküste, wie entsprechende Spuren zeigten. Ein einzelner Baum klammerte sich nur noch mit der Hälfte seiner Wurzeln an einen Erdflecken in der Felsformation, der nächste Herbststurm würde ihm wohl endgültig seinen Halt nehmen.

Hinter der Landspitze begann eine neue Bucht, in der sich nach den Angaben von Lukas' bester Freundin das Wrack eines Fischerbootes befinden sollte. An einer geschützten Stelle, sodass es selbst nach vielen Jahren nicht völlig zerstört war. Wie es dort überhaupt gelandet war, hatte Isabell trotz Nachfrage bei der zuständigen Behörde nicht herausfinden können. Dort war das Wrack niemandem bekannt. Man vermutete aber, dass es bewusst aufgesetzt worden war, um die Kosten für die Verschrottung zu sparen. Dies konnte zutreffen, da laut Lukas' Freundin das Boot, als sie es in ihrer Kindheit zum ersten Mal entdeckten, halb ausgebrannt gewesen war. Zuletzt hatten sie es vor anderthalb Jahren besucht, da sei nicht mehr viel davon übrig gewesen.

Der Zahn der Zeit hatte sein Werk in der Zwischenzeit fortgesetzt, wie die Ermittler erkannten, als sie die Felsblöcke an der Landspitze hinter sich ließen. Vor ihnen erstreckte sich eine weitere malerische Bucht. Auch hier war kein Mensch, dafür fiel das Gerippe eines Bootes sofort ins Auge. Beim Näherkommen erkannte Isabell, dass es selbst im intakten Zustand nicht groß gewesen sein konnte. Sogar kleiner als Hannes' Krabbenkutter. Vom Vorderteil war nichts mehr zu sehen, und das Heck war zum Großteil im Sand versunken. Das Steuerhaus musste winzig gewesen sein, heute fehlten das Dach und die Seitenwände.

Per umrundete das Wrack und schüttelte den Kopf. »Wie ich gesagt habe, komplette Zeitverschwendung.«

Isabell folgte ihm und blickte zur Landspitze zurück. Sie verstand, weshalb Lukas diese Kulisse gern gemalt hatte. Im Vordergrund das gestrandete Boot, dahinter der Kampf des einsamen Baumes um sein Gleichgewicht, unter ihm die Gischt an den Felsen und weiter hinten bunte Flecken von intakten Booten, die das tiefe Blau der Ostsee sprenkelten. Vor allem bei schlechtem Wetter war die Atmosphäre gewiss düster und anziehend zugleich. Sie näherte sich dem Rest der Bordwand und fuhr mit den Fingern über das vermoderte Holz. Es musste einmal blau gestrichen gewesen sein, jetzt war es bis auf kleine Farbreste nur noch grau.

Auf einmal hörte sie einen Hund bellen, und kurz darauf stob Sand auf, als ein Schäferhund mit großen Sätzen auf die Polizisten zuhielt. Per versteifte sich, während Isabell darauf setzte, dass das Tier sein Schwanzwedeln nicht zur Tarnung einsetzte. Der Hund schien sich der Situation auch seinerseits nicht ganz sicher zu sein, denn er blieb auf Abstand und sprang bellend vor ihnen hin und her. Ein Pfiff ließ ihn die Ohren spitzen, dann drehte er ab und lief zurück in die Richtung, aus der er aufgetaucht war. Hinter ihm konnte Isabell einen menschlichen Umriss sehen, der sich direkt an der Wasserlinie bewegte und näher kam.

»Also verirrt sich doch ab und zu mal jemand hierher«, meinte sie zu ihrem Kollegen.

»Vielleicht haben wir Glück, und es ist Lukas!«

»Dann wäre er sofort abgehauen.«

Tatsächlich näherte sich ein Mann mittleren Alters, der in Shorts und T-Shirt barfuß sein Sportprogramm absolvierte.

»Entschuldigen Sie!«, rief er den beiden zu. »Mein Hund tut nichts. Normalerweise ist hier niemand, deshalb lasse ich ihn frei laufen.«

»Alles gut«, antwortete Isabell.

Schnaufend blieb der Mann vor ihnen stehen. »Wenn Sie einen Schatz suchen, kommen Sie zu spät.« Schmunzelnd deutete er auf die Überreste des Wracks. »Erst letztens hat hier jemand rumgebuddelt.«

»Wie meinen Sie das?«

Er winkte ab. »Rumgebuddelt ist übertrieben, aber als ich das letzte Mal hier entlanggejoggt bin, wühlte so ein Teenager mit den Händen im Sand. Vielleicht hatte er auch nur etwas verloren. Seinen Pinsel oder so.«

Per trat zwei Schritte von dem Hund zurück, der dazu ansetzte, interessiert an ihm zu schnuppern. »Wieso Pinsel?«

Der Mann bedeutete dem Tier, sich auf den Boden zu legen. »Weil ich ihn vorher schon zwei- oder dreimal hier gesehen habe. Da hat er dort auf dem Holzklotz gesessen und gemalt.«

Isabell hörte, wie Per erregt die Luft einsog, und vergeudete keine Zeit. Sie zog ihren Polizeiausweis hervor. »Wir suchen jemanden, auf den Ihre Beschreibung zutrifft.« Sie gab Lukas' äußere Merkmale wieder.

Der Mann furchte die Stirn. »Was hat er ausgefressen? Ist er aus einem Heim ausgebüxt?«

»Dazu können wir nichts sagen. Haben Sie mal mit ihm gesprochen?«

»Nein. Er fiel mir nur auf, weil nur selten jemand hier ist. Allerdings komme ich auch nicht mehr so häufig zum Joggen wie früher. Der Job lässt mir …«

»Wann haben Sie ihn das letzte Mal gesehen?«

»Müsste vor ein bis zwei Wochen gewesen sein.«

Mehr wusste der Mann nicht mitzuteilen, doch Isabell war dennoch froh, ihm begegnet zu sein. Der Hinweis von Lukas' Freundin hatte sich somit als zutreffend herausgestellt, und zudem hatte der Jogger eine interessante Beobachtung gemacht. Während Per vorsorglich die Kontaktdaten notierte, kletterte Isabell über einen Balken und betrat das ehemalige Steuerhaus. Dort setzte sie sich auf einen Holzblock und blickte zwischen den Streben, die einmal Fensterscheiben gehalten hatten, aufs Wasser hinaus. Was hatte den Besitzer wohl zur Aufgabe seines Boots getrieben? Wer waren er und die Männer gewesen, die damit aufs Meer hinausgefahren waren?

Als der Mann sich mit seinem Hund auf den Rückweg gemacht hatte, ließ sie ihren Blick über den Boden gleiten. Hier hatte Lukas also gesessen und sein Lieblingsmotiv gemalt. Und vor ein oder zwei Wochen im Sand gegraben. Oder hatte das auf den Mann nur so gewirkt? Sie ging in die Knie und schaufelte testweise etwas Sand zur Seite. Per beobachtete sie stirnrunzelnd.

»Was soll das werden?«

»Hast du dem Mann nicht zugehört?«

Plötzlich stieß sie auf einen Widerstand. Ihre Finger ertasteten einen glatten Gegenstand, der im Sonnenlicht glitzerte. Aus der Hosentasche zog sie Handschuhe hervor.

»Per, komm mal her, ich hab was gefunden.«

»Einen toten Fisch?« Per näherte sich, blieb aber außerhalb der zusammengesunkenen Bordwand stehen.

»Viel besser.« Sie streckte ihm eine Flasche mit einem Bügelverschluss entgegen.

»Jetzt hör aber auf!« Per musterte den zusammengerollten Zettel, der sich darin befand. »Soll das eine Flaschenpost sein? Die werden Kinder hier versteckt haben. Vielleicht sogar Lukas und seine Freundin.«

»Glaub ich nicht, dafür ist sie zu neu.«

Isabell ließ den Verschluss aufschnappen, drehte die Flasche herum und schüttelte sie. Die von einem Faden zusammengehaltene Papierrolle fiel in ihre Hand. Mit den Handschuhen war es nicht leicht, die Verknotung zu lösen, aber schließlich strich sie das Papier auf ihren Beinen glatt. Es handelte sich um drei Seiten, vollgeschrieben mit einer klaren Handschrift.

»Und was steht da? Ein Wunschzettel für den Weihnachtsmann?« Per stieg über die Bordwand und kam zu ihr.

»Das hat kein Kind geschrieben.« Hastig überflog Isabell den Text. »Das ist … das muss Lukas geschrieben haben. Ein Brief an seine Eltern.«

»Verarschst du mich? Wie melodramatisch ist der denn drauf?«

»Er ist eher am Boden zerstört, wie man hier lesen kann. Und er macht sich selbst Vorwürfe. Weil er damals auf den Trick seiner Schwester hereingefallen und dadurch in ihre Gewalt geraten ist. Nur deshalb sind seine Eltern auf Julianes Forderung eingegangen und haben dabei ihr Leben verloren.«

»Und um seine eigenen Schuldgefühle loszuwerden, lädt er jetzt echte Schuld auf sich, indem er Federsen und Hannes ans Leder will?«

»Auf Federsen scheint er es gar nicht abgesehen zu haben, zumindest kommt sein Name nicht vor. Hannes allerdings schon.«

»Ist doch genauso absurd.«

»Mensch Per, wie soll ich dir erklären, was in Lukas' Kopf vor sich geht? Was für eine Wahrheit er sich darin zusammengezimmert hat?« Isabell zog ihr Handy hervor und fotografierte die Seiten. Dann rollte sie das Papier wieder zusammen.

»Was machst du da?«

»Alles wieder zurückstecken und im Sand vergraben.«

»Warum?«

»Weil der Brief nicht zu Ende geschrieben ist. Der letzte Satz hängt in der Luft. Ich bin mir nicht sicher, aber es wirkt so, als habe Lukas in Etappen geschrieben. Die Farbe ändert sich nämlich. Das müssen sich mal Schriftexperten ansehen. Dieser Ort hier muss überwacht werden, vielleicht taucht er wieder auf, um den Brief zu beenden.«

»Und ihn dann ins Meer zu werfen? Damit er seinen Weg zu den Seelen seiner Eltern findet?«

»Ist zumindest nicht ausgeschlossen, irgendetwas muss er damit ja vorhaben. Und der Jogger hat ihn hier mehrmals gesehen.« Isabell verknotete den Faden und steckte die Rolle in den Flaschenhals. Dann begutachtete sie das Ergebnis von außen, bevor sie die Flasche an der Stelle mit Sand bedeckte, an der sie sie gefunden hatte. Anschließend versendete sie die Fotos an Clarissa und bat sie, sich um die Überwachung des Strandabschnitts zu kümmern.

Als sie das Wrack gemeinsam mit Per verließ und einen Blick zurück auf das Steuerhaus warf, konnte sie nicht verhindern, dass sie Mitleid mit Lukas bekam. Von welchen Dämonen musste er geplagt werden, wenn er sich an diesen verlassenen Ort zurückzog, um einen Brief an seine toten Eltern zu verfassen? War ein derart kindliches Verhalten mit einem Siebzehnjährigen vereinbar, der zugleich geradezu perfektionistisch und ausgeklügelt seine Rache vorantrieb? Andererseits passte es wahrscheinlich gerade deshalb zu Lukas. Er war ein verstörtes und einsames Kind im Körper eines Teenagers – mit der Ausdrucksweise und Intelligenz eines Erwachsenen. Sein IQ war dem der meisten Erwachsenen sogar überlegen, und daneben hatte er schon in jungen Jahren ein Faible für komplexes und strategisches Denken entwickelt.

Sie gab Per ein paar Meter Vorsprung, er berichtete gerade Hannes telefonisch von dem Fund. Immer wieder ging sie im Geist die Zeilen durch, die Lukas zu Papier gebracht hatte. Traurigkeit und Verzweiflung waren ihr regelrecht entgegengesprungen. Vor allem einen Abschnitt bekam sie dabei nicht aus dem Kopf. *Ich weiß, dass ihr es nicht gut finden würdet, aber ich kann nicht anders. Ich muss das jetzt durchziehen, sonst gehe ich daran kaputt. Und wenn es das Letzte ist, was ich für euch und für mich tue.*

Per blieb stehen, steckte das Handy weg und wartete auf sie. »Ich hab Hannes eben erzählt, dass der Knochen mit demselben Gift präpariert wurde, an dem auch Lukas' Eltern gestorben sind. Da ist ihm eine Idee gekommen, die ich nicht abwegig finde.«

»Schieß los!«

»Lukas könnte die Taten seiner Schwester wiederholen. Dazu passen die ersten Attacken, um Unruhe und Angst zu verbreiten. Genauso das Gift – und dass er Federsen entführt hat, um an das eigentliche Ziel heranzukommen.«

Isabell nickte. »Bei Juliane waren ihre Eltern das eigentliche Ziel gewesen, für Lukas ist es Hannes. Face to face. Also keine Attacke aus dem Hinterhalt.«

»Genau, weil er ihm eine Abrechnung präsentieren will, so wie es Juliane mit ihren Eltern getan hat. Was danach folgen soll, können wir uns alle denken.«

»Die Idee ist nachvollziehbar. Lukas handelt aus ähnlichen Motiven wie seine Schwester. Er will das Leben erst zerstören, bevor er es beendet.«

»Vielleicht ist nicht nur das Motiv das gleiche, sondern sogar der Ort.«

»Das heißt?«

»Dass sich Federsen dort befinden könnte, wo Juliane damals Lukas gefangen hielt. Auch er war mit Handschellen an ein Bett gefesselt. Dieses verlassene Hafengebäude wurde noch nicht überprüft.«

»Das sollte sich sofort ändern!« Isabell beschleunigte ihre Schritte. »Außerdem würde dieses Gebäude zu seiner Faszination für *lost places* passen. Ich rufe Clarissa an, damit sie das durchsuchen lässt!«

Clarissa hatte allerdings auch mit einer Neuigkeit aufzuwarten, die Isabells Hochgefühl wegen der gefundenen Flaschenpost mit einem Schlag vertrieb.

»Es ist wieder ein Umschlag an einem Streifenwagen platziert worden.«

»Von Lukas?«

»Davon gehen wir aus. Diesmal steckte allerdings nicht nur ein Zettel mit einer neuen … Terminangabe darin. Sondern auch ein Daumen von Federsen.«

Kapitel 11

Hannes saß neben Clarissa im Wagen und stierte auf eine Kopie des Zettels, der sich neben Federsens Daumen in dem Briefumschlag befunden hatte. Diesmal hatte Lukas einen längeren Text verfasst. Dass es seine Handschrift war, stand inzwischen außer Frage. Sie deckte sich auch mit der Flaschenpost, deren Verfasser damit ebenfalls feststand. Lukas war nun mit offenem Visier unterwegs, er schien sich seiner Sache sehr sicher zu sein. War dies jugendlichem Übermut und mangelnder Erfahrung geschuldet, oder trat er aus gutem Grund so selbstbewusst auf?

Neben der Drohung des Siebzehnjährigen, eine Gangart höher zu schalten, beschäftigte Hannes auch noch Ninas Verhalten. Nachdem er Maria eine Blutprobe hatte nehmen lassen, war er nicht ins Training, sondern ins Präsidium gefahren. Nur zögernd hatte er dort Clarissa von der Verstimmung zwischen ihm und Anna berichtet und dabei auch den Grund erwähnt. Als er eher beiläufig Ninas Äußeres beschrieben hatte, war seine Kollegin hellhörig geworden. Man hatte sich in dem Gebäude, worin sich Annas und Hannes' eigentliche Wohnung befand, unter den Bewohnern umgehört und sich dabei nicht nur nach der Nacht des Brandes, sondern auch nach den vorherigen Tagen erkundigt. Gleich drei Nachbarn war eine junge

Frau aufgefallen, die sich wiederholt vor dem Haus und im Innenhof aufgehalten hatte, ohne es zu betreten.

»Als klar wurde, dass Lukas der Gesuchte ist, haben wir dem keine Bedeutung mehr zugemessen«, hatte Clarissa erklärt. »Die Beschreibung könnte aber passen. Pass auf, dass du jetzt nicht noch in die Klauen einer Stalkerin gerätst!«

Das war das Letzte, was Hannes noch brauchen konnte. Je länger er darüber nachdachte, umso plausibler kamen ihm sowohl Annas Reaktion als auch Clarissas Warnung vor. Wenn man bedachte, dass Nina gerade einen neuen Job angefangen hatte, steckte sie erstaunlich viel Zeit in den Kontakt zu ihm. Heute hatte er schon wieder vier Nachrichten von ihr erhalten. Dass sie Anna aufgesucht hatte, war dabei mit keinem Wort erwähnt worden. Hannes hatte beschlossen, die Fronten noch klarer abzustecken, als er es bereits getan zu haben glaubte. Er hatte noch ein kurzes Telefonat mit verblüffendem Ergebnis geführt und dann Ninas Drängen nach einem erneuten Mittagessen nachgegeben.

Clarissa würde ihn unterwegs absetzen, sie selbst befand sich auf dem Weg zu einem Einsatz, den indirekt Hannes ausgelöst hatte. Ob seine Mutmaßung zutraf und Lukas sein Entführungsopfer tatsächlich in dasselbe Hafengebäude verschleppt hatte, in dem er selbst von Juliane gefangen gehalten worden war, würde sich in spätestens einer Stunde herausstellen. Der abgeschnittene Daumen führte dazu, dass man bereit war, jeder noch so abstrus klingenden Annahme nachzugehen. Fand man weder Lukas noch Federsen, würde es am Abend wieder an Hannes sein, den nächsten Schritt zu gehen. Ein weiteres Mal las er Lukas' letzte Botschaft.

Ich hatte verlangt, dass Johannes Niehaus allein kommen soll. Die Quittung für die Missachtung meiner Anweisung findet ihr in diesem Umschlag. Heute Abend gibt es einen neuen Versuch. Wenn ihr nicht wollt, dass ich euch morgen Henning Federsens ganze Hand schicke, taucht Niehaus diesmal ohne Begleitung auf. Derselbe Ort, dieselbe Zeit. Er soll den Schlüssel mitbringen.

Der Text hatte für Aufruhr gesorgt und Steffen Lauer zu der Aussage verleitet, dass ihm dieses pseudogeschwollene Geschreibe »auf den Sack gehe«. Wie hatte Lukas bemerken können, dass Hannes nicht allein zur Bushaltestelle gekommen war? Wo hatte er sich versteckt? Der Einsatzleiter pochte darauf, dass sich niemand unbemerkt in der Nähe hätte aufhalten können. Hannes hatte daran seine Zweifel. Immerhin war dies dem Spezialeinsatzkommando ebenfalls gelungen – zumindest hatte man das gedacht. Nun gehörte Lukas zwar keiner Eliteeinheit an, aber wer wusste schon, wann er sich der Bushaltestelle genähert hatte. Wenn er seit dem Morgen dort gelegen oder irgendwo eine Kamera angebracht hatte, wären ihm die polizeilichen Vorbereitungen nicht entgangen.

Lukas' letzte Forderung konnte nur auf den Schlüssel anspielen, den man am Bootsschuppen gefunden hatte. War er von ihm aber verloren oder absichtlich zurückgelassen worden? Und warum wollte er ihn zurückhaben? Was auch immer er für ein Ziel verfolgte, für Lauer stand fest, dass man die Vorgehensweise vom Vorabend nicht wiederholen konnte.

Auf die Frage, ob er damit einverstanden wäre, sich lediglich mit einem Peilsender sowie Sprechkontakt versehen zu lassen, hatte Hannes nicht sofort antworten können. Lukas ging kein Risiko ein und folgte augenscheinlich einem genau ausgetüftelten Plan. Sicher würde er davon ausgehen, dass man Hannes nicht völlig schutzlos in die Nacht schickte. Dazu war der auch in der Tat nicht bereit. Genauso wenig hatte er vor, auf seine Dienstwaffe zu verzichten. Die Angst vor dem, was ihn erwarten könnte, rang mit seinem Pflichtgefühl gegenüber Federsen.

Immerhin konnte man durch Lukas' erneute Kontaktaufnahme davon ausgehen, dass er sich noch immer in Norddeutschland aufhielt. Sofern er tatsächlich entschlossen war, sich am Abend Hannes gegenüberzustellen, musste er sogar in der unmittelbaren Umgebung sein. Das schränkte auch den Radius der Suche ein, bei der man sein Interesse an *lost places* berücksichtigte und vor allem aufgegebene Gebäude durchkämmte. Bisher ohne jeden Erfolg, und Clarissa war skeptisch, dass sich dies ändern könnte.

»Wir haben ihn unterschätzt, das ist mir spätestens seit Federsens Daumen klar. Deshalb solltest du gut überlegen, ob du dich diesem Irren zum Fraß vorwerfen lassen willst.«

Hannes bearbeitete die Unterlippe mit den Schneidezähnen. »Was ist die Alternative? Morgen Federsens Hand aus einem Umschlag zu ziehen?«

»Es nützt weder Federsen noch seiner Hand, wenn's dich auch erwischt. Man sollte mit Verrückten nicht verhandeln und nicht auf ihre Forderungen eingehen, das ist meine Meinung. Stattdessen muss man Lukas irgendwie ans Licht locken.«

Hannes dachte an Ben, der eine ähnliche Überlegung angestellt hatte. Leider fiel weder ihm noch Clarissa ein passendes Lockmittel ein. Den Ansatz fand er allerdings richtig. Noch ließ man Lukas zwangsläufig gewähren. Vermutlich spulte er Stück für Stück sein Programm ab. Setzte man ihn aber unter Druck oder konfrontierte ihn mit unerwarteten Wendungen, müsste Lukas spontan agieren. Die Chancen, dass er dann einen Fehler beging, standen nicht schlecht.

»Wir könnten damit drohen, dass wir seine Eltern ausgraben und ihnen ebenfalls die Hand abhacken«, schlug er sarkastisch vor.

»Guter Ansatz. Nur haben wir keine Möglichkeit, mit ihm zu kommunizieren. Wo soll ich dich rauslassen?«

»Vorn an der Ecke.« Hannes konnte schon Ninas Silhouette erkennen. Diesmal hatte er sich bei der Auswahl des Treffpunkts keine große Mühe gegeben, sondern bewusst eine stinknormale Pizzeria vorgeschlagen.

»Ist sie das?« Clarissa ließ den Wagen ausrollen. »Wow! Kein Wunder, dass Anna dir Feuer unterm Hintern macht.«

Hannes griff zum Türöffner. »Ruf mich bitte sofort an, sobald ihr mit der Durchsuchung fertig seid.«

»Klar. Mach dir aber nicht zu große Hoffnungen.«

»Darüber bin ich längst weg.« Hannes stieg aus.

»Viel Spaß und guten Appetit!«, rief ihm Clarissa mit boshaftem Unterton hinterher.

Hannes verzog keine Miene. Allmählich gelangte er in einen Zustand, in dem er gar keine Emotionen mehr verspürte, sondern nur noch Erschöpfung. Sein Kampfeswille war jedoch noch nicht völlig erloschen, sodass er alle Probleme abzuarbeiten beabsichtigte – sofern dies in seiner Hand lag. Angefangen hatte er mit der Blutprobe, dann hatte er seinen Vermieter, die Versicherung und schließlich auch noch Ursula angerufen, um sie endlich über Fritz' Tod zu informieren. Zu seiner Erleichterung wusste sie es aber schon. Sie hatte sich im Hospiz nach Fritz erkundigen wollen und erfahren, dass er seinen dortigen Einzug selbst verhindert hatte. Das Gespräch mit ihr hatte nur wenige Minuten gedauert, und sie hatten vereinbart, sich in den nächsten Tagen zu treffen. Ursula schien wie selbstverständlich davon auszugehen, dass Hannes sich um die Bestattung kümmerte.

Inzwischen hatte er akzeptiert, dass es wohl auch genauso kommen würde. Allerdings waren zuvor einige Hürden zu nehmen, von denen er von seinem Büro aus schon einige in Angriff genommen hatte. Fritz' letzter lebender Verwandter hatte bereits sein Einverständnis erteilt, dass Hannes alles in die Hand nahm. Ob er den ihm zustehenden Freigang aus dem Gefängnis überhaupt wahrnehmen würde, hatte Fritz' Onkel noch offengelassen.

Welche Voraussetzungen es für eine Seebestattung zu erfüllen gab, hatte Hannes erst in Ansätzen herausfinden können, da Federsens abgetrennter Daumen die entsprechende Internetrecherche jäh beendet hatte. Was er bisher gelesen hatte, klang allerdings nicht gerade unbürokratisch.

Ungeachtet seines versteinerten Gesichtsausdruckes begrüßte ihn Nina, als würden sie sich am Eingang eines Opernhauses für ein aufregendes Abendprogramm treffen. Sie küsste ihn auf die Wange und drehte sich dann im Kreis, sodass das Kleid um ihren Körper wehte.

»Schick, oder? Hab ich auf dem Weg hierher im Schaufenster entdeckt und gleich anbehalten.«

»Ja, ist schön«, murmelte Hannes. Das Kleid stand ihr wirklich ausgezeichnet, stärkte aber seinen Argwohn. »Wollen wir reingehen? Ich hab nur wenig Zeit.«

»Klar. Ist das dein Lieblingsitaliener?«

»Nee, ich war noch nie hier.«

Angesichts des schummrigen Lichts und der lieblosen Einrichtung ging Hannes auch nicht davon aus, dass er ein weiteres Mal herkommen würde. Der Vorteil an diesem Ambiente war, dass es außer ihnen kaum Gäste gab und genügend Plätze frei waren. Hannes ging zu einem Tisch am Fenster, von wo aus man den Verkehr auf der Hauptstraße beobachten konnte. Während sie auf den Kellner warteten, wich er Fragen nach dem Fortgang der Ermittlungen aus, indem er Nina zu ihrem neuen Job befragte. Erst als das Essen bestellt war, befriedigte er ihre Neugier.

»In die Wohnung können wir bisher nicht zurück, die Sanierung dauert mindestens eine Woche. Hoffentlich nicht noch länger. Es ist schön dort, aber das weißt du ja.«

Irritiert sah sie ihn an. »Du hast mich noch nicht eingeladen.«

»Aber du hast es dir von außen angesehen. Man hat dich beobachtet.«

Nina versuchte gar nicht erst, es abzustreiten, wirkte aber verwundert. »Wieso weißt du davon?«

»Wegen dem Brand wurden alle Nachbarn befragt, ob ihnen in letzter Zeit jemand aufgefallen ist.«

»Verstehe. Ich hab deine Bude aber nicht angezündet.«

Ihr Zwinkern prallte wirkungslos an ihm ab. »Trotzdem musst du mir etwas erklären. Wieso bist du gestern bei Anna aufgetaucht?«

»Ich hoffe, das war nicht zu dreist.« Nina machte eine entschuldigende Geste. »Weißt ja, dass ich zu impulsiven Entscheidungen neige.«

»Ja, schon. Ich frage mich nur, was der Grund für diesen Impuls war.«

»Na, was wohl? Mich beschäftigt, was dir gerade passiert.«

»Und deshalb klingelst du an dem Versteck, in dem wir Anna untergebracht haben? Ich könnte mich ohrfeigen, dass ich dir bei unserem letzten Treffen gesagt habe, in welchem Haus Elke wohnt! Eine unbedachte Äußerung von mir, und du …« Ihm fehlten die Worte.

Sie errötete. »Tut mir leid, habe nicht überrissen, welche Konsequenzen das haben könnte.«

»Ich hab noch eine Frage«, setzte er nach. »Vorhin habe ich bei deinem neuen Arbeitgeber angerufen. Da kannte niemand deinen Namen. Nina, was soll das alles?«

Ihr Blick blieb auf die Hände gerichtet. Erschrocken erkannte er, dass ihr Tränen in die Augen traten. Damit hatte sie ihn schon früher schachmatt gesetzt, wenn sonst nichts half. Diesmal war er nicht bereit zurückzuweichen, sondern schwieg ebenfalls. Das Essen und die Getränke wurden gebracht, ohne dass jemand ein Wort sagte. Dann wischte sich Nina über die Augen und sah ihn an.

»Es stimmt, ich hab gar keinen neuen Job. Bin gerade in einem Hotel untergekommen, Geldsorgen hab ich zum Glück keine. Wenigstens das. Ich wurde vor drei Wochen entlassen und suche nach was Neuem. Aus der Wohnung musste ich raus, weil die meinem Exfreund gehört und er mich nicht länger darin wohnen lassen wollte.«

»Moment, ich dachte, du wärst zuletzt mit einer Frau zusammen gewesen?«

»Hm … nicht ganz. Diese Episode war vorher. Weiß selbst nicht, warum ich … Mir kam mein ganzes Leben so grau und belanglos vor, und du solltest nicht denken, dass ich … Na, wie auch immer. Dann starb auch noch meine Mutter, und mein Vater verursachte in seiner Trauer einen schweren Unfall … irgendwie ging grad alles den Bach runter.«

Hannes seufzte. »Und da hast du dich ausgerechnet an mich erinnert? Warum?«

»Weil wir … mir ist klar geworden, was wir damals weggeworfen haben. Manchmal muss erst alles zerbrechen, damit man die Wahrheit erkennt. Heute … ich … konnte einfach nicht anders, als nachzusehen, was du jetzt so machst. Und als wir uns dann getroffen haben, war wieder dieses Gefühl da. Dass wir eigentlich zusammengehören. Ging es dir nicht so?«

Nie im Leben hätte Hannes zugegeben, dass er ebenfalls eine Regung verspürt hatte, wenn auch nicht von der gleichen Intensität. Im Moment empfand er ohnehin lediglich Erleichterung, dass das Thema offen ausgebreitet worden war. Er war dabei, ein weiteres Problem aus der Welt zu schaffen, das war alles, was zählte.

»Ich hab mich gefreut, dich wiederzusehen«, sagte er ruhig, »mehr aber nicht. Ich bin glücklich mit Anna. Im September werden wir heiraten, und darauf freue ich mich.«

Sie nickte und schniefte. Dann wischte sie sich die Tränen ab und versuchte sich an einem Grinsen. »Ich nehme an, dass ihr mich nicht einladen wollt. Tut mir leid, dass ich so ein

Chaos verursacht habe. Ausgerechnet jetzt, wo du genug um die Ohren hast.«

»Deshalb muss das auch aufhören. Wir sollten uns erst mal nicht mehr sehen, bis du … ähm …«

»Bis ich wieder normal bin, meinst du? Damit liegst du wohl gar nicht so falsch. Ich hab selbst manchmal gedacht, dass ich mich gerade ganz schön unreif verhalte. Gar nicht wie ich selbst. Aber manchmal ist das vielleicht so, wenn einem der Boden unter den Füßen weggezogen wird.«

Hannes nickte nur und überlegte, dass dies auch eine gute Umschreibung von Lukas' Zustand und eine Erklärung für dessen Handeln war. Dass er sich jetzt wenigstens ein fremdgesteuertes Wesen vom Hals geschafft hatte, fühlte sich so befreiend an, dass er nun doch zu Messer und Gabel griff und beschloss, dieses letzte Treffen mit Anstand zu Ende zu bringen. Wenn der Tag sich weiter so vielversprechend entwickelte, würde der Albtraum vielleicht ein schnelleres Ende finden als befürchtet. Die einzigen Wermutstropfen der bisherigen Tagesbilanz stellten der Streit mit Anna und Federsens Daumen dar.

Im Laufe seiner Karriere hatte sich Federsen oft gefragt, wie viel Leid ein Mensch zu ertragen imstande war. Der Antwort auf diese Frage war er jetzt einen bedeutenden Schritt näher gekommen, auch wenn ihn ein mittelalterlicher oder moderner Folterknecht vermutlich eines Besseren belehrt hätte. Die Schmerzen in der Hand hatten sich mit denen im Kopf vereint und breiteten sich wellenförmig über den gesamten Körper aus, bis sie ganz unten auf das gestauchte Fußgelenk trafen. Den Geruch, der von der nassen und mittlerweile auch verschmierten Hose ausging, nahm er dagegen kaum noch wahr. Was die Situation zusätzlich verschlimmerte, war die undurchdringliche Dunkelheit. Obwohl sie angesichts eines abgeschnittenen

Daumens wie ein nachrangiges Problem wirkte – Federsen litt hierunter am meisten.

Es musste Stunden her sein, seit Lukas den Raum verlassen hatte. Wie lange genau, konnte Federsen nicht einschätzen, sein Zeitgefühl war erloschen. Anfangs hatte er abwechselnd gebrüllt und geweint, inzwischen ertrug er sein Schicksal stumm und mit geschlossenen Augen. Alle Versuche, sich der Handschellen zu entledigen, hatte er eingestellt. Außer aufgescheuerten Handgelenken hatten sie zu gar nichts geführt. Schlaff hingen seine Arme in dem Metall, aufgrund der ungewohnten Haltung war der ganze Oberkörper verspannt.

Dass man in Gefangenschaft merkwürdigen psychischen Effekten ausgesetzt war, hatte er inzwischen erkennen müssen. Das Stockholm-Syndrom war ihm immer unerklärbar gewesen, nun hätte er Lukas die Füße geküsst, wenn der ihn nur fünf Minuten losgemacht und ihm etwas zu trinken gegeben hätte.

Doch Lukas kam nicht, sosehr er sich auch danach sehnte und sich zugleich davor fürchtete. Dieses Hin und Her zehrte minütlich an seinem Verstand. Die einsetzenden Halluzinationen waren mal Übel und mal Trost, je nach Ausprägung. Immer wieder meinte er, im Keller einer mittelalterlichen Burg zu verrotten, dann wieder tanzten Lichter vor seinen Augen, und er hörte liebliche Stimmen, die sich zu einem himmlischen Chor zu vereinen schienen. Nur eines gelang ihm nicht: sich in eine friedvolle Vision mit Laura zu flüchten. Zu groß war die Sorge um sie und zu bitter die Angst, sie vielleicht nie wiederzusehen.

Groll füllte ihn aus, der sich jedoch auf … Johannes Niehaus bezog. Wegen ihm war er in die Hölle geschleudert worden, wegen ihm passierte das alles! Er verfluchte den Tag, an dem er sein Vorgesetzter geworden war, und den Umstand, irgendwann seine väterlichen Gefühle für ihn zugelassen zu haben. Zum Dank hatte Hannes ihn hintergangen und sich bei der erstbesten Gelegenheit einem anderen Team zuteilen lassen!

Obwohl Federsen bis heute darauf verzichtet hatte, eine der Grenzüberschreitungen nach oben zu melden. Die Belohnung war ein abgeschnittener Daumen, eine vollgepisste und vollgekackte Hose – und in nicht allzu weiter Ferne wohl der Tod.

Gerade noch rechtzeitig erkannte Federsen, dass er sich mit diesen Vorwürfen so ähnlich wie Lukas verhielt: Er suchte ein Bauernopfer. Schuld an seiner katastrophalen Lage war ein durchgeknallter Siebzehnjähriger. Er musste aufpassen, dass er den Bezug zur Realität nicht verlor! Und doch, ganz abschütteln konnte er die Verbitterung über den jungen Kollegen nicht.

Er begann, mit dem Handgelenk rhythmische Bewegungen auszuführen, sodass die Handschelle gegen den metallenen Bettrahmen schepperte. Tock, tock, tock. Seit langer Zeit war es das erste Geräusch in dem finsteren Raum, und es beruhigte ihn. Tock, tock, tock. Er konnte nicht damit aufhören. Dann hörte er genauer hin. Es klang hohl, die Streben des Gestells bestanden also nicht aus massivem Metall. Mit den Fingern ertastete er die Stelle, an der sie in die Querstange übergingen. Sie waren nicht verschweißt, sondern steckten in einem Loch. Wenn man die Querstange weit genug nach oben drückte, konnte man die senkrechten Stäbe vielleicht hinausgleiten lassen und dann die Handschellen abstreifen.

Bei dem Versuch renkte sich Federsen fast die Schulter aus. Ein wenig gab die Querstange zwar nach, aber nicht genug. Irgendwie musste er versuchen, mehr Druck aufzubauen. Ob er, wenn er das Bett umkippte, in einen günstigeren Winkel rutschte? Einen, in dem man die Beine als Druckverstärker einsetzen konnte? Federsen wusste nur, dass er nichts zu verlieren hatte. Darüber hinaus tat es gut, endlich wieder ein Ziel vor Augen zu haben, auch wenn diese Augen ansonsten weiter nur in die Dunkelheit blickten, die ihn wie zäher Sirup umgab.

Stunden später wurde die Dunkelheit noch von der Sonne in Schach gehalten, die allerdings immer wieder hinter dichter werdenden Wolken verschwand. Für Hannes schien sich die Geschichte zu wiederholen, denn erneut befand er sich hinter dem Lenkrad eines zivilen Einsatzwagens auf dem Weg zur Bushaltestelle *Moorsee*. Er musste sich eingestehen, dass sich der Tag nicht so vielversprechend weiterentwickelt hatte wie erhofft. Die Durchsuchung des Hafengebäudes, in dem Lukas von seiner Schwester vor Monaten gefangen gehalten worden war, hatte lediglich eine Gruppe Obdachloser aufgescheucht. Von dem Gesuchten samt Federsen gab es aber keine Spur.

Auch im weiteren Verlauf des Tages hatte es keine Ermittlungsfortschritte gegeben, obwohl sich Steffen Lauer dazu durchgerungen hatte, die Öffentlichkeit über den Fall zu informieren und um Hinweise zu Lukas und Federsen zu bitten. Allerdings gab es bei derartigen Aufrufen meist zuhauf Hinweise, nur war wenig Zielführendes dabei. Nachgehen musste man aber jedem einzelnen Tipp, was immer kostbare Ressourcen band.

Daneben war eine große Anzahl an Einsatzkräften weiter damit beschäftigt, leer stehende Gebäude zu durchkämmen und Bereiche zu überwachen, an denen Lukas auftauchen könnte. Dies betraf zum Beispiel sein Elternhaus, die Adresse seiner besten Freundin, das *Waldhaus* und den Strandabschnitt mit dem Wrack, in dem er die Flaschenpost an seine Eltern verscharrt hatte. Auch die Aufnahmen von Überwachungskameras an öffentlichen Plätzen wurden ausgewertet. Allen Bemühungen zum Trotz hatte sich am Abend die Erkenntnis durchgesetzt, dass die größtmögliche Chance, Zugriff auf Lukas zu erhalten, darin bestand, seiner Forderung nach einem Treffen mit Hannes nachzugeben.

Dieser hatte daraufhin den erwartungsvollen Blicken nur kurz standhalten können und sich in das Unvermeidbare gefügt.

Ihm war zugesichert worden, dass sich genügend Spezialkräfte im geringstmöglichen Abstand bereithalten würden. Darüber hinaus war er mit einem Peilsender versehen worden, er verfügte über eine Sicherheitsweste, Sprechkontakt und natürlich seine Dienstwaffe. Gut fühlte es sich trotzdem nicht an, allein über die Landstraße einem Aufeinandertreffen mit ungewissem Ausgang entgegenzufahren.

Dass Hannes sich noch nicht mit Anna ausgesprochen hatte, machte es nicht leichter. Am Nachmittag war er erst nicht dazu gekommen, dann war sie nicht ans Telefon gegangen, und jetzt wollte Hannes sie nicht anrufen, da die Kollegen in der Einsatzzentrale nichts von seinen privaten Problemen mitbekommen sollten. Das war der Nachteil der permanenten Sprechverbindung. Immer wieder musste er sich ermahnen, keine Selbstgespräche zu führen – eine Eigenart, der er im Auto häufig nachging und die ihm auch schon manchmal wertvolle Einsichten geliefert hatte. Nun führte er derartige Zwiegespräche nur in Gedanken, wurde dabei aber immer wieder von der betont ruhigen Stimme des Einsatzleiters in seinem Ohr unterbrochen, der sich fast auf die Sekunde genau alle drei Minuten meldete. Diese offensichtliche Lehrbuchmethode ging Hannes allmählich auf die Nerven.

Des Kontrollblicks auf die Karte des Navigationssystems hätte es gar nicht bedurft, um zu bemerken, dass der Zielort nur noch wenige Kilometer entfernt lag. Am Vortag war Hannes zwar alles andere als in Topform gewesen, das Holzkreuz mit den Kerzen am Straßenrand war ihm aber aufgefallen. Wie er wusste, war dort eine Familie fast vollständig ausgelöscht worden, der Unfallverursacher hatte Fahrerflucht begangen. Dass dieser generell nicht zur charakterstärksten Sorte Mensch gehörte, hatte Hannes im Zuge seiner sechsten Mordermittlung erst spät erkannt. Immerhin rechtzeitig genug, um Fritz' Leben zu retten. Er überlegte, dass ihm irgendwann an Hunderten von Stellen in und im Umkreis seiner Wahlheimatstadt Erinnerungen an vergangene Tragödien und Gewaltakte auflauern würden. Vielleicht hatte Anna recht, und er sollte ernsthaft einen Ortswechsel in Betracht ziehen.

Schon jetzt wäre er am liebsten ganz woanders gewesen. Doch unerbittlich näherte sich das Fahrzeugsymbol dem von der Flagge auf dem Display markierten Ziel, und schließlich tauchte der Unterstand der Bushaltestelle auch in seinem Sichtfeld auf. Mittlerweile war das Licht nicht mehr ganz so hell wie am Vorabend, da sich der Himmel in den letzten Minuten weitgehend zugezogen hatte. Regen war aber nicht vorhergesagt, und die Temperaturen lagen im milden Bereich. Und noch etwas war anders: Halb verborgen von der Rückwand des Unterstandes konnte Hannes etwas Rotes erkennen.

Er stoppte den Wagen und sah auf die Uhr. Eine Minute vor neun, und niemand zu sehen. Auch die Straße war verwaist, dennoch blickte er sich aufmerksam um, bevor er die Tür öffnete und ausstieg. Der Wind traf auf den Schweiß auf seiner Stirn und sorgte für einen angenehm abkühlenden Effekt. Langsam ging Hannes an seinem Wagen entlang und trat hinter die Rückwand des hölzernen Regenschutzes. Verblüfft blieb er stehen, als sein Blick auf einen roten Kreidler Flory 50 Classic fiel. Wieder schaute er sich um, aber von dem Besitzer des Gefährts war nichts zu sehen. Dafür klebte ein Stück Papier auf dem Tacho. Hannes erinnerte sich an das Mikrofon und informierte den Einsatzleiter.

»Von Lukas definitiv keine Spur?«, kam die Rückfrage.

»Nein, der hat wohl andere Pläne. Auf dem Zettel steht, dass ich mit dem Roller den Feldweg entlangfahren soll, bis ich an eine Wegkreuzung komme. Dort soll die nächste Anweisung liegen.«

»Er will Sie also vom Einsatzwagen trennen, ins Vogelschutzgebiet locken und damit weg von der Straße. Ich weiß nicht, ob das eine gute Idee ist.«

»Das Ganze hier ist keine gute Idee. Aber was bleibt mir für eine Wahl?«

»Haben Sie den Schlüssel für den Roller dabei?«

»Klar, hatte Lukas ja verlangt. Ich werf das Ding jetzt an und bring die Angelegenheit hinter mich.«

»Es ist Ihre Entscheidung.« Bevor Hannes seine Meinung ändern konnte, fuhr er allerdings übergangslos fort. »Halten Sie weiter Sprechkontakt mit uns. Informieren Sie uns über jeden Schritt und über alles, was Sie sehen.«

»Soll ich Ihnen auch Beschreibungen seltener Vogelarten liefern?« Hannes kämpfte gegen den Drang, unkontrolliert loszulachen. War er schon wieder kurz davor, die Nerven zu verlieren? Rasch zog er den Schlüssel aus der Tasche und steckte ihn ins Schloss. Dann stieg er auf den Sitz und betätigte den Anlasser. Zuletzt hatte er vor fünfzehn Jahren auf einem Roller gesessen, ein Cousin hatte ihn eine Runde auf seiner Vespa drehen lassen. Entsprechend wackelig legte Hannes die ersten Meter zurück.

Größere Probleme bereitete ihm der Feldweg jedoch nicht. In der Mitte gab es zwar einen Grasstreifen, links und rechts davon war die Erde aber von Traktorreifen festgefahren worden. Anfangs verlief der Weg noch eben, dann stieg er leicht an und näherte sich einer Gabelung. Hannes drosselte das Gas und stoppte vor einem Schild mit mehreren Wegweisern. Suchend sah er sich um, entdeckte aber nichts Außergewöhnliches. Als er den Motor abstellte und den Roller aufbockte, hörte er in der Ferne ein Motorengeräusch. Die Landstraße war noch gut zu überblicken, von Norden näherte sich ein Fahrzeug. An der Bushaltestelle fuhr es allerdings vorbei, ohne dass Hannes eine Temporeduzierung bemerkt hätte.

»Was ist los? Es ist so ruhig geworden?«, fragte die Stimme in seinem Ohr.

»Ich bin an der Weggabelung angekommen«, informierte Hannes mit gedämpfter Stimme. »Allerdings ist hier nichts, was … Moment.«

Neben dem Wegweiser lag ein hüfthoher Felsbrocken. Obendrauf schien ein schwerer Stein etwas vor dem Davonflattern zu schützen. Es stellte sich als brauner Briefumschlag heraus, den Hannes sofort aufriss. Er zog die Kopie einer Landkarte heraus, darauf war seine momentane Position mit einem Kreuz markiert. Eine rote Linie kennzeichnete den links abzweigenden Weg und folgte ihm bis zu einer Aussichtsplattform, die am Rande eines Feuchtgebiets lag. Hannes runzelte die Stirn. Der Weg führte vielleicht noch einen Kilometer über offenes Land, dann jedoch in den Wald hinein.

Er suchte Rat bei seinen Kollegen, die erneut nur darauf hinwiesen, dass es seine eigene Entscheidung sei, ob er die Sache durchziehen oder abbrechen wollte. Ein Hubschrauber befände sich in Startbereitschaft und könne innerhalb weniger Minuten eintreffen, daneben seien Einsatzkräfte auf geländegängigen Motorrädern im Umkreis stationiert worden. Die Botschaft war nicht misszuverstehen. Man erwartete, dass Hannes nicht wankelmütig wurde.

Zwar war er das bereits, aber vorerst behielt der Mut die Oberhand. Bevor er es sich anders überlegen konnte, startete er den Motor und bog nach links ab. Der Weg wurde schmaler und unebener, blieb aber beherrschbar. Als er die ersten Bäume erreichte, ging der Untergrund in Kies über und mündete in einen gut befahrbaren Forstweg. Zwischen den Bäumen war das Licht noch gedämpfter, und Hannes fröstelte. Es lag nicht an der fehlenden Jacke, selbst im Wald mochten die Temperaturen noch bei zwanzig Grad liegen. Aber die Schatten und das feuchte, erdige Aroma der Luft sorgten dafür, dass sich Hannes verloren und allein vorkam. Durch das Knattern des Motors konnte er die Stimme des Einsatzleiters kaum verstehen, gab aber seinerseits immer wieder Updates durch. Viel zu berichten hatte er allerdings nicht.

Dies änderte sich erst, als er die Aussichtsplattform erreichte und am Fuß der Treppe eine weitere Nachricht fand. Seine Hände zitterten, als er den Blick von dem Papier hob und über die gekräuselte Wasseroberfläche sah. Im fahler werdenden Licht wirkte sie bedrohlich und düster. Einige Wasservögel zogen ihre Bahnen, Hannes hörte ihre Laute und das Plätschern, sobald sie untertauchten. Wieder sah er auf das Blatt. Lukas musste den Verstand verloren haben! Das hatte Hannes zwar schon vorher angenommen, aber jetzt wurde es zur Gewissheit. Er räusperte sich und las den Text laut vor, damit auch seine Kollegen informiert waren.

»Zieh alle (!) Klamotten aus, leg deine Waffe weg, genauso den Peilsender und dein Funkgerät oder womit auch immer du kommunizierst. Dann fährst du auf dem Weg weiter. Wenn Abzweigungen kommen, folgst du den weißen Pfeilen. So lange, bis du ein Schiff siehst. Dort hältst du an. Solltest du eine dieser Anweisungen missachten, stirbt dein Chef noch in dieser Nacht.«

Als er geendet hatte, herrschte bis auf die Geräusche der Vögel Stille. Dann klang ein Schnaufen an sein Ohr. »Lukas weiß, dass wir Sie überwachen. Er ist nicht naiv.«

»Dafür ist er wahnsinnig!«, stieß Hannes hervor. »Ich soll nackt auf einem Motorroller durch den Wald fahren und irgendwelchen Pfeilen folgen? Das kann er vergessen!«

»Er ist vielleicht wahnsinnig, aber er geht auch überlegt vor. Durch die Pfeile will er sicherstellen, dass wir keine Ahnung haben, wo es langgeht. Da wird er sich aber täuschen, denn wir schicken natürlich unsere Leute hinter Ihnen her.«

»Damit würden Sie mit Federsens Leben spielen.«

»Mag sein, aber ich habe gerade zwei Leben im Auge zu behalten.«

»Das heißt …« Hannes atmete durch. »Sie wollen wirklich, dass ich mich auf seine Forderung einlasse? Ich habe aber keine Lust dazu!«

»Kann ich verstehen.«

Erneut waren nur Atemgeräusche zu hören. Hannes wartete vergeblich auf eine Fortsetzung. »Also, dann … was machen wir jetzt?«, fragte er.

»Da Sie Lukas' Forderung ignorieren wollen, steigen Sie auf den Roller und fahren zur Bushaltestelle zurück. Anschließend können wir nur abwarten, wie er auf Ihre Weigerung reagiert.« Die Stimme klang neutral und nicht vorwurfsvoll. Die Botschaft des Einsatzleiters war dennoch unmissverständlich und sorgte dafür, dass Hannes weiter auf den Zettel starrte. Was würde Federsen aushalten müssen, wenn er jetzt kniff? Was würde ihm selbst blühen, wenn Lukas sich zum zweiten Mal hintergangen fühlte?

Hannes biss sich auf die Lippen, in seinem Kopf schien auf einmal ein Hornissenschwarm einen Höllenlärm zu veranstalten. Er stützte sich an dem Holz der Aussichtsplattform ab und atmete mehrmals tief ein und aus. Das Geräusch ebbte ab, sein Blick wurde wieder klarer.

»Herr Niehaus?«

»Ich habe nur … nachgedacht.« Hannes unterdrückte den Drang loszuschreien. »Ich habe keine Wahl, stimmt's?«

»Es ist Ihre …«

»… Entscheidung, ich weiß«, erwiderte er bitter. »Dummerweise kann jede meiner Entscheidungen fatale Folgen haben. Aber darauf kommt's jetzt auch nicht mehr an, ich werde es durchziehen. Ich könnte es mir nie verzeihen, wenn Lukas wegen meiner Feigheit Federsen die Kehle durchschneidet. Wie schnell können Ihre Leute hier sein?«

»Zögern Sie die Weiterfahrt noch fünf Minuten hinaus. Keine Sorge, man wird niemanden aus der Truppe bemerken. Weder Sie noch Lukas.«

»Wie soll das gehen? Sind das olympische Marathonläufer? Was ist, wenn ich mit dem Roller eine halbe Stunde durch die Pampa gondeln muss? Sie haben es eben selbst gesagt: Diese absurde Vorstellung zieht Lukas nicht ohne Grund ab. Er will sicher sein, dass er mich allein trifft.«

»Er hat aber ein Schiff erwähnt. Das grenzt das Ziel für uns ein. Im Naturschutzgebiet gibt es keins, er wird Sie also zur Küste lotsen.«

»Meinen Sie? Er wird mich wohl kaum nackt in einen Hafen fahren lassen.«

»Woher wollen Sie das wissen? Aufsehen wird er nicht erregen wollen, das ist richtig. Es muss sich aber gar nicht um einen Hafen handeln. Wir werten hier parallel die Möglichkeiten aus, welcher abgelegene Ort infrage kommen könnte. Und, Herr Niehaus: Im Zweifel brechen Sie die Aktion ab!«

»Ja, ja«, murmelte Hannes und begann, die Schuhe aufzuschnüren. Hätte er nicht gewusst, dass er wach war, er hätte sich in einem lausigen Traum gewähnt. Er ahnte, dass auch dieser Aspekt zu Lukas' Strategie gehörte. Er wollte ihn erniedrigen, wollte ihm zeigen, dass er nur mit dem Finger schnipsen musste, um Hannes sogar nackt einem unbekannten Ziel entgegenfahren zu lassen.

Erst als er seine Kleidung und die Dienstwaffe auf die Treppe gelegt, die Verkabelung achtlos daneben geworfen hatte und wieder auf dem Roller saß, kam Hannes die nächste Erkenntnis – gleichzeitig mit dem ersten weißen Pfeil, der an einer Kreuzung auf den Boden gebröselt worden war: Lukas spielte wieder die Taten seiner Schwester nach, nur mit anderen Mitteln. Dies hatte Hannes schon anhand seiner bisherigen Vorgehensweise vermutet, nun war es Fakt. Auch Juliane hatte eine, nur auf den ersten Blick kindische, Schnitzeljagd organisiert. Ihr Beweggrund war es gewesen, den Kontakt zwischen ihren Eltern und der Polizei abreißen zu lassen – mit einem ebenso bekannten wie tragischen Ende. Damals hatte die Route an einem Leuchtturm entlanggeführt, an den sich Hannes erst jetzt erinnerte. War es möglich, dass Federsen darin gefangen gehalten wurde?

Es war fatal, dass er diese Idee seinen Kollegen nicht sofort mitteilen konnte, und Hannes stöhnte auf, als er weiter über die Parallelen zu dem früheren Fall nachdachte. Wenn diese Schnitzeljagd eine Kopie darstellte, dann galt dies vermutlich genauso für das Finale. Er blickte über die Schulter zurück, als hoffte er, die versprochene Schutztruppe zu entdecken. Das Einzige, was er sah, waren Bäume und Sträucher, die immer mehr in der Dunkelheit versanken. Rasch richtete er den Blick wieder nach vorn. Das Licht des Scheinwerfers warf einen gelben Lichtkegel auf den Boden, er musste aufpassen, dass er keine Markierung übersah.

Nach dem vierten Pfeil wusste er, dass sich der Einsatzleiter geirrt hatte. Seit Hannes die Aussichtsplattform verlassen hatte, waren fast fünfzehn Minuten vergangen, aber anstatt sich der Küste zu nähern, fuhr er immer weiter in die entgegengesetzte Richtung. War der Hinweis auf das Schiff eine letzte Blendgranate von Lukas gewesen, um sicherzugehen, dass sein Opfer ihm schutzlos ausgeliefert sein würde? Hannes blickte an sich hinunter. Er fühlte sich genauso wehrlos, wie er gerade aussah.

Der Fahrtwind sorgte dafür, dass sein gesamter Körper von einer Gänsehaut überzogen war. Dennoch spürte er Schweiß auf der Haut und Hitze in den Ohren. Um nicht völlig auszukühlen, reduzierte er das Tempo und hoffte zugleich, dass sich wie versprochen ein Spezialeinsatzkommando in seinem Windschatten bewegte. Weitere fünfzehn Minuten später glaubte er nicht mehr daran. Lukas hatte ihn über schmale Trampelpfade, durch einen Bach und sogar über einen Baumstamm geführt – was allerdings eher eine Bosheit war, denn wie Hannes anschließend erkannt hatte, hätte er ohne Probleme einen anderen Weg nutzen können. Vor sich erkannte er einen hellen Fleck, der sich als große Weggabelung herausstellte.

Erleichtert, der Dunkelheit entkommen zu sein, blickte Hannes auf einen Pfeil. Er war auf eine Abzweigung gerichtet, die nach unten in einen offenbar aufgegebenen Steinbruch führte. Er entdeckte Reifenspuren, erst vor Kurzem musste hier jemand hinuntergefahren sein. Den Spuren nach zu urteilen ein Auto und kein Lastwagen. Das Fahrzeug musste definitiv einen anderen Weg zurückgelegt haben als er selbst, aber es lag auf der Hand, dass dieser Steinbruch natürlich auch einfacher erreichbar sein musste.

Hannes ging davon aus, dass er endlich am Ziel angekommen war. Er schaltete den Motor aus und stieg ab. Der Schotter stach in seine Fußsohlen, sodass er wieder auf den Sitz rutschte, die Füße anhob und den Roller mit angezogener Handbremse den Weg hinabrollen ließ. Nach etwa fünfzig Metern hatte er eine ebene Fläche erreicht, die zum Großteil von Gras bedeckt war. Die Natur war dabei, sich das Gelände zurückzuerobern.

Als er eine weitere Spur am Boden entdeckte, stutzte er – und untersuchte mit den Fingern die Substanz genauer, mit der ihm Lukas den Weg gewiesen hatte. Es waren Sägespäne, die mit einem weißen Material versehen worden waren. Hannes musterte die Linien, die die Umrisse eines Schiffes bildeten. Daneben zeigte ein kleiner Pfeil nach links. Er drehte den Kopf, konnte aber nichts erkennen. Barfuß und in höchster Alarmbereitschaft folgte er der angezeigten Richtung.

Mittlerweile zeigte sich zwischen Wolkenlücken ab und zu der Mond am Himmel. Kurz überlegte er, welches Bild er gerade abgab. Würde ihn jemand beobachten, für wen würde derjenige ihn halten? Für einen Waldschrat, einen Druiden oder einfach nur für einen Wahnsinnigen, der er im Grunde auch war? Wenn Anna wüsste, in welcher Situation er sich gerade befand … nein, in welche Situation er sich freiwillig begeben hatte … wobei, wirklich freiwillig war es ja gar nicht … Sein Gedankengang brach ab, als er vor sich im Gras ein Brett entdeckte.

Es war glatt geschliffen und konnte kein Überbleibsel der Steinbrucharbeiten sein. Vielmehr wirkte es wie ein Brett aus dem Baumarkt. Auf dem Holz klebte ein Foto der *Lena*. Es war am Tag aufgenommen worden, Lukas musste sich also schon im Hafen umgesehen haben, bevor er den Kutter versenkt hatte. Das war nicht überraschend, es passte zu seinem Handeln. Nichts, gar nichts überließ er dem Zufall. Ob er in den zurückliegenden Monaten auch nur einige Minuten mal an etwas anderes gedacht hatte als an seinen Racheplan?

Hannes' Blick glitt nach rechts. Neben dem Foto stand ein Glas mit einer Flüssigkeit. Darunter wieder ein Zettel mit der ihm inzwischen bekannten Schrift. *Trinken! Jetzt sofort!* Hannes schüttelte den Kopf. Das konnte Lukas vergessen! Eine Grenze war erreicht, die er nicht zu überschreiten gedachte. Er hatte sich erniedrigt, sich schutzlos ausgeliefert und sich vielleicht sogar eine Lungenentzündung eingehandelt, die ihn die Teilnahme an den Olympischen Spielen kosten könnte. Sich aber selbst zu vergiften, um eventuell Federsens Leben zu retten? Demonstrativ wollte er schon mit dem Fuß gegen das Glas treten, hielt aber noch rechtzeitig inne.

Alle bisherigen Anweisungen waren darauf ausgelegt gewesen, Hannes an einen Ort zu führen, an dem er dem Zugriff seiner Kollegen entzogen war. Wieso sollte tödliches Gift in diesem Wasserglas sein? Lukas suchte den persönlichen Kontakt, alles andere ergab keinen Sinn. Sofern er sich mit dieser Einschätzung nicht täuschte, blieben also zwei Möglichkeiten: In dem Glas war nichts weiter als harmloses Wasser, und Lukas wollte lediglich erneut seine Macht auskosten und testen, wie weit Hannes zu gehen bereit war. Vielleicht saß er irgendwo am oberen Rand des Steinbruchs und beobachtete ihn.

Hannes scannte die Umgebung, während er über die zweite Möglichkeit nachdachte. Die Flüssigkeit konnte mit einem Betäubungsmittel versehen worden sein. Sobald Hannes k. o. gegangen war, würde Lukas ihn hier wegschaffen. Doch wohin? Zu Federsen? In den Leuchtturm? Die relevantere Frage war: Was würde dort passieren? Wo auch immer *dort* sein mochte, Hannes hatte keine Lust, es herauszufinden. Andererseits hatte er an diesem Abend schon mehrfach vor einer ähnlichen Entscheidung gestanden – an jedem einzelnen Punkt dieser unheilvollen Schnitzeljagd hätte er kehrtmachen können. Obwohl die Gefahr immer größer geworden war, hatte er es nicht getan, sondern war zu einem Treffen mit Lukas bereit gewesen.

Wieder musterte er das Glas. Er musste blinzeln, als sich Federsens Gesicht vor sein inneres Auge schob, gefolgt von dem Foto aus dessen Gefangenschaft. Schlechtes Gewissen rang mit Angst, Stolz mit Scham. Minutenlang stand Hannes regungslos da. Er spürte nicht, dass er fror, und bemerkte nicht, dass sich das letzte Licht des Tages verflüchtigte. Erst als sich ein Waldkauz meldete – zumindest vermutete Hannes, dass es einer war – erwachte er aus seiner Erstarrung. Als wäre er eben erst angekommen, registrierte er jedes noch sichtbare Detail des Geländes. Den dunklen Rand des Waldes, der sich bis zur Abbruchkante des Steinbruchs ausdehnte; die von Gras und kleinen Büschen überwucherte Ebene, auf der er sich befand; die Sichel des Mondes über ihm und das helle Band des Kiesweges, der ihn hier hinuntergeführt hatte. Es kam ihm nicht nur so vor, er wusste, dass er sich noch nie in einer derart schutzlosen Situation befunden hatte.

Was würde Lukas tun, wenn Hannes einfach kehrtmachte? Ihn von einem Busch aus erschießen und anschließend auch Federsens Leben auslöschen? Hannes lauschte und sah sich noch einmal um. Von der Verstärkung war nichts zu sehen oder zu hören. Es gab nur die Geräusche des nächtlichen Waldes und – das Knacken eines Astes? Hannes hatte genug. Er bückte sich, nahm das Glas in die Finger und streckte es nach oben. In einem Anfall von Trotz wollte er Lukas zeigen, dass er zu weit gegangen war. Mit einem kräftigen Wurf schleuderte er das Gefäß von sich und hörte, wie es sich mehrere Meter entfernt in Scherben verwandelte.

Er erlaubte sich nur wenige Sekunden des Abwartens, welche Reaktion seine Weigerung, sich in eine endgültig unkalkulierbare Lage zu bringen, auslösen würde. Nichts geschah. Wenn es eine Reaktion gab, dann wohl nicht hier und jetzt. Hannes drehte sich um und ging zu dem Roller zurück. Mit jedem Schritt wurde das Verlangen, die Flucht zu ergreifen, stärker und der imaginäre Griff um seinen Hals enger. Die letzten Meter legte er im Sprint zurück, die spitzen Steine unter den nackten Fußsohlen waren das kleinste Übel.

Hektisch betätigte er den Anlasser und stöhnte auf, als der Motor nicht ansprang. Hatte Lukas nur so viel Benzin in den Tank gefüllt, dass er bis hierher, aber nicht mehr zurückfahren konnte? Endlich, beim vierten Versuch erwachte der Motor zum Leben. Es kam Hannes so vor, als würde das PS-arme Gefährt den Anstieg im Schritttempo zurücklegen. Jeden Moment rechnete er damit, einen Schuss zu hören oder Lukas aus einem Gebüsch hervorstürzen zu sehen. Doch unbehelligt kam er oben an und überlegte nur kurz, welche Richtung er einschlagen sollte.

Die Strecke des Hinwegs würde er im Dunkeln nicht wiederfinden, und der breite Forstweg erschien ihm ohnehin verlockender. Irgendwo musste er aus dem Wald herausführen!

Hannes hatte keine Orientierung mehr, wo sich welche Himmelsrichtung befand. Letztlich war es ihm auch egal, er musste nur auf eine Landstraße kommen, dann würde er sich schon zurechtfinden. Er entschied sich, nach links zu fahren, auch wenn die Reifenspuren auf dem Boden genau aus dieser Richtung kamen. Sie erschienen ihm zwar bedrohlich, aber seine Logik sagte ihm, dass sie zu einer Straße führen mussten.

Als er mit Vollgas losfuhr, spritzte Kies auf. Auf den Steinen verlor er das Gleichgewicht und legte sich mitsamt des Rollers auf die Seite. Fluchend rappelte er sich wieder auf, seine linke Körperhälfte war von Schürfwunden übersät. Glücklicherweise war der Motor nicht ausgegangen, und diesmal fuhr er behutsamer an. Erst als er wieder ein sicheres Balancegefühl hatte, holte er aus dem Motor heraus, was möglich war. Der Forstweg schlängelte sich in sanften Kurven zwischen den Bäumen hindurch, mal ging es leicht bergauf, dann wieder bergab. Es waren keine großen Fahrkünste nötig, und allmählich beruhigte sich sein Herzschlag.

Bis er die Scheinwerferlichter vor sich auftauchen sah. Das Geräusch des dazugehörigen Autos wurde vom Geknatter des Rollermotors übertönt, und Hannes brach erneut der Schweiß aus. Nahm dieser Albtraum gar kein Ende? Der Weg war nicht breit, es war sicher unmöglich, sich an dem Auto vorbeizuzwängen. Lukas hätte einen solchen Versuch durch ein schnelles Lenkmanöver mit fatalen Folgen verhindern können. Hannes drehte den Kopf nach links. Zwischen den Bäumen machte er etwas Helligkeit aus, das musste der Waldrand sein.

Hart bremste er ab und wäre dabei fast über den Lenker geflogen. Das ihm entgegenkommende Auto schien die Geschwindigkeit dagegen zu erhöhen, rasch kamen die Lichter näher, und jetzt hörte Hannes auch das Motorengeräusch deutlich. Achtlos ließ er den Roller liegen und sprang in einen Graben. Modriges Wasser schwappte um seine Füße, und er erkannte, dass er sich eine ungünstige Stelle ausgesucht hatte. Er fügte sich weitere Wunden zu, als er auf der anderen Seite einen Brombeerbusch zu durchdringen versuchte. Dann gab er auf, patschte durch das Wasser und suchte nach einem anderen Durchschlupf.

Das Auto reduzierte sein Tempo, es befand sich vielleicht noch zehn Meter entfernt, und die Scheinwerfer hatten Hannes voll erfasst. Sie beleuchteten zugleich eine Stelle im Dornengebüsch, die eine Fluchtmöglichkeit bot. Es würde schmerzhaft werden, aber einen anderen Ausweg hatte Hannes nicht. Er ballte die Fäuste und drehte sich dem Fahrzeug entgegen, das nun zum Stehen gekommen war.

»Leck mich am Arsch, du geisteskranker Wichser!«, brüllte er. »Leck mich, leck mich, leck mich!«

Er sah, dass eine Tür aufging. Es war die Beifahrertür, also war Lukas doch nicht allein unterwegs. Hannes verlor keine weitere Zeit mit Beschimpfungen oder Überlegungen, wer dieser Helfer sein könnte. Hastig drehte er sich zu der schmalen Aussparung im Gebüsch, um seine Flucht zu Fuß fortzusetzen. In seinem nackten Zustand fühlte er sich wie ein Tier, dem die Jagdmeute dicht auf den Fersen war. Er hörte, wie sein Name geschrien wurde, dann spürte er endlich weichen Waldboden anstelle von dornigem Gestrüpp unter den Füßen und rannte.

Kapitel 12

Seit er die Schwachstelle an den Streben des Bettgestells ausgemacht hatte, waren Federsens Befreiungsbemühungen immer wieder ins Stocken geraten. Schmerz, Entkräftung, Hunger, Durst und seine eingeschränkte Bewegungsfreiheit, wegen der er die absurdesten Verrenkungen anstellte, waren gnadenlose Gegenspieler. Dazu kam die Dunkelheit, die ihn dazu zwang, sich allein auf seinen Tastsinn zu verlassen.

Nach etlichen erfolglosen Versuchen war es ihm schließlich gelungen, das Bett auf die Seite zu kippen. Auf der Suche nach einer geeigneteren Position schleifte er es nun über den Boden, bis er auf die Raumecke stieß. Dort versuchte er, das Gestell so zu verkeilen, dass er in der Lage war, einen stärkeren Druck auf die Querstrebe auszuüben. Sie gab auch mehr nach als zuvor, aber die senkrechten Stäbe, an denen seine Handschellen befestigt waren, schienen doch zu tief drinzustecken.

Er spürte ein Pochen an der Stelle, wo sich vor Kurzem noch sein Daumen befunden hatte, und befürchtete, dass die Wunde aufgrund der Anstrengungen wieder zu bluten begann. Anfangs war es noch seine größte Sorge gewesen, dass er langsam ausbluten würde, aber offenbar hatte Lukas den Stumpf des Daumens zwar nicht genäht, aber dennoch einigermaßen fachmännisch versorgt. Einen Versuch gab sich Federsen noch, eine letzte Kraftanstrengung, bevor er sich endgültig dem Verderben ergeben würde. Er biss die Zähne zusammen, stemmte die Füße gegen die Wand und setzte sein gesamtes Körpergewicht ein. Die Hand mit dem fehlenden Finger umklammerte die Stange, die er seit Stunden als Erstes herauszulösen gedachte. Sie befand sich in der Mitte, wo er die Querstrebe am stärksten nach oben biegen konnte.

Kurz bevor ihn die Kraft zu verlassen drohte, meinte er, mit dem Zeigefinger schon den oberen Rand zu erspüren. Er holte tief Luft und brüllte seine Wut und die Verzweiflung heraus, während er die letzten noch fehlenden Millimeter herauszuschieben versuchte. Als er schließlich erschöpft zusammensackte, konnte er es selbst nicht glauben: Der letzte Versuch hatte tatsächlich zum Erfolg geführt! Die senkrechte Stange ließ sich bewegen, ihr oberes Ende war frei. Zitternd hing er über dem Gestell, und er benötigte mehrere Minuten, bis er den Arm wieder strecken und die Handschelle von dem Stab abstreifen konnte.

Dann brachte er sich in eine bequemere Position, um Energie für die nächste Stange zu sammeln. Sie befand sich nahe am Bettrand, und Federsen ahnte, dass die Querverbindung an dieser Stelle bei Weitem nicht so flexibel sein würde wie in der Mitte. Natürlich würde er es trotzdem versuchen, spürte aber, dass er derzeit nicht in der Lage dazu war. Er führte die befreite Hand zum Mund und tastete sich mit den Lippen vor. Dorthin, wo sich normalerweise ein Daumen befand. Erst traf er nur auf Luft, dann schmeckte er Blut. Der Verband war klatschnass, das spürte er, als er ihn sich gegen die Wange presste.

Das Triumphgefühl ebbte ab. Sollte er tatsächlich auch die andere Hand freibekommen, was würde es ihm nützen? Die Stahltür hinter dem Treppenaufgang war mit Sicherheit verschlossen, und … Er ließ den Kopf auf den Arm sinken und schluchzte auf. Alle derartigen Überlegungen waren mit einem Mal hinfällig. Die besagte Tür war soeben ins Schloss gefallen, und er hörte Schritte. Alles war vergebens gewesen, die Anstrengung hätte er sich sparen können. Nur ein paar Stunden später und er hätte – sofern er nicht vorher verblutet wäre – Lukas angreifen und überwältigen können. Vorausgesetzt natürlich, er hätte tatsächlich auch die zweite Handschelle lösen können. Die Zweifel, ob ihm dies überhaupt gelungen wäre, spielten jetzt keine Rolle mehr.

Apathisch verfolgte er, wie die Tür des Raums aufgeschoben wurde und Licht hereinfiel. Lukas schien nicht damit gerechnet zu haben, dass Federsen noch immer vom Überlebensinstinkt getrieben war. Erst als er mit der Campinglaterne dorthin leuchtete, wo er das Bett zurückgelassen hatte, blieb er stehen und stieß einen Schrei aus.

»Was zur …«

Hektisch drehte er sich im Kreis und sah sich um. Als er Federsen am Boden sitzend entdeckte, wurden seine Augen groß, der Mund stand offen. Der Kriminalhauptkommissar konnte geradezu sehen, wie es hinter der Stirn arbeitete. Dann näherte sich Lukas. Langsam und vorsichtig.

»Wie … was hast du gemacht?« Die Stimme klang nicht drohend, eher ängstlich.

Federsen sparte sich eine Antwort. Er blickte ins Licht, obwohl es nach der stundenlangen Dunkelheit in den Augen schmerzte. Licht, endlich wieder Licht! Die Erleichterung darüber schob sogar seine Ernüchterung beiseite.

»Bitte, nimm die Lampe nicht wieder mit«, flüsterte er.

Lukas schien es nicht zu hören. Achtsam schob er sich weiter nach vorn. Als er die freie Hand bemerkte, keuchte er auf.

»Das hättest du nicht tun sollen!«

Er zog den Rucksack vom Rücken und öffnete ihn. Federsen wurde schlecht, als der Bolzenschneider hervorgezogen wurde. Noch einmal … das würde er nicht aushalten. Der letzte Rest von Selbstbeherrschung fiel von ihm ab, er verwandelte sich in ein wimmerndes und flehendes Bündel Hoffnungslosigkeit. Lukas stand unschlüssig vor ihm. Dann geschah etwas, das Federsen nicht für möglich gehalten hätte.

Anstatt das Werkzeug auf ihn herabsausen zu lassen, trat Lukas zurück und legte den Bolzenschneider zur Seite. Stattdessen zog er eine Handschelle aus dem Rucksack und präsentierte sie seinem Gefangenen.

»Es gibt folgende Möglichkeiten. Entweder lässt du dich von mir wieder ans Bett ketten oder ich muss dir das hier über den Kopf ziehen.« Er stieß mit dem Fuß gegen den Bolzenschneider.

Federsen schniefte und wischte sich mit dem Verband über den Mund. »Und dann … dann ist der nächste Finger dran? Und morgen der nächste und … übermorgen noch einer, bis …? Dann schlag mir lieber gleich den Schädel ein.«

»Ich habe nicht vor, dir noch was abzuschneiden.«

»Wieso hast du es überhaupt getan?«

»Erklär ich dir, wenn du dabei hilfst, das Bett wieder aufzustellen, und dich dann hinlegst.«

Dankbarkeit wallte in Federsen auf. Er wollte Lukas glauben, unbedingt! Um ihn nicht wieder zu verärgern, rappelte er sich auf und griff zum Kopfende des Bettes. Lukas positionierte sich am unteren Ende, und gemeinsam kippten sie das Bett wieder in eine stehende Position. Lukas warf die Matratze auf ihren Platz und deutete darauf.

»Leg dich hin. Ich will deinen Verband wechseln.«

Federsen gab auf. Er fühlte sich wie ein Kleinkind, als er zurück auf die besudelte Matratze kroch und sich auf den Rücken legte. Lukas umrundete ihn, dann griff er blitzschnell nach Federsens freiem Arm. Binnen Sekunden war die Situation so wie Stunden zuvor. Mit dem Unterschied, dass Lukas die Schelle diesmal an der Querstange befestigt hatte. Dumm war dieser Junge wirklich nicht. Argwöhnisch spähte Federsen zur Seite, ob Lukas nicht doch nach dem Bolzenschneider griff.

Stattdessen holte Lukas aber ein Seil aus dem Rucksack, band ihm die Fußknöchel zusammen und verknotete das Seil am Bett. Er ging kein Risiko mehr ein, und absurderweise verspürte Federsen fast Erleichterung. Jetzt musste er sich keine Gedanken mehr über einen Ausweg machen, den es wohl eh nie gegeben hatte. Stattdessen konnte er sich in den Zustand fallen lassen, der ihm in den letzten Stunden immer verlockender erschienen war: Apathie.

»Du willst wissen, weshalb ich dir den Daumen abgeschnitten habe?« Lukas wickelte den Verband ab, blickte dabei aber immer wieder zur Seite, als ertrüge er den Anblick nicht. »Ich brauchte ihn als Köder. Um deinen Kollegen den Ernst der Lage zu verdeutlichen. Leider scheint ihnen nicht viel an dir zu liegen. Das Lockmittel hat nicht gewirkt.«

Er erzählte von einem Plan, der in Federsens Ohren so abenteuerlich klang, dass er ihm schon wieder gut vorkam. Oder täuschten ihn seine vernebelten Sinne? Lukas hatte Hannes zu sich locken wollen, ohne dabei selbst in eine Falle zu geraten. Er besaß keinen Killerinstinkt, aber seine Kreativität glich diesen Nachteil aus. Vielleicht wäre seine Naivität sogar der Schlüssel zum Erfolg gewesen, wenn … ja, wenn nur Hannes nicht kalte Füße bekommen hätte.

Lukas war damit beschäftigt, einen neuen Verband anzulegen, nachdem er die betroffene Stelle gereinigt und desinfiziert hatte. »Die Wunde sieht gar nicht schlecht aus. Dabei hab ich so was noch nie gemacht. Hatte schon befürchtet … Hab mich im Internet informiert, wie man die Blutung am besten stillt, aber …«

Federsen hörte dem Gemurmel nicht länger zu. Seine Gedanken kreisten um seinen Mitarbeiter. Dass Lukas ihm die Situation nicht ganz wahrheitsgetreu geschildert haben könnte, kam ihm in diesem Moment nicht in den Sinn. Er spürte, wie dessen Finger seine Hand versorgten, zart und nicht grob. Hannes hingegen war nicht da …

Seine wirren Gedankengänge wurden erst wieder zurechtgerückt, als Lukas die Wundversorgung abgeschlossen hatte. Nach der sanften Behandlung fühlte sich Federsen regelrecht zurückgestoßen, als Lukas den Bolzenschneider wegpackte, den Rucksack aufsetzte und nach der Lampe griff.

»Wo … bitte geh nicht«, krächzte er. »Ich habe Hunger und Durst und …«

»Das wird auch so bleiben, bis ich endlich deinen Kollegen habe. Kannst dich bei ihm bedanken.«

»Die … Lampe … bitte, lass wenigstens die Lampe hier.«

Lukas sah zur Seite und rang sichtlich mit sich. Dann dimmte er das Licht und stellte die Leuchte auf den Boden.

»Wenn's dir damit besser geht«, murmelte er. »Ich bin kein Sadist. Das mit dem Daumen … musste sein. Dass es verpufft, weil du deinem Kollegen ganz offensichtlich egal bist, hatte ich nicht erwartet. Ist für dich aber gut, denn so brauch ich nicht noch was von dir abzuschneiden. Ich habe jetzt eine vielversprechendere Person im Visier.«

Marcel war es zu verdanken, dass nach der Nachtschicht und dem wenigen Schlaf wenigstens ein Frühstück auf die Ermittler wartete. Die zurückliegenden Stunden waren Hannes allerdings auf den Magen geschlagen. Unberührt stand der Teller mit dem Käsebrötchen vor ihm, er nippte nur ab und zu an einer Colaflasche. Von den Kratzern, die seinen gesamten Körper überzogen, waren nur die im Gesicht und an den Armen zu sehen. Dieser Anblick in Verbindung mit seiner angeknacksten mentalen Verfassung reichte aber aus, um Isabell in den Glucken-Modus zu versetzen. Üblicherweise stand Hannes nicht auf eine derart mütterlich-fürsorgliche Behandlung, heute aber tat sie ihm gut.

Dass Hannes nun mit langer Hose und T-Shirt bekleidet im Konferenzraum saß, anstatt weiter nackt durch den Wald zu irren, hatte er seinen Kollegen zu verdanken. Die Nachhut war zwar deutlich später als er selbst beim Steinbruch angekommen, hatte aber aufgrund der Reifenspuren auf dem Forstweg anderen Polizisten den richtigen Hinweis geben können. Dass die Scheinwerferlichter nicht zu einem Wagen gehört hatten, der von Lukas gelenkt worden war, hatte Hannes erst mit Verspätung erkannt.

Wie von tollwütigen Wölfen gehetzt, war er im Zickzack um die Bäume gerannt, über Baumwurzeln gesprungen und Dickicht ausgewichen, bis er endlich den Waldrand erreicht hatte. Erst als er eine kurze Verschnaufpause zur Orientierung eingelegt hatte, waren die Rufe des ihm nacheilenden Spezialeinsatzkommandos bis zu seinem Verstand vorgedrungen. Welchen Eindruck Hannes auf seine Kollegen gemacht haben musste, als er ihnen wenige Minuten zuvor nackt und zerschrammt Verwünschungen entgegengeschrien hatte, wollte er gar nicht wissen. Sie hatten sein Äußeres nicht kommentiert, ihm stattdessen eine Decke umgelegt und ihn zurück zum Fahrzeug geleitet.

Noch immer schmerzten die Abschürfungen an seinen Fußsohlen am meisten, aber auch der restliche Körper fühlte sich an, als säße er in einem Ameisenhaufen und nicht am altbekannten Tisch im Konferenzraum. Alle Verletzungen waren jedoch nur oberflächlicher Natur und zugleich ein vorgeschobener Grund, weshalb er das Training an diesem Tag ausfallen ließ. Dass er dazu außerstande war und obendrein Ralf nicht über den Weg laufen wollte, behielt er für sich. Isabell behandelte ihn schon jetzt wie ein rohes Ei – sollte sie erfahren, wie es in seinem Inneren tatsächlich aussah, hätte sie ihn wahrscheinlich fest in die Arme geschlossen.

Plagender als die Schürfwunden nagten die Gewissensbisse an Hannes. Hatte Lukas jetzt seine Drohung wahrgemacht und Federsen ermordet? Niemand machte ihm Vorwürfe, dass er das Glas weggeworfen hatte, statt den Inhalt auszutrinken. Die Befürchtung, dass er gleichzeitig auch das Leben seines Chefs von sich geschleudert hatte, sorgte dennoch für hartnäckige Übelkeit, die ihn immer wieder zur Toilette trieb. Die an den Scherben befindlichen Reste der Flüssigkeit waren untersucht worden, und es hatte sich herausgestellt, dass seine größte Befürchtung nicht zutraf. Zwar hatte sich in dem Glas nicht nur Wasser befunden, anstelle eines tödlichen Gifts war aber lediglich ein Betäubungsmittel untergerührt worden.

Als Clarissa dieses Ergebnis vorgetragen hatte, war Hannes versucht gewesen, höhnisch aufzulachen. *Lediglich* ein Betäubungsmittel? Die Vorstellung, dass er am Grund des Steinbruchs besinnungslos und nackt zusammenklappte und von Lukas aufgesammelt wurde, um wer weiß wohin verfrachtet zu werden, fand er gruselig genug. Womit Lukas ihn weggeschafft hätte, war mittlerweile mehr als eine Mutmaßung. Der führerscheinlose Siebzehnjährige musste die Vorteile erkannt haben, die ihm Federsens Wagen verschaffte.

Die Reifenabdrücke auf dem Forstweg deckten sich mit denen, die man schon beim *Waldhaus* entdeckt hatte. Den Wagen selbst hatte man beim Steinbruch nicht gefunden, wohl aber den Standort: in circa hundert Metern Entfernung am Rande eines Stichwegs. Mit diesem Auto hatte Lukas das Gelände auch wieder verlassen, allerdings – als hätte er die sich nähernde Gefahr geahnt – in die entgegengesetzte Richtung, als Hannes sie mit dem Roller gewählt hatte. An einer Einmündung auf eine Landstraße hatten sich die Spuren verloren.

Dafür gab es Hinterlassenschaften von Lukas selbst: platt getretene Pflanzen und Schuhabdrücke in der Erde, oben, dicht an der Abbruchkante. Von dort hatte er einen freien Blick in den Steinbruch gehabt. Sobald Hannes zusammengebrochen wäre, hätte Lukas innerhalb weniger Minuten zum Auto rennen, hinunterfahren und ihn ins Wageninnere zerren können. Der Plan war ausgereift gewesen, und Hannes konnte noch immer nicht nachvollziehen, mit welcher Verbissenheit ihm Lukas nachstellte.

Immerhin gab es einen Hoffnungsschimmer. Noch in der Nacht waren blitzschnell Straßensperren errichtet und alle Fahrzeuge kontrolliert worden. Lukas' oder vielmehr Federsens Wagen war dabei nicht ins Netz gegangen, was bedeutete, dass er sich in einem bestimmten Radius aufhalten musste. Das betroffene Gebiet wurde gerade bei Tageslicht aus der Luft und zu Land ausgekundschaftet. Alle hofften auf eine erlösende Botschaft, die jedoch bisher nicht eingetroffen war. Auch der Leuchtturm, an den sich Hannes in der Nacht erinnert hatte, war aufgesucht worden – ergebnislos.

Steffen Lauer zeigte Zermürbungserscheinungen. »Es kann doch nicht wahr sein, dass wir uns seit Tagen von einem Teenager an der Nase herumführen lassen!«, fluchte der ansonsten so beherrscht auftretende Mann und schlug auf den Tisch. »Er ist wie ein Phantom, das alles sieht, aber selbst unsichtbar bleibt. Wie ist das möglich?« Auffordernd sah er in die Runde.

Niemand erwiderte seinen Blick. Aus den versteinerten Mienen war herauszulesen, dass jedem der Ernst der Lage bewusst war. Lauer war dafür bekannt, sich bedingungslos vor sein Team zu stellen und die Ermittlungspraxis realistisch einschätzen zu können. Selten kam es vor, dass er einen harten Ton anschlug oder gar einen Rüffel erteilte. Dass er nun aus seiner Rolle fiel, nahm niemand persönlich. Alle teilten die Angst, die hinter diesem Ausbruch steckte: War Federsen noch am Leben?

Als das Schweigen peinlich zu werden drohte, erbarmte sich Marcel. Unter seinen Nasenflügeln klebten Reste von getrocknetem Blut, und er sah nicht aus, als habe er auch nur eine Minute Schlaf abbekommen. Er stand auf und ging zu dem großen Whiteboard, auf dem die Verästelungen des Falls in Form einer Grafik abgebildet waren. In der Mitte hing ein Foto von Lukas, das Marcel mit dem Zeigefinger durchbohren zu wollen schien.

»Lukas Krontal ist zwar jung, aber das ist völlig nebensächlich. Zumindest dahingehend, dass wir uns deshalb keine Vorwürfe machen sollten. Dass er noch nicht volljährig ist, bedeutet nicht automatisch, dass er leicht zu fassen wäre. Vergesst nicht, dass er schon in der Schule als hochbegabt eingestuft wurde. Dennoch sollten wir sein Alter nicht außer Acht lassen und unsere Strategie darauf ausrichten. Er hat sich ein Konzept ausgetüftelt, das bislang aufgeht. Was ihm aber fehlt, ist Erfahrung. Teilweise agiert er dann doch wie ein Teenager oder sogar wie ein Kind, das beweist die Flaschenpost. Das ist die Schwachstelle, an der wir ansetzen müssen.«

»Und was genau schwebt dir vor?« Lauer hatte sich wieder beruhigt und wirkte ob seines vorherigen Ausfalls fast verschämt.

»Wir müssen den Druck weiter erhöhen.«

»Der Druck ist doch schon groß«, wandte Clarissa ein. »Fahrzeugkontrollen, Hubschraubereinsätze, Suchmannschaften, Überwachung infrage kommender Orte, Einsatz von Suchhunden, Auswertung von Videoaufnahmen, öffentliche Fahndung. Womit sollen wir noch mehr Druck reinbringen?«

»Zumal es auch einen gegenteiligen Effekt bringen könnte, wenn wir ihn in die Ecke treiben.« Hannes konnte nur noch an eins denken. »Wenn er keinen Ausweg mehr sieht, kann es für Federsen noch enger werden, als es ohnehin schon der Fall sein wird. Was ist wichtiger? Lukas zu schnappen oder Federsen zu retten?«

»Dummerweise könnte Ersteres die Voraussetzung für Hennings Rettung sein.« Marcel deutete auf eine Karte. »In der näheren Umgebung dürfte es kaum einen Ort geben, den wir noch nicht ausgekundschaftet haben. Und doch – obwohl wir den Radius immer weiter vergrößern, geht uns der Kerl nicht ins Netz. Er muss ein verdammt gutes Versteck gefunden haben.«

»Aber auch er wird nicht darum herumkommen, sich mal Nahrung zu beschaffen«, meinte Per.

»Vergiss nicht, dass er sich akribisch vorbereitet hat. Er kann irgendwo ein Lager bezogen haben, in dem er Vorräte für die nächsten Wochen gebunkert hat. Diesen Ort verlässt er nur, wenn es nicht anders geht. Zum Beispiel, um sein nächstes Ziel zu erreichen.«

»Mich.« Hannes nickte.

»Da er an dich aber nicht so einfach herankommt, wird er irgendwo eine neue Botschaft platzieren wollen.«

»Wir sollen also warten, bis er sich wieder meldet?«

Marcel schüttelte den Kopf. »Mit Abwarten hat das nichts zu tun. Clarissa hat es eben aufgezählt, all diese Maßnahmen laufen natürlich weiter. Und das erhöht die Chance, dass Lukas einen Fehler begeht. Er wird wieder den Kontakt zu uns suchen, das steht für mich fest. Es bleibt ihm gar nichts anderes übrig, denn er ist versessen darauf, seinen Plan bis zum Ende durchzuziehen.«

»Und dieser Plan hat ein ganz spezielles Ende«, vermutete Isabell. »Es geht ihm nicht darum, Hannes einfach nur auszuschalten. Er muss irgendeine Szene im Kopf haben, die so und nicht anders ablaufen soll.«

»Wenn man bedenkt, dass er in den Spuren seiner Schwester wandelt, ist das keine verlockende Aussicht.« Hannes atmete tief durch. »Gibt es neue Hinweise aus der Öffentlichkeit?«

»Es kommen ständig welche«, sagte Clarissa. »Wir haben jetzt auch Fahndungsplakate an Bushaltestellen und Schaufenster geklebt.«

»Ich weiß nicht, ob das alles so klug ist«, wiederholte Hannes seine Bedenken. »Wir dürfen nicht mit Federsens Leben spielen. Lukas wird mitbekommen, dass bald jeder sein Gesicht kennt. Dann wird er sich so tarnen, dass ihn niemand erkennen kann. Oder einfach verschwunden bleiben, bis sich der Aufruhr wieder legt. Unsere Chancen, ihn zu ergreifen, verringern sich dadurch also eher.«

Wieder kehrte Schweigen ein, alle hingen ihren Gedanken nach. Es war eine vertrackte Situation, in der man mit gut gemeinten Methoden das genaue Gegenteil erreichen konnte. Aber einfach die Hände in den Schoß zu legen und Lukas den nächsten Schritt zu überlassen, war ebenfalls keine Option. Das Leben eines Kollegen hing davon ab, dass jetzt die richtigen Entscheidungen getroffen wurden.

»Es gibt eine Sache, die wir noch nicht probiert haben.« Per sah weiter auf die Tischkante, als sich alle Köpfe zu ihm drehten. »Ein öffentlicher Appell an seine Vernunft.«

»Wie meinen Sie das?«, hakte Lauer nach.

»Lukas ist kein Monster, selbst wenn er sich so verhält. Wenn wir ihm klarmachen, in welches Leid er gerade unschuldige Menschen stürzt, dann …«

»Hannes und Federsen sind in seinen Augen nicht unschuldig«, unterbrach ihn Clarissa.

»Aber Federsens Frau. Die dazu auch noch krank ist, wie wir jetzt erfahren haben. Vielleicht kann sie sein Mitleid erregen.«

»Das setzt voraus, dass Lukas von dieser Botschaft überhaupt erfährt. Kann mir nicht vorstellen, dass er sich gerade …«

Hannes stoppte ihren Einwand. »Pers Vorschlag ist gut. Ich bin mir sicher, dass Lukas die Medien verfolgt, das liegt in seinem ureigensten Interesse. Spätestens seit dem öffentlichen Fahndungsaufruf. Eine in Tränen aufgelöste Frau Federsen im Fernsehen, Radio und auf Nachrichten-Webseiten könnte etwas in ihm auslösen.«

»Ergänzend könnte man noch Leute einsetzen, die Einfluss auf ihn haben«, sprang ihm Isabell bei. »Die Verwandtschaft scheint dafür nicht infrage zu kommen, aber vielleicht seine beste Freundin. Oder die Hockeymannschaft, in der er früher gespielt hat. Freunde aus der Schule, Lehrer. Auch wenn er kein besonders großes soziales Netzwerk hatte, wird es doch den einen oder anderen geben, mit dem er sich gut verstanden hat. Wenn wir die geballt auftreten lassen, kann ihn das nicht kaltlassen. Wie Per schon sagte: Lukas ist verzweifelt und in einen Wahnzustand gerutscht, ein Monster steckt aber nicht in ihm.«

Steffen Lauer tauschte einen kurzen Blick mit Marcel, dann nickte er. »Verlieren können wir damit nichts, und es ist eine neue Taktik. So bauen wir weiter Druck auf, ohne dass Lukas sich genötigt sieht, um sich zu schlagen. Und wenn es nur hilft, Zeit für Federsen herauszuschinden, da Lukas' Entschlossenheit ins Wanken gerät. Das wäre Gold wert. Guter Vorschlag, Herr Hoffmann!«

Per errötete und kratzte sich an einer der Aknenarben in seinem Gesicht. Viel mehr Zeit, um seine Verlegenheit zum Ausdruck zu bringen, blieb ihm nicht, da die Tür aufgerissen wurde. Herein kam Lauers Sekretärin, eine beleibte und energische Person, die eher gefürchtet als beliebt war. Auch an diesem Tag trug sie ihre Vorliebe für bunte Blumenkleider zur Schau und kostete ihre Position aus. Den versammelten Ermittlern gönnte sie kaum einen Blick, sondern steuerte zielsicher auf ihren Chef zu, beugte sich zu ihm hinunter und flüsterte in sein Ohr. Lauers Augen weiteten sich, dann stützte er die Hände auf den Tisch und stand auf. Feierlich blickte er in die Runde.

»Endlich scheint sich der ganze Aufwand zu lohnen. Lukas wurde vor einer halben Stunde am Hauptbahnhof gesehen. Von einem Blumenhändler. Jemand hetzte zum Bahnsteig, rempelte dabei Lukas um, sodass ihm Baseballmütze und Sonnenbrille herunterrutschten. Eine Überwachungskamera hat das aufgezeichnet.«

»Dahinter steckt bestimmt der nächste Versuch einer Kontaktaufnahme!« Hannes sprang auf. »Wir müssen alle Streifenwagen informieren. Wenn er wie beim letzten Mal einen Umschlag hinter einen Scheibenwischer klemmen will, ist das jetzt die Chance, ihn festzunehmen!«

Lauer nickte, war aber noch nicht fertig. »Außerdem ist noch was gefunden worden: Federsens Auto. An einer Stelle, die wir nicht auf dem Radar hatten.«

Während die Ermittler neuen Mut schöpften, machten sich in drei Kilometern Luftlinie entfernt Zermürbungserscheinungen bemerkbar. Obwohl draußen die Sonne lockte, verbrachte Anna Stunde um Stunde in Elkes Wohnung. Sie konnte sich kaum noch dazu aufraffen, sich weiter mit Hochzeitsvorbereitungen zu beschäftigen oder weitere Bewerbungen zu versenden. Immerhin war es ihr gelungen, etwas Zeit in die Prüfungsvorbereitungen für den Bootsführerschein zu stecken, auch wenn ihr dieser Lappen gerade ziemlich egal war. Die Anwesenheit der Personenschützer vor dem Haus empfand sie zwar schon als Normalzustand, die ständige Aufsicht hemmte sie aber zugleich, das Haus zu verlassen. Dass sie sich zudem von allen relevanten Informationen abgeschnitten fühlte, verstärkte den Eindruck der Isolation.

Der Streit mit Hannes kam ihr inzwischen unwirklich und lächerlich vor, schwelte aber weiter. Am Vortag hatte sie keine Lust auf noch mehr Rechtfertigungen gehabt und seine Anrufe ignoriert. Später am Abend hatte sie ihn dann nicht erreicht und sich ausgemalt, in welcher Mission er gerade unterwegs sein könnte. Kurz war dabei sogar Ninas Bild in ihr aufgeflammt, aber dass Hannes Händchen haltend mit ihr auf dem Sofa saß, war ihr dann doch absurd vorgekommen. Gedanken entwickelten eben ein abstruses Eigenleben, wenn man kaum noch erfuhr, was um einen herum tatsächlich vorging.

Am Morgen – Anna hatte mit Elke am Frühstückstisch gesessen – hatte sich Hannes dann wieder bei ihr gemeldet. Ihrer Frage, wo er am Abend gewesen sei, war er ausgewichen. Es habe erneut einen erfolglosen Einsatz gegeben, er sei aber unbeschadet geblieben, genauso wie alle anderen. Details dürfe er ihr nicht verraten, worauf Anna explodiert war.

»Hab ich nicht ein Recht zu erfahren, was gerade los ist?«, hatte sie ihn angefahren. »Deine Prinzipienreiterei ist so was von fehl am Platz!«

Mit einem abrupten Themenwechsel hatte Hannes ihr den Wind aus den Segeln genommen, indem er ihr von seinem Treffen mit Nina erzählt und zerknirscht eingestanden hatte, dass Anna mit ihrer Vermutung recht gehabt hatte. Er hatte sie sogar um Entschuldigung gebeten, dass er sich so abweisend verhalten und die Wahrheit nicht hatte sehen wollen. Anna war nicht in der Lage gewesen, diesen Vorfall so einfach aus der Erinnerung zu streichen, stimmte aber zu, dass wohl beide gerade unter einem angespannten Nervenkostüm litten, sodass sie gelegentlich überreagierten. Für den Nachmittag hatten sie sich verabredet, allen Gefahren zum Trotz. Sich in der momentanen Situation tagelang nicht zu sehen, setzte beiden zu.

Bis zu dieser Verabredung waren noch einige Stunden zu überbrücken, und Anna entschied, dass sie endlich frische

Luft brauchte. Sie speicherte eine überarbeitete Version ihres Lebenslaufs ab, fuhr den Laptop herunter und wühlte in ihrem Koffer nach einem vorzeigbaren Outfit, das sie gegen die Trainingshose und das verwaschene T-Shirt eintauschen konnte. Anschließend nahm sie die Tasche vom Haken, verschloss die Wohnungstür und lief die Treppe nach unten. Warme Luft schlug ihr entgegen, als sie die Eingangstür aufzog, und vom nahe gelegenen Schwimmbad klang Kinderlachen herüber. Die beiden Personenschützer waren in ein Gespräch vertieft, aber obwohl alles friedlich und unverdächtig wirkte, spielte sie nur kurz mit dem Gedanken, sich ohne deren Begleitung davonzumachen.

»Wo soll's denn hingehen?«, wurde sie gefragt, als sie zu den Männern trat.

»Nach …« Anna wusste es selbst nicht. Raus ans Meer oder nur in einen Park? Sie dachte an ihre Bewerbungen. Merkwürdigerweise hatte sie das Verlangen, eine plausible Begründung für einen Ausflug liefern zu müssen. »In die Stadt. Ich brauche was zum Anziehen für ein Vorstellungsgespräch.«

»Ein konkretes Ziel?« Einer der Männer entriegelte per Knopfdruck das Auto.

»Nein.« Sie zwinkerte ihm zu. »Sie wissen ja, wie Frauen ticken. Ich lass mich von dem inspirieren, was mir über den Weg läuft.«

»Wie Sie möchten.« Er machte keine Anstalten, sich auf eine persönlichere Ebene zu begeben. Mit unbewegtem Gesichtsausdruck hielt er die Tür auf und ließ sie einsteigen.

Was die wohl von mir denken?, überlegte Anna, als der Wagen in Richtung Innenstadt fuhr. Es ging langsam vorwärts, der morgendliche Berufsverkehr war noch nicht abgeflaut. Wahrscheinlich denken sie gar nichts. Sind bestimmt interessantere Leute gewöhnt, die sie beschützen müssen.

Zumindest zeigten sich die beiden desinteressiert, was Damenmode betraf. Als Anna durch den ersten Laden, eine kleine Boutique, schlenderte, startete sie noch einen Versuch, die Stimmung aufzulockern.

»Was halten Sie hiervon?« Sie hielt ein Baumwollkleid vor ihren Körper.

»Ich bin da leider kein Experte«, erklärte der eine steif, während der andere nur mit den Schultern zuckte.

Anna beließ es dabei und verlagerte ihr Bedürfnis nach sozialem Kontakt auf die Verkäuferin. Eigentlich hatte sie gar nicht vor, etwas zu kaufen. Ihr Bankkonto war nach dem Autokauf nicht besonders gut gefüllt, ihr Kleiderschrank dafür umso mehr, und sie wusste nicht, wie lange der Zustand der Arbeitslosigkeit noch andauern würde. Nach einer halben Stunde ließ sie die Verkäuferin mit enttäuschtem Gesicht zurück, die erste Kundin des Tages dürfte ihr aber zumindest die Langeweile vertrieben haben.

Mehrere kleinere Läden später war Annas Bedarf an Konversation befriedigt, sodass sie ein Kaufhaus ansteuerte. Sie wusste selbst nicht warum, aber sie ging direkt in die Kinderabteilung, begutachtete Strampler, Babyspielzeug und sonstige Accessoires. Offenbar benötigte man einige leere Schrankflächen, wenn ein neues Leben zu Hause einzog. Dass in der aktuellen Situation eine erneute Schwangerschaft keine Option war, frustrierte sie. Auch die Angst, dass es wieder schiefgehen könnte, ließ sie alles andere als unbefangen durch die Abteilung streifen. Dennoch konnte sie sich erst losreißen, als der Hunger nicht mehr zu ignorieren war.

Es war halb eins, der Vormittag war wie im Flug vergangen. Sie beschloss, in der nahe gelegenen Markthalle ein Mittagessen zu sich zu nehmen, auch wenn um diese Uhrzeit sicher Hochbetrieb herrschte. Ihre Vermutung wurde bestätigt, denn in dem historischen Gebäude verbrachten nicht nur zahlreiche Angestellte ihre Mittagspause, zusätzlich drängten sich auch viele Touristen durch die Gänge zwischen den Verpflegungsständen und Auslagen. Die Luft war von verschiedensten Gerüchen geschwängert, und die Unterhaltungen der Menschen vereinigten sich mit dem Geklapper von Geschirr und dem Zischen heißer Pfannen zu einer großen Geräuschkulisse.

Anna genoss es. Endlich spürte sie wieder Leben um sich herum und keine bleierne Stille. An einem asiatischen Imbissstand versuchte sie, ihre Begleiter zu einem Mittagessen zu überreden, doch die Personenschützer lehnten ab. Nur kurz spielte Anna mit dem Gedanken, sich an einen der Tische zu setzen, denn sie hatte wenig Lust, stumm das Essen in sich hineinzuschaufeln, während ihr die beiden Männer dabei zusahen. Deren professionelle Distanz ging ihr zunehmend auf die Nerven und verdarb ihr den Spaß an dem Ausflug.

Sie sah auf die Uhr. Viel Zeit blieb ohnehin nicht mehr, wenn sie zu dem Treffen mit Hannes pünktlich sein wollte. Mit ihren Beschützern im Schlepptau verließ sie die Markthalle. Einer der beiden erhielt einen Anruf, offenbar wollte die Ablösung Ort und Zeitpunkt des Schichtwechsels besprechen. Anna fühlte sich wie ein Staffelstab, der in Kürze weitergereicht wurde. Sie war es so leid!

Auf dem Bürgersteig herrschte dichtes Gedränge, und der größere der beiden Männer ging vor ihr, als wolle er Anna den Weg freipflügen. Sein Kollege sprach noch immer ins Telefon, er hatte sich aber etwas zurückfallen lassen, sodass seine Worte nicht zu verstehen waren. Anna runzelte die Stirn – ob er über sie lästerte? Sie wurde das Gefühl nicht los, dass die beiden aus irgendeinem Grund auf sie herabsahen. In Gedanken versunken lief sie gegen einen Laternenpfahl und musste über sich selbst schmunzeln. Vermutlich war sie den beiden völlig egal und …

Plötzlich ertönte ein lauter Knall, und nicht nur Anna zuckte zusammen. Erschrockene Rufe ertönten, alle Passanten blickten zur Straße. Etwa zwanzig Meter hinter ihr war ein Lieferwagen auf einen Mini aufgefahren und hatte diesen vor den Eingang der Markthalle geschoben. Anna erschauderte, als sie aufgeregte Gesten bemerkte. Offenbar war jemand angefahren worden. Vor einer Minute hatte sie sich selbst noch an dieser Stelle befunden! Schnell wandte sie den Blick wieder in die andere Richtung.

Ein Bus näherte sich, und Anna konnte die stutzige Miene der Fahrerin erkennen, als diese den Unfall bemerkte. Der alarmierte Gesichtsausdruck wich Entsetzen, als Anna einen heftigen Stoß in den Rücken spürte. Sie schrie auf und stolperte nach vorn auf die Fahrbahn. Der Bus war nur noch wenige Meter entfernt und damit trotz Vollbremsung viel zu nah. Anna strauchelte und versuchte verzweifelt, das Gleichgewicht zu halten – dann kam der Aufprall und schleuderte sie auf den Asphalt.

Das Gefühl, ihm sei nun endgültig der Boden unter den Füßen weggerissen worden, führte dazu, dass Hannes stumm und regungslos auf einem Stuhl im Gang des Krankenhauses saß. Isabells Anwesenheit an seiner Seite nahm er wie durch eine Nebelwand wahr, dann und wann vergaß er sie völlig und stierte minutenlang auf die weiße Wand. Die Nachricht von Annas Unfall hatte ihn in einem Moment höchster Betriebsamkeit erreicht. Clarissa, Isabell, Per und er selbst waren gerade damit beschäftigt gewesen, die passenden Leute für den geplanten öffentlichen Appell an Lukas zusammenzutrommeln. Der Versuch, an Lukas' Gewissen zu appellieren, sollte so schnell wie möglich gestartet werden.

Daneben durchkämmten Suchtrupps die Gegend, in der Federsens Fahrzeug gefunden worden war. Lukas hatte es von einer Klippe auf den darunterliegenden Strand stürzen lassen. Es war eine Stelle, die außerhalb des bisherigen Suchradius lag, und dass Lukas schon einmal in dem Wagen gesessen hatte, war von der Spurensicherung bestätigt worden. Ebenso stand fest, dass es dieselben Reifenprofile waren, die man beim *Waldhaus* und beim Steinbruch gefunden hatte und dass sich Federsen ebenfalls darin befunden haben musste – und zwar nicht nur auf dem Fahrersitz, sondern auch blutüberströmt in dem Kofferraum des Kombis. Ebenso war die Kappe eines Fahrradreifenventils darin gefunden worden. Da Hannes von Federsens Abneigung gegenüber körperlicher Aktivität wusste, ging man davon aus, dass sich Lukas mit einem Fahrrad davongemacht hatte. Nur wohin, das blieb weiter offen und hing davon ab, wann er den Wagen hatte abstürzen lassen.

War er direkt in die Stadt gefahren oder zu einem Bahnhof oder noch einmal zu seinem Versteck? Fakt war nur, dass er in der Stadt gesehen worden war. Hannes war sich sicher, wer Anna vor den Bus gestoßen hatte. Die Busfahrerin und weitere Zeugen hatten von einer Person gesprochen, die schwarze Kleidung, eine Wollmütze und Sonnenbrille getragen hatte und nach dem Angriff blitzschnell wieder im Getümmel untergetaucht war. Diese Beschreibung deckte sich zwar nicht mit den Aufnahmen der Videokamera im Bahnhof, aber ein Detail war identisch: Der Angreifer hatte einen braunen Rucksack auf dem Rücken gehabt, genauso wie Stunden zuvor Lukas im Bahnhof.

Hatte er geahnt, dass er sein Aussehen nach dem Rempler verändern musste? Oder wechselte er bewusst immer wieder die Kleidung, um jegliches Risiko, erkannt zu werden, auszuschließen? Mal wieder musste Hannes anerkennen, dass man den Jungen nicht unterschätzen durfte. Nach der Attacke auf Anna wuchsen zudem die Zweifel, dass ein Appell an seine Moral Wirkung zeigen würde. Jemanden vor einen fahrenden Bus zu schubsen, erforderte Kaltblütigkeit. Vor allem, wenn es sich dabei um jemanden handelte, der eigentlich unbeteiligt und nur Mittel zum Zweck war.

Dass Anna noch am Leben war, verdankte sie allein der blitzschnellen Reaktion der Busfahrerin, die wegen des Auffahrunfalls vor dem Eingang der Markthalle das Tempo schon reduziert hatte. Bei Bewusstsein war Anna aber noch nicht, neben mehreren Knochenbrüchen hatte sie auch eine leichte Schädelfraktur davongetragen. Glücklicherweise bestand keine Lebensgefahr, wie die Ärzte Hannes mehrfach versichert hatten. Wann sie aufwachen würde, ließ sich jedoch nicht mit Gewissheit sagen.

Es gab weitere offene Fragen, an die Hannes aber kaum einen Gedanken verschwendete. Wie hatte Lukas Anna ausfindig machen und trotz des Personenschutzes so dicht an sie herankommen können? Dass die Männer der Security versagt hatten, stand außer Frage, auch wenn sie natürlich eine Entschuldigung für den Vorfall parat hatten. Es habe großes Gedränge auf dem Bürgersteig geherrscht, zudem sei ihre Aufmerksamkeit durch den Unfall kurzfristig abgelenkt gewesen. Das war vielleicht menschlich, aber nicht professionell und erst recht nicht hinnehmbar. Disziplinarische Konsequenzen waren nicht unwahrscheinlich, doch das machte Anna auch nicht wieder gesund. In den nächsten Tagen würden sich die beiden Personenschützer unbequemen Fragen stellen müssen, und diese Aufgabe überließ Hannes gern seinen Kollegen. Genauso wie die Suche nach Lukas, die mit einer aktualisierten Beschreibung seines Äußeren intensiviert worden war.

Er selbst spürte im Moment weder Wut noch Hass, sondern nur Leere. Tränen, um die Verzweiflung aus sich herauszulassen, hatte er keine mehr. Als er Anna bandagiert, zerschrammt und mit geschlossenen Augen in ihrem Bett betrachtet hatte, waren sie noch aus ihm herausgeströmt. Sie nicht beschützt, sondern sich mit ihr gestritten und die Verstimmung noch nicht vollständig aus der Welt geschafft zu haben, hinterließ Schuldgefühle, die noch stärker waren als die gegenüber Federsen. Er kam sich wie das größte und feigste Arschloch der Welt vor.

Hätte er Anna berichtet, zu was Lukas in der Lage war, wäre sie sicher vorsichtiger gewesen. Hätte sie von Federsens Daumen und den Ereignissen der vergangenen Nacht gewusst, würde sie jetzt gelangweilt, aber unbeschadet, in Elkes Wohnung auf ihn warten. In exakt fünf Minuten waren sie verabredet gewesen … Hannes war noch nicht in der Verfassung, ihrem Vater und Bruder die Nachricht zu übermitteln, viel länger hinauszögern konnte er es aber auch nicht.

Beim Gedanken an dieses Telefonat kam endlich Bewegung in ihn, und er zog das Handy hervor. Seit er das Krankenhaus betreten hatte, waren die Vibrationen mehrfach in der Jeanstasche zu spüren gewesen. Als er sah, dass ein und dieselbe Person ihn fünf Mal hatte erreichen wollen, biss Hannes die Zähne aufeinander. Nina! Hatte er sich nicht klar ausgedrückt? Wie kam sie dazu, ihn weiterhin … ausgerechnet jetzt …? Er registrierte, dass er auch eine SMS erhalten hatte. Ebenfalls von ihr. Er wollte sie schon löschen, aber die ersten Worte ließen ihn innehalten.

Sorry, will nicht nerven. Aber hier hat jemand was für dich abgegeben. Was soll ich damit machen? Ich verstehe nicht, warum man es mir gegeben hat!

Stumm stöhnte er auf. *Jemand* hatte etwas abgegeben. Um wen es sich dabei gehandelt hatte, war nicht schwer zu erraten. Aber warum Nina? Und was war es? Federsens Kopf? Er hoffte inständig, dass es doch eine harmlose Erklärung für Ninas Nachricht gab, auch wenn ihm keine plausible Möglichkeit einfiel.

Ihm war, als wiege er zweihundert Kilo, als er sich von dem Stuhl in eine stehende Position zwang. Er bemerkte Isabells fragenden Blick, schwieg aber. Auch seine Zunge fühlte sich unglaublich schwer an. Aber es half nichts, er musste sich der Situation weiter stellen.

Er blickte noch einmal zu der Tür, hinter der Anna lag. Ob sie gerade etwas fühlte, dachte oder träumte? Die Sekunden vergingen, dann gab er sich einen Ruck.

»Ich muss mal telefonieren«, sagte er zu Isabell. »Bin gleich zurück.«

»Annas Vater?«

Ihr mitfühlender Blick war zu viel für ihn. Heftig blinzelnd nickte er, dann wandte er sich ab und lief den Gang entlang. Er durchschritt eine Schwingtür und fand sich in einem Wartebereich wieder, der voller Angehöriger von Patienten war. Mühsam unterdrückte er ein Aufschluchzen und trat ins Treppenhaus. In der obersten Etage gab es ein Restaurant mit Dachterrasse, auf der ein ungestörtes Telefonat möglich sein dürfte. Oben angekommen musste er sich dann aber doch bis hinter einen Abluftschacht verziehen, um die nötige Privatsphäre zu finden. Sein Blick glitt über die Dächer der Stadt, er sah Autos und Menschen, hörte Hupen und Motorengeräusche – die Welt drehte sich weiter, als wäre nichts geschehen.

Allmählich kehrte die Wut zu ihm zurück und verdrängte die Apathie. Irgendwo dort unten befand sich die Person, die dafür verantwortlich war, dass seine eigene Welt gerade zusammenstürzte. Eine dürre Gestalt, die vor siebzehn Jahren von den Eltern behutsam in den Armen gehalten und Lukas getauft worden war. Noch voller Unschuld und mit Liebe überschüttet. Wo hatte er sich im Moment verkrochen? Spürte er Triumph oder Ekel vor sich selbst? Und irgendwo dort unten war auch Nina.

Da ihm das Telefonat mit Annas Vater noch mehr Unbehagen bereitete, wählte er zunächst ihre Nummer. Nina musste das Telefon in der Hand gehalten haben, denn sie meldete sich sofort.

»Gut, dass du zurückrufst!«

»Nach deiner Nachricht … ist doch klar. Was hat man dir gegeben?«

»Einen Briefumschlag. Vorhin, als ich aus dem Hotel rausging.«

Hannes lehnte sich gegen die Wand des Abluftschachtes. »Wer?«

»Ein kleiner Junge. Er fragte, ob ich Johannes Niehaus kenne. Ich sagte: ›Ja, klar. Woher kennst du ihn?‹«

»Und woher kennt er mich?«

»Er kennt dich nicht. Aber ein Lukas soll dich kennen. Und der hat dem Jungen zehn Euro gezahlt, damit er mir diesen Brief für dich gibt. Verstehst du das?«

Zu mehr als zu einem krächzenden Laut war Hannes nicht in der Lage.

»Es wird noch merkwürdiger«, fuhr Nina fort. »Lukas hat dem Jungen ein Foto von mir gezeigt, damit er weiß, wem er den Umschlag geben muss. So wie der Kleine das Foto beschrieben hat, sind wir beide darauf zu sehen gewesen. In dem Café, in dem wir uns am Montag getroffen haben.«

Hannes ließ sich in die Hocke gleiten. Lukas hatte ihn überwacht! So hatte er wahrscheinlich auch von Annas Versteck bei Elke erfahren. Ihm wurde klar, was das bedeutete: Auch Nina musste ab sofort als gefährdete Person eingestuft werden. Im ersten Schritt wollte Lukas sie aber offenbar als Botin einsetzen. Hannes schlug mit der Hand heftig gegen die Wand, und der Schmerz brachte ihn wieder zu sich. Er durfte sich jetzt nicht gehen lassen!

»Hast du den Umschlag geöffnet?«, fragte er.

»Natürlich nicht, steht ja dein Name drauf. Hat das … meinst du, das hat was mit der Jagd auf dich zu tun?«

»Womit sonst?«

»Also jagt dich dieser Lukas?«

»Nach ihm wird öffentlich gefahndet. Sein Foto hängt an fast jeder Straßenecke.«

»Scheiße!«, entfuhr es ihr. »Klar hab ich davon gehört, hab es aber nicht miteinander in Verbindung gebracht, als der Junge den Namen erwähnte.«

»Egal, hätte eh keinen Unterschied gemacht. Beschreib mir den Umschlag.«

»Da ist nichts Besonderes. Weiß und darauf mit Kugelschreiber dein Name.«

»Ist er flach oder … gewölbt?«

»Flach. Denkst du, dass es … eine Briefbombe ist?«

Hannes hatte eher an einen weiteren von Federsens Fingern gedacht, aber Ninas Befürchtung war auch nicht unbegründet. Andererseits glaubte er es nicht. Lukas wollte ihn nicht einfach so ermorden oder verletzen, er hatte etwas anderes vor. Dass er diesmal den Umweg über Nina gegangen war, anstatt erneut eine Nachricht an einem Polizeiwagen zu hinterlassen, konnte zweierlei bedeuten: Er spürte, dass es eng wurde – oder die Botschaft sollte nur Hannes lesen. Vielleicht auch beides.

»Nina, wo bist du jetzt?«

»Auf meinem Zimmer. Hotel *Kliffkante*. Kennst du das?«

»Ja.« Kurz kamen Bilder in ihm hoch, von einem Fall, in dem eine der beteiligten Personen dort gewohnt hatte, bevor sie ermordet worden war. Alles schien ein Kreislauf zu sein. Er hatte es so satt. »Bleib, wo du bist! Ich komme zu dir. Und lass den Briefumschlag verschlossen, hörst du!«

»Alles klar, bis gleich.«

Am liebsten hätte Hannes das Handy vom Dach geworfen und ihm hinterhergebrüllt. Dass er damit seine Probleme nicht loswurde, war ihm aber doch noch bewusst. Die Wut war zurück, und das war gut. Allerdings durfte sie nicht zu blinder Raserei führen, sondern musste konstruktiv eingesetzt werden. Wie das funktionieren sollte, darüber würde er sich in den nächsten Stunden den Kopf zerbrechen müssen. Auf jeden Fall wollte er nicht länger nur reagieren und der Getriebene sein. Er wollte – nein, er *musste* jetzt aktiv ins Geschehen eingreifen. Die Situation war inzwischen so sehr eskaliert, dass er zum Äußersten bereit war. Zunächst lagen aber noch drei andere, nicht minder wichtige Aufgaben vor ihm: Er atmete ein paar Mal tief durch, dann wählte er die Nummer von Annas Vater, bevor er noch einmal nach seiner Freundin sehen und dann zu Nina aufbrechen würde.

Kapitel 13

Auch Ben war die Erschütterung über den Angriff auf Anna anzusehen. Den Nachmittag hatte er an der Seite seines Freundes im Krankenhaus verbracht, nachdem Hannes dort nach seinem Abstecher zum Hotel *Kliffkante* wieder eingetroffen war. Anderthalb Stunden später waren dann Annas Vater und ihr Bruder angekommen, beide hatten sich sofort ins Auto gesetzt, als Hannes sie über den Vorfall informiert hatte. Seine Vorahnung, dass er nicht nur als Überbringer der Hiobsbotschaft, sondern zudem als ursprünglicher Auslöser des Unglücks eingeschätzt wurde, schien sich zu bewahrheiten. Zwar hatte Annas Vater keine Vorwürfe ausgesprochen, seine immer wiederkehrenden Hinweise auf die fragwürdigen Lebensbedingungen eines Mordermittlers legten aber nahe, dass er sich einen Schwiegersohn mit einem weniger riskanten Beruf gewünscht hätte.

Daran hatte auch die Erleichterung nichts ändern können, als Anna endlich aufgewacht war und die Ärzte nach einer weiteren Untersuchung spürbar entspannter als noch am Mittag auftraten. Der Heilungsprozess werde nicht von heute auf morgen über die Bühne gehen, besorgniserregende Verletzungen lägen aber nicht vor. Einige Tage musste Anna noch im Krankenhaus bleiben, eine Bewachung war bereits organisiert worden.

Sie selbst erinnerte sich nur dunkel an den Stoß vor den Bus. Angaben zum Tathergang konnte sie somit keine machen, lediglich das bestürzte Gesicht der Busfahrerin hatte sich in ihr eingebrannt. Zeugenaussagen gab es aber zur Genüge, sodass Hannes nicht lange nachgebohrt hatte. Stattdessen war er bemüht gewesen, die Verstimmung zwischen ihnen vollständig aus der Welt zu räumen. Über seine Erlebnisse in der vergangenen Nacht verlor er weiter kein Wort, ebenso wenig über den Briefumschlag, den Nina erhalten hatte, und erst recht nicht über sein abendliches Vorhaben, das er sich nach stundenlangem Entwickeln und Verwerfen von Handlungsoptionen im Laufe des Nachmittags zurechtgelegt hatte. Die blinde Wut war dabei allmählich kaltem Zorn gewichen, was seiner Entschlusskraft aber nicht abträglich gewesen war.

Annas Reaktion auf das Ergebnis seiner Überlegungen wäre vermutlich mit der von Ben vergleichbar gewesen, der Hannes schließlich mit zu sich genommen und ihm eine Portion Nudeln gekocht hatte. Fassungslos starrte er seinen Freund an und tippte sich gegen die Stirn.

»Bist du vollkommen übergeschnappt? Nicht nur, dass du diesen Brief vor deinen Kollegen verheimlichst, du willst dich sogar auf Lukas' Forderung einlassen?«

Hannes stocherte in den Pestonudeln herum und fischte einen Pinienkern heraus. »Was bleibt mir anderes übrig? Ich hab in den letzten Stunden immer wieder darüber nachgedacht, aber mir fällt keine andere Lösung ein. Außerdem habe ich einen Plan. Eine neue Strategie, um diesen Scheißkerl endlich zu stoppen. Ich werde zwar seine Forderung erfüllen, ihn dadurch aber gleichzeitig ans Licht zerren. Und zwar, ohne dass er Verdacht schöpft. Denn wenn wir so weitermachen wie bisher, wird es ewig so weitergehen! Lukas wird nicht aufgeben, bis er mich in seiner Gewalt hat.«

»Und du solltest nicht damit aufhören, genau das vermeiden zu wollen!«

»Von *wollen* ist schon lange keine Rede mehr. Im Moment *muss* ich verhindern, dass noch jemand zu Schaden kommt. Genau das wird aber passieren, wenn Lukas heute Abend zum dritten Mal enttäuscht wird. Die Uhr tickt, Ben! Wer weiß, was Federsen gerade durchleiden muss. Ob er überhaupt noch lebt! Oder wen Lukas als nächstes Opfer im Visier hat. Meine Mutter, meine Schwester oder …«

Er brach ab und deutete auf den Zettel, den er erst aus dem Briefumschlag gezogen hatte, als er Nina schon wieder verlassen hatte. Das Aufeinandertreffen war kurz gewesen, sie hatte ihm nicht viel mehr als schon am Telefon sagen können. Von den neuesten Entwicklungen hatte er nur das Notwendigste erwähnt, um ihr zu verdeutlichen, dass sie ebenfalls in Gefahr schwebte. So wie eigentlich jeder, dem Lukas eine persönliche Nähe zu Hannes unterstellen konnte. Den wahren Grund, weshalb sie ab sofort Personenschutz erhalten musste, hatte er seinen Kollegen nicht genannt und auch Nina gebeten, Stillschweigen über den Briefumschlag zu bewahren. Sein Hinweis gegenüber Steffen Lauer, dass Lukas ihn vermutlich mit seiner Exfreundin beobachtet hatte, war ohnehin ausreichend gewesen, um seinem Ersuchen stattzugeben. Hannes hoffte nun, dass die Sicherheitsleute ihren Dienst zuverlässiger versehen würden als die beiden Männer, die auf Anna hatten aufpassen sollen.

Für sich selbst hatte Hannes allerdings darauf bestanden, den Schutz auf Bens Gartenhaus zu reduzieren. Clarissa war sofort misstrauisch geworden, den tatsächlichen Hintergrund dürfte sie allerdings kaum erahnen. Hannes hoffte, dass man nun keinen verdeckten Personenschutz für ihn organisierte, nervös las er Lukas' Botschaft ein weiteres Mal durch.

Du wolltest es ja nicht anders, aber ein weiteres Mal solltest du meine Regeln nicht brechen. Wenn dir schon nichts an deinem

Chef liegt, solltest du dich zumindest um deine Freundin sorgen. Genauso um deine Familie und Freunde. Es wird immer den einen Moment geben, in dem ich zuschlagen kann. Bei deiner Freundin kam er schneller als erwartet. Erster Versuch, und gleich ein Treffer! Du hast noch eine letzte Möglichkeit, um eine weitere Eskalation zu vermeiden: Komm heute um 19 Uhr ins Parkhaus am Bahnhof. Allein! 1. Untergeschoss, Stellplatz 8. Dort findest du den nächsten Hinweis. Du kennst das Spiel ja schon.

Hannes wusste, was das bedeutete. Noch eine Schnitzeljagd. Von Station zu Station wollte Lukas dafür sorgen, dass Hannes tatsächlich ohne Begleitung war und dass niemand wusste, wo er sich aufhielt. Ob er diesmal mit dem Zug fahren und an irgendeinem abgelegenen Regionalbahnhof seine Kleidung in eine Mülltonne stopfen sollte? Irgendetwas in der Art würde wohl kommen. Was auch immer Lukas sich ausgedacht hatte, eine unauffällige Überwachung durch Kollegen war gewiss nicht möglich.

Genau das bereitete Ben die größten Sorgen. »Der kann dich sonst wohin lotsen. Willst du sehenden Auges in den Tod gehen?«

»Natürlich nicht. Aber ich will … nein, ich *muss* ihn treffen.«

»Und wenn er dich wieder Gift saufen lassen will?«

»Es war ein Betäubungsmittel.«

»Von mir aus. Was machst du dann?«

»Ich trinke es.«

Ben schüttelte so heftig den Kopf, dass die Dreadlocks hin und her flogen. »Dann nimmt er dir Handy und Waffe weg, und niemand weiß, wo du steckst. Toller Plan! Damit hilfst du niemandem.«

»Doch, tue ich. Wenn er mich erst mal hat, gibt es keinen Grund mehr, sich an Anna, meiner Familie oder anderen, wie zum Beispiel dir, zu vergreifen.«

»Du willst dich also opfern, um zum Beispiel mich zu schützen?«

»Opfern will ich mich nicht. Natürlich hab ich eine Absicherung dabei. Einen Peilsender.«

»Den wird er dir abnehmen.«

»Das wird nicht möglich sein.« Hannes zog einen Gegenstand hervor und legte ihn auf den Gartentisch. Er war nicht größer als eine Euromünze. »Hab ich einem unserer Techniker abgeschwatzt. Angeblich, um vorbereitet zu sein, falls mir ein Fahrzeug auffällt, mit dem Lukas sich fortbewegen könnte.«

»Das Ding ist zwar winzig, aber nicht unsichtbar.«

»Deshalb werde ich es runterschlucken. Ich hab doch gesagt, dass ich mir in den letzten Stunden alles genau überlegt habe.«

Ben stöhnte und tippte sich an die Stirn. »Sag mal, hast du heimlich von meinem Gras genascht? Ich war heute Nachmittag schon misstrauisch. Du hast kaum was wahrgenommen, sondern nur vor dich hin gegrübelt. Ich hab's auf die Gesamtsituation geschoben und dich in Ruhe gelassen. Wär ich mal lieber aufdringlicher gewesen! Aber dass so was dabei rauskommt, hab ich nicht für möglich gehalten.«

»Was stört dich an der Idee?«

»Alles. Mich überzeugt das nicht. Klingt nach einem Himmelfahrtskommando. Kann sich dieses Teil in deinem Magen nicht auflösen?«

»Keine Sorge, ich hab mir schon das geeignete Modell rausgesucht.«

»Und das Signal ist selbst durch den Magen und die Muskeln empfangbar? Das kann doch alles nicht gesund sein!«

Hannes zuckte mit den Schultern. »Gesünder jedenfalls, als draufzugehen. Wusstest du, dass der Verdauungstrakt bis zu neun Meter lang ist? Je nachdem, was da durch muss, dauert es zwischen zweieinhalb und fünf Tagen. Genug Zeit, um eine Situation zu schaffen, in der man Lukas überwältigen und mich befreien kann. Und Federsen auch.«

»Du meinst, er bringt dich zu ihm?«

»Lukas muss das perfekte Versteck gefunden haben, und er will uns beide. Warum sollte er uns an unterschiedlichen Orten unterbringen? Erhöht nur das Risiko, entdeckt zu werden.«

Ben sah auf die Uhr. »Es ist schon Viertel nach sechs. Am liebsten würde ich dich niederschlagen, um dich davon abzuhalten. Dummerweise habe ich gegen deine Muskeln keine Chance. Soll nicht wenigstens ich dir unauffällig folgen?«

»Weil du so ein unauffälliger Typ bist?«

Hannes war selbst überrascht, dass ihm ein echtes Lächeln gelang. Er war erfüllt von Tatendrang, endlich nahm er das Heft in die Hand. Die möglichen negativen Folgen blendete er aus, die konnte er im Moment sowieso nicht beeinflussen. Er befand sich in einem absurd euphorischen Zustand, wenn man bedachte, dass er eine Reise ins Ungewisse anzutreten gedachte.

Er schob Ben einen Zettel zu. »Du kannst mir auf eine andere Art helfen. Ich gehe davon aus, dass mich Lukas zwei bis drei Stunden lang von einer Station zur nächsten schicken wird. Wahrscheinlich, bis es dunkel wird. War beim letzten Mal auch so. Ruf Isabell um halb zehn an. Nein, besser um elf. Sag ihr, was passiert ist. Gib ihr diese Nummer, dann weiß sie, welcher Peilsender in mir steckt.«

Ben nickte mit verbissener Miene und griff nach dem Gerät. »Dürfte spaßig werden, das Ding wieder rauszupressen.«

»Ich hab eher vor dem Hinunterwürgen Sorge.« Hannes füllte sein Glas mit Wasser auf und streckte verlangend die Hand aus.

»Es ist dein Magen.« Ben kapitulierte endgültig. »Du siehst mit deinen Schrammen nicht nur äußerlich so aus, als wärst du einem Werwolf in die Klauen geraten. Irgendein Dämon muss auch deinen Verstand angenagt haben.«

»Ich fühle mich so klar im Kopf wie seit Tagen nicht mehr. Und ich will einfach nicht länger eine passive Rolle einnehmen! Kannst du das nicht verstehen?«

»Hm … vielleicht … aber verrückt ist es trotzdem! Und lebensmüde! Informiere wenigstens deine Kollegen!«

»Dann geht's wieder schief.« Hannes schüttelte den Kopf. »Die würden mich im Leben nicht ohne Rückendeckung gehen lassen, da bin ich mir sicher. Und wenn Lukas das mitkriegt, dann war's das.«

Ben gab sich noch immer nicht geschlagen. »Es muss doch noch eine andere Möglichkeit geben! Eine, die nicht so gefährlich ist.«

»Wenn dir in den nächsten fünf Minuten eine einfällt, bin ich ganz Ohr. Ansonsten ziehe ich das jetzt durch.«

Hannes nahm den Peilsender in den Mund und ein Glas Wasser zur Hand. Mit der Zunge befühlte er den Gegenstand, der auf einmal viel größer wirkte. Plötzlich dachte er, dass Ben vielleicht gar nicht so falsch lag und er dem Wahnsinn verfallen sein musste. Bevor er zu viel nachdenken konnte, kniff er die Augen zusammen, schob den Sender weiter nach hinten, nippte am Wasser und schluckte. Das Wasser verschwand, nicht aber der Sender. Er versuchte es erneut, wieder ohne Erfolg.

Ben beobachtete die Bemühungen mit verschränkten Armen. »Vielleicht solltest du dir den Sender lieber hinten reinschieben, wär das nicht die einfachere Variante? Ich seh auch weg.«

»Nein, ich muss sicher sein, dass er lange genug in mir bleibt. Hast du was Zähflüssigeres als Wasser?«

Ben hob ergeben die Hände zum Himmel, stand aber auf und verschwand im Haus. Hannes hörte ihn in der Küche herumkramen, dann erschien er mit einem Glas, in dem sich eine weiße Flüssigkeit befand.

»Milch mit Mehl vermischt«, erklärte Ben. »Was anderes fällt mir nicht ein.«

»Könnte hinhauen.«

Hannes sah zu den Personenschützern, die jedoch gerade in die andere Richtung blickten. Schnell schob er sich den Peilsender wieder in den Mund und kippte das breiartige Gemisch hinterher. Diesmal klappte es schon im ersten Anlauf. Allerdings fühlte es sich an, als würde sich der eckige Gegenstand wie in Zeitlupe durch die Speiseröhre nach unten bewegen. Hannes griff zum Wasserglas und trank es in einem Zug leer. Er spürte in sich hinein. Alles war so, wie es sein sollte. Der Magen rebellierte nicht – oder nur noch nicht?

Er stand auf. »Ich muss los, kann ich dein Rad nehmen?«

»Lehnt am Gartenzaun. Tja, dann kann ich dir wohl nur Glück wünschen und … ach scheiß drauf.« Er umrundete den Tisch und drückte Hannes fest an sich. »Geh bloß nicht drauf!«, murmelte er an Hannes' Ohr. »Und wenn alles gut ausgeht, erzähl Anna auf keinen Fall, dass ich dich nicht aufgehalten habe.«

»Am besten wäre es, wenn Anna überhaupt nichts davon erfährt.« Hannes löste sich aus der Umarmung. »Danke dir und … Ben, ruf Isabell keine Minute früher als elf Uhr an! Sonst könntest du mich erst recht in Lebensgefahr bringen.«

»Hab's kapiert.« Ben nickte. Dann drehte er sich abrupt um und ging ins Haus.

Gerührt sah Hannes ihm hinterher – und fragte sich, ob er Ben wiedersehen würde. Oder Anna. Gerade rechtzeitig, bevor die Angst vollständig erwachen konnte, trat einer der Personenschützer zu ihm.

»Alles in Ordnung?«

»Was? Äh … ja. Mein Kumpel hat nur Liebeskummer, das ist alles. Haben Sie ein Auge auf ihn, ich muss nämlich noch mal weg.«

»Sicher, dass Sie allein …«

»Ja, ganz sicher.«

Ohne sich auf weitere Diskussionen einzulassen, ließ er den Mann stehen und ging zum Gartentor. Bens Fahrrad hatte keine Gangschaltung, und bei jedem Tritt quietschte das linke Pedal. Schon nach fünf Minuten bereute es Hannes, nicht mit dem Auto losgefahren zu sein. Andererseits tat ihm die körperliche Aktivität gut, auch wenn die Schnittwunden und Kratzer nun noch mehr zu jucken schienen. Er versuchte, weder an Anna noch an Federsen oder die nächsten Stunden zu denken. Erfolglos. In Bens Anwesenheit war er noch voller Selbstsicherheit gewesen, jetzt keimte ein Gefühl von Verlorenheit auf. Er tauchte so tief darin ein, dass er sogar vergaß, auf die Zeit zu achten. Erst als er vor dem Parkhaus beim Hauptbahnhof angekommen war und auf die Uhr sah, zuckte er erschrocken zusammen.

Es war fünf nach sieben, eine Verspätung war ein schlechter Auftakt. Allerdings erwartete ihn ohnehin sicher nicht Lukas in dieser belebten Gegend, sondern eher ein weiterer Briefumschlag. Diese Vermutung half Hannes, den Drang, doch wieder umzudrehen, niederzukämpfen. Er lehnte das Fahrrad gegen eine Wand und trabte eine schmale Rampe ins erste Untergeschoss hinunter. Ein Auto kam ihm entgegen, und der Fahrer gestikulierte wild, wahrscheinlich wollte er darauf aufmerksam machen, dass es für Fußgänger einen anderen Zugang gab.

Hannes ignorierte ihn. Auf der Parkebene angekommen, orientierte er sich. Noch war er entspannt. Einige Menschen gingen zu ihren Fahrzeugen, um diese Uhrzeit kamen Pendler am Bahnhof an, außerdem befanden sich Geschäfte in der Nähe. Den Stellplatz mit der Nummer acht fand er im vorderen Teil, nahe an der Ausfahrt. Der Transporter eines Handwerksbetriebs stand darauf, dem Kennzeichen nach aus Frankfurt. Hannes blieb davor stehen und dachte nach.

An dem Fahrzeug dürfte Lukas nichts befestigt haben, zu groß wäre die Gefahr, dass es wegbewegt wurde. Er bückte sich und sah prüfend unter den Boden. Dort lag nichts, hinter den Scheibenwischern klemmte ebenfalls nichts, und auch auf den Vorderreifen konnte er keinen Hinweis entdecken. Er überprüfte die linke Seite des Transporters, dann ging er zum Heck. Doch auch dort fiel ihm nichts auf. Genau in dem Moment, in dem er sich fragte, ob Lukas ihn auf eine falsche Fährte gelockt hatte, um andernorts aktiv zu werden, spürte er einen Stich im Nacken. Erschrocken drehte er sich um, aber niemand stand hinter ihm. Dann sackte er zusammen.

Auf der Straße vor dem Präsidium waren längst die Straßenlaternen angegangen, und das Neonlicht des Konferenzraums sorgte dafür, dass die Ermittler ihre müden Gesichter in den Scheiben wie in einem Spiegel erkennen konnten. Am frustriertesten wirkten Clarissa und Marcel, beide waren für die Fahndung nach Lukas zuständig gewesen. Nach dem Angriff auf Anna war er in der Menge untergetaucht und noch von drei Überwachungskameras erfasst worden, bevor er von der Bildfläche verschwunden war. Das gesamte Stadtviertel war nach ihm abgesucht worden, aber bis der Ring an Einsatzkräften geschlossen gewesen war, musste er sich bereits außerhalb dieses Bereichs befunden haben.

Auch die Gegend, in der man Federsens Wagen gefunden hatte, war gründlich durchkämmt worden, ohne dass es weitere Hinweise auf die Gesuchten gegeben hätte. Vermutlich führte Lukas sie mal wieder an der Nase herum und sorgte für eine Vergeudung von Ressourcen.

Isabells und Pers Tag war dagegen erfolgreicher verlaufen. Gerade präsentierten sie die letzte Fassung eines Videoappells, der noch in derselben Nacht veröffentlicht werden sollte. Es war nicht schwer gewesen, die vereinzelten ehemaligen Freunde von Lukas zu mobilisieren. Keiner von ihnen hatte über schauspielerisches Talent verfügen müssen. Der Schock über das Geschehen stand allen offen ins Gesicht geschrieben. Am eindringlichsten und tränenreichsten war der Auftritt seiner besten Freundin gewesen, zu der er nach dem Tod seiner Eltern den Kontakt abgebrochen hatte. Seine Vereinskameraden hatten ihn auch schon länger nicht zu Gesicht bekommen, die Hockeymannschaft war aber fast geschlossen angetreten, um an sein Gewissen zu appellieren.

Lediglich ein Jugendlicher hatte sich verweigert, und das aus einem nachvollziehbaren Grund. Lukas schien schon einmal eine gewalttätige Phase durchlebt zu haben, wenn diese auch von der Intensität her nicht vergleichbar mit der aktuellen war. Vor zwei Jahren war er nach einem Spiel mit dem Hockeyschläger auf seinen Teamkameraden losgegangen, was mit einer gebrochenen Nase geendet hatte. Auslöser war eine spöttische Bemerkung über seine Eltern gewesen, die sich für alle sichtbar am Spielfeldrand gezankt hatten. Auch andere Jugendliche bestätigten, dass sich Lukas zu dieser Zeit schlecht im Griff gehabt hatte und es immer wieder zu Raufereien gekommen war. Gerüchten zufolge hätten seine Eltern damals kurz vor der Trennung gestanden. Dass die gebrochene Nase nicht zur Anzeige gebracht worden war, hatten die Eltern des Betroffenen mit einer gütlichen außergerichtlichen Einigung begründet. Lukas' Vater hatte fünftausend Euro angeboten und sich auf zehntausend Euro hochhandeln lassen.

Betrachtete man diese Berichte im Zusammenhang mit seinen Tierquälereien als Sechsjähriger, so zeigte sich, dass ein emotionaler Ausnahmezustand sein Gewaltpotenzial zu wecken imstande war. Als Kind war es vielleicht der Tod seiner Oma gewesen, an der er, Erzählungen zufolge, sehr gehangen hatte, und die damals an einer Lungenentzündung gestorben war. Als Teenager hatte ihn die Angst vor einer Trennung der Eltern Gleichaltrige angreifen lassen, während er davor und danach eher introvertiert aufgetreten war. Zu welchen Taten ihn dann erst der gewaltsame Tod seiner Eltern animierte, konnte man nicht nur ahnen, sondern seit mehreren Tagen hautnah verfolgen. Dass er sich von der Videobotschaft aus seinem Wahn herausreißen ließe, erschien Isabell daher zunehmend als unerreichbare Wunschvorstellung.

Neben dem Jugendlichen hatte sich auch Frau Federsen außerstande gesehen, vor die Kamera zu treten. Zwar hatte sie es versucht, war aber immer wieder von einem Weinkrampf geschüttelt worden, sodass Isabell diesen Versuch schließlich abgebrochen hatte. Stattdessen gab Steffen Lauer noch ein Statement ab, in dem er darlegte, welche Verdienste sich Federsen und Hannes erworben hatten, wie viele Menschenleben sie gerettet hatten und dass sich beide bei dem Tod von Lukas' Eltern keinerlei Versäumnisse hatten zuschulden kommen lassen. Das Video war am Ende fünf Minuten lang und sollte auf Webseiten von Verlagen, Radiosendern, Fernsehstationen und in sozialen Netzwerken veröffentlicht werden.

»Wenn das nichts bringt, ist Lukas für mich endgültig eine verlorene Seele«, stellte Clarissa fest, als der Film geendet hatte. Auf sie, die üblicherweise kühl und unnahbar wirkte, hatten die Appelle ihre Wirkung jedenfalls nicht verfehlt. Sie schnäuzte sich in ein Taschentuch. »Ich hab zuerst gar nichts von dieser Idee gehalten, aber jetzt denke ich, dass ihn das Video aufrütteln könnte. Sofern er es sieht.«

»Das haben wir nicht in der Hand.« Steffen Lauer zwirbelte an seinem Schnurrbart. »Wohl aber, dass niemand mehr zu Schaden kommt. Stehen alle Verwandten und Freunde von Herrn Niehaus unter Schutz?«

»Ja.« Clarissa steckte das Taschentuch weg. »Bis auf Hannes selbst. Der akzeptiert nur nachts eine Überwachung.«

»Dann kann ihm zumindest bis morgen früh nichts passieren.«

»Dummerweise ist er aber nicht im Bett, sondern treibt sich irgendwo herum.«

Lauers Fingerbewegungen gerieten ins Stocken. »Was heißt das?«

»Er hat das Grundstück seines Freundes ungefähr um halb sieben verlassen. Mit dessen Fahrrad. Bisher ist er nicht zurückgekommen.«

»Wo wollte er hin?«

»Das weiß niemand. Noch nicht mal sein Freund.«

»Verdammt!« Lauers Faust hämmerte auf den Tisch. »Was denkt sich dieser … Haben Sie versucht, ihn anzurufen?«

»Natürlich. Mailbox. Ich hab sogar schon sein Handy orten lassen. Hat aber nicht geklappt.«

Nun wurden auch die anderen unruhig und tauschten Vermutungen aus, während Isabells Smartphone klingelte. Ihre Worte gingen in der allgemeinen Geräuschkulisse unter, bis sie das Gespräch beendete. Marcel fiel als Erstes auf, dass sie stumm und kreidebleich dasaß. Er hob die Hand und sorgte damit für Ruhe.

»Es gibt eine Erklärung, warum wir Hannes nicht erreichen können.« Isabells Stimme war fast ein Flüstern. »Wahrscheinlich liegt er gerade neben Federsen.«

»Was?« Lauer sprang auf. »Wer hat Sie eben angerufen?«

»Ben, der Kumpel, bei dem Hannes gerade wohnt. Eigentlich sollte er erst um elf anrufen, er hielt es aber nicht mehr aus.«

»Lukas hat ihm gesagt, dass er uns um elf anrufen soll?«

»Nein, Hannes.« Erst stockend, dann immer flüssiger fasste sie zusammen, was ihr Ben soeben gebeichtet hatte. Anschließend herrschte bestürztes Schweigen. Clarissa fing sich als Erste.

»Der Peilsender muss sofort geortet werden!«, rief sie und erhob sich.

Isabell streckte ihr einen Zettel hin. »Das ist die Nummer. Sie wird unseren Technikern bekannt sein.«

»Derjenige, der Hannes das Ding gegeben hat, wird sich warm anziehen müssen«, kündigte Clarissa an und stürmte aus dem Raum.

»Hannes muss übergeschnappt sein.« Marcel trat ans Fenster und sah in die Nacht hinaus. Er kramte ein Taschentuch hervor und hielt es sich unter die Nase. Es färbte sich rot. »Das war alles zu viel für ihn, wir hätten ihn vor sich selbst schützen müssen.«

»Wer ahnt denn so was?«, knurrte ihn Lauer an. »Der Kerl hatte zu viel Umgang mit Fritz, ich hätte da doch besser einschreiten sollen.«

»Was meinst du damit?«

»Tut nichts zur Sache«, wiegelte Lauer ab. Dann herrschte wieder Schweigen, alle warteten auf Clarissas Rückkehr.

»Versuchen wir es positiv zu sehen«, sagte der Leiter der Mordkommission schließlich. »Wenn der Plan aufgegangen ist, wissen wir gleich, wo er, Henning und Lukas zu finden sind.«

»Trotzdem kann es dann in dieser Nacht weitere Tote geben«, wandte Isabell ein.

»Wenn es einen erwischt, dann nur Lukas. Wir werden bei der Operation nichts riskieren. Ich informiere schon mal das Spezialeinsatzkommando …«

»Das können Sie sich sparen.« Unbemerkt war die Tür wieder geöffnet worden. Clarissa kam näher. »Der Sender sendet nicht. Zumindest empfangen wir nichts.«

»Kann er kaputt sein?«

»Nein, laut dem Techniker nicht. Er hat das Teil noch überprüft, bevor er es Hannes gegeben hat. Der Typ war Hannes noch einen Gefallen schuldig, sitzt jetzt aber richtig in der Scheiße.«

»Nicht nur er«, murmelte Lauer. Er war wieder auf seinen Stuhl gesunken. »Nicht nur er.«

Das Erste, was Hannes wahrnahm, war der Gestank. Eine atemberaubende Mischung, die ihren Ursprung eindeutig in Körperausscheidungen verschiedenster Form hatte. Dann drang ein Schnaufen an sein Ohr, dicht neben ihm. Er drehte seinen Kopf in Richtung des Geräuschs und öffnete die Augen. Schlagartig fiel ihm alles wieder ein. Anna im Krankenhaus, der Brief von Lukas, die Diskussion mit Ben, der Stich im Genick. Er fühlte sich benommen, aber unversehrt. Selbst das Jucken der Schürfwunden schien aufgehört zu haben. Sein Mut zum Risiko war also belohnt worden – oder er würde dafür erst noch bitter bezahlen müssen.

Zumindest bewies der Blick auf Federsens graue Bartstoppeln, dass Lukas sie tatsächlich zusammengeführt hatte. Dass sein Chef noch lebte, stand außer Frage. Die vorstehenden Augen blickten zur Decke hinauf, dann und wann blinzelte er. Offenbar hatte er noch nicht bemerkt, dass sein Mitarbeiter wieder zu sich gekommen war. Hannes nutzte diesen Moment, um seine Gedanken zu sammeln.

Er war betäubt worden, aber davon war er ohnehin ausgegangen. Wie und womit, spielte keine Rolle. Dass es allerdings in der Tiefgarage passiert war, überraschte ihn. Sicher, hinter dem Transporter war er vor den Blicken anderer Menschen abgeschirmt gewesen. Ein Risiko war Lukas dennoch eingegangen, was nicht zu seiner bisherigen Vorgehensweise passte. Begann er endlich, Fehler zu machen? Hannes hoffte es. In

Bezug auf seine Gefangenen ging er allerdings auf Nummer sicher. Hannes spürte, dass er nackt war – wenn Lukas gewusst hätte, dass er einen Sender in sich und nicht an der Kleidung trug, hätte er sich die Mühe sparen können.

Seine Füße waren an den Knöcheln zusammengebunden, und als Hannes die nach oben gestreckten Arme bewegen wollte, bemerkte er, dass sie mit Handschellen an ein Bettgestell fixiert waren. Das Klirren der Kettenglieder ließ Federsen den Kopf drehen. Auch er verfügte nur über einen eingeschränkten Bewegungsspielraum, war im Gegensatz zu Hannes aber bekleidet. Vielleicht zehn Zentimeter trennten die beiden Gesichter, stumm sahen sie sich in die Augen.

Nur im ersten Moment fühlte sich Hannes befangen, weil er nackt neben seinem Chef auf einer fleckigen und stinkenden Matratze lag. Was er an dessen rot geäderten Augen ablesen konnte, zeigte ihm, dass es überhaupt keine Rolle spielte. Federsen hatte ihm gegenüber nie Schwäche gezeigt, heute konnte er Verzweiflung, Angst und Resignation erkennen. Und einen verächtlichen Zug, der ihn irritierte. Aber was wusste er schon, was Federsen in den letzten Tagen widerfahren war? Von dem Daumen abgesehen, konnte Lukas sich auch auf andere Weise an ihm ausgetobt haben. Hannes vermied es, den Blick zu dem fehlenden Finger gleiten zu lassen.

Es war Federsen, der das Schweigen brach, dabei aber wegsah. »Hätte nicht gedacht, Sie noch mal zu treffen.«

»Wir haben alles darangesetzt, Sie zu finden.«

»Kam mir nicht so vor. Wie schwer kann es sein, einen Siebzehnjährigen zu schnappen?«

»Dass dieser Siebzehnjährige nicht ohne ist, zeigt Ihre Anwesenheit auf dieser Matratze«, konterte Hannes.

»Ich sollte hier gar nicht liegen, sondern nur Sie. Ich bin Lukas lediglich in die Quere gekommen.«

»Behauptet er das?«

»Das behauptet er nicht nur«, presste Federsen hervor, »das liegt auch auf der Hand. Er hatte es von Anfang an auf Sie abgesehen, und …«

»Ich bin doch jetzt hier.«

»Und was hilft mir das? Sie sind genauso ans Bett gebunden wie ich. Wo sind wir überhaupt?«

»Weiß ich auch nicht.«

»Also bringt mir Ihre Anwesenheit gar nichts. Verdammt noch mal!«, schrie er plötzlich los. »Der Kerl hat euch einen meiner Finger geschickt, und ihr habt nichts getan!«

In Hannes' Körper kehrte das Gefühl zurück, zugleich meldeten sich auch wieder die zahlreichen Wunden. Gedankenverloren rieb er mit der Wange an einer besonders unangenehmen Stelle auf der Schulter. Federsens mentaler Zustand war labil, das war verständlich. Offenbar hatte Lukas ihm aber zusätzlich eine Sicht auf die Dinge eingeträufelt, die mit der Realität nicht übereinstimmte. Seine Verrenkungen, um den Juckreiz zu lindern, veranlassten Federsen erstmals zu einer genaueren Musterung.

»Hat Lukas Sie mit einer Rasierklinge bearbeitet?«

»Nicht ganz.« Hannes holte tief Luft. »Ich sollte Ihnen wohl besser erzählen, was in den letzten Tagen wirklich abgelaufen ist.«

»Von mir aus.« Federsen drehte sich halb zu ihm. »Aber reden Sie leiser, verdammt noch mal!«

»Wieso?« Hannes sah sich aufmerksam um. »Werden wir abgehört?«

»Das weiß ich nicht, aber wenn ich Lukas wäre, hätte ich hier etwas platziert. Zum Beispiel unterm Bett.«

Hannes nickte. »Sie haben recht. Er geht äußerst planvoll vor.« Soweit es seine Fixierung erlaubte, rückte er dichter an Federsen heran, der seinerseits die Bemühungen um eine Distanzverringerung mittels einer Körperverrenkung unterstützte. Als sich sein Ohr dicht an Hannes' Mund befand, setzte ihn dieser wispernd über die Ereignisse der letzten Tage in Kenntnis. Je länger Hannes' Zusammenfassung dauerte, umso stärker veränderte sich Federsens Gesichtsausdruck. Er unterbrach seinen Kollegen nicht, erteilte ihm anschließend aber auch keine Absolution.

»Hm. Schön und gut«, flüsterte er. »Erfolg hatten Sie trotzdem nicht. Sonst würden Sie jetzt nicht nackt neben mir liegen.«

Hannes wusste, dass Federsen eine Weile benötigen würde, um seine Ausdrucksweise nicht länger von der Fehleinschätzung der Situation bestimmen zu lassen. Er registrierte aber erleichtert, dass sein Chef Stück für Stück wieder er selbst wurde. Der verwirrte, ja fast schon wahnsinnige Ausdruck in dessen Augen verflüchtigte sich, und er begann wieder nach vorn zu blicken.

»Wenn Sie sich ohne Rückendeckung Ihrer Kollegen Lukas zum Fraß vorgeworfen haben, weiß dann wenigstens irgendjemand, was passiert ist?«

»Ja, ein Freund von mir, der das Team informieren soll.«

»Was aber nichts hilft, da keiner eine Ahnung hat, wo wir uns befinden.«

»Kommt darauf an, wie spät es ist.«

Federsens Augen verengten sich. »Was hat das mit der Uhrzeit zu tun?«

»In meinem Magen steckt ein Peilsender«, raunte ihm Hannes zu. »Ich hab ihn runtergeschluckt, bevor ich mich auf den Weg gemacht habe. Mein Freund sollte Isabell um dreiundzwanzig Uhr darüber informieren. Da dürften wir jetzt wohl schon drüber sein, oder was denken Sie?«

»Woher soll ich das wissen?«, blaffte Federsen ihn an. »Die meiste Zeit war es in diesem Loch stockdunkel!« Er nickte in Richtung der Campingleuchte. »Das Ding stand nicht immer dort. Ich weiß nicht mal, wie viele Tage ich schon hier bin.«

»Drei.«

»Fühlt sich an wie hundert.« Federsens Atmung beruhigte sich, und er senkte auch wieder seine Stimme. »Sie haben ernsthaft einen Peilsender verschluckt?«

Hannes konnte nicht anders, er musste grinsen. Federsens Art, seine Anerkennung nicht zu zeigen und um jeden Preis das Gesicht zu wahren, war ihm gut bekannt.

»Hm.« Federsen verlagerte sein Gewicht. »Dann ist ja doch nicht alles verloren.«

»Zumal Lukas nichts davon weiß und sich so auch nicht zu einer extremen Handlung genötigt sehen wird. Unsere Kollegen können den Zugriff perfekt vorbereiten.«

»Hm«, wiederholte Federsen. Sein Sinneswandel lief diesmal schneller ab. Das Nicken war eindeutig anerkennend. »War vermutlich das Schlauste, was Sie tun konnten. Viel länger will ich hier auch nicht mehr in meiner Scheiße liegen. Und weitere Finger will ich genauso wenig verlieren.«

»Wie geht es Ihrer Hand?«

»Kann ich nicht sagen, ist ja verbunden.« Erneut trat Schmerz in seinen Blick. »Wie geht es meiner Frau? Kommt Sie … einigermaßen klar?«

Trotz des Doppelkinns sah Hannes, dass sein Chef mehrfach schlucken musste. Offen lag Federsens weicher Kern vor ihm. »Ihr geht es gut«, versicherte er leise. »Hat natürlich Angst, aber wir haben ihr nicht alle Details erzählt. Von dem Daumen weiß sie nichts.«

»Gut, das ist gut.«

»Wie kommen Sie eigentlich mit dem Nikotinentzug klar?«, versuchte Hannes ihn abzulenken.

»Mittlerweile geht's. Die ersten Stunden waren hart. Am besten fange ich gar nicht erst wieder damit an … wenn wir hier draußen sind … auch meiner Frau zuliebe. Sie hat es immer gehasst.«

Bevor er wieder in Traurigkeit versinken konnte, legte Hannes nach. »Was ist Ihnen eigentlich passiert, seit Sie hier aufgewacht sind? Hat Lukas mit Ihnen geredet?«

»Er war nicht oft da. Aber ja, wir haben auch geredet.«

Nun war es an Federsen, einen Überblick über die letzten Tage zu geben. Dabei war er so schonungslos offen und sparte sogar seine Angst vor der Dunkelheit nicht aus, sodass Hannes spürte, wie gerade wieder eine Annäherung zwischen ihnen einsetzte. Er dachte an das erste Mal, auf der Klippe, als sie Lukas' Eltern nicht mehr hatten retten können. Alles fügte sich zusammen, und alles schien sich zu wiederholen. Mit dem Unterschied, dass Hannes diesmal seinen Teil dazu beitragen wollte, eine erneute Entfremdung zu verhindern. Sobald sie heil von diesem Bett herunter waren, würde sie ein weiteres Drama verbinden. Ob draußen schon Vorbereitungen für den Zugriff liefen? Wo auch immer draußen war. Gerade als er daran dachte, dass dieser Zugriff ein halber Fehlschlag wäre, sofern er in Lukas' Abwesenheit stattfand, wurden diese Überlegungen über den Haufen geworfen.

Das Geräusch einer zufallenden Stahltür erklang, und Federsen zuckte so stark zusammen, dass Hannes die Bewegung spürte.

»Er kommt«, kündigte sein Vorgesetzter überflüssigerweise an. Seine Stimme war belegt, der Atem ging schneller.

Unwillkürlich dachte Hannes an die geringschätzige Bemerkung, wie man denn eines Siebzehnjährigen nicht habe habhaft werden können. Die Antwort gab Federsen sich zum Teil gerade selbst.

Nervös blickte er zur Holztür, die den Raum von einem schmalen Gang abtrennte, wie Federsen ihm berichtet hatte. Als Lukas hereintrat, hätte Hannes ihn fast nicht erkannt. Er war noch magerer als im Frühjahr, seine Wangen waren eingefallen und von spärlichem Bartwuchs bedeckt. Das braune Haar war länger, wirkte fettig und strähnig. Der Großteil war von der Kapuze seines Pullovers verdeckt, erneut musste Lukas die Kleidung gewechselt haben.

Als er näher trat, zeigte sein Gesicht keine Aggression und keinen Hass, sondern eher Befriedigung. Auch keinen echten Triumph, vielleicht war er zu solch extremen Gefühlen nicht mehr in der Lage. Dass er krank war, bemerkte Hannes nicht nur an den dunklen Augenringen, die in dem bleichen Gesicht wie aufgeschminkt wirkten. Lukas bewegte sich auf eine fahrige Weise, als sei er ein Greis und nicht siebzehn. Er sah weder Federsen noch ihm in die Augen, der Blick stoppte immer kurz vor ihren Gesichtern.

Er setzte einen Rucksack ab und kramte darin herum. Keiner sprach ein Wort, bis er jedem eine Thermosflasche und eine Packung Müsliriegel auf die Beine legte. Dann ging er zum Kopfende und löste die Handschelle, die Federsens verletzte Hand umschloss. Abschätzend sah er Hannes an, öffnete aber auch bei ihm eines der Schlösser. Dann zog er sich rasch zurück, sein Blick war lauernd wie der eines Tieres. Er bückte sich und zog einen Hammer aus dem Rucksack.

»Ihr dürft essen und trinken, danach mache ich euch wieder fest, und wir können reden.«

»Warum nicht beides gleichzeitig?«, fragte Hannes.

»Ihr habt fünf Minuten.«

Federsen hatte bereits die Flasche zwischen die Knie geklemmt und drehte den Verschluss auf.

»Gesüßter Tee, damit ihr nicht vorzeitig draufgeht«, kommentierte Lukas.

Daran, wie Federsen das Getränk herunterstürzte, erkannte Hannes, dass die Versorgungslage zuletzt mangelhaft gewesen sein musste. Er bemerkte einen raschen Seitenblick und streckte ihm seine eigene Flasche entgegen.

»Sie haben es nötiger als ich.«

»Danke, das ist wahr.« Federsens Kiefer zermahlten einen Müsliriegel, während Hannes ihm auch die zweite Packung zuschob.

Begleitet von den Kau- und Schluckgeräuschen seines Chefs konzentrierte Hannes sich wieder auf Lukas, der weiterhin jeden Blickkontakt vermied. Er widerstand der Versuchung, selbst das Wort zu ergreifen. Lukas sollte besser das Gefühl haben, dass nach seinen Regeln gespielt wurde. Zugleich schätzte Hannes aber die Chancen für einen Angriff ein. Ein freier Arm war so schlecht nicht. Aufgrund seines Kanutrainings verfügte er über genügend Muskelmasse, um ihn wirksam einzusetzen, sofern sich eine günstige Gelegenheit bot.

Doch das war nicht der Fall. Nachdem Federsen alle Müsliriegel aufgegessen und die Thermoskannen geleert hatte, näherte sich Lukas mit dem Hammer. Als er Federsens Handschelle wieder um die Querstrebe klickte, hielt er sich komplett aus Hannes' Reichweite. Und als er Hannes wieder fixierte, hing der Hammer derart drohend über seinem Kopf, dass dieser nur den Arm nach oben streckte und Lukas gewähren ließ.

Er sah nicht nur, er hörte auch, wie der Siebzehnjährige aufatmete. Lukas verstaute den Hammer wieder in dem Rucksack, räumte die Flaschen und leeren Verpackungen weg, dann zog er eine moderne Polaroidkamera hervor und fotografierte seine Gefangenen. Er wartete, bis das Bild entwickelt war, steckte es in einen Umschlag und baute sich mit verschränkten Armen neben dem Bett auf. Erst jetzt sah er Hannes in die Augen.

»Noch ein Foto für deine Kollegen.«

»Wozu? Du hast doch jetzt, was du willst.«

»Woher willst du wissen, was ich will?«

»Mich. Hast du zumindest geschrieben.«

Lukas' Lächeln war kalt, geringschätzig. »Stimmt. Aber du bist nur ein weiteres Etappenziel. Meine nächste Forderung wird sein, dass man meine Schwester freilässt.«

Hannes glaubte, sich verhört zu haben. Ungläubig starrte er den jungen Mann an. War der noch wahnsinniger, als er gedacht hatte? Federsen, nun satt, nicht mehr durstig und in Gesellschaft eines Kollegen, fand dagegen allmählich zu alter Form zurück.

»Wie naiv bist du denn? Glaubst du wirklich, dass man eine verurteilte Mörderin freilässt, nur weil du zwei Polizisten gefangen hältst?«

»Ich halte euch nicht nur gefangen. Dir habe ich schon einen Daumen abgeschnitten, und bei deinem Kollegen ...« Mit einer Handbewegung präsentierte er Hannes' Zustand. »Liegt ja alles frei. Wenn auch das nicht reicht, springt eben der Erste von euch beiden über die Klinge.«

Hannes lief es kalt den Rücken hinunter. Die Kollegen sollten sich mit dem Zugriff nicht mehr allzu lange Zeit lassen! Zwar würde Lukas seiner Drohung wohl nicht sofort Taten folgen lassen, aber wer wusste schon, wie sich das weitere Gespräch entwickelte!

»Das heißt ...« Hannes' Mund war trocken, und er wünschte, doch etwas von dem Tee getrunken zu haben. »Wir sind also nur Mittel zum Zweck? Warum dann der ganze andere Scheiß? Das Aufhetzen der Autonomen, mein Kutter, der Hund – und am Ende sogar meine Freundin?« Er merkte selbst, dass er sich in Rage redete, was unklug sein konnte. Denn auch Lukas zeigte erstmals Erregung.

»Ihr seid nicht bloß Mittel zum Zweck.« Seine gewählte Ausdrucksweise behielt er weiter bei, sie schien fest in ihm verankert zu sein. »Mir ist klar, dass Juliane die Hauptschuldige ist, und dafür werde ich sie bezahlen lassen. Ihr beide seid aber

Mittäter, vor allem du.« Sein ausgestreckter Zeigefinger deutete auf Hannes.

»Ich habe deine Schwester überführt!«

»Aber zu spät! Dabei warst du dicht an ihr dran, sie war sogar verliebt in dich. Du hättest es früher erkennen müssen, das ist dein Job! Und auf der Klippe … statt rechtzeitig einzuschreiten, habt ihr zugesehen. Bis es zu spät war.«

»Weil wir die Situation nicht einschätzen konnten. Wären wir früher losgestürmt, hätte sie dich vielleicht ins Meer geworfen. Schon mal dran gedacht?«

Er schüttelte den Kopf. »War mir klar, dass du tausend Rechtfertigungen haben wirst. Spielt aber keine Rolle. Als alles vorbei war, da bist du in dein normales Leben zurückgekehrt. Ich konnte das nicht, für mich war alles vorbei.«

»Das stimmt nicht, du hast …«

Lukas schien ihn gar nicht zu hören. »Aber jetzt weißt du, wie es sich anfühlt, wenn man Stück für Stück alles verliert, was einem wichtig ist. Wie es ist, wenn man nur hilflos zusehen kann. Wie naiv du am Anfang gewesen bist! Dich und deine Freundin zu beobachten, war eine Kleinigkeit!«

»Deshalb wusstest du also, dass wir zu meinem Freund gezogen sind und wo Anna untergekommen ist? Du bist uns gefolgt?«

»Nicht nur. Im Internet kann man tolle Sachen bestellen. Zum Beispiel einen Peilsender.« Herausfordernd sah Lukas ihn an, und Hannes zog es den Magen zusammen. Hatten er und Federsen nicht leise genug gesprochen? Hatte Lukas tatsächlich eine Abhörvorrichtung in diesem Raum installiert?

Allerdings wirkte er bei seinen nächsten Worten nicht so, als habe er soeben eine doppelte Anspielung gemacht. »Im Moment steht dein Auto vor dem Haus deines Freundes«, fuhr Lukas fort. »Hättest besser mal unter die Motorhaube sehen sollen.«

Hannes stöhnte, halb erleichtert und halb frustriert. Damit hatte er tatsächlich nicht gerechnet. »Aber woher wusstest du, wann Anna …?«

»Ich wollte das Haus so lange beobachten, bis sie sich mal raustraut und sich eine günstige Situation bietet. Ich bin ihr den ganzen Vormittag gefolgt. Dachte mir, ich versuch's einfach mal und sehe, was sich ergibt. Ich habe mir gar keine großen Hoffnungen gemacht, denn die Personenschützer sind mir sofort aufgefallen. Hatte aber eh nichts Besseres zu tun. Dann passierte auf einmal ein Unfall, und alle waren abgelenkt. Außer mir.«

Verbittert registrierte Hannes die Selbstgefälligkeit. »Sie hat mit all dem überhaupt nichts zu tun. Anna ist völlig unbeteiligt.«

»Das war ich auch.« Lukas zuckte mit den Schultern. »Soll ich sagen, dass es mir leidtut? Tut es nicht. Sie ist mir völlig egal.«

Hannes sah, dass das nicht gelogen war. Lukas war verroht, und es war zweifelhaft, ob man den Schaden, den seine Seele genommen hatte, jemals würde reparieren können. Es war absurd, ihm in diesem fensterlosen Raum nackt und neben Federsen an ein Bett gefesselt Rede und Antwort stehen zu müssen. Wer hätte das vor Monaten bei dem Anblick des schüchternen Teenagers gedacht? Berichte über Amokläufer kamen ihm in den Sinn. Auch bei ihnen handelte es sich immer wieder um junge Menschen, die vorher völlig unscheinbar gewesen waren.

»Und was hast du mit Juliane vor?« Federsen rieb sich über den Bauch und verzog das Gesicht. Vielleicht war sein Magen mit der ungewohnten Menge an Nahrungsmitteln überfordert.

»Das bleibt mein Geheimnis. Der Plan steht, genauso für euch. Mit einer guten Planung ist offenbar alles möglich.« Bei dieser Aussage klang er fast erstaunt, so als sei er selbst überrascht, wie weit er gekommen war.

»Mit was hast du mich im Parkhaus eigentlich ausgeknockt?«, fragte Hannes, der keine Gesprächspause entstehen lassen wollte. Wo zur Hölle blieben die Kollegen?

»Betäubungsgewehr. Auf den Höfen meiner Eltern ... es war kein Problem, an eines ranzukommen.«

»Und das Gift im Hundeknochen? Weshalb war es das gleiche wie das ...« Hannes sprach den Satz nicht zu Ende.

»Wie das, an dem meine Eltern starben? Kam mir naheliegend vor.«

Federsen stöhnte und krümmte sich. Lukas verfolgte es, unterbrach aber nicht seine Antwort. »Juliane veranstaltete damit ein Picknick, und meine Eltern aßen und tranken arglos das vergiftete Zeug. So wie ihr gerade. Oder na ja, zumindest einer von euch.«

Hannes fühlte sich, als habe ihm jemand den Stecker gezogen. Sämtliche Energie floss aus ihm ab. Das konnte ... das durfte nicht ... Er sah Federsen an. Dessen Gesicht war kalkweiß, die Augen waren aufgerissen. Schweiß bedeckte das Gesicht.

»Das ... du Scheißkerl hast das Essen vergiftet?«, brüllte Hannes.

»Nicht die Müsliriegel, nur den Tee.« Lukas griff nach dem Rucksack. »Ab jetzt geht es schnell, aber das weißt du ja. Kannst dabei zusehen – wie beim letzten Mal.« Er ging zur Tür.

»Bleib hier!«, schrie Hannes. »Bleib hier und ... tu irgendwas!«

Lukas drehte sich noch einmal um. »Übrigens war nur in einer Flasche Gift. Denk darüber nach, in welcher.« Dann verließ er den Raum.

Ohnmächtig brüllte ihm Hannes Verwünschungen hinterher, bis er das Knallen der Stahltür hörte. Wieder blickte er zu Federsen, der vor Schmerzen wimmerte. Schaum stand vor seinem Mund, und er rollte mit den Augen.

»Herr Niehaus …«, keuchte er. »Mein Magen … es tut … so … weh.«

»Versuchen Sie zu würgen«, flehte Hannes ihn an. »Spucken Sie es aus!«

»Ich kann … nicht!«

Verzweifelt riss Hannes an den Handschellen, während sich Federsen direkt neben ihm immer wieder aufbäumte oder versuchte, sich zusammenzukrümmen. Er suchte nach tröstenden Worten, fand aber nur Tränen, die ihm über das Gesicht liefen und in der blutbefleckten Matratze versickerten. Immer wieder hoffte er auf ein erlösendes Geräusch, das die Verstärkung ankündigen würde. Doch das Einzige, was er hörte, war das leiser werdende Keuchen und Stöhnen Federsens. Eine gefühlte Ewigkeit verfolgte er den Todeskampf seines Vorgesetzten, den er mal gehasst und mal geachtet, aber nie wirklich gemocht hatte. Nun hätte er alles dafür gegeben, ihm wenigstens die Hand halten zu können.

Kapitel 14

Obwohl es mitten in der Nacht war, herrschte im Präsidium noch immer hektische Betriebsamkeit. Mit jeder weiteren Stunde, in der man vergeblich eine Spur zu Hannes zu finden versuchte, wurden die Gesichtszüge resignierter und die Stimmung gereizter. Gerade musste sich Per vor Clarissa rechtfertigen, weshalb er sich zunächst an den falschen Mobilfunkanbieter gewandt hatte, der vergeblich nach einem Johannes Niehaus als Kunden gesucht hatte, sodass wertvolle Zeit vergeudet worden war. Im übermüdeten Zustand passierten Fehler, und Lauer faltete Marcel zusammen, weil dieser seine Mitarbeiter besser im Griff haben müsse. Isabell nutzte einen unbeobachteten Moment, um sich auf den Gang zu verdrücken.

Auch Ben war außerstande, sein Bett aufzusuchen, verlassen saß er auf einem Stuhl im Flur. Isabell sah ihm an, dass er sich schwere Vorwürfe machte, auch wenn Hannes sich wohl noch nicht einmal von Fritz höchstpersönlich von seiner Mission hätte abhalten lassen. Als Ben die Polizistin bemerkte, sprang er auf. Hoffnung stand in seinen Augen.

»Gibt's was Neues?«

»Ja, nur nicht das, worauf wir alle hoffen. Der Sender schweigt noch immer.«

»Aber?«

»Hannes' Handy wurde gefunden. Mitten in der Stadt an einer Bordsteinkante. Zersplittert. Wurde wohl aus einem Auto geworfen, Lukas' Fingerabdrücke sind drauf.«

»Fuck!« Ben sank auf den Stuhl zurück. »Also ist der wichtigste Teil von Hannes' Plan leider aufgegangen. Wieso sendet der verdammte Sender nicht?«

Isabell lehnte sich neben ihm an die Wand. »Das kann sich auch der Techniker nicht erklären. Dass die Magensäure ihn beschädigt haben könnte, schließt er aus.«

»Kann es bedeuten, dass Hannes schon … tot ist?«

»So makaber es klingt, aber das würde für den Peilsender keinen Unterschied machen. Der sendet durch lebendes und totes Gewebe. Eigentlich gibt es nur eine Erklärung: Hannes befindet sich an einem Ort, an dem das Signal blockiert wird.«

»Also dicke Mauern?«

»Eher tief unter der Erde und dicke Mauern. Er hat ein Hightechgerät runtergewürgt.«

»Ich wusste, dass die Sache einen Haken hat«, sagte Ben bitter. »Aber man muss doch nachverfolgen können, wo sich der Peilsender entlangbewegt hat!«

»Im Nachhinein nicht. Hätten wir von Anfang an die Verbindung aktiviert, dann … aber so …«

»Ich hätte nicht auf Hannes hören sollen«, stöhnte Ben. Er fingerte so heftig an seinem Augenbrauenpiercing herum, dass Isabell schon fürchtete, er würde es sich herausreißen. »Dabei hab ich euch sowieso schon früher informiert, als er es wollte. Hätt ich es nur sofort getan!«

»Du hast uns schon enorm weitergeholfen. Immerhin hast du dir den Text des Zettels gemerkt. Das Parkhaus verfügt zwar nur über wenige Überwachungskameras, aber zusammen mit Zeugenaussagen konnten wir den Ablauf rekonstruieren. Hannes lag falsch damit, dass dort nur die erste Station sein würde, denn Lukas schlug an Ort und Stelle zu.«

»Wie kann das niemand mitbekommen haben?«

»Indem er es geschickt angestellt hat. Ein Zeuge erinnert sich an einen weißen Transporter, der auf dem Parkplatz Nummer acht gestanden hat. Er selbst parkte daneben, kam aber erst zurück, als der Van schon weg war. Glücklicherweise traf der Mann dort aber auf unsere Kollegen, die ihn sofort befragten. An Ein- und Ausfahrt hängen Kameras, der Transporter wurde schon am Morgen im Parkhaus abgestellt.«

»Und fuhr erst wieder weg, nachdem Hannes angekommen war?«

»Fünfzehn Minuten später. Der Fahrer war nicht klar zu erkennen, dürfte aber Lukas gewesen sein.«

Verzweifelt sah Ben sie an. »Das … irgendwie hilft euch dieses Wissen doch weiter, oder?«

»Das tut es. Wir wissen, wie weit er maximal gekommen sein kann, bis er Hannes an einem Ort unterbrachte, an dem der Peilsender abgeschottet ist. Das sind aber immerhin zweihundert Kilometer.«

»Also so gut wie hoffnungslos.«

»Sag das nicht!«, erwiderte Isabell heftiger als beabsichtigt. Dann legte sie Ben eine Hand auf die Schulter und fuhr ruhiger fort: »Immerhin haben wir das Kennzeichen des Wagens und können nachforschen, ob er unterwegs von jemandem gesehen oder von einer weiteren Überwachungskamera erfasst wurde. Einen Treffer gibt es da schon. War zwar noch mitten in der Stadt, aber wir hangeln uns Stück für Stück vorwärts.«

»In welcher Richtung war er unterwegs?«

»Wahrscheinlich zur Autobahn. Der Transporter ist übrigens als gestohlen gemeldet. Er gehört einem mittelständischen Handwerksbetrieb aus Frankfurt. Dort wurde er vor acht Wochen vom Hof geklaut.«

»Ist das relevant?«

»Immerhin zeigt es, dass Lukas alles von langer Hand vorbereitet hat.«

Ächzend verbarg Ben das Gesicht in den Händen. »Klingt nicht so, als ob es eine gute Erkenntnis wäre.«

»Kommt drauf an. Wir gehen nicht davon aus, dass er Hannes sofort töten will. Dafür ist der Aufwand zu groß. Außerdem hätte er das leichter und schon vor Wochen erledigen können. Ob das aber für Hannes gut ist, weiß ich trotzdem nicht.«

Ben riss die Augen auf. »Du meinst, dieser Durchgeknallte foltert ihn?«

»Wir müssen mit allem rechnen. Über eines wollte ich noch mit dir reden: Wie sollen wir nach deiner Meinung mit seiner Freundin umgehen?«

Ben schüttelte den Kopf. »Die Entscheidung müsst ihr treffen. Wenn Anna davon erfährt, wird sie zusammenklappen, das steht fest.«

»Was in ihrem derzeitigen Zustand kontraproduktiv wäre. Wir sehen es genauso, deshalb möchte ich dich bitten, ihr nichts zu sagen.«

»Sie wird sich wundern, dass Hannes sich nicht meldet.«

»Wir denken uns einen Grund aus. Er wurde an einen geschützten Ort gebracht und hat sicherheitshalber eine Kontaktsperre. Irgend so was.«

»Ihr könnt euch auf mich verlassen. Kann ich sonst noch was tun?«

Isabell nickte. »An Hannes' Stelle für Anna da sein. Und den Rest uns überlassen.«

»Keine Sorge.« Ben stand auf. »Anders als Hannes möchte ich noch möglichst lange weiterleben. Ich hoffe, dass er durchkommt, allein schon deshalb, damit ich ihn dann mit eigenen Händen erwürgen kann.«

Er schien noch etwas hinzufügen zu wollen, entschloss sich dann aber zu schweigen und schlurfte den Gang entlang in Richtung Ausgang. Wie Isabell wusste, würde er draußen sofort Begleitung erhalten. Für Hannes' besten Freund war Personenschutz weiter obligatorisch, auch wenn Lukas am Ziel angekommen sein dürfte. Aber wer konnte schon in ein krankes Gehirn blicken? Ob er den Appell seiner Freunde schon gesehen hatte? Unwahrscheinlich war es nicht, denn vermutlich wollte er sich informieren, ob Hannes' Verschwinden an die Presse durchgesickert war. Isabells größte Befürchtung war nicht, dass das Video wirkungslos verpuffen, sondern dass es das Gegenteil der gewünschten Wirkung hervorrufen könnte. Wenn Lukas es so auffasste, dass alle gegen ihn standen, könnte dies den letzten Rest von Zaudern auch noch vertreiben.

Man sollte meinen, dass sich die Nase mit der Zeit auch an die durchdringendsten Gerüche gewöhnt, aber obwohl Hannes schätzte, dass er schon viele Stunden in dem Kellerraum gefangen gehalten wurde, nahm er den Gestank nach Urin, Kot, Schweiß und Erbrochenem noch immer deutlich wahr. Surreal erschien ihm, dass er neben einer Leiche lag. Genauer gesagt neben einem Körper, der ihn im lebendigen Zustand des Öfteren an den Rand seiner Selbstbeherrschung gebracht hatte, und nun langsam aber sicher in Leichenstarre überging.

Erst lange Zeit nachdem Federsens Blick starr geworden war, hatte die Campinglampe ein Erbarmen gezeigt und war erloschen. Anfangs hatte Hannes, einem inneren Zwang gehorchend, seinen Chef noch unverwandt angesehen. Jede Furche in dem Gesicht hatte sich ihm eingeprägt, jede Ader und jede Bartstoppel. Er hatte erkannt, wie konsequent er in der Vergangenheit einen längeren Blickkontakt vermieden hatte und ahnte, dass er damit nicht der Einzige gewesen war. Beliebt war sein Chef nie gewesen, Vertraute hatte er im Kollegenkreis auch keine gehabt – wie verloren musste er sich gefühlt haben! Wodurch war Federsen zu einem Mann geworden, dem man am liebsten aus dem Weg ging?

Früher hatte sich Hannes für diese Hintergründe kaum interessiert, jetzt erhielt er keine Antworten mehr auf die Fragen, die er im Dunklen vor sich hinmurmelte.

Und Hannes dachte an sich selbst. Sollte Anna Lukas' Angriff nicht überlebt haben, wäre er in der Lage, ihm dann seinerseits das Leben zu nehmen? Im Affekt sicherlich, aber noch Wochen oder Monate später? Eher nicht. Was, wenn Lukas auch noch seine Familie ausgelöscht hätte? Seine Mutter, seinen Vater, die Schwester und den Neffen? Er fröstelte, als er daran dachte, dass dies durchaus geschehen konnte. Und er dachte an Frau Federsen, für die derartige Überlegungen bald keine Theorie mehr sein würden. Mit einem Mal meinte er zu verstehen, weshalb Angehörigen von Entführungsopfern oft eine Schreckensnachricht lieber war, als weiter jahrelang im Ungewissen zu bleiben. Gerade jetzt, in diesem Moment grübelte Federsens Frau wahrscheinlich darüber nach, welche Qualen ihr Mann durchmachen musste. Ob Anna schon wusste, dass er selbst sich nun ebenfalls in Lukas' Gewalt befand?

Die Dunkelheit schien sich zu seinem Herzen vorzufressen. Was für ein Narr er gewesen war! Um Anna, seine Familie und nicht zuletzt Federsen zu retten, hatte er sich bereitwillig in die Höhle des Löwen verschleppen lassen. Hätte er es nicht getan, wäre Federsen vielleicht noch immer am Leben. Was für eine fatale Fehleinschätzung! So wie vor Monaten im Fall von Lukas' Eltern? Der Vergleich lag nahe und nagte an ihm. Lukas hatte gewollt, dass er Federsens Tod miterlebte, da war er sich sicher. Und er wollte, dass Hannes von Schuldgefühlen zermürbt wurde. Das Dumme war, dass Lukas' offenkundige Absicht trotz dieser Erkenntnis funktionierte. Hannes sah die Falle, konnte ihr aber nicht ausweichen.

Lukas hatte gewiss auch nicht ohne Grund erwähnt, dass sich nur in einer der Thermoskannen Gift befunden hatte. Sofern er nicht gelogen hatte, könnte Hannes also sogar indirekt den Tod seines Chefs verschuldet haben, indem er ihm seinen Anteil überlassen hatte. Hätte er es nicht getan, würde dann jetzt Federsen neben seiner Leiche liegen und sich in ähnlichen Fragen verlieren?

Über Fluchtmöglichkeiten grübelte Hannes fast gar nicht nach. Er hatte von Federsens erfolglosen Versuchen erfahren und war bei der momentanen Fixierung ohnehin kaum zu Bewegungen fähig. Stattdessen setzte er weiter auf den Peilsender in seinem Magen, konnte sich aber nicht erklären, weshalb die Rettung auf sich warten ließ. Hatten die Kollegen eine Situation vorgefunden, in der ein Zugriff nicht möglich war? Was, wenn er Lukas ein weiteres Mal unterschätzt hatte und – dieser Gedanke fiel ihm am schwersten: Was, wenn der Peilsender nicht ordnungsgemäß funktionierte, obwohl er sich von dessen Einsatzfähigkeit überzeugt hatte? Dann bestand wohl keine Hoffnung mehr.

Das Geräusch von Metall versetzte seine Sinne in Alarmbereitschaft. Die Tür über der Treppe war zugefallen, befand sich Lukas auf dem Weg zu ihm? Oder traf endlich ein Spezialeinsatzkommando ein? Als die Holztür aufgestoßen wurde und ein Lichtschein in den Raum fiel, zerplatzten alle Hoffnungen. Wie ein Dämon kam Lukas näher und wirkte wenig besorgt. Er schien die Lage weiter unter Kontrolle zu haben – oder er dachte es zumindest.

Er stellte die Lampe auf den Boden, nahm den Rucksack ab und zog eine Decke hervor, die er allerdings nicht über Federsens Körper, sondern über Hannes legte. Erst jetzt bemerkte Hannes, dass er nicht nur wegen der unbequemen Position, sondern auch wegen der Kühle steif geworden war. Tatsächlich verspürte er einen Anflug von Dankbarkeit, dass Lukas ihn nicht länger nackt herumliegen ließ. Erfolglos versuchte er, den Mund mit Speichel zu befeuchten, seine eigene Stimme klang fremd in seinen Ohren.

»Wieso hast du dir das Schauspiel nicht angesehen?«

»Hab ich doch schon, einmal reicht mir. Dieses war nur für dich bestimmt.«

»Und jetzt? Wer soll mir zusehen?«

»Niemand.« Lukas legte eine Trinkflasche neben Hannes' Kopf und zog den Verschluss heraus. »Den Kampf wirst du ganz allein ausfechten müssen. Du musst nur an der Flasche saugen, dann kommt die Flüssigkeit raus. Kennst diese Flaschen ja sicher … als Sportler.«

Hannes schüttelte den Kopf. »Wieso sollte ich freiwillig Gift trinken?«

»Irgendwann ist dein Durst so groß, dass du trinken wirst.«

Trotz der Decke war Hannes eiskalt. Brennenden Durst verspürte er schon jetzt, zugleich war er aber noch Herr seiner Sinne, sodass er keinesfalls den Sauger in den Mund nehmen würde. Ob das in zwei, drei oder noch mehr Tagen auch noch der Fall sein würde, war allerdings ungewiss. Vielleicht befände er sich irgendwann sogar in einem Zustand, in dem er froh war, einen Ausweg aus dem langsamen Dahinsiechen nur eine Kopfdrehung entfernt vorzufinden.

Lukas setzte sich den Rucksack wieder auf. »Außerdem werde ich dir die Entscheidung einfach machen«, meinte er in einem Ton, als würden sie sich über die letzten Fußballergebnisse austauschen. Er bückte sich zu der Lampe, nahm sie aber nicht auf, sondern stellte einen Wecker daneben. »Ich werde alle vierundzwanzig Stunden vorbeikommen. Wenn du dann noch atmest, wirst du ein weiteres Leben auf dem Gewissen haben. Jeden Tag, an dem du weiterlebst, kommt eines dazu.«

Hannes fand kaum noch Kraft, die Worte über die Lippen zu bringen: »Wie konnte nur so ein … Teufel aus dir werden?«

»Unter anderem du hast mich dazu gemacht.«

»Das ist Unsinn, und das weißt du. Ich bin dein Sündenbock, weil du an Juliane nicht herankommst.«

»Ich werde an Juliane herankommen. Die Polizei hat schon eine Botschaft von mir bekommen. Da die aber wie beim letzten Mal nicht ausreichen wird …«, ein Blitz flammte auf, als er die Polaroidkamera aufs Bett ausrichtete, »… brauche ich überzeugenderes Material. Ein toter Kriminalhauptkommissar wird meinen Forderungen Nachdruck verleihen.«

Hannes konnte es nicht fassen. Am meisten erschütterte ihn die Kaltblütigkeit des Jungen. Federsen hatte er kaum eines Blickes gewürdigt, sein Tonfall blieb neutral, und die Ausdrucksweise klang noch immer so, als würde er ein Referat vor seiner Klasse halten. Hannes sah ein, dass sämtliche Versuche, ihn von der weiteren Ausführung des Plans abzubringen, zum Scheitern verurteilt waren. Lukas war abgestumpft, er befand sich in seiner eigenen Welt, die hermetisch von der Realität abgeschottet war. Kein Weinen, Flehen, Entschuldigen, Brüllen oder Sich-verteidigen würde daran etwas ändern. Die einzige Chance, diesen Wahnsinn zu überleben, lag damit in der Funktionstüchtigkeit des Senders in seinem Magen – eine Hoffnung, an die er sich ab jetzt zu klammern gedachte. Etwas anderes blieb ihm auch nicht übrig.

Am Morgen traf Isabell im Krankenhausflur wieder auf Ben, nachdem sie sich soeben versichert hatte, dass Anna weiter auf dem Weg der Genesung war. Anna hatte sie die mit den Kollegen abgesprochene Version aufgetischt, dass man Hannes in ein Versteck gebracht hatte, um eine weitere Eskalation zu verhindern. In ihrem angeschlagenen Zustand war dies von Anna nicht hinterfragt worden. Sie hatte lediglich erleichtert aufgeatmet, dass sie sich um ihren Freund erst mal keine Sorgen machen musste.

»Wenn sie wüsste, was wirklich los ist«, war Bens düsterer Kommentar, als Isabell ihm davon berichtete. »Geht die Sache böse aus, fällt Anna aus allen Wolken.«

»Immer noch besser, als jetzt vor Angst wahnsinnig zu werden. Außerdem werden wir alles daransetzen, dass es kein böses Ende gibt.«

Ihr Optimismus war nur teilweise vorgetäuscht. Zwar wurde von dem Peilsender noch immer kein Signal empfangen, dafür hatte die Fahndung nach dem Transporter einen Teilerfolg geliefert. Eine Stunde, nachdem Lukas ihn aus der Tiefgarage am Hauptbahnhof gesteuert hatte, war das Fahrzeug fast in einen Unfall verwickelt gewesen – beziehungsweise hatte beinahe einen verursacht. An einer unübersichtlichen Kreuzung außerhalb des Stadtgebietes hatte Lukas einem Förster die Vorfahrt genommen, angeblich hatten nur Zentimeter gefehlt, und es hätte einen Zusammenstoß gegeben.

Empört hatte sich der Förster an die Verfolgung gemacht, diese aber angesichts des halsbrecherischen Tempos nicht lange aufrechterhalten. Immerhin hatte er sich das Nummernschild gemerkt und sich, als er im Radio von der Fahndung nach dem Transporter gehört hatte, an den Vorfall erinnert. Das Gebiet, in das Hannes von Lukas verfrachtet worden sein konnte, war dadurch enger eingrenzbar, aber immer noch groß genug. Im Umkreis befanden sich eine Kleinstadt, zahlreiche Dörfer und jede Menge Natur.

Mehrere Hundestaffeln waren im Einsatz, Hubschrauber suchten das Gebiet aus der Luft ab, unterstützt von zivilen und uniformierten Einsatzkräften am Boden. Dass Lukas einen weiteren Polizisten in seiner Gewalt hatte, war der Öffentlichkeit noch nicht mitgeteilt worden, die Dringlichkeit des Aufrufs war aber erhöht worden. Mittlerweile hatte sogar die internationale Presse den Fall aufgegriffen und Fotos des Entführers veröffentlicht. Dass die Zeit ein ernst zu nehmender Gegenspieler war, verdeutlichte der Anruf, den Isabell erhielt, als sie weiter mit Ben spekulierte, wo sich das Versteck befinden könnte. Ihr Gesicht verdüsterte sich, dann beendete sie das Gespräch.

»Schlechte Nachrichten«, vermutete Ben.

»Kann man so sagen. Das war Clarissa. Lukas hat uns wieder eine Botschaft zukommen lassen. Diesmal steckte der Umschlag an einem Krankenwagen.«

»Und was war drin?«

»Ein Foto von Hannes und Federsen.«

Ben keuchte auf. »Lebt er?«

»Scheint so. Er lag … hör mal, ich kann dir keine Details verraten!«

»Was spielt das denn für eine Rolle?«, fuhr Ben auf. »Vielleicht kann ich euch irgendwie helfen!«

»Ich wüsste nicht wie. Hannes ist wie vom Erdboden verschluckt, das kannst du auch nicht ändern.«

»Nein, das wohl nicht, aber … aber …« Hilflos hob er die Arme. »Nichts zu wissen, ist nicht gerade einfach, verstehst du? Was bezweckt Lukas damit? Er hat doch schon alles, was er will.«

»Offenbar nicht.« Isabell legte ihm die Hand auf die Schulter. »Ich muss ins Präsidium zurück. Besprechen, wie wir jetzt vorgehen. Kümmerst du dich weiter um Anna?«

»Habe nicht das Gefühl, dass ich hier gern gesehen bin. Ihr Vater hat schon mehrfach darauf hingewiesen, dass sie ohne mich klarkommen.«

»Dann geh nach Hause. Wenn es Neuigkeiten gibt, melde ich mich.«

»Na gut.« Ben zuckte mit den Schultern. »Du kannst aber nicht verhindern, dass ich auch selbst nachforsche.«

»Das lässt du bleiben! Damit könntest du Hannes in noch größere Gefahr bringen.«

»Keine Sorge, ich renne nicht blind ins Verderben. Aber meine Gedanken sind ja wohl noch frei?« Herausfordernd sah er sie an, dann drehte er sich um und ließ sie stehen.

Isabell blickte den Dreadlocks misstrauisch nach. Das Schuldgefühl nagte an Ben, nur gut, dass er unter Personenschutz stand und somit keine Dummheiten anstellen konnte. Sie betrachtete das Foto, das ihr Clarissa aufs Handy geschickt hatte, dann verließ sie ebenfalls das Krankenhaus. Das helle Sonnenlicht kam ihr wie ein Hohn vor, wenn man bedachte, in welcher Situation sich ein Kollege und Freund von ihr befand. In einem Anflug von Selbstkritik bemerkte sie, dass sein Verschwinden die Sorge um Federsen in den Hintergrund gerückt hatte. Ob das den anderen auch so ging? Es war keine akzeptable Gefühlsregung, aber sie konnte es nicht ändern.

Kurz darauf blickten ihr Hannes und Federsen erneut entgegen, diesmal im Großformat an der Wand des Konferenzraumes. An der Diskussion erkannte sie, dass man sich schon seit geraumer Zeit die Köpfe heiß redete, wie man auf die neuerliche Kontaktaufnahme von Lukas reagieren sollte. Sein Brief hing neben dem Foto, Isabell musste näher herangehen, um ihn zu entziffern.

Spielt endlich nach meinen Regeln, dann bekommt ihr eure Kollegen wieder zurück. Entlasst Juliane aus der Haft und bringt sie bis 20 Uhr in das Haus meiner Eltern. Dort lasst ihr sie allein. Tut ihr das nicht, stirbt zuerst der alte Kommissar. Johannes Niehaus werdet ihr dagegen Stück für Stück erhalten. Ein Körperteil pro Tag. Lukas.

»Jetzt dreht der Kerl richtig auf.« Per war neben sie getreten. »Unterschreibt sogar mit seinem Namen. Das ist wie ein ausgestreckter Mittelfinger.«

»Er weiß, dass er jetzt mit offenen Karten spielen kann. Nach dem öffentlichen Fahndungsaufruf und dem Appell seiner Freunde … also ist das sein eigentliches Ziel? An Juliane heranzukommen?«

Per zog eine Grimasse. »Wenn du mich fragst, können wir die gern opfern, falls wir dadurch zwei Kollegen retten.«

»Würde ich mich anschließen. Leider …« Isabell ging einen Schritt zurück und musterte den Zettel.

»Was ist?« Clarissa trat neben sie.

»Kann Zufall sein. Aber Lukas schreibt hier nicht, dass wir Hannes und Federsen unversehrt zurückerhalten.«

Clarissa nickte. »Auch die stückweise Lieferung von Hannes ist unkonkret formuliert. Haben wir schon bemerkt.«

»Das heißt, selbst wenn wir Juliane in sein Elternhaus bringen, heißt das noch lange nicht, dass wir damit Hannes und Federsen retten.«

»Davon wäre ich noch nicht mal ausgegangen, wenn Lukas es behauptet hätte«, meldete sich Lauer zu Wort. »Seit wann glauben wir den Beteuerungen von Wahnsinnigen?«

»Weil selbst Wahnsinnige nicht aus ihrer Haut können«, entgegnete Isabell. »Lukas kommt aus gutem Elternhaus, was man sogar seiner Sprache in den Drohbriefen anmerkt. Er hat es verinnerlicht. Genauso vielleicht, dass er nicht lügen soll.«

»Das heißt, er hat es bewusst so vage formuliert?«

»Wäre denkbar. Ich gehe davon aus, dass Lukas jedes einzelne Wort mit Bedacht gewählt hat. Und das lässt nichts Gutes hoffen.«

»Auf etwas Gutes hoffe ich in seinem Zusammenhang schon lange nicht mehr«, knurrte Marcel. Unter seinen Nasenflügeln klebten Reste von einem blutverschmierten Papiertaschentuch. »Es ist ausgeschlossen, dass wir ihm Juliane aushändigen. Von den juristischen Hürden, die dafür überwunden werden müssten, will ich gar nicht erst anfangen.«

»Trotzdem könnten wir Juliane benutzen.« Isabell wandte sich ab. »Lasst mich mal kurz nachdenken.« Sie blendete das

Wiederaufflammen der Diskussion aus und ging zum Fenster. Lukas dürfte klar sein, dass man ihm Juliane nicht wehrlos ausliefern würde. Warum sollte sie ausgerechnet zu seinem Elternhaus gebracht werden? Dieser Ort wurde seit Tagen überwacht, ohne dass man auffällige …« Abrupt drehte sie sich um.

»Das Haus der Krontals! Es muss durchsucht werden.«

»Wurde doch schon gemacht.« Marcel sah sie verwundert an.

»Ja, weil wir nach Lukas suchten. Aber wieso will er, dass wir Juliane dorthin bringen? Er würde sich dort im Leben nicht blicken lassen. Er kann das Haus aber präpariert haben.«

»Zum Beispiel mit einem Sprengsatz? Das wäre aufgefallen. Außerdem wird das Haus seit dem Wochenende ununterbrochen observiert. Da kam keiner rein oder raus.«

»Denkt daran, wie lange Lukas schon an dieser Rache feilt. Er kann bereits vor Wochen etwas vorbereitet haben. Das Haus ist eine Falle für Juliane, da leg ich mich fest.«

»Wenn du schon so gut in seine Psyche eintauchen kannst …« Clarissas Ton war angriffslustig. »Angenommen, es stimmt und Juliane käme im Haus ihrer Eltern ohne Lukas' aktives Zutun zu Tode: Was macht Lukas als Nächstes?«

»Hannes und Federsen nutzen ihm dann nichts mehr.« Per bekam rote Backen. »Wenn wir die Falle im Haus der Krontals kennen, können wir so tun, als sei sie erfolgreich zugeschnappt.«

»Womit wir Hannes' und Federsens Tod aber nicht automatisch verhindern.« Isabell schüttelte den Kopf. »Ich glaube nicht, dass Lukas sie wieder laufen lässt. Sie sind nicht nur Druckmittel, sondern ebenfalls Ziel der Rache. Er lässt sie nur noch am Leben, um Juliane freizupressen.«

»Also dürfen wir nicht nachgeben«, forderte Per. »Dann verlängern wir schon mal …«

»Wir verlängern vielleicht Hannes' Leben«, fiel ihm Clarissa ins Wort. »Nicht aber das von Federsen. Lies dir den Wisch noch mal durch.«

»Verfluchter Mist!«, polterte Lauer los. »Der Kerl erlaubt uns keinen einzigen Schachzug! Ich will jetzt zumindest Klarheit, was in dem Haus der Krontals los ist. Organisieren Sie eine blitzschnelle Untersuchung. Vielleicht bringt sie Erkenntnisse, die uns weiterhelfen.«

»Wir müssen Lukas irgendwie an die Oberfläche zerren«, meinte Clarissa, nachdem Per den Raum verlassen hatte, um Lauers Auftrag weiterzugeben. »Was wäre ein passendes Lockmittel?«

»Das einzig wirksame Lockmittel können wir nicht einsetzen, da es Juliane ist.« Marcels Nase erwachte wieder zum Leben, und er zog ein frisches Taschentuch hervor, um das Blut zu stoppen. »Nichts anderes dürfte ihn im Augenblick interessieren.«

»Seine beste Freundin«, schlug Isabell vor.

»Hatten wir schon. Bisher ist der Videoappell verpufft. Außerdem wird er nicht ohne Grund den Kontakt zu ihr abgebrochen haben.«

»Dann fallen mir nur noch seine Eltern ein.«

»Willst du die wieder ausbuddeln?«

»Nein, aber …« Isabell nagte auf der Unterlippe. »Wenn etwas Heftiges passiert … etwas, das ihn seinem Ziel näherkommen lässt, dann … wem würde er das anvertrauen wollen?«

Alle sahen sie fragend an.

»Denkt an den Strand und die Flaschenpost. Das dürfte der einzige Ort sein, zu dem wir ihn treiben können.«

»Wegen dieser Pulle geht Lukas nie im Leben ein Risiko ein.« Clarissa ging zu ihrem Stuhl zurück. »So doof ist der nicht.«

»Er weiß doch gar nicht, dass uns dieser Ort bekannt ist. Und erst recht nicht, dass wir dort den Brief an seine Eltern gefunden haben.«

Lauer zeigte sich an ihrer Theorie nicht uninteressiert. »Bleibt nur die Frage, was dieses heftige Ereignis sein könnte.«

»Der Tod seiner Schwester.«

»Haben Sie …?«

»Natürlich darf sie nicht wirklich sterben. Aber wir können es so aussehen lassen. Hängt ganz davon ab, ob und was man in dem Haus seiner Eltern findet.«

Passenderweise erschien in diesem Moment Per wieder in der Tür. »Gar nichts«, verkündete er. »Das Haus wurde am Wochenende schon gründlich gefilzt, weil man auf irgendwelche Hinweise zu Lukas' Vorgehensweise hoffte. Zwar wird jetzt noch mal alles auf den Kopf gestellt, aber die Chance, dass etwas übersehen wurde, ist minimal. Ein großer Sprengsatz kommt schon mal nicht infrage.«

»Dann erfüllen wir ihm seinen sehnlichsten Wunsch eben auf andere Weise«, schlug Isabell vor. »Selbstmord. Juliane wurde tot in ihrer Zelle gefunden. Kurz bevor sie sich in einer Videobotschaft an ihren Bruder wenden sollte. Sie war verzweifelt, zu welchen Taten sie ihn getrieben hat.«

»Und das soll er uns glauben?« Lauers Optimismus war verflogen. »Wie würde er überhaupt davon erfahren?«

»Wieder über die Presse.«

»Der riecht doch den Betrug. Kaum schickt er uns die Forderung … schon baumelt seine Schwester am Bettlaken … Also mich würde das nicht überzeugen.«

»Sie sind aber nicht er«, sprang nun überraschend Clarissa ihrer Kollegin bei. »Sie können noch klar denken, er dagegen hat einen Tunnelblick. Und selbst wenn er den Beschiss riecht, ist ihm klar, dass wir seine Forderung nicht erfüllen werden. Er müsste also zur Tat schreiten und … und Federsen töten. Dass er vorher das Bedürfnis hat, weiter an dem Brief an seine Eltern zu schreiben … ist nicht ausgeschlossen.«

»Aber unfassbar riskant.« Lauer blies die Backen auf, langsam entwich die Luft, während er die Decke fixierte. »Das Dumme ist, dass wir wohl keine andere Wahl haben. Ihm seine Schwester auszuliefern, ist ausgeschlossen. Die Frist würde also verstreichen. Dann klammere ich mich lieber an einen Rest von Hoffnung. Marcel, was denkst du?«

Der Ermittlungsleiter hatte das Nasenbluten wieder unter Kontrolle gebracht. »Wir sollten einen Psychologen hinzuziehen, bevor wir uns zu einer Verzweiflungstat hinreißen lassen. Räumt er Isabells Vorschlag eine realistische Chance ein, sollten wir es wagen. Ist immer noch besser, als nichts zu tun oder nur auf einen Erfolg der Suchtrupps zu hoffen.«

Dass ihr Vorschlag so schnell aufgegriffen worden war, sorgte bei Isabell für gemischte Gefühle. Nüchtern betrachtet, schätzte sie ihn nämlich weniger als Geistesblitz, sondern eher als Wunschdenken ein.

In schwachen Momenten wirkte das Ticken des Weckers wie eine nicht enden wollende Abfolge von Donnerschlägen, dann wieder nahm Hannes es gar nicht wahr. Die Phasen der mentalen Stärke schwanden jedoch im gleichen Tempo, wie sich die Zeiger über das Zifferblatt bewegten. Um die verbleibenden Stunden der von Lukas gesetzten Frist abzulesen, musste er sich – soweit es seine Fesseln erlaubten – hochstrecken und über Federsens Bauch spähen. Noch war Zeit übrig, von den vierundzwanzig Stunden war erst die Hälfte vergangen.

Anfangs hatte er trotz der Fesseln immer wieder versucht, Körperkontakt zu Federsen herzustellen. Fast so, als wollte er sich überzeugen, dass sein Vorgesetzter tatsächlich tot war – obwohl daran kein Zweifel bestand. Mal stieß ihn der leblose Körper ab, dann wieder hätte er ihn am liebsten gestreichelt.

Mehrmals hatte er dazu angesetzt, Federsen tröstende Worte mit auf den Weg zu geben, nur für den Fall, dass es überhaupt irgendeinen Weg nach dem Tod gab. Doch jedes Mal war es bei dem Vorsatz geblieben, denn seine Kehle war wie zugeschnürt gewesen.

Erneut glitt sein Blick zur Trinkflasche. Was würde Lukas tun, wenn er Hannes lebend vorfand? Nichts an seinem bisherigen Verhalten ließ darauf hoffen, dass er leere Drohungen ausstieß. Hannes' Freunde und seine Verwandtschaft standen unter Polizeischutz. Würde sich Lukas dann einfach jemand Unbeteiligten herauspicken? Einen Passanten, der zufällig seinen Weg kreuzte, einen Rentner in seinem abgelegenen Häuschen?

Es war eine erschütternde Vorstellung, dass Lukas Tag für Tag ein Opfer auswählte, nur weil Hannes weiterleben wollte. Die Wolldecke lieferte ihm nur oberflächliche Wärme, in seinem Inneren tobte ein arktischer Wintersturm. Er verstand nicht, weshalb seine Kollegen nicht auftauchten, machte dafür aber nur sich selbst verantwortlich. Entweder hatte er die Stärke des Peilsenders falsch eingeschätzt, oder er befand sich an einem Ort, an dem das Signal nicht nach außen dringen konnte. Er hatte sich selbst ins Verderben gestürzt und dadurch alles nicht besser, sondern nur noch schlimmer gemacht. Die Wurzel allen Übels war aber seine Entscheidung vor gut zwölf Monaten gewesen, sich überhaupt ins Morddezernat versetzen zu lassen.

Die Sehnsucht nach einem spannenderen Tagesablauf hatte sich zweifelsohne erfüllt, die Begleitumstände hatten ihm aber von der ersten Ermittlung an zugesetzt. Er dachte an Fritz, der ihn für ein vielversprechendes Talent gehalten hatte. Aus kriminalistischer Sicht war das vielleicht so. Hannes neigte selten zu Eigenlob, wusste aber, dass er mit jedem Fall an Souveränität gewonnen hatte. Ausgerechnet jetzt, wo er allmählich Gefallen an seiner Tätigkeit gefunden hatte und auch die Beziehung mit Anna einer gemeinsamen Zukunft entgegenging, brach alles zusammen. Wie sollte er jemals wieder Opfern von Verbrechen oder deren Angehörigen gegenübertreten? Jetzt, da er wusste, wie sich reale Todesangst anfühlte, wie bitter Selbstvorwürfe schmeckten, wie beklemmend Einsamkeit war und wie dunkel es in der Seele werden konnte.

Was Fritz zu diesen Gedanken gesagt hätte, lag auf der Hand. *Aus der Theorie ist Praxis geworden, sieh diese Erfahrung als den letzten Feinschliff an!* Von einer derart pragmatischen Sichtweise war Hannes zumindest im Augenblick weit entfernt, zumal er diese Erfahrung erst einmal überleben musste. Die körperlichen Auswirkungen waren trotz Hunger und immer quälender werdendem Durst das geringste Problem. Die wirklich relevanten Schmerzen pochten hinter seiner Stirn und in seinem Herzen. Während er wieder auf Federsens halb offenen Mund – an dem der Schaum mittlerweile getrocknet war – starrte, fragte er sich, ob er die Dämonen jemals wieder loswerden würde. Vielleicht war es doch besser, sich beizeiten davonzumachen, anstatt jahrelang als Seelenwrack durchs Leben zu wanken? Zumindest hier und jetzt fühlte sich alles trost- und ausweglos an. War die Zeit in der Lage, alle Wunden zu heilen?

Er wollte weiterleben, er wollte es mit jeder Faser seines Körpers. Zugleich fragte er sich auf einmal, weshalb das so war. Welcher Sinn lag darin? Warum traf man Entscheidungen, kämpfte ständig um den vermeintlich richtigen Platz im Leben, litt, drohte, stritt oder liebte? Wieso versuchte man Reichtümer anzuhäufen oder Macht zu erlangen, wenn man irgendwann doch zu Humus wurde? Weil man so lange wie möglich überleben wollte?

Vielleicht, so dachte er, war es lediglich die Angst vor dem Tod, die man zwar auszublenden versuchte, die aber dennoch vorhanden war. In seiner Situation war diese Furcht sogar omnipräsent, sodass die Frage nach dem Sinn des Lebens eine Bedeutung wie nie zuvor erlangte. Zugleich war diese Frage auch deshalb quälend, weil es keine Antwort auf sie gab. Alle entsprechenden Erklärungsversuche waren letztlich nur Irrlichter. Seit Ewigkeiten wurde sie von den Menschen gestellt und hatte unterm Strich nur Elend, Leid und Krieg hervorgebracht. War dies aber die Schuld dieser einen zentralen Frage oder die Schuld derjenigen, die sie stellten? Hannes runzelte die Stirn. Schuld waren wohl eher diejenigen, die sich zu der Behauptung erdreisteten, die Antwort zu kennen. Und die Dummköpfe, die solchen Lügen glaubten und blind folgten.

Er drehte den Kopf zur Seite, um Federsen nicht mehr ansehen zu müssen. Es musste doch auch positive Aspekte geben! Forschung, der Drang nach Wissen, die Entwicklung von Moral und Toleranz. Wäre all das ohne die Frage nach dem Sinn des Lebens ebenfalls Bestandteil des Menschseins? Wo Schatten waren, musste es zwangsläufig Licht geben. Es war ein Naturgesetz, das wohl ebenso für die Psyche galt. Der Antwort kam er damit aber auch nicht näher. Alles wirkte noch sinnloser, als es ohnehin schon war. Hannes schloss die Augen und grübelte weiter. Wenigstens dachte er so nicht ununterbrochen an den Leichnam neben sich.

Der Abend zog herauf – und mit ihm das Wissen, dass die Stunde der Entscheidung näher rückte. Die Überprüfung des Wohnhauses der Krontals war abgeschlossen, weder war ein Sprengsatz noch etwas Vergleichbares mit durchschlagender Wirkung gefunden worden. Einem Techniker war dann aber doch ein ungewöhnlicher Gegenstand aufgefallen. Klein, unauffällig und dennoch tödlich. Lukas schien in gewisser Weise Gefallen an dem Gift gefunden zu haben, an dem erst seine Eltern gestorben waren und mit dem er auch das Fleisch am Hundeknochen versehen hatte.

Der Wasserhahn in der Küche war auf eine Weise manipuliert worden, die selbst dem erfahrenen Kriminaltechniker einen Ausruf des Erstaunens entlockt hatte. An der Zuleitung des Kaltwassers war ein kleiner Behälter angebracht worden, mit dem das Leitungswasser kontaminiert wurde. Wer auch immer den Wasserhahn geöffnet hätte, um sich ein Glas Wasser einzuschenken, er hätte das Stillen des Durstes mit dem Leben bezahlt. Lukas' Anweisung, Juliane in das Haus seiner Eltern zu bringen, ergab auf einmal Sinn – zumindest aus seiner Perspektive. Der Behälter enthielt eine ausreichende Menge der todbringenden Substanz, um mehrere Liter Leitungswasser zu vergiften. Die Chancen, dass Lukas Juliane auf diesem Wege tatsächlich hätte umbringen können, hätten nicht schlecht gestanden.

Dem Fund der Kriminaltechniker war eine längere Diskussion gefolgt, ob man den fingierten Selbstmord der jungen Frau abblasen und stattdessen zum Schein Lukas' Falle zuschnappen lassen sollte. Den Ausschlag hatte die Meinung des Psychologen gegeben, der darauf setzte, dass Lukas ab sofort auf ungeahnte Hindernisse stoßen sollte. Ohne Zweifel wäre der Selbstmord seiner Schwester eine derartige Blockade, die ihn mit einer unerwarteten Situation konfrontieren würde. Dass er sich in diesem Augenblick der zerplatzten Racheträume an seine Eltern wenden könnte, hielt der Psychologe nicht für unwahrscheinlich, nachdem er den Text der Flaschenpost gelesen hatte.

»Sehr aufschlussreich«, hatte er dazu gemeint.

»Aufschlussreich?« Marcel war anzusehen gewesen, dass er gegensätzlicher Meinung war. »Für mich ist das einfach nur ein Riesenhaufen Scheiße. Einerseits quält Lukas Menschen und schreckt vor Gewalt nicht zurück. Dann verhält er sich wieder wie ein … wie ein … dieser Brief klingt so, als habe ihn ein Kind geschrieben und kein Siebzehnjähriger! Ist der Kerl schizophren?«

»Davon gehe ich nicht aus. Aber ich verstehe, was Sie meinen. Eine Flaschenpost an die Eltern zu schreiben, wirkt kindhaft und steht scheinbar im Widerspruch zu seinem gnadenlosen Vorgehen. Tatsächlich passt es aber ins Bild. Lukas ist hin- und hergerissen zwischen zwei Welten. Er sehnt sich nach Geborgenheit, ist aber mit der aus seiner Sicht grausamen Realität konfrontiert und überfordert.«

»Besonders überfordert kommt er mir nicht vor.«

»Seine Überforderung äußert sich in seiner drastischen Vorgehensweise. In einem Siebzehnjährigen steckt durchaus noch ein Kind, und der traumatische Verlust der Eltern hat es bei Lukas – bildhaft gesprochen – auch noch neu mit Leben gefüllt. Zudem dürfen wir nicht vergessen, dass er als hochbegabt gilt. Hochbegabte sind intellektuell oft sehr weit entwickelt, befinden sich aber emotional auf alterstypischem Niveau. In Lukas' Fall vielleicht sogar unter dem alterstypischen Niveau – ausgelöst durch das Trauma. Das kann auch erklären, wie er sich seine eigene verquere Wahrheit zusammengebastelt hat. Es gibt nur Schwarz und Weiß. Gut und Böse.«

»Dann wird es Zeit, ihm die Nuancen zu verdeutlichen.«

»Aus der Distanz wird das nicht möglich sein. Was Sie brauchen, ist eine neue Strategie. Bringen Sie Lukas aus dem Konzept! Denn wenn Sie ihn weiter – wenn auch nur zum Schein – seinen Plan verfolgen lassen, wird er den Brief an seine Eltern wohl erst beenden, sobald er endgültig am Ziel angelangt ist. Da Sie befürchten, dass dieses Ziel erst mit dem Tod Ihrer Kollegen erreicht ist, rate ich dringend davon ab, ein Schauspiel in seinem Elternhaus abzuziehen. Der vorgetäuschte Selbstmord seiner Schwester erscheint mir besser geeignet.«

Diesen angeblichen Suizid über die Presse bekannt zu machen, stellte keine Herausforderung dar, wohl aber die genaue Formulierung des Textes. Eine ganze Stunde hatte Isabell mit dem Psychologen an jedem Satz gefeilt, bis er ihn als wirksam und zugleich glaubhaft einstufte. Grundtenor war die Verzweiflung der jungen Frau, und dass sie seit ihrer Inhaftierung von schweren Depressionen – ausgelöst von den Schuldgefühlen gegenüber ihren Eltern und dem Bruder – geplagt worden war. So weit entsprach die Darstellung noch den Tatsachen.

Dass sie sich aus Verzweiflung über die Taten ihres Bruders, für die sie sich darüber hinaus selbst verantwortlich machte, die Pulsadern aufgeschnitten hatte und trotz sofort eingeleiteter Rettungsmaßnahmen im Krankenhaus verstorben war, hatte man so nüchtern wie möglich und zugleich so plakativ wie nötig dargestellt. Die Pressestelle des Präsidiums hatte alle Redaktionen gebrieft, keine Änderungen am Text vorzunehmen. Ob dies auch so umgesetzt wurde, blieb abzuwarten.

Bisher hatten sich alle Redakteure an die Vorgaben gehalten, seit zwei Stunden wurde die Meldung im Radio und Internet wiedergegeben. Ob sie ihre Wirkung entfaltete? Isabell hatte daran ihre Zweifel, obwohl sie selbst die Idee aufgebracht hatte. Zu arrangiert kam es ihr nun vor und viel zu offensichtlich. Funktionieren konnte es trotzdem. Selbst wenn Lukas die Finte durchschaute, würde er das erste Mal echten Gegenwind verspüren. Was mochte dies in ihm auslösen?

Bislang offenbar nicht das Verlangen, den einsamen Strandabschnitt aufzusuchen. Bewusst hatte man darauf verzichtet, die zu diesem Ort führenden Straßen zu überwachen. Lukas sollte nicht abgeschreckt werden, am Strand konnte er sowieso nicht entkommen. Isabells Blick glitt über das Wrack des Fischerbootes. Es fühlte sich so an, als läge es Wochen zurück, seit sie zum ersten Mal mit Per hier gewesen war. In Wahrheit waren es erst zwei Tage.

Per hatte sich auf den Rücken gedreht und sah in den Himmel zu den vorbeiziehenden Schäfchenwolken hinauf. »Was Hannes und Federsen wohl gerade sehen?«

»Hoffentlich sehen sie überhaupt noch was«, rutschte es Isabell heraus. »Lukas könnte lediglich behaupten, dass sie noch am Leben sind. Und wenn er uns Julianes Selbstmord nicht abnimmt … na ja. Dann hätten wir das Leben der beiden auf dem Gewissen. Hätte ich nur diesen Vorschlag nicht gemacht!«

»Hannes hat sein Haupt selbst aufs Schafott gelegt. Wie konnte er nur so blöd sein?«

»Blöd?« Isabell schluckte eine heftige Erwiderung herunter. »Was hättest du an seiner Stelle getan? Versetz dich mal in seine Lage! Es war der einzige Ausweg, den er sah. Ich kann es nachvollziehen. Weiß nur nicht, ob ich den Mut dazu gehabt hätte.«

»Mut? Todesverachtung trifft es wohl eher. Ich hätte …«

»Psst!« Isabell fasste ihn am Arm. »Sieh mal nach unten!«

Per wälzte sich zurück auf den Bauch und spähte über den Rand der Klippe. Sie lagen dicht neben dem windschiefen Baum, der sich mit letzter Kraft an der Landzunge festklammerte. In regelmäßigen Abständen ertönte das Brechen der Wellen, der Wind hatte aufgefrischt. Erste weiße Schaumkronen waren draußen auf der Ostsee zu erkennen. Dazu ein dunkler Fleck, der näher kam. Als kurz darauf das Schreien einer Möwe verklang, war auch das Tuckern eines Motors zu hören.

»Da kommt ein Boot«, sagte Per überflüssigerweise. »Eher ein Kahn mit einem Außenborder.«

»Seh' ich selbst. Was denkst du, fährt es hierher?«

»Wirkt zumindest so. Kann aber jemand ganz anderes sein.«

Schweigend verfolgten sie das sich dem Strand nähernde Gefährt, bis sich eine Stimme in Pers Funkgerät meldete. In Abständen von fünfzig Metern hatten sich Kräfte eines Spezialeinsatzkommandos verteilt und Deckung hinter Büschen gesucht. Im Gegensatz zu Isabell und Per waren sie gut ausgerüstet.

»Das ist der Gesuchte.« Die Stimme klang neutral. »Durchs Fernglas klar erkennbar. Die Küstenwache ist informiert, soll aber vorerst außer Sichtweite bleiben.«

»Nicht zu fassen! Der Mistkerl taucht tatsächlich auf!« Per klopfte Isabell euphorisch auf die Schultern. »Kannst deine Schuldgefühle einpacken.«

»Das mach ich erst, wenn ich Hannes und Federsen wiedersehe. Lebend.«

»Eins nach dem anderen. Jetzt kann man ihn fast schon mit bloßem Auge erkennen. Was für ein Hänfling das doch eigentlich ist.«

»Ist ja nicht so, dass du neben ihm wie ein Bulle wirken würdest.« Isabell ging die zunehmende Hibbeligkeit des Kollegen auf die Nerven. »Er verlangsamt das Tempo und sucht den Strand ab. Hoffentlich hat er keinen Verdacht geschöpft.«

»Auch egal. Jetzt entkommt er uns nicht mehr!«

Während das Boot die letzten Meter bis zum Strand zurücklegte, scannte Isabell den Strandabschnitt ab. Selbst von ihrem erhöhten Beobachtungspunkt aus konnte man nichts erkennen, was Lukas' Misstrauen hätte wecken können. Kein Mensch war zu sehen, Möwen kreisten über der Wasserlinie, aus der Ferne erklang das Geräusch eines Traktors. Alles wirkte friedlich, als Lukas von dem Boot ins Wasser sprang und es ein Stück den Sand hinaufzog. Erneut sah er sich um, dann steuerte er das Wrack an.

»Zugriff?«, ertönte leise die Stimme aus dem Funkgerät.

»Nein.« Marcels Antwort klang bestimmt. »Lasst ihn erst die Flasche ausbuddeln und seine Botschaft aufschreiben. Vielleicht hilft uns das später weiter.«

»Verstanden.«

Unterdessen versuchte Isabell, ihre Gefühle für den jungen Mann einzuordnen, der da unterhalb von ihr über den Sand stapfte. So intensiv wie erfolglos hatten sie nach ihm gefahndet, und jetzt … war er auf einmal da. Fast schon zum Greifen nah. Das warme Licht dieses Sommerabends und der harmlos wirkende Jugendliche ließen es surreal erscheinen, dass gerade ein Gewalttäter, der seit Tagen die Polizei in Atem hielt, in eine selbst gebaute Falle marschierte. Wie würde er reagieren? Mit einem Fluchtversuch? Der wäre zum Scheitern verurteilt. Selbstmord? Das würden die Kollegen hoffentlich zu verhindern wissen. Gegenwehr?

Per hatte nicht unrecht, Lukas wirkte schwach und verletzlich – nicht nur wegen des Körperbaus. Isabell mochte sich kaum vorstellen, wie es in ihm aussehen musste, dass er sich zu einem solchen Irrsinn angetrieben fühlte. Der Polizeipsychologe hatte es zwar wissenschaftlich zu begründen versucht, es wirklich nachzuvollziehen gelang ihr aber nicht. Die Wut über seine Taten rang weiter mit dem Mitleid für seine gequälte Seele, auch wenn der Zorn längst überwog.

Lukas hatte das Wrack erreicht und stieg über die Reste der Bordwand. Isabell hielt den Atem an. Würde er bemerken, dass sich jemand an der Flasche zu schaffen gemacht hatte? Erleichterung durchflutete sie, als Lukas sich hinsetzte, den Verschluss öffnete und das Papier herausfallen ließ. Neben sich platzierte er einen Rucksack, aus dem er einen Stift zog. Dann streifte er den Faden ab und entrollte das Papier.

»Jetzt schreib schon!«, flüsterte Per, als Lukas regungslos dasaß und aufs Meer hinaussah.

Doch es vergingen weitere Minuten, bevor der Teenager den Kopf senkte und den Stift über das Papier gleiten ließ. Immer wieder setzte er ab, so als suche er nach den richtigen Worten. Eine Möwe landete dicht neben ihm und blickte mit schräg gelegtem Kopf zu ihm auf. Sekundenlang schienen sich die beiden in die Augen zu sehen – ein Bild, das Isabell berührte. Schließlich erhob sich der Vogel mit einem heiseren Schrei, und Lukas sah ihm noch lange hinterher, bevor er sich wieder der

Flaschenpost widmete. Erst nach weiteren zehn Minuten verstaute er den Stift im Rucksack und rollte das Papier zusammen.

»Wartet, bis er die Flasche vergraben hat«, erklang Marcels Stimme.

Lukas hatte andere Pläne. Er verknotete zwar den Faden und zwängte die Papierrolle in den Flaschenhals, aber dann stand er auf und ging zum Boot zurück.

»Zugriff!«

Sekundenbruchteile nach Marcels Aufforderung kam Bewegung in die Szenerie. An mehreren Stellen rutschten Polizisten in Kampfmontur die Steilküste hinunter. Isabell war fasziniert, wie lautlos und schnell der Einsatz ablief. So war es nicht verwunderlich, dass Lukas gar nicht mitbekam, was sich hinter seinem Rücken abspielte. Erst als sich die Einsatzkräfte mit gezogenen Waffen nur noch wenige Meter von ihm entfernt befanden, schien er ihre Anwesenheit zu spüren.

Er drehte den Kopf nach hinten, seine Augen wurden groß, der Mund stand offen. Dann sprintete er los und schleuderte im Davonrennen die Flasche mit voller Kraft ins Meer. Sekunden später wurde er von zwei Männern überwältigt und auf den Sandboden gedrückt. Dies war der Moment, in dem sich auch Isabell und Per erhoben. Vorsichtiger, aber auch ungeschickter als die anderen, kletterten sie zum Strand hinunter. Eine Frau, die sich die Sturmhaube bereits vom Kopf gezogen hatte, näherte sich. Ihre Hosenbeine waren nass.

»Kein besonders weiter Wurf«, kommentierte sie lapidar und drückte Isabell die Flasche in die Hand.

Isabell öffnete den Verschluss, bekam das Papier aber nicht heraus. Lukas hatte es diesmal nur lose zusammengebunden, sodass es nicht mehr aus dem Flaschenhals rutschen konnte. Auch Marcel war inzwischen eingetroffen. Wortlos nahm er ihr die Flasche aus der Hand und zerschlug sie an einem Felsen. Er rollte das Papier auf und las mit zusammengepressten Lippen. Dann wurde er bleich.

»Was ist?«, fragte Isabell alarmiert.

»Lukas schreibt, dass er seine Eltern gerächt hat. Alle, die an ihrem Tod Schuld hätten, seien jetzt selbst tot.«

Isabells Beine wurden schwach, sie musste sich an Per festklammern. »Das darf nicht wahr sein«, flüsterte sie. »Wir haben versagt!«

Marcel wischte sich mit dem Handrücken die Nase, eine rote Spur zog sich über seine Oberlippe bis zur Wange. »Dieser verdammte kleine Scheißkerl!« Er stürzte nach vorn und packte Lukas an den Schultern. Heftig schüttelte er ihn, sodass die beiden Einsatzkräfte Mühe hatten, den jungen Mann weiter fest im Griff zu behalten.

»Was hast du mit unseren Kollegen gemacht, du erbärmlicher Drecksack? Die beiden haben damals alles getan, um deine Eltern zu retten!«

»Sie haben versagt«, wiederholte Lukas Isabells Aussage – ohne es zu wissen.

»Der Einzige, der versagt hast, bist du! Ist es wahr, was du auf diesen Zettel gekritzelt hast?« Er wedelte mit dem Papier vor Lukas' Gesicht.

Lukas' dunkle Augen starrten ausdruckslos zu Boden, sein Gesicht wirkte wie eine Maske. Blass und regungslos. »Ihr solltet mich gehen lassen. Noch sind sie nicht tot.«

»Noch nicht?«

»Nein. Aber sie werden es sein, wenn ihr mich festnehmt.«

»Wieder eins von deinen Spielchen?« Marcel sah aus, als würde er seine Faust am liebsten mit aller Kraft zuschlagen lassen. Doch es war weiterhin nur seine Nase, aus der das Blut rann. »Hast du dir fein ausgedacht, aber noch mal lassen wir uns nicht verarschen.«

»Dann seid ihr selbst schuld.«

Isabell trat hinzu. Selbst wenn es unwahrscheinlich war, dass er die Wahrheit sprach, sollte man Lukas nach ihrer Meinung besser zuhören. »Wieso hast du geschrieben, dass alle tot sind? Wer sind alle?«

»Meine Schwester. Wenn auch anders als gedacht. Spielt aber keine Rolle.«

Isabell empfand keine Genugtuung, dass er wie erhofft auf die Falschmeldung hereingefallen war. »Wer noch, wenn unsere Kollegen angeblich noch am Leben sind?«

»Du sagst es. Sie sind noch am Leben. Ich habe aber dafür gesorgt, dass sie sogar ohne meine Anwesenheit in wenigen Stunden tot sein werden.«

»Kannst du mal mit deinem geschwollenen Gelaber aufhören?«, fuhr Per ihn an.

Nicht nur Isabell, auch Lukas sah ihn verdutzt an. Isabell, weil emotionale Ausbrüche nicht zu den Merkmalen ihres Kollegen gehörten, und Lukas, weil ihm vermutlich gar nicht bewusst war, dass er sich in den Ohren anderer gewählt oder gar affektiert ausdrückte.

»Fühlst dich wie ein Held, oder was?«, ereiferte sich Per weiter. »In Wahrheit bist du nur ein Muttersöhnchen mit einem riesigen Dachschaden. Dabei hast du Glück! Noch kannst du einigermaßen glimpflich davonkommen. Noch hast du keine Mordanklage am Hals. Und wahrscheinlich mildernde Umstände wegen dem, was dir passiert ist … dieser ganze Psycho-Scheiß eben.«

Abwartend sah Lukas ihn an. Per atmete einmal tief durch. »Was ich sagen will: Du hast jetzt noch die Chance auf eine milde Strafe. Also spuck's aus! Wo hältst du unsere Kollegen gefangen?«

Lukas zuckte mit den Schultern. Hatte er eben noch wie ein in die Ecke getriebenes Kind gewirkt, war er nun wieder selbstsicher, fast schon arrogant. »Es bleibt dabei. Lasst mich frei, dann lasse ich die beiden auch frei.«

»Nichts da.« Marcels Zeigefinger landete auf Lukas' schmächtiger Brust. »Dass wir dich laufen lassen, kannst du vergessen. Ansonsten kann ich nur jedes Wort meines Kollegen unterstreichen. Zieh die Reißleine, bevor …«

»Lasst mich gehen, sonst seid ihr am Tod eurer Kollegen schuld.«

Marcel brachte sein Gesicht dicht an das von Lukas heran. »Nicht wir sind schuld, sondern du! Hör auf damit, dir Sündenböcke zu suchen. Das funktioniert nicht.«

»Ändert nichts daran, dass ihr sie hättet retten können.«

»Rede endlich!«, brüllte Marcel.

Lukas reagierte weder mit einer Antwort noch mit einem Zusammenzucken.

»Arschloch!« Jetzt landete Marcels Faust doch einen Treffer. Lukas sackte zusammen, als ihm der Schlag auf den Magen die Luft herauspresste. Düster sah Marcel zu seinen Kollegen hinüber, und Isabell entdeckte in seiner Mimik, dass er zu der gleichen Erkenntnis gelangt war wie sie selbst: Lukas war es egal, was mit ihm passierte. Er wollte, dass die Botschaft an seine Eltern wahr wurde. Alle, die in seinen Augen für ihren Tod verantwortlich waren, sollten sterben. Wenn es nicht schon längst passiert war.

Ohne die Anwesenheit von *Socke* und Hannes fühlte sich das Gartenhaus leer und deprimierend an, sodass sich Ben auf die Terrasse verzogen hatte. Die Dämmerung war der Dunkelheit gewichen, knisternd sprangen Funken aus dem Feuerkorb nach oben. Kurz überlegte er, ob er die beiden Personenschützer an seinen Tisch bitten sollte, entschied sich aufgrund der Marihuana-Krümel in seiner Tabakmischung aber dagegen.

Tief inhalierte er den ersten Zug, er hatte nur eine geringe Dosis gewählt, um nicht völlig weggetreten zu sein, sollte Isabell ihn erreichen wollen. Seit er sie vor Stunden im Krankenhausflur verlassen hatte, wartete er vergeblich auf einen Anruf, was seine Stimmung nicht aufhellte. Er malte sich aus, welche Qualen Hannes gerade erleiden mochte – an das Schlimmste wollte er gar nicht denken und tat es natürlich trotzdem. Dass Anna ahnungslos im Krankenhaus lag und ihren Freund in Sicherheit wähnte, setzte ihm zusätzlich zu. Natürlich sah er ein, dass es so am besten war. Ihr jetzt gegenüberzutreten, wäre ihm allerdings unmöglich gewesen.

Wieder und wieder dachte er darüber nach, ob Hannes irgendetwas gesagt hatte, woraus Rückschlüsse über seinen Aufenthaltsort gezogen werden könnten. Doch Hannes hatte selbst keine Ahnung gehabt, wohin ihn Lukas hatte locken wollen. Isabells Worte hallten in Bens Kopf nach. Hannes ist wie vom Erdboden verschluckt. Es war eine treffende Beschreibung und würde auch erklären, weshalb das Signal des Peilsenders nicht empfangen werden konnte. War Lukas schneller als erwartet zur Tat geschritten? Hatte er Hannes irgendwo verbuddelt? Das hätte allerdings ein sehr tiefes Loch sein müssen, wenn man den Beteuerungen des Technikers, der ihm das Gerät ausgehändigt hatte, Glauben schenken konnte.

Doch der Gedanke setzte sich in Ben fest. Isabell hatte ihm zwar berichtet, dass in den letzten Tagen schon hunderte leer stehende Bauten und auch Kellerräume durchsucht worden waren, aber was war mit den bewohnten oder anderweitig genutzten Gebäuden? Man konnte nur auf einen Zufallsfund hoffen. Doch selbst wenn Lukas einen derartigen Unterschlupf nutzte, blieb es merkwürdig. Der Sender war der stärkste im Polizeisortiment gewesen. Was für ein Bau konnte dermaßen abgeschirmt sein, dass das Signal nicht nach außen drang?

Er wusste, dass sich die Polizisten ähnliche Gedanken machten und bereits Überprüfungen vorgenommen hatten. So zum Beispiel auf einem ehemaligen Militärgelände, das zu Lukas' Faszination von *lost places* gepasst hätte. Ben stand auf und ging ins Haus, um seinen Laptop hochzufahren. Eine Weile klickte er sich durch Videos von ehemaligen Krankenhäusern, Landsitzen, Schwimmbädern oder Industrieanlagen aus aller Welt. Es musste aber ein Ort sein, der sich ganz in der Nähe befand. Dass die Ermittler ein komplettes Gebäude übersehen hatten, war unwahrscheinlich. Der Radius war eingegrenzt und damit …

Bens Finger blieb über der Tastatur hängen, als er die Beschreibung eines weiteren Videos las. Ein unterirdischer Bunker! So ein Überbleibsel aus der Zeit des Naziregimes oder des Kalten Krieges wäre natürlich denkbar! Ben griff zum Telefon. Er selbst hatte dazu nur rudimentäre Kenntnisse, aber als Anti-Nazi-Aktivist war er gut vernetzt. Zehn Minuten später hatte er genügend Informationen, um Isabell anzurufen.

»Sorry, dass ich mich nicht gemeldet habe.« Sie klang erschöpft. »Wir konnten endlich Lukas verhaften und …«

»Das ist ja fantastisch!«

»Freu dich nicht zu früh. Wir versuchen seit Stunden, etwas aus ihm herauszupressen, aber er weigert sich, das Versteck zu verraten.«

»Schade, dass ihr nicht die CIA seid.« Ben meinte diese Worte nicht mal zynisch. »Isabell, mir ist eine Idee gekommen, die euch weiterhelfen könnte. Habt ihr an unterirdische Bunkeranlagen gedacht?«

Einen Moment herrschte Stille in der Leitung. Dann klang Isabells Stimme schon wacher. »Kannst du konkreter werden?«

»Es gibt ober- und unterirdische Bunkeranlagen. Manche wurden restauriert und sind heute Museen oder werden anderweitig genutzt. So ein Hochbunker steht in Hamburg auf dem Heiligengeistfeld. Aber es gibt natürlich auch unterirdische Anlagen. Viele sind vergessene Ruinen, aber einige sind bekannt.«

»Ich muss das überprüfen. Es wurden aufgegebene Militäranlagen durchsucht, das weiß ich. Ob auch Bunker darunter waren – keine Ahnung.«

»Es könnte ein bislang unbekannter Bunker sein.« Ben ging in seinem Wohnzimmer auf und ab. »Ich hab grad mit ein paar Leuten telefoniert, einer davon jobbt beim Landesamt für Denkmalpflege. Dort sind dreiundfünfzig Bunker bekannt, das heißt aber nicht, dass es nicht noch mehr geben könnte.«

»Wie kommen wir an die Liste?«

»Bekomm ich gleich per Mail, dann leite ich sie dir weiter. Aber wichtiger dürften die unbekannten Bunker sein.«

»Und du denkst, dass Lukas über einen gestolpert ist?«

Bens Stimme überschlug sich vor Tatendrang und kaum zurückgehaltener Euphorie. »Das würde erklären, weshalb man den Peilsender nicht orten kann. So ein Ding ist aus meterdickem Beton und Stahl gebaut, und wenn er dann noch unterirdisch ist …«

»… hätte selbst der stärkste Sender keine Chance.« Isabell ließ sich hörbar von Bens Aufregung anstecken. »Ich bin bereit, nach jedem Strohhalm zu greifen. Das Problem ist nur … was machen wir, wenn Lukas keinen bekannten Bunker benutzt hat?«

»Wendet euch an Leute, die sich mit *lost places* beschäftigen. Ich kenne leider niemanden aus dieser Szene, aber vielleicht gibt es sogar Gruppen, die sich auf solche Anlagen spezialisiert haben.«

»Ich klemme mich dahinter. Schick mir die Liste, sobald du sie hast.«

Isabell beendete das Gespräch, und Ben aktualisierte wieder den Posteingang seines Mail-Accounts. Noch immer war die Auflistung nicht eingetroffen, aber sein Kontaktmann hatte von zu Hause auch keinen Zugriff auf das Dokument. So verging eine weitere halbe Stunde, in der sich Ben fragte, ob er die Ermittler nicht gerade auf eine falsche Fährte führte, die am Ende nur kostbare Zeit verschwendete. Aber so wie Isabell geklungen hatte, gab es ohnehin keine aussichtsreichere Variante. Zumindest wenn man die Option, Lukas den Ort unter Folter herauszupressen, nur als Wunschgedanken zuließ. Ben drehte mit zitternden Fingern an seinem dritten Joint, als endlich ein Aufblinken den Empfang einer Mail signalisierte.

Per war es zu verdanken, dass in den frühen Morgenstunden eine weitere Bunkeranlage in den Fokus geriet. Zuvor hatte man die Liste abgearbeitet, die Ben kurz nach Mitternacht übermittelt hatte. Von den dreiundfünfzig Bunkern, die dem Landesamt für Denkmalpflege bekannt waren, lagen immerhin zwanzig in dem infrage kommenden Radius. Acht davon waren schon in den letzten Tagen überprüft worden, bei allen handelte es sich um oberirdische Anlagen. Die verbleibenden zwölf waren noch in der Nacht aufgesucht worden, aber die Vermutung, dass man sich vergeblich auf den Weg machte, hatte sich bestätigt. Alle Gebäude dienten modernen Zwecken, so war in einem eine Diskothek untergebracht, ein anderes war zu einem Wohnhaus ausgebaut und aufgestockt worden.

Parallel war eine Internetrecherche gestartet und Kontakt zu Liebhabern von *lost places* gesucht worden, was sich angesichts der Uhrzeit als schwieriges Unterfangen herausgestellt hatte. Per war auf eine Gruppe gestoßen, die sich zwar nicht auf Bunker spezialisiert, aber zumindest des Öfteren welche aufgesucht und Videos davon bei YouTube hochgeladen hatte. Als der Kontakt endlich hergestellt worden war, hatten die Ermittler immerhin drei weitere Orte genannt bekommen, einer davon hatte besonders vielversprechend geklungen, da er unterirdisch gelegen war. Die ernüchternde Nachricht, dass auch dieser Tipp nicht zum Erfolg geführt hatte, war vor fünf Minuten eingetroffen.

Per gelang es kaum, die übermüdeten Gesichter in Regung zu versetzen, als er den Konferenzraum betrat – oder vielmehr erstürmte.

»Es gibt einen Bunker, den wir noch nicht durchsucht haben!«

Clarissa hob kaum den Blick. »Wir sollten lieber einen anderen Psychologen auf Lukas ansetzen, der bisherige bringt nichts aus ihm heraus.«

»Sollen wir etwa aufgeben?« Ernüchterung breitete sich auf Pers Gesicht aus.

»Natürlich nicht.« Marcel nickte ihm zu, er sah aus, als sei er selbst gerade erst aus einem Kerker entkommen. »Wie bist du darauf gestoßen?«

»Hab mir die halbe Nacht YouTube-Videos reingezogen. Die meisten zeigten bekannte Bunker oder solche, die weit außerhalb des möglichen Gebietes liegen. Bis eben.«

Vielsagend sah er in die Runde, und Clarissa hob drohend die Faust. »Wenn du jetzt wieder mit deinen Kunstpausen anfängst, schlag ich dir in die Fresse, das schwör ich. Das ist grad so was von fehl am Platz, das …«

»Wo liegt diese Anlage?«, ging Marcel besänftigend dazwischen.

»Genau kann ich das nicht sagen, ihr müsst euch den Clip gleich mal selbst ansehen. Der Zugang ist von einer schrägen Stahltür versperrt gewesen, dort machte die Kamera einen Schwenk. Ist zwar ein zugewuchertes Gelände, aber in der Entfernung konnte ich einen Leuchtturm erkennen, der mir bekannt vorkam. Nur wurde das Video in der Dämmerung aufgenommen, ich kann mich also täuschen.«

»Von wem wurde der Clip eingestellt?«

»Der Nutzername ist *fantastico LoPla*, das *LoPla* steht wahrscheinlich für *lost places*. Der User ist nicht besonders aktiv, hat nur noch vier weitere Videos von anderen Orten hochgeladen. Alle vor zwei Jahren.«

»Und wer verbirgt sich dahinter?«, fragte Isabell.

»Keine Ahnung. Der Kameramann ist nicht zu sehen. Wir könnten natürlich eine offizielle Anfrage an YouTube schicken, aber …« Er winkte ab. »Das Interessanteste an dem Clip ist neben dem Leuchtturm das eigentliche Bauwerk. Es ist ein eher untypischer Bunker. Hinter der Stahltür führt eine Treppe steil nach unten, dann geht ein Gang ab, der in einen Raum mündet. Der Gang macht eigentlich keinen Sinn, ist aber trotzdem da.«

»Und was ist daran interessant?«

»Der Gang ist nicht interessant, aber der Raum. Ich hab mir die Fotos angesehen, die Lukas uns geschickt hatte. Das zweite mit Hannes bringt nicht viel, da steht das Bett an einer anderen Stelle. Aber das erste, auf dem nur Federsen zu sehen ist …« Er ging zum Whiteboard und nahm die vergrößerte Fotografie ab. »Hier in der Ecke: Da ist ein Stück von der Wand herausgebrochen. Und genau so was sieht man auch in dem Film.«

Marcel stand auf. »Klingt tatsächlich nach einer heißen Spur! Zeig uns das Video, und dann führ es Lukas im Beisein des Psychologen vor. Clarissa, du gehst mit und achtest auf seine Reaktion. Isabell und ich, wir machen uns auf den Weg in das Gebiet. Lässt sich der Ort grob eingrenzen?«

»Bestimmt.« Per deutete auf einen Kartenausschnitt an der Wand. »Ungefähr hier. Ich bin aber kein Experte. Bestimmt kann man aufgrund der Entfernung des Leuchtturms, des Bewuchses und der Himmelsrichtung die Position noch näher bestimmen.«

»Kümmere dich darum, und informiere dann Isabell und mich.«

»Und jetzt führ uns dieses Video endlich vor«, forderte Clarissa und deutete auf einen Laptop, der an einen Beamer angeschlossen war.

Gebannt sahen die Ermittler schließlich fünf Minuten lang zu, wie ein Unbekannter in den Untergrund stieg und mit einer Taschenlampe Gang und Wände ableuchtete. Eigentlich war es nicht spektakulär, da sich in dem Bunker keine Gegenstände befanden, nicht einmal Zeichnungen an den Wänden. Als das Licht aber auf eine Ecke des Raumes fiel, stoppte Per den Film, und alle verglichen die Aufnahme mit dem Foto. Keiner sagte ein Wort, vermutlich dachten aber alle das Gleiche. Mit größter Wahrscheinlichkeit hatten sie den Ort identifiziert, an dem das Bild von Federsen aufgenommen worden war. Ob er und Hannes noch lebten, oder ob die beiden woandershin gebracht worden waren, würden sie erst erfahren, wenn sie selbst die steile Treppe hinabgestiegen waren.

Durst war schlimmer als Hunger. Lethargisch lag Hannes auf der Matratze und starrte in die Dunkelheit. Das Licht der Campinglaterne war schon vor Stunden erloschen, sodass ihm zumindest der Anblick seines leblosen Chefs erspart blieb. Allerdings hatte er sich schon daran gewöhnt, neben einer Leiche zu liegen, er war emotional abgestumpft. Noch immer tickte der Wecker, ohne dass er das Vorrücken der Zeiger beobachten konnte. Das Geräusch erinnerte ihn jede Sekunde daran, dass Lukas sich auf der Suche nach einem neuen Opfer befand.

Der war jedoch nicht mehr hier gewesen, wie konnte er dann überhaupt wissen, ob Hannes aus der Flasche getrunken hatte oder nicht? Vermutlich ging er einfach davon aus, dass der Selbsterhaltungstrieb die Oberhand behielt. Oder war in dem Raum eine Kamera angebracht worden, die sogar in der Dunkelheit Filmaufnahmen machte? Für den Fall der Fälle hatte Hannes beschlossen, sich tot zu stellen. Er hatte sogar simuliert, an der Flasche gesaugt und anschließend mit dem Tod gerungen zu haben. Ob er überzeugend gewesen war? Vermutlich würde er es nie erfahren. Die Resignation hatte schließlich dafür gesorgt, dass es ihm egal war. Was spielte es für eine Rolle angesichts der Gewalttaten, die sich Stunde für Stunde überall ereigneten? Ein Opfer mehr oder weniger fiel da nicht ins Gewicht. Nicht mehr lange, und er würde selbst dazugehören.

Ganz entfernt, am Rande seiner Wahrnehmung, meinte er, ein Geräusch zu hören. Er schloss die Augen. Wenn Lukas doch auftauchte, wollte er das Täuschungsmanöver fortsetzen, auch wenn es wohl nichts nützte. Er vernahm Schritte, dann spürte er einen Luftzug. Die Tür musste aufgegangen sein, durch die geschlossenen Lider nahm er einen Lichtschein wahr, der kurz darauf greller wurde. Lukas hatte also die Lampe auf ihn gerichtet, Hannes vermied jeden Atemzug.

Dann hörte er einen Schrei. »Da liegen sie. Beide … oh mein Gott! Zu spät!«

Das Schluchzen drang kaum zu Hannes durch, er versuchte, Herr über seine Sinne zu werden. Diese Stimme … klang bekannt, hoch und … Isabell! Seine Lider fühlten sich tonnenschwer an, als er sie langsam öffnete. Nach den Stunden in der Dunkelheit musste er ein paar Mal blinzeln, bevor er ein klares Bild erhielt. Der Schein einer Taschenlampe war auf die Decke gerichtet, sie wurde von Marcels Hand umklammert, der gerade Isabell in den Arm nahm. Im Hintergrund erkannte Hannes, dass weitere Gestalten den Raum betraten, ohne dass er sie zuordnen konnte. Er öffnete den Mund, aber kein Geräusch kam heraus. Die Zunge fühlte sich fremd an, genauso wie der Rest seines Körpers.

Er räusperte sich leise. Dann bewegte er seine Arme, sodass die Handschellen klirrten. Isabell und Marcel erstarrten, ruckartig bewegten sich beide Köpfe in seine Richtung. Mit schnellen Schritten traten sie an das Bett, das Licht war jetzt genau auf Hannes' Gesicht gerichtet. Er schloss die Augen.

»Wasser …«, flüsterte er.

»Hannes! Das ist … mein Gott, was bin ich froh!« Er spürte Isabells Umarmung und ihr feuchtes Gesicht an seiner Wange.

»Wasser …«, wiederholte er.

»Natürlich, entschuldige … Marcel, gib mir die Flasche!«

Sekunden später spürte Hannes die Öffnung an seinen rauen Lippen, vorsichtig flößte Isabell ihm die Flüssigkeit ein. Die ersten Schluckversuche waren schmerzhaft, und er verschluckte sich, obwohl sie ihm den Kopf hielt. An seinen Handgelenken machte sich jemand zu schaffen, dann waren sie frei. Kraftlos fielen seine Arme zur Seite, der rechte landete auf Federsens Brustkorb. Hannes ließ ihn liegen und öffnete wieder die Augen. Isabells Gesicht war dicht vor ihm.

»Wie geht es dir? Wir haben Sanitäter dabei, die …«

»Federsen«, brachte Hannes hervor. »Er ist tot. Lukas hat ihm Gift gegeben … oder eigentlich war es für mich … also eigentlich sollte ich tot sein, aber ich dachte, er braucht es mehr als ich, das Wasser, aber dann … es war furchtbar, wie er … dabei hätte ich es trinken sollen, nur …«

»Ruhig, Hannes.« Marcel setzte sich neben Isabell. »Du kannst uns nachher alles erzählen. Komm erst mal zu dir.«

»Lukas!« Hannes versuchte sich aufzurappeln. »Er will … wenn ich nicht auch Gift trinke, bringt er jemanden um. Und ich habe nicht getrunken. Wenn jetzt … habt ihr schon jemanden gefunden?«

»Ja.« Sachte legte ihm Marcel eine Hand auf die Schulter. »Wir haben ihn gefunden. Er ist aus dem Verkehr gezogen worden, du kannst beruhigt sein.«

Hannes nahm noch einen Schluck, dann schloss er wieder die Augen. Beruhigt sein. Es klang zu schön, um wahr zu sein, und erreichte sein aufgewühltes Inneres noch nicht. Er hatte so viele Gedanken gewälzt, Befürchtungen gehabt – sollte es jetzt vorbei sein? Einfach so? Wie konnte es das, wo doch Federsen tot war!

Die Beantwortung dieser Fragen verschob er auf später. Im Moment war er einfach nur unglaublich müde. Halb zog er die Augenlider wieder nach oben und beobachtete, wie sich Sanitäter an ihm zu schaffen machen. Isabell hielt die ganze Zeit seine Hand, vermutlich wollte sie ihm Trost und Kraft gleichzeitig spenden. Aber Hannes spürte nichts. Sich endlich in den Schlaf fallen zu lassen, wirkte so verlockend. Bevor er wegdämmerte, drehte er noch einmal den Kopf zu Federsen.

Kapitel 15

Der Wellengang sorgte für kräftige Gischt, als die *Lena* den Hafen verließ und Kurs auf die offene Ostsee nahm. Es war eine Woche später. In seiner Vorstellung hatte sich Hannes ein anderes Wetter ausgemalt, aber eigentlich waren die schnell dahinziehenden Wolken und der immer wieder einsetzende Regen dem Anlass angemessen. Zumal an Fritz' Seebestattung nur wellenerprobte Passagiere teilnahmen – von seiner Jugendfreundin Ursula abgesehen, die schon nach wenigen Minuten die Reling krampfhaft umklammerte und immer fahler im Gesicht wurde.

Hannes hatte Anna das Steuerhaus überlassen, erst zwei Tage zuvor hatte sie die Prüfung zum Sportbootführerschein absolviert. So wie sie es nach seinem erfolgreichen Abschluss getan hatte, war sie auch von ihm mit einer Kapitänsmütze überrascht worden. Es war nicht nur der Versuch, gut Wetter zu machen, Hannes freute sich darauf, künftig fachmännische Unterstützung auf dem Kutter zu haben. Mit jedem Tag kehrte die Fähigkeit, Emotionen zu empfinden, weiter zurück, und er hoffte, dass mit dem Abschied von Fritz weitere Schwermut von ihm abfallen würde.

Immerhin hatte sich die Atmosphäre zwischen ihm und Anna wieder normalisiert. Als sie erfahren hatte, welche Ereignisse er ihr verschwiegen und in welche Gefahr er sich begeben hatte, war sie in einen seltenen Wutanfall ausgebrochen, der nur von den Schmerzen ihrer Verletzungen gebremst worden war. Erst das Versprechen, eine solche Heimlichtuerei nie wieder abzuziehen, hatte zu einer allmählichen Wiederannäherung geführt. Dass zugleich Nina die Stadt verlassen hatte und vorübergehend zu ihren Eltern gezogen war, hatte sicher ebenfalls zur Entspannung beigetragen.

Nach Meinung von Ben und Hannes hatten die Ärzte wahre Wunder an Anna vollbracht. Dass sie sogar in der Lage gewesen war, den praktischen Teil der Prüfung abzulegen, hätten sie am Tag ihres Zusammenpralls mit dem Bus nicht für möglich gehalten. Allerdings hatte sich der Prüfer auch nachsichtig gezeigt und jedes kleine Missgeschick auf den fixierten linken Arm geschoben. Hannes vermutete, dass Ole den Mann zuvor noch instruiert hatte, denn die beiden kannten sich schon länger, und der alte Fischer war Anna schon vom ersten Aufeinandertreffen an verfallen gewesen.

Eine Windböe brachte Hannes fast aus dem Gleichgewicht, und er warf einen Blick auf Ursula, die aber weiter wacker durchhielt. Er selbst konnte es kaum glauben, lediglich mit den Blessuren von der nächtlichen Schnitzeljagd davongekommen zu sein, von denen kaum noch Spuren zu sehen waren. Nicht einmal eine Erkältung hatte er sich eingefangen, vielleicht stimmte es, dass Stress die beste Abwehrkraft darstellte.

Rückblickend hatte es mit dem geplatzten Reifen und dem Wohnungsbrand sogar eher harmlos angefangen. Hätte er geahnt, was ihn noch erwarten würde, hätte er Schweden wohl nie verlassen. Wie er aus dem Bunker nach oben und ins Krankenhaus gebracht worden war, wusste er nicht mehr. Er erinnerte sich auch nicht daran, was er gefühlt oder gesagt hatte. Die Erinnerung setzte erst in dem Moment wieder ein, als er die Augen aufgeschlagen und Anna an seinem Bett sitzen gesehen hatte – noch in einem erheblich lädierteren Zustand als heute.

Zorn, Vorwürfe und Empörung, aber auch Besorgnis und Liebe hatte er in ihrem Blick erkannt, und er hatte jede einzelne dieser Regungen verstanden.

So allmählich, wie sich der Druck bis zum Finale im Bunker aufgebaut hatte, so plötzlich war er in den darauffolgenden Tagen dann wieder entwichen – allerdings erst, nachdem Federsens Bestattung überstanden gewesen war, bei der dessen Frau weinend zusammengebrochen war. Sogar Clarissa hatte bei diesem Anblick feuchte Augen bekommen und sich rasch abgewandt. Heute vermutete Hannes, dass er an diesem Tag noch zu mitgenommen gewesen war, um tiefere Empfindungen zu verspüren. Wie ein Film war die Zeremonie vor ihm abgelaufen, er hatte sich wie ein Beobachter und nicht wie ein Beteiligter gefühlt. Vermutlich würde es ihn mit Verspätung doch noch einholen, und er nahm sich vor, Frau Federsen bald einen Besuch abzustatten – ein Treffen, dem er mit bangen Gefühlen entgegensah.

Ansonsten hatte sich alles aber schneller normalisiert, als er zu hoffen gewagt hatte. Ole hatte sich darum gekümmert, dass die *Lena* rechtzeitig in einen seetauglichen Zustand gebracht worden war. Auch ihre Wohnung war wieder bezugsfähig, die Versicherung hatte den Schaden beglichen. Anna hatte bei den Hochzeitsvorbereitungen große Fortschritte erzielt, und sogar eine weitere Sorge war Hannes genommen worden.

Anfangs hatte er die Tragweite von Marias Mitteilung nicht erfasst. Die Analyse seines Blutes hatte ergeben, dass ihm nicht schon in den letzten Wochen verbotene Substanzen untergemischt worden waren, einer Dopingkontrolle konnte er gelassen entgegensehen. Weniger gelassen hatte er Ralf zur Rede gestellt. Der war völlig konsterniert gewesen, dass Hannes den Inhalt der Wasserflasche hatte untersuchen lassen, damit hatte er offensichtlich nicht gerechnet.

Erst hatte er es abzustreiten versucht. Er habe jemanden beobachtet, der in der Umkleidekabine in den Taschen wühlte und selbst nur nach dem Rechten sehen wollen. Hannes' Verhör hatte ihn aber schnell in Widersprüche verwickelt, bis er schließlich mit hängenden Schultern zugegeben hatte, er habe in einem Anfall von Wahnsinn seinen Konkurrenten schachmatt setzen wollen.

Mit Wahnsinn hatte Hannes in den letzten Tagen genügend Erfahrung gemacht, doch sosehr er Ralf verabscheute, er nahm ihm nicht ab, rein impulsiv gehandelt zu haben. Er hatte genügend Befragungen durchgeführt und Menschenkenntnis gesammelt, um zu erkennen, dass Ralf noch mit etwas hinterm Berg hielt. Noch etwas anderes musste hinter seinem Verhalten stecken. Hannes hatte es offengelassen, welche Maßnahmen er ergreifen würde – er wusste es selbst noch nicht. Obwohl Ralf ihm jeden Grund dafür gegeben hatte, hatte er Skrupel, dessen Karriere so kurz vor den Olympischen Spielen zu zerstören. So ließ er seinen Rivalen im Ungewissen leiden und verfolgte befriedigt, wie dessen Konzentration und Leistung infolgedessen nachließen. Vielleicht war das ja schon Strafe genug?

So wie die Spuren des Wohnungsbrandes verschwunden und das Leck der *Lena* repariert worden waren, so heilten allmählich die körperlichen und seelischen Wunden bei Anna und ihm. Manches war aber nicht wiedergutzumachen. Federsen blieb ein toter Mann und *Socke* ein toter Hund. Federsens Frau war in eine Depression gerutscht, während Ben schon mit dem Gedanken liebäugelte, demnächst das Tierheim aufzusuchen. Dann wollte er allerdings eine andere Rasse auswählen, denn *Socke* sei einmalig gewesen und nicht ersetzbar.

Das Leid, das Lukas über verschiedene Menschen gebracht hatte, schien den jungen Mann nicht zu berühren. Er hatte lediglich frustriert ausgesehen, als man ihm die Nachricht von Hannes' Befreiung überbracht hatte. Seitdem verweigerte er jede Aussage, sodass sich die Ermittler auf die Beweissicherung konzentrierten. Im Bunker gab es genügend Spuren von ihm, genauso auf dem Bolzenschneider oder in dem gestohlenen Transporter des Handwerksbetriebs. Das Puzzle vervollständigte sich mit jedem Tag, man hatte inzwischen auch herausgefunden, weshalb er sich so lange hatte frei bewegen können.

Anfangs war Lukas noch mit dem Roller unterwegs gewesen, später dann größtenteils per Fahrrad und öffentlichen Verkehrsmitteln – stets mit Sonnenbrille, Mütze und in unterschiedlicher Kleidung. Federsens Wagen und den gestohlenen Transporter hatte er nur bewegt, wenn es nicht anders ging. Die meiste Zeit hatten die beiden Fahrzeuge in der Garage eines Hauses gestanden, das auf einem großzügigen Anwesen erbaut worden war. Die betuchten Besitzer waren mit seinen Eltern befreundet gewesen, und Lukas hatte gewusst, dass sie sich für ein halbes Jahr im Ausland aufhielten und niemand das Garagentor aufschieben würde. Es war das ideale Versteck gewesen: unauffällig und weit genug entfernt von den nächsten Häusern, aber nah genug, um mit dem Fahrrad sowohl den Bunker, eine Haltestelle oder auch die Stadt erreichen zu können. Den Kahn, mit dem er seiner Verhaftung entgegengefahren war, hatte er dagegen erst am Tag seiner Festnahme entwendet, da er mit dem Fahrrad über eine Scherbe gefahren war, worauf die Luft aus dem Reifen entwichen war.

Die Beschlagnahmung seines Computers hatte gezeigt, wie präzise er seine Planungen vorangetrieben hatte und welche Obsession sein Rachedurst dargestellt hatte. Genau diese penible Vorgehensweise hatte ihn letztlich ins Verderben geführt. Nachdem sich alles so lange nach seinen Wünschen entwickelt hatte, hatte er es vermutlich nicht für möglich gehalten, dass der Selbstmord seiner Schwester nur vorgetäuscht gewesen war. Er selbst äußerte sich auch dazu nicht, bei der Erwähnung von

Julianes Namen loderte aber der Hass in seinen dunklen Augen, die den ihren so ähnlich sahen.

Juliane selbst hatte mit den verspäteten Folgen ihres eigenen Rachefeldzuges hart zu kämpfen. Drei Tage, nachdem ihr angeblicher Freitod gemeldet worden war, hatte sie tatsächlich einen Selbstmordversuch unternommen, der aber rechtzeitig entdeckt worden war. Medikamente stellten sie derzeit ruhig, und Hannes verspürte kein Interesse, ihr oder ihrem Bruder noch einmal gegenüberzutreten.

Der Aufprall einer besonders heftigen Welle riss ihn aus seiner Gedankenversunkenheit. Er hob den Blick und orientierte sich. Seebestattungen durften nur in bestimmten Zonen des Küstenmeeres vorgenommen werden, über einem sogenannten rauen Grund, wo weder gefischt noch Wassersport betrieben wurde. Da Hannes über kein Kapitänspatent verfügte, hatte Ole seine Kontakte spielen lassen, um den behördlichen Vorgaben entsprechen zu können. Der Mann hielt sich allerdings im Hintergrund und sollte am Ende nur die ordnungsgemäße Durchführung bezeugen.

Hannes' Blick glitt zu der Urne. Sie bestand aus Pappmaché und war mit Kies beschwert, sodass sie schnell absinken und sich mit der Zeit auflösen würde. Neben ihr stand eine weitere Urne, was den offiziellen Kapitän die Stirn hatte runzeln lassen. Vielleicht war *Socke* der erste Hund, der ein Seemannsgrab bekam, aber Ben war der Meinung gewesen, dass er so zumindest für Fritz ein treuer Begleiter im Tod sein würde.

Die Einäscherung war noch getrennt durchgeführt worden, im Fall von Fritz in Verbindung mit einer Trauerfeier. Gerade mal fünfzehn frühere und heutige Weggefährten waren erschienen, von denen sich nur ein kleiner Teil an Bord der *Lena* befand. Die Trauerrede war von seinem besten Schulfreund gehalten worden, zu dem Fritz erst seit Kurzem wieder Kontakt gehabt hatte.

Hannes hatte auf einen Beitrag verzichtet, er wollte lediglich bei der Übergabe der Urne an das Meer ein paar Worte sprechen. Kurz und knapp, ohne Gefühlsduseleien – so wie es Fritz' Art entsprach und wie er es auch in einem Brief an Hannes verlangt hatte. Den Umschlag hatte Hannes doch noch gefunden – weshalb er ihn in Bens Badezimmerschrank gestellt hatte, konnte er nicht mehr nachvollziehen, aber das galt für eine ganze Menge Handlungen in der letzten Zeit. Wichtig war nur, dass der Brief wieder aufgetaucht war.

Neben der Bekräftigung des Wunsches nach einer Seebestattung hatte Fritz auch ein paar persönliche Worte aufgeschrieben – die aus seiner Feder regelrecht rührselig klangen.

Heute bin ich dankbar, dass du mir im letzten Sommer als Grünschnabel aufgezwungen wurdest. Es war eine schöne Zeit mit dir, auch wenn ich dir einiges zugemutet habe – nicht nur in den letzten Wochen … Einen Wunsch habe ich als Toter hoffentlich noch frei: Verbieg dich nicht, Hannes! Du hast ein großes Talent als Mordermittler, und ich halte deine Selbstzweifel noch immer für Schwachsinn. Aber ich kann nicht in dich hineinsehen. Wenn es zu einer Qual wird oder dein Leben zu überschatten beginnt, zieh die Reißleine. Du hast ein schönes Leben verdient, gestalte es so, wie du es für richtig hältst. Als alter Mann weiß ich, wie heftig man irgendwann rückblickend über sich selbst den Kopf schütteln und verpassten Chancen nachtrauern kann. Ich wünsche dir, dass du später nur selten den Kopf schütteln musst. Leider stehst du dir oft selbst im Weg, aber wenn du das endlich erkennst, wird manches leichter werden. Hör auf, dich unter Wert zu verkaufen und kleiner zu machen, als du bist. Deiner Generation steht die ganze Welt offen, mach was draus! Und da du weißt, dass ich gern das letzte Wort behalte, freut es mich ein wenig, dass du jetzt keine Chance mehr hast, mir zu widersprechen.

Dem Brief hatte ein in Geschenkpapier eingewickeltes Päckchen beigelegen. Hannes hatte es noch nicht geöffnet und würde es auch heute nicht tun. *Zur Hochzeit von Anna und Hannes – meinen jugendlichen Freunden* hatte Fritz auf ein dazugehöriges Kärtchen gekrakelt, und Hannes war schon jetzt gespannt, was hinter der Verpackung zum Vorschein kommen würde. In Fritz' offiziellem Testament war er nicht bedacht worden, aber das hätte er auch als übertrieben empfunden. Mit der *Lena* hatte Fritz ihm schon vor Monaten etwas geschenkt, das ihm lieber war als das Häuschen, das er Ursula vermacht hatte.

In diesem Augenblick drosselte Anna das Tempo und gab nur noch so viel Gas, um das Boot auf der Stelle zu halten. Der Kutter stampfte in den Wellen, mehrere Möwen näherten sich und umkreisten die *Lena*. Der Kapitän hatte eine Marineuniform angelegt und trat neben die Urne. Mit einem Kopfnicken signalisierte er Hannes, dass er bereit war. Hannes atmete tief durch und hielt das Gesicht in den Wind. Das war's also. Bei der Einäscherung war ihm der Gedanke, sich zum vorletzten Mal in Fritz' Nähe aufzuhalten, noch unwirklich vorgekommen, nun meinte er, seine Anwesenheit zu spüren. Was er Hannes wohl zum Abschied zurufen würde, hätte er es gekonnt?

Hannes wusste zumindest, was er sagen wollte, lange hatte er nicht darüber nachdenken müssen. Er löste sich von der Reling und näherte sich der kleinen Gruppe. Anna sah ihm mitfühlend aus dem Steuerhaus entgegen, Bens Blick war auf die kleinere Urne gerichtet, Ole fokussierte den Horizont, und Ursula kämpfte darum, sich auf den Beinen zu halten. Fritz' alter Schulfreund aktivierte einen tragbaren CD-Player, und die *Ode an die Freude* wehte über das Deck. Fritz war der klassischen Musik verfallen gewesen, und Beethovens *Neunte Sinfonie* hatte er besonders geliebt. Stumm standen alle beieinander, jeder durchlebte gerade seine eigenen Erinnerungen an ihn. In Hannes' Fall war es eine Art Schnelldurchlauf, angefangen vom ersten, eher rüden Aufeinandertreffen bis hin zu seinem letzten Besuch am Krankenbett. Enttäuschende und erheiternde

Momente blitzten auf wie ein Spiegelbild von Fritz' Charakter. Als die letzten Töne verklungen waren, hisste er eine Flagge, und Ole blies in eine Bootsmannpfeife.

Wie es das Ritual vorsah, folgte anschließend die letzte Ansprache. Hannes trat vor und legte eine Hand auf die Urne. »Es ist kein einfaches Leben, auf das du zurückblickst. Oft habe ich mich gefragt, welcher Mensch ich wohl geworden wäre, wenn ich deine Erfahrungen hätte machen müssen. Die Antwort, die ich mir dann gebe, lässt mich den Hut vor dir ziehen. Du warst mein Freund, mein Mentor – und manchmal eine echte Nervensäge. Ich werde dich nicht vergessen, keiner von uns wird das. Gute Reise, Alter Fritz, bleib dir weiter selbst treu, wie du es bis zuletzt getan hast.«

Einen Moment herrschte Schweigen, dann nahm der Kapitän das Schiffstau, an dem die Urne befestigt war, in die Hand und übergab das Gefäß dem Meer. Hannes' Blick blieb auf die Stelle geheftet, an der sie schließlich im Wasser versank. Nur beiläufig bekam er mit, wie sich Ben von *Socke* verabschiedete, er konnte sich nicht losreißen. Die Vorstellung, wie Fritz in den dunklen Tiefen des Meeres versank, fand er gruselig und anziehend zugleich. Erst als die kleinere Urne mit *Sockes* Asche die Wasseroberfläche berührte, kehrte er wieder in die Gegenwart zurück.

Er trat neben Ben und legte ihm beide Hände auf die Schultern. »Tut mir leid, wie es gekommen ist. Wir werden auch *Socke* nicht vergessen.«

Ben nickte mit zusammengepressten Lippen. Dann wischte er sich über die Augen. »Er hat ein Begräbnis bekommen, wie wahrscheinlich kein Hund vor ihm. Das gefällt mir, denn ich weiß, dass es ihm gefallen hätte.«

»Da bin ich mir sicher«, log Hannes, denn besonders gern hatte *Socke* seine Pfoten nicht auf die *Lena* gesetzt. Bei so ungemütlichem Wetter schon gar nicht.

Anna näherte sich und sah sie abwartend an. »Ole hat das Steuer übernommen. Der Sturm wird stärker, sollen wir zurückfahren, oder braucht ihr noch einen Moment?«

»Nein … besser nicht.« Ben nickte betont tapfer. »Ab jetzt sehen wir nach vorn und lassen den Albtraum hinter uns.«

»Guter Vorsatz.« Hannes legte den Arm um seine Freundin und küsste sie aufs Haar.

»Komisches Gefühl, dass jetzt alles einfach so weitergeht, als wäre nichts passiert«, meinte sie.

»Es wird nicht einfach so weitergehen«, entgegnete Hannes bestimmt.

Sie drehte den Kopf und sah zu ihm auf. »Nein? Wie meinst du das?«

»Kann ich noch nicht sagen.« Hannes zuckte mit den Schultern. »Ich weiß es einfach. Lassen wir uns überraschen. Jetzt bin ich erst mal froh, dass ich in den nächsten Wochen bis zu den Olympischen Spielen vom Dienst freigestellt bin.«

»Es kann schon deshalb nicht einfach so weitergehen, weil ihr bald verheiratet seid.« Der bekanntere Ben kam wieder zum Vorschein. »Eine wilde Hochzeitsnacht, bald danach das erste Kind, dann das zweite und dritte, dann die Langeweile und …«

»Gut, dass du es ansprichst«, unterbrach ihn Hannes. »Vielleicht ist gerade kein ganz passender Zeitpunkt oder … vielleicht doch: Ich brauch noch einen Trauzeugen. Hättest du Lust?«

Bens Spottlust war wie fortgeweht, ernst sah er Hannes an. »Vor Tagen hab ich noch befürchtet, dich nie wiederzusehen. Eigentlich sollte ich dir den Hintern versohlen, dass du erst jetzt fragst. Verdammt, natürlich mach ich das!«

»Ohne irgendwelche …«

»Ohne irgendwelche kindischen Spielereien, ich weiß. Aber halb kindisch dürfen sie schon sein?«

»Zu was hab ich mich da nur hinreißen lassen?«, stöhnte Hannes.

Die Stimmung lockerte sich, nur Ursula kämpfte weiter gegen die Seekrankheit und ergab sich ihr schließlich, indem sie sich über die Reling beugte.

»Nicht ganz so nett wie Blumen, aber was soll's?«, flüsterte Ben in Hannes' Ohr.

»Fritz hätte sich schlapp gelacht«, entgegnete Hannes. »Aber wir sollten jetzt wirklich besser zurückfahren, bevor uns Ursula endgültig zusammenklappt.«

Diesmal ging er selbst ans Steuerrad und drehte eine Ehrenrunde um das Seegrab, bevor er sich mit drei Signaltönen von der Bestattungsposition verabschiedete. Als er Kurs auf das Festland nahm, setzte wieder Regen ein, während gleichzeitig die Sonne durch ein aufgerissenes Wolkenloch goldene Strahlen auf das Wasser warf. Hannes sah über die Schulter und blickte auf den Regenbogen, der sich in voller Pracht entfaltete. Er schmunzelte. Wenn das ein letzter Gruß des Alten Fritz sein sollte, war der Kerl am Ende also doch noch sentimental geworden.